—鄭丰作品集—

綾羅歌

卷四（完結篇）

目錄

第八部■身世眞相 1335

第五十七章　爭儲

次日留陀跋摩便立即照著沈綾的建議，先去拜訪國內最好的巫醫，請他來看望國王的傷勢，自己則守在國王鋪於地上的病榻之旁，伺候藥物飲食，日夜不斷，毫不懈怠。每當兩位叔叔來探望時，他便淚流滿面，顯得憂心不已。

一個叔叔問道：「你父王雖傷重，卻未必便死。你為何哭得如此傷心呢？」

留陀跋摩乘機回答道：「我不但祈禱父王早日康復，更祈求他永遠不死！」

叔叔奇道：「人豈有永遠不死的？你為何如此祈求？」

留陀跋摩泣不成聲，說道：「因為一旦弟弟闍耶當上王，他驕躁易怒，殘暴嗜殺，我和其他兄弟們，甚至叔叔們，都只能任憑他宰割了！」

兩個叔叔互望一眼，心中都是一凜。

大叔搖頭道：「闍耶小小年紀，怎敢如此膽大妄為？」

留陀跋摩道：「叔叔們不清楚他的性情，我是看著闍耶長大的，對他了解甚深。他從小就凶暴殘忍，誰惹惱了他，他一定派人去將那人狠打一頓，甚至殺死洩恨。他登基為王之後，又有誰敢忤逆他的意思？甚麼人膽敢教訓他，或指出他的錯處，他定然立即下令殺了，即使是長輩，也恐難倖免。」

叔叔們對這番話暗暗心驚，深感擔憂。

留陀跋摩又道：「我聽其他兄弟說道，闍耶等不及想要登上王位，不但不來探望父王的傷勢，更整日詛咒父王傷重死去！因此我更要守在父王身邊，日夜祈禱，盼諸佛菩薩保佑父王，抵擋闍耶的詛咒。」

叔叔們皺起眉頭，在心中思量一陣，已有論斷。因此當他們進去探望兄長時，國王問起外面諸事，叔叔們自然將留陀跋摩的話轉述給國王聽了。

國王聽了大怒，喝道：「闍耶在我受傷之後，一次也沒有來探望我！我看他果真是在那兒詛咒我早早死去，他好及早坐上王位！」

兩個叔叔擔憂自身安危，大叔說道：「王兄，我倆極不願捨棄你，但觀望眼下形勢，我等打算立即搬遷到北方去定居。」

國王驚道：「卻是為何？我若不幸升天，此地更需要你們輔佐新王啊！」

大叔搖頭道：「我們怎敢輔佐他？闍耶這孩子連親生父王都如此對待，本性又殘酷無情，他當上王之後，我們絕對管不住他，更別說輔佐他了。到時誰敢在他面前說一句勸諫之語，很可能便會被他殺死！我二人年紀也不小了，家中妻小眾多，實在不敢冒這個險，因此打算及早離去避難。」

國王聽了大叔的話，怒不可遏，用手拍地，喝道：「這個逆子，狼子野心，無法無天至此！我絕對不能讓他當上王！」

小叔擔憂道：「但他身為嫡子，理當繼承王位，我扶南百年來都是如此。王兄又怎能不讓他當王呢？」

國王怒道：「為甚麼不能？王儲之位，原來就是由本王決定的。立嫡立長，都是本王說了算。我立即便廢了他！你們千萬別搬遷去甚麼北地，定要留在毗耶陀補羅，輔佐下一任的新王。知道了麼？」

兩位王叔對望一眼，都不確定自己應否相信王的話，一時沒有回答。大叔小心翼翼地問道：「王兄當真打算廢除闍耶？」

國王憤然道：「當然了！不早點廢除他，只怕他隨時要取我性命！」

小叔問道：「然而，王兄廢除闍耶後，欲立何子繼位？」

國王挑眉問道：「你們說呢？」

兩位王叔互相望望，都想起了留陀跋摩的好處，卻不敢輕易推舉，就怕不合王的心意。

國王見他們不說話，便問道：「你們覺得，留陀跋摩如何？這子不僅智勇名聲雙全，更十分孝順，我受傷之後，日日來此問候照料，還請來全國最好的巫醫給我醫治。」

兩位王叔聞言都鬆了口氣，大叔說道：「留陀跋摩的確孝順。我們來探視王兄時，次次都見到他在外守候，盡心盡力，一談起王兄的傷勢，便聲淚俱下，情真意切。」

國王點頭道：「這孩子確實真心愛戴我。闍耶要能像他多一些便好了！」他傷後心情惡劣，越想越憤怒，立即命手下道：「去把闍耶給我找來！」又對兩個弟弟道：「你們留在這兒，我要當著你們的面，將他廢了！」

大叔勸道：「王兄，此事須當從長計議。他若不肯被廢，鬧起事來，又該如何？他手下有不少壯士替他賣命，王后和后兄也定然站在他那邊。倘若當真動武，那可危險了。」

國王卻不認為，說道：「他一個小小孩童，哪有這麼大的本事？又怎敢公然跟我作對？」仍舊命手下去召喚闍耶。

當時闍耶正帶了一群手下到郊外遊玩，直到傍晚方歸，一歸來便聽說父王召見，並沒多想，隨即來到王宮國王的寢室。

不料國王一見到闍耶，便破口大罵：「我打獵受傷時，你明明在獵場，卻沒來關切我一眼？我受傷後，你也未曾來探望我一次。小小年紀，便如此不敬不愛父王！」

闍耶還以為父王就將死去，這回召自己來，是準備提早傳位給自己，滿面喜氣洋洋；沒想到竟無端被大罵一頓，指責自己不敬不愛父王，只激得他滿肚子怒氣，不等父王罵完，便開口爭辯道：「打獵時我先回去了，根本不知道父王受傷啊！」

國王更怒，說道：「那我回到大城皇宮這許多時日，你總該知道我受傷了吧？卻一次也不曾見你來探望，顯然半點也不在意你父王的傷勢，果真盼著我早死好繼位？當真豬狗不如！」

闍耶難以反駁，盛怒之下，脫口叫道：「沒錯！你這個老不死的，明明受了重傷，腿都斷了，為何不早點死去？」說完便拂袖而出。

國王聽了，只氣得面色青白，暴喝：「回來！你這逆子！聽好了，你若不道歉懺悔，我立即廢了你的王儲之位！」

閣耶停下步來，回身罵道：「廢就廢，我才不怕！」說著叫道：「來人！」手下二十個壯士快步奔上前來，守衛在他的周圍，手扶刀柄，惡狠狠地望著國王和兩個王叔。

國王怒得大吼：「我廢了你！我廢了你！」他激動過度，忽地猛烈咳嗽起來，雙眼一翻，幾乎暈去；兩個王叔嚇得手足無措，連忙叫人去請巫醫。

閣耶冷笑一聲，對兩個王叔說道：「你們都見到了，我父王受傷後精神錯亂，舉止癲狂，竟然說要廢掉我！你們贊成麼？」

兩個王叔在閣耶和他手下壯士圍繞之下，哪敢說出真心話？大叔連忙說道：「他今日跟我們提起此事，我們都期期以為不可，但王兄不肯聽勸，一定要叫你來，我們也阻止不了啊！」

小叔也道：「我們跟王兄說了，王儲不能輕易廢立，勸他切不可率性而為，莽撞行事。但他人在傷病之中，情緒不穩，思慮不周，那也是有的。」

閣耶「哼」了一聲，說道：「因此你們都主張不可換儲，是麼？」

兩個王叔連聲稱是，大叔道：「當然不可換儲。我扶南歷代王位傳遞，都遵照立嫡的規矩，怎能輕易更改？」

小叔則道：「王兄早早便立你為王儲，此事當然沒有任何爭議。」

閣耶狠狠瞪了地上的父王一眼，說道：「老傢伙，時候也該到了吧！」率領手下離去。

閣耶離開後，立即便去找母后，氣沖沖地告知父王威脅要廢除王儲之事。王后聽聞後大驚，迅速派人去請自己兄長來，告知此事。

闍耶滿心怒氣難消，在母后的宮內拔刀亂砍，嚇得隨從侍女都四處奔走躲避。王后趕緊安撫他，說道：「你父王絕對沒有廢儲的意思，只是傷得厲害，一時頭腦迷糊罷了。」

后兄則勸道：「闍耶！我王責備你豬狗不如，即便並無根據，對你的名聲畢竟不好。等你登基之後，臣民只怕心中不服。你該去跟你父王道歉謝罪，請他原諒，並讓他確認你仍是王儲，在他死後將繼承王位。」

闍耶大大不甘願，但在母后和舅舅不斷的推逼和勸說下，才勉強同意了。於是王后和后兄押著闍耶，逼他去向國王道歉懺悔。

王后一來到國王的榻前，便大哭不止，說道：「我王！你怎能說要廢棄我們的親生愛子呢！」

后兄則勸國王道：「廢嫡之舉，不可草率而行，否則國中其他皇族大臣定將質疑反抗，鄰國也可能乘機入侵。我王眼下身體微恙，精神體力不足，切不可惹惱了守護王國的皇親貴族們，導致王國不穩哪。」

國王聽了王后和后兄的言語，不禁也心生遲疑，便暫時按下了廢儲之議。

兩位王叔得知情況，便趕緊來找留陀跋摩，擔心地道：「闍耶如今知道王兄有心廢儲，更偏愛於你；我們若不小心，隨時能遭他們的毒手！你快想想辦法吧！」

留陀跋摩心有不安，連忙找了沈綾來，將情勢發展都跟他說了。

過去十餘日中，沈綾身為留陀跋摩王子的座上賓，自然並不急著離開；喬五使人讓林伙計回到喔吠後通知徐老大，讓他將船駛到澳蓋，沿湄公河北上，停靠在鄰近首都毗耶陀補羅的河岸邊上。巫者高槐這時也從喔吠來到了毗耶陀補羅，與眾人會合。他本是扶南人，於是沈綾和喬五、阿寬、伙計等人在高槐的帶領下，日日在首都毗耶陀補羅城中到處遊覽，觀察當地的民情風俗。沈綾參觀了扶南的城中大市，見市中販賣金銀彩帛、米糧果菜等物，只是布帛遠不如中土所產精美；水果則有甘蔗、安石榴及橘等，並多產一種中土罕見，當地人稱為「檳榔」的果實。市場上往往見到人們互相鬥雞和鬥豨，紛紛下注，圍觀為樂。城中貧者甚眾，僅能以破布遮蓋身體；富有人家的男子則身著錦帛橫幅，女子著貫頭衣衫，佩戴鍛金手鐲，家中使用銀製食器。平民伐木起屋，有的能建至二層、三層，以海邊生的大芭蕉葉編織成片，覆蓋在屋頂之上；國王的宮殿亦以巨木搭建，高三至四層，重重疊疊，頗為壯觀。此地雖有國王，但無官府或牢獄，人民之間若有訴訟，就以金指環投入沸湯之中，讓訴訟二人各自伸手去撈；或是將鎖燒到赤紅，讓訴訟者捧在手上走七步，有罪者手就會被燙傷燒爛，無罪者則不會受到損傷，以此判定孰是孰非。還有一種方法，就是讓訴訟雙方跳入水中，有道理的一方入水不會沉下，沒道理的則立即沉入水中，以此解決爭端。

沈綾對扶南的風俗民情略有了解後，知道扶南國人心單純，崇信佛法，和洛陽居民崇佛的程度不相上下，但也摻雜了不少巫術的影響。

他聽了留陀跋摩的敘述，思慮一陣，說道：「王子且勿擔憂，國王一時不致升天，而闍耶在城中名聲奇差，他和王后、后兄得知國王曾起心廢儲，想來不敢讓名聲更加敗壞，暫時不會敢對你等動手。王子該做的還是繼續做，尤其應當開始施捨貧民、獲取民心。如今國王傷勢未復，施捨可為國王累積福德，消除惡業，累積善報。至於王后和王后之兄，他們與國王之親近看來難以離間，王子千萬不可在王面前提及闍耶、王后或后兄不是之處。」

留陀跋摩大感不平，說道：「我若向父王說出他們的惡行，只不過是說真話罷了。又為何不能說？」

沈綾道：「佛言：行善須由身口意三業。口有四惡：兩舌、惡口、妄語、綺語。你若想登基為王，便須以身作則，不能犯惡口或兩舌業。因此人前人後，都不能去說王后和王儲的壞話。」

留陀跋摩仍舊難以信服，質疑道：「難道我得違背良心，反而到處讚揚他們？」

沈綾道：「違心讚揚倒也不必，王子最好甚麼都不說，他人問起王后和王儲，你便不加評論，如何？」

留陀跋摩答應了，說道：「好，我甚麼都不說便是。你說，我應該開始施捨貧民？」

沈綾道：「正是。你得照顧人民的生活，尤其是最困苦的人，包括貧窮的、生病的、家中有老人的、剛生了孩子的，還有殘廢的及流落街頭的乞兒，他們是最需要幫助的人群。你得去大城的貧民區探望他們，送上衣服、食物和金錢，人們想必會對你滿懷感恩，讚不絕口；而且行善積德，正可替國王祈福，以行動祝願國王早日康復。」

留陀跋摩點頭道：「我立即去做。」

沈綾又道：「王子最好預先去向兩位王叔解釋，讓他們知道你為何大舉行善濟貧。國王若問起，他們便能代為告知王子的用心。」

留陀跋摩道：「我明白了。我這就去跟兩位王叔說。」

留陀跋摩又悄悄去找兩位王叔，讓他們暫且不必擔心受到闍耶報復，並告知自己大舉行善、為父王積福的用心，兩位王叔自都表示贊同。

當日他便開始在宮殿外施捨米糧衣物，讓城中貧民前來領取；殿外很快便聚集了數百乞者，排隊等候領取糧食衣物；之後他又親自去城中貧民聚集之地，慰問孤老殘疾，並再次派發糧食衣物。

留陀跋摩施捨濟貧之舉，大城中人人都看在眼中，王后自然也聽說了此事，心中甚是忌憚，於是跑去對國王說道：「留陀跋摩這幾日在城中施捨貧民，我看他是想收買人心，博取愛民的名聲，更是想興風作浪、謀奪王位。留陀跋摩居心叵測，我王不可不防啊！」

國王皺起眉頭說道：「真有此事？待我問問。」

這日晚間，二位王叔去探望國王時，國王便問道：「我聽王后說，留陀跋摩最近日日在大城大舉施捨貧民，這是為了甚麼？」

兩叔對望一眼，心中都想：「國王果然聽到了風聲，幸好留陀跋摩預先告知了我們該如何應對。」

大叔回答道：「稟告王兄，關於此事，我已問過留陀跋摩。他跟我說，王兄傷勢反覆，讓他極為擔心，因此一心替王兄祈福積德。他聽出家僧伽說過，施捨貧苦可以累積福德，因此近日努力施捨，好將福德迴向給王兄，祝願王兄早日康復。」

國王聽了，不禁轉惱為喜，甚是感動，說道：「原來如此！王后說他意圖收買人心，原來他是真心為我好啊！」

兩個王叔較留陀跋摩心機深沉得多，認為憑他這麼行善積德，期待得到父王的青睞，實是緩不濟急，不但難以爭取到王位，甚至會先招來殺身之禍。留陀跋摩或許不介意，但兩個王叔已在王兄面前說了不少闍耶的壞話；一旦留陀跋摩奪位不成，闍耶登基後，也留不得兩個王叔。因此他們慄慄自危，決定先下手為強。兩人商量之下，數日前便偷偷買通了扶南大巫，設下計謀，此時眼看已一切就緒。

這時小叔乘機說道：「我見留陀跋摩不時關懷王兄傷勢，又常常在王兄寢宮外跪地祈禱，請佛祖保護父王。我等問他為何如此憂心忡忡，他跟我等說了一個祕密，不知應否告知王兄……」

國王忙問：「甚麼祕密？」

小叔和大叔做出為難的神色，在國王多次追問下，大叔才道：「留陀跋摩告知，他聽巫師們傳言，有鄰國惡巫潛入扶南境內，打算以毒咒令王兄早日死去！」

國王大驚失色，脫口道：「此事當真？」

小叔點頭道：「千真萬確。留陀跋摩得知之後，怕王兄憂心，不敢告知王兄，因此整日在王兄的寢宮外禮拜祈禱，盼能抵擋邪惡詛咒。」

國王驚怒交集，大吼道：「甚麼？哪個巫師敢詛咒我？大巫呢？快請大巫來！」

兩位王叔早已做出周詳的計畫，立即請扶南大巫入宮見王。

國王問大巫道：「我聽說有惡巫詛咒我早死，真有此事？」

大巫俯首說道：「確有此事。本巫發現北方鄰國林邑的惡巫，最近偷偷潛入了扶南境內，意在對我王施咒，立即將此事稟告給兩位王叔知道；王叔們大為擔心，說必須立即稟報我王，因此讓本巫在王宮中等候傳見，以便向我王陳說此事。」

扶南國人天性溫和善良，不擅征戰，因此不時受到北方鄰國林邑的侵擾襲擊。這時國王聽了，忿忿叫道：「那麼派惡巫來詛咒我的，可是林邑國王？」

大巫答道：「不是，聘請惡巫者，另有其人。」

國王忙問：「是誰如此大膽？」

大巫遲疑不答，在國王的逼問下，才道：「回稟我王，口說無憑，我已將林邑國的惡巫帶到宮中，請我王當面質問。」於是命手下帶上一個髒髒瘦瘦的巫者，雙手被縛在身後，讓他跪倒在國王面前。

國王氣得臉色漲紅，喝道：「有人請你來扶南，為的便是詛咒我早死？」

那林邑巫者垂首道：「正是，求國王饒命！他們當初請我來扶南，只說是要為國王祈福，因此我便來了。但是來到毗耶陀補羅後，他們卻對我說，要我對國王施以毒咒，讓王身死。我大吃一驚，立即拒絕了，並來求見扶南大巫，向他報告此事。」

國王怒問：「是誰這麼大膽？」

林邑巫者連連磕頭，叫道：「國王息怒！國王若饒小巫一死，小巫願意供出指使之人。」

國王道：「你拒絕對我施毒咒，我自然沒有理由殺你。你快說！」

林邑巫者吞吞吐吐地道：「我不知道他是誰，只聽他自稱竺當。」竺當正是王后兄長之名。

國王聽了，氣極攻心，一張臉漲成紫紅色。他怒火中燒地又問道：「還有誰參與其中？」

林邑巫者道：「在他身邊的，還有一位貴婦、一個體型肥胖的少年，小巫並不知道他們是誰。」

國王聞言只氣得險些暈去，巫者口中的貴婦當然便是王后，而肥胖少年自然便是闍耶了。此番證據確鑿，他更無遲疑，連審問都免了，立即下詔免除闍耶的王儲之位，將他貶去南方蠻荒之地；同時廢除王后，並摘了后兄的輔佐大臣之位。隔一日，國王再下詔立長子留陀跋摩為王儲，命兩位王叔擔任王儲的輔佐大臣。

由於留陀跋摩早已得到了兩位王叔的支持，又對扶南民眾廣施恩惠，極得民眾擁戴，因此順利地坐上了王儲之位，更沒有人提起立長立嫡的爭議。

留陀跋摩沒想到事情竟如此順利，得到受封王儲的詔令後，立即入宮向父王謝恩，並感謝兩位王叔的擁護。待他回到居處時，仍舊不敢相信，趕緊叫了沈綾來，笑得闔不攏嘴，一把抱住沈綾，叫道：「好兄弟，一切全在你的預料之中！」

沈綾笑道：「恭喜王子！這都是王子本身盡心盡力的成果。王子若能維持初衷，繼續對國王秉持孝心，對平民廣施恩德，定能順利繼承王位，統領扶南。」

留陀跋摩忍不住內心的驚喜興奮，連連點頭道：「你說得是。我不能因此而得意忘形，應當維持初衷，繼續做我該做的事。」

沈綾點頭道：「這就是了。」

不出一個月，扶南王僑陳如闍耶跋摩因傷重不治去世，王儲留陀跋摩繼位為新王。留陀跋摩登基之後，對幾位叔叔禮敬有加，大赦天下。但他畢竟心懷戒慎，一登基後，便命人趕去南方，賜死嫡弟闍耶和王后之兄，並將王后囚禁起來。他奉自己的親生母親為太后，迎入宮中，禮敬照顧，孝順有加，贏得人民的稱頌。

留陀跋摩順利登基，回思過去半年之事，認定沈綾穩居首功，對他感激佩服無已，於是設下大宴，酬謝沈綾等一行人。沈綾經商歷練數年下來，已十分懂得皇族貴宦的心理，知道自己絕不能居功，因此只不斷辭謝，自稱毫無功勞，一切都應歸功於留陀跋摩自身的仁德孝行，留陀跋摩聽了，自然更是歡喜。

筵席間，王宮陳列出的食器十分殊異，乃以純金打造，形如圓盤，又如瓦塭，可盛五升，另有較小的金碗，可盛一升。沈綾等人都看得嘖嘖稱奇，即使在中土，也從未見過這般精奇的金製食器。

喬五忍不住問道：「請問國王，這金器精美非常，可是貴國所產？」

留陀跋摩搖頭道：「不，這些金器名叫『多羅』，是毗騫國王送給先王的。」

沈綾從未聽過「毗騫國」，甚感好奇，向喬五望去，但見他臉色一變。沈綾不明所以，問道：「請問國王，這毗騫國位於何方？離扶南遠麼？」

留陀跋摩道：「那可遠了。我扶南南方國界外的三千餘里，有國名頓遜，那是我們扶南的屬國；毗騫國位於頓遜之外的大海洲中，離扶南有八千里。先王曾派遣使者帶著書信和扶南珍寶去見毗騫國王，毗騫國王也回派使者，致贈了這套金器給先王，以為答禮。」

沈綾道：「原來如此。這毗騫國想必極為富庶，我真想去看看！」

喬五忙插口道：「二郎，那地方可去不得啊！」

沈綾奇道：「卻是為何？」

喬五不斷搖頭，說道：「我聽人說過，毗騫國民風野蠻，一般商旅都遠遠避開，不敢靠近。」

沈綾問道：「阿爺和大兄可去過麼？」

喬五搖頭道：「那地方太危險了，他們不曾去過。」

沈綾更被激起了好奇心，心想：「阿爺和大兄都沒去過的地方，我正該去探索一番，也許能有開展新生意的機會。」於是對留陀跋摩說道：「請問國王，貴國近來與毗騫國可有交通麼？」

留陀跋摩見沈綾對毗騫國如此有興致，便道：「沈二郎，你若真想去一趟毗騫，我可任你為扶南使者，派你去毗騫國通告本王已繼位一事，並帶去新王登基之禮，如何？」

沈綾大為高興，立即便答應了。喬五雖有些不情不願，但見扶南王正式封沈綾為扶南使者，此去想必有扶南士兵保衛，只能略略放心。

由於毗騫國出產金銀，留陀跋摩便不以金銀為禮，命人準備了十箱沉木香、象牙、孔翠、五色鸚鵡等珍品，派了一個使節團，以持黎為正使，沈綾為副使，準備出發去往毗騫國。持黎乃是大叔的長子，留陀跋摩的堂兄，三十來歲年紀；先王僑陳如闍耶跋摩在世時，他已在王宮中擔任侍臣，曾跟隨先王出使多國，是個十分有經驗的使者。

沈綾心中甚有打算，暗想：「這毗騫國製得出這等精奇的金器，想必十分富裕。我帶些絲綢去展示給他們看，他們定會喜歡，可能願意以金器來交換。阿爺和大兄往年曾來過扶南，已在此地開展了『沈緞』生意，我該試圖將『沈緞』推廣至他們沒去過的地方，才算得全新的成就。」於是興沖沖地與喬五商量道：「我們該帶多少絲綢去才好？」

喬五卻頗為擔憂，說道：「素聞毗騫國不喜商人，我們明目張膽地帶了絲綢去兜售，只怕不妥。」

沈綾聽他如此提點，便道：「你說得是。那我便帶上兩箱絲綢，當作是進貢給毗騫國王的禮物，並不主動兜售。伙計也別去了，就帶上阿寬吧。」

喬五仍舊遲疑，問道：「二郎，你真的要去？」

沈綾笑道：「國王派我為副使，我當然得去啊！毗騫國聽來十分富庶，國王贈送給扶南王的那一整套金器，製作精巧，連中土都從所未見，我自然想去見識一下，看看毗騫究竟是個甚麼樣的國度。」

喬五皺起眉頭，說道：「二郎，我們來到扶南國首都毗耶陀補羅，向王族出售了十箱絲綢，獲取一筆可觀的進帳，這已經很了不起了。扶南畢竟是我們熟悉的國家，林伙計懂得扶南語，『沈緞』十多年前就已在這兒設下倉庫和鋪頭，因此扶南國王很容易便信任我們，願意與我們交易。然而我們從沒去過毗騫，那裡地方遙遠，語言不通，加上傳說毗騫王非常不歡迎商旅，此行風險未免太大。」

沈綾搖頭道：「就是因為地方遠，沒人去過，我才更想去啊！我們在南洋原本已有不少固定的主顧，但若能和不同王國的王族交易，拓展名聲，那將是更廣泛、更有利的生意版圖哪！」

喬五心想：「這孩子和他阿爺當年闖蕩大江南北時一模一樣，一股狠勁往前衝，甚麼危險都不顧了。」於是說道：「二郎若執意要去，老僕自也不能阻止，但須得有人隨行保護才好。」

沈綾聽他同意了，甚是高興，說道：「喬五叔，你得留在這兒看著貨物，處理我們和扶南王室的交易，我帶阿寬和高槐去就行了。阿寬熟悉絲貨，高槐本領多多，自能保護我周全。」

喬五想了想，贊同其議，於是沈綾請了高槐來，告知沈綾將隨扶南使節團去往毗騫國之事，請他隨行保護等情。

高槐聽了「毗騫國」三個字，眼睛發光，對沈綾說道：「毗騫王和扶南王雖互通使者，互贈禮物，但相距甚遠，扶南對其並不熟悉。聽說那兒甚多法力高強的巫者，我倒想去會會他們。」

沈綾聽說他願意同行，甚是高興；喬五卻仍不放心，請沈綾轉達高槐，叮囑道：「高槐巫醫，此回請你同行，最重要的任務乃是保護二郎的安全，會見那兒的巫者倒是其次，請千萬不可招惹是非。」

高槐點點頭，說道：「我明白，放心吧。」

於是喬五和沈綾一起挑選各色絲綢，裝了兩箱，準備帶去毗騫國贈送國王。

半個月後，正使持黎、副使沈綾和一眾扶南使節，攜帶了留陀跋摩致送毗騫國王的十箱貴重禮品，以及兩箱「沈緞」，出發去往毗騫國。

一行人來到海岸邊上。扶南國國土臨海，國王擁有許多艘船，長八、九丈，寬六、七尺，頭尾如魚一般，與中土海船形狀大異。沈綾和高槐上了扶南國王使節團的船後，沈綾便讓阿寬和其他伙計將兩箱「沈緞」搬上船去，安置在艙中，命阿寬看守。

這艘船的船長是扶南人，皮膚黝黑，鬈髮寬唇，名叫哈哈魯。他甚少見到中土來的漢人，對沈綾和阿寬頗為警戒，不斷側眼打量他們；待沈綾上前以扶南語跟他攀談，神態親和友善，他才漸漸放下了戒心。

船長哈哈魯揚帆啟航之後，正使持黎便請沈綾入內艙聚會飲酒。持黎知道沈綾乃是堂弟新王留陀跋摩的座上賓，對他十分禮遇客氣，兩人相談甚歡。

沈綾此時已坐慣了船，這回不再嘔吐了，頗能欣賞海上風光；他往往站在船頭，吹著海風，觀望四周的島嶼陸地，手中拿著紙筆，記下所經路途、標記、方位和距離。

扶南使團船經過了數個海峽和無數小島，沈綾心中好奇，來到船長哈哈魯身邊，熱切詢問小島的名稱。哈哈魯見他態度懇切，談興大開，不厭其詳地一一指點；大多的小島哈哈魯都能說出名稱，但有的只是塊凸出水面的孤石，並無人煙，哈哈魯自也叫不出名字來。

行駛了十五日，才遠遠見到前方出現一片陸地，左右延伸甚遠，看不見盡頭，似乎是個巨大的島，或是一片大陸。

沈綾問哈哈魯道：「前面那是甚麼地方？」

哈哈魯瞇眼望去，又抬頭望望太陽的方位，點頭說道：「那就是毗騫國了。碼頭在東方，我們的船的位置偏了一些。」

哈哈魯命船夫改變船帆方向，往東方駛去，駛近大陸後，果然見到一處碼頭。哈哈魯命船夫靠岸，但見該地已有一群人在等候。

持黎來到船舷邊上，用手遮著日光，極目而望，說道：「那些人很可能正是毗騫國王派出來迎接扶南使團的使者。」

沈綾奇道：「他們怎麼知道我們要來？」

持黎聳聳肩，說道：「或許他們的漁船在海上遙遙見到我們的船，猜知是扶南國王派出的使者吧？」

哈哈魯不以為然地道：「就算見到了我的船，又怎會知道船上載的是扶南國王的使者？」

沈綾問道：「那他們是怎麼知道要來的？」

哈哈魯神祕兮兮地道：「我聽人說，毗騫國王擁有神能，能夠預知未來。他定是料到了扶南王會派使者來致贈禮物，因此早早便派人到碼頭迎接。」

沈綾以為哈哈魯在說笑，也沒有放在心上。

這時高槐站在他身旁，低聲道：「船長所說，並非無稽。許多巫者能夠預知未來，這位毗騫王或許也是一位巫者。」

沈綾一怔，點了點頭，向岸上諸人打量去。但見共有十來人，膚色黝黑，頭髮蜷曲，和扶南人外貌相似，不同的是身材甚高，衣著更為簡陋，只以一塊麻布纏繞在腰間，或是披在肩頭。

下船之後，持黎當先走過甲板，上前和為首的男子交談起來。毗騫國的言語與扶南語高度相近，只是口音頗為古怪，沈綾在旁要十分專注，才勉強能夠聽懂。那人自稱「阿怛怛」，果然是毗騫國王派出的使者，專程來此迎接扶南王使團。持黎向他介紹了副使沈綾，說他是扶南新任國王留陀跋摩的好友，來自中土，又告知扶南王剛剛登基，特意遣使來此通報，並贈禮給毗騫王云云。

阿怛怛代表國王致謝，說道：「我王命我準備了四輛牛車，來此運送貴國的禮物。」說著往旁一指，只見碼頭旁已停了四輛牛車。

持黎命手下將十箱禮物和兩箱「沈緞」運下船，搬上牛車，一車可承載三箱禮品，四輛牛車竟然剛剛好裝下十二只箱子。

沈綾在旁看著，不禁暗暗稱奇：「難道毗騫國王早已預知扶南王將帶來多少箱禮物，甚至知道我會帶來兩箱『沈緞』？」

箱子搬上牛車之後，阿怛怛便請眾使者乘坐另外三輛牛車，駛往皇宮。這三輛供人乘坐的牛車剛好可讓十一名使節入座，阿怛怛自己隨持黎和沈綾同車，一共十二人，也是剛剛坐滿，沈綾又不禁暗暗稱奇。

一行七輛牛車在土道上緩緩而行，沈綾忍不住東張西望，但見兩旁都是約莫三丈高的樹木，樹幹筆直，樹皮光滑，排列整齊；他向持黎問起，才知這便是盛產於南洋的檳榔樹，果實可食，能提振精神；沈綾曾在扶南國的市場上看到檳榔果，卻從未吃過。此地氣候濕熱，蚊蠅成群，聚集在牛身上，也不時飛入牛車嗡嗡飛舞，叮咬乘客。隨行的毗騫僕人走在牛旁，不斷以短鞭驅逐蚊蠅，又遞給沈綾一把芭蕉葉製成的扇子，讓他搧風驅蚊。

注　關於扶南國的描述出自《梁書．卷第五十四，列傳卷第四十八．諸夷海南諸國．東夷西北諸戎》：「扶南國，在日南郡之南海西大灣中，去日南可七千里，在林邑西南三千餘里。城去海五百里。有大江廣十里，西北流，東入於海。其國輪廣三千餘里，土地洿下而平博，氣候風俗大較與林邑同。出金、銀、銅、錫、沉木香、象牙、孔翠、五色鸚鵡。」「國法無牢獄。有罪者，先齋戒三日，乃燒斧極赤，令訟者捧行七步。又以金鐶、雞卵投沸湯中，令探取之，若無實者，手即焦爛，有理者則不。又於城溝中養鱷魚，門外圈猛獸，有罪者，輒以喂猛獸及鱷魚，魚獸不食為無罪，三日乃放之。鱷大者長二丈餘，狀如鼉，有四足，喙長六七尺，兩邊有齒，利如刀劍，常食魚，遇得麞鹿及人亦啖之，蒼梧以南及外國皆有之。」梁武帝曾封僑陳如闍耶跋摩為「扶南王」和「安南將軍」，就是故事中的胖王；胖王死後傳位給留陀跋摩（514-545）。

第五十八章　毗騫

行出約莫三里，一行人來到一座白色石樓之前。阿怛怛請眾人下車，聚集於樓房前的空地上。這塊空地鋪著尺許寬的六角形石板，十分平整，地上一塵不染，成群的蚊蠅竟然並不進入這片空地。

沈綾暗覺奇怪，鼻中忽然聞到一股特異的香味，掃眼望見石板地的角落立著數十枝竹棍，上面燒著某種香料，冒出裊裊白煙，他心想：「這不知燒的是甚麼香料？莫非這香料的味道有驅逐蚊蟲的功效？」正想著，但聽阿怛怛說道：「毗騫國王接見扶南使者。」說著抬頭往樓上望去。

沈綾抬頭望去，但見白色石樓的二層有扇巨大的拱形窗，三個人不知何時已來到了窗內。三人身形都甚高，左右兩個看來應是臣子或侍衛，而當中那人古怪至極，他身形巨大，竟有丈二尺高，比身旁兩人高出一倍有餘；他的頭更是長得出奇，足有三尺長短。

沈綾從未見過形貌如此古怪的人，一時看得呆了，張大了口。

持黎在他的身旁，低聲道：「這位便是毗騫國的國王，號稱『長頭王』。」

沈綾勉強鎮靜，點了點頭，卻說不出話來。這長頭王不但形貌奇怪，迥異常人，而且不知為何，沈綾感到他身上散發出一股巨大的力量；站在這位王面前時，似乎能感覺他無時無刻不在試圖影響自己的心思，令沈綾全身冷汗淋漓，只能勉強鎮定，專注平穩心志，抗拒那股威壓。

持黎卻渾然不覺地走上一步，恭敬地道：「扶南新王留陀跋摩，命臣子持黎為主使，中土沈綾為副使，特來毗騫國拜見國王，恭呈禮品，祈盼毗騫王笑納。」

那長頭王低頭望向他，舉起手，點了點頭，表示接受禮物，卻並不開口言語，眼光落在沈綾身上。

持黎發現沈綾還呆呆地站在自己身邊，忙拉著他一起跪下，恭恭敬敬地對長頭王拜倒為禮。

這時長頭王開口了，說道：「兩位使者不必多禮。請回報扶南新王留陀跋摩，毗騫王感謝他的好意，恭受他的賜禮。」他聲音低沉，彷若鼓鳴，聲音雖不很響，卻讓人聽得清清楚楚，震人耳鼓，懾人心弦。

持黎等再次行禮道謝。

長頭王對阿怛怛吩咐道：「扶南王使節遠來是客，你等盡心招待，請他們吃肉喝酒，不可怠慢。」阿怛怛答應了，長頭王便轉身入室，身旁的兩個臣子也跟了進去，消失在黑暗中。待長頭王離遠了，沈綾這才吐了口氣，放鬆下來。

阿怛怛走上前，略帶歉意地道：「我王長居於樓上，從不下地，請貴客勿要介意。」當下恭請持黎和沈綾一行人來到兩百步外的一片空地上，空地中央已生起了營火，火上烤著一頭野豬，香氣四溢。

沈綾仍舊不敢相信世間竟有身形如此巨大、形貌如此古怪之人，壓低聲音問持黎道：「這位國王，他真的是……是人麼？」

持黎忙道：「小聲些，別亂說！」

阿怛怛在旁聽見了，不但不生氣，還露出笑容，回答道：「這位中土貴客，敝國國王當然是人，但他自然並非尋常之人。我王擁有不死之身，從遠古以來，他便是敝國之王，沒人知道我王究竟有多大年歲了。」他望了持黎一眼，微微笑了笑，意有所指地道：「因為我王不死，便不需傳位給子孫。別的國家往往因王位傳遞而爭奪不休、自相殘殺，我毗騫國從來無此困擾。」

沈綾想起扶南國剛剛發生的奪位之爭，心想：「這兒的人，似乎對幾千里外發生的事情都一清二楚。」忽然想起一事，問道：「那國王的子孫呢？他們也是長生不死麼？」

阿怛怛搖頭道：「只有國王本人不死，王子王孫的壽命與常人無異。」

沈綾點了點頭，心想：「要是他的子孫也不死，個個都跟他爭奪王位，那毗騫國的動亂只怕沒完沒了。」

阿怛怛又道：「我王不但不死，且具有神能，能夠預知未來。比如說，我王早在三個月前便已預知扶南王將派使者來訪敝國，因此指派我於今日午時赴碼頭迎接。」

沈綾想起哈哈魯的言語，忍不住望了一眼身旁的高槐；高槐微微點頭，兩人心中都想：「這位毗騫王想必是位巫者。」

高槐開口問道：「國王神聖，請問他血食（注）麼？」

阿怛怛搖頭道：「不，王不血食，飲食與常人無異。」

持黎點頭道：「我聽說過國王神聖而不死，此番親訪貴國，親眼目睹，果然王如神人一般，這才不得不信了。」

阿怛怛聽了持黎的讚譽之詞，甚是高興，又說了一些國王預知未來的例證，忽然說道：「我王最厭惡經商之人，若有人敢跨入我國、在我國境內兜售甚麼物事，國王定然會立即命人殺了他，將他的肉分給國人吃食。」

沈綾嚇了一跳，說道：「吃食？」

持黎笑道：「留陀跋摩國王任命我為使者時，我也有些害怕。我聽人說過，毗騫國人抓到惡人、敵人、商人，都是直接殺了吃掉了事。這可是真的麼？」

阿怛怛顯得十分驕傲，說道：「當然是真的！你們吃過人肉麼？那味道可真不錯。可惜近來並未抓到甚麼惡人、敵人、商人，不然烤一個給你們品嘗，那才真是盡了主人之道啊。」

沈綾只聽得頭皮發麻，反胃欲嘔，心想：「毗騫國人竟然啖食人肉！難怪喬五叔說許多商旅曾警告過他，千萬不可踏入毗騫國，原來不只會丟命，還可能被吃了！」然而他既已來到此地，也只能裝作鎮定，又想：「我雖帶上了兩箱絲綢，但我年紀不大，又跟著扶南的使節團而來，他們應當不會認定我是個商人，有意來此兜售『沈緞』，可別被人發現了才好！至不濟，將所有絲綢都當成禮物送給王族便是。毗騫王願意接受扶南王的禮物，應當也願意接受其他人的禮物吧？」

阿怛怛甚是熱情好客，拉著持黎坐下，指著一旁的五、六個酒罈，說道：「王要我準備好酒招待貴客。這是我國人以檳榔釀的酒，你一定要試試！」

持黎原本愛酒，聽了大喜，說道：「太好了，我正想嚐嚐！」

阿怛怛問沈綾道：「你也喝酒麼？」

沈綾並不嗜飲，於是拱手婉謝道：「我不善飲酒，只能多謝閣下好意。」

於是阿怛怛便命侍者呈上酒碗，親自開罈倒酒，和持黎兩人你一碗、我一碗地喝了起來。

沈綾和高槐、阿寬三人便在空地上隨意遊走，試吃擺在地上的種種鮮果、果乾、乾肉、穀類等；這兒的食物口味甚重，不是太甜便是太鹹，沈綾和阿寬都吃不大慣，隨意嚐了一些，便不敢多吃了。後來高槐見到一個身裹鮮豔布條的老者，猜想應是毗騫國的巫者，便上前與他攀談，兩人在角落坐下，比手畫腳，專注地談起話來。

這時只剩下沈綾和阿寬了。侍者端上剛剛烤好切下的豬肉，請他們享用。這豬肉甚是堅韌，難以撕咬，兩人吃了幾口，都覺得難以下嚥，又不好意思吐出，只好將肉留在口中，慢慢咀嚼，趁沒人注意時，才偷偷吐在手中，扔入草叢。此地野狗甚多，這些野狗精明得很，一直抬頭望著他們這幾個異國人，一見到他們將肉吐出扔下，便衝上前去，彼此

注　鬼神享受牲牢的祭祀，稱為血食。

咧嘴低吼，爭奪殘肉。

沈綾注意到毗騫國的女性都不著衣衫裙子，僅以一塊淨色或花色長布裹身；男子則只在腰間綁上一條布，遮住下身。他游目四顧，見空地遠處有個較高的平臺，平臺上坐了十多位毗騫國的婦女，看來似是一群貴婦。

就在這時，平臺上的一個婦女忽然望向沈綾，並向他招了招手。

沈綾見那婦女約莫四、五十歲年紀，膚色黝黑，身上以一塊粗花布包裹著。僅從這塊花布上，並無法看出她是何身分；但從她的額上、頸上、耳上、手腕和手指上佩戴的燦燦晶亮、華貴耀眼的金銀首飾看來，沈綾猜想她必然地位不低。

但見她又向自己招了招手，顯然有意請讓自己近前，於是快步來到平臺之旁，恭敬問道：「請問您找我麼？」

沈綾來到近處，才見到這婦人膚色黝黑粗糙，鼻寬眼細，嘴唇豐厚，臉頰圓潤，臉上以黑炭和紅粉畫著濃妝；她身形甚高，體態肥腴，在中土來說絕非美女，但跟她身邊的其他婦人比起來，卻顯得氣勢出眾，態度雍容。

貴婦臉上露出友善的微笑，問道：「少年，請問你從何處來？」

毗騫國的語言與扶南相近，口音雖有些古怪，沈綾仍能夠聽懂，於是回答道：「我奉扶南新王留陀跋摩之命，隨使節團而來。」

貴婦笑了笑，說道：「但我看你長得並不像扶南國人。你可是來自中土？」

沈綾只能點頭承認，說道：「正是。我來自中土，一個叫作洛陽的大城。」

貴婦顯然沒聽過洛陽城，只點點頭，問道：「你們中土，現在是甚麼朝代了？」

沈綾沒想到一個偏遠荒蠻海島上的婦人，竟然懂得詢問中土現在是何朝代，微微一怔，才回答道：「現今中土南北分裂，我出身的北方是魏朝，南方則為梁朝。」

貴婦問話時一直笑吟吟的，眼睛卻不斷往他身上的衣褲打量，這時終於問出了她真正感興趣的問題：「你身上穿的這衣衫，能讓我摸一摸麼？」

沈綾走上一步，伸出手，大方地道：「夫人請隨意。」

貴婦伸手撫摸他的袖子，臉上露出驚異豔羨之色，問道：「這布料，可是中土人做的？」

沈綾心中一動，答道：「是的，這套衣衫，是我家人自己做的。」

貴婦甚是驚訝，問道：「是你家人做的？怎麼做的？」

沈綾道：「製成布料之後，我家人用剪刀將布剪成衣褲的形狀，再用針和線縫起來。」翻開自己的衣衫，給貴婦看衣衫接縫處的縫線。

貴婦看著那些細細的線腳，好生驚訝，說道：「原來如此，當真不容易啊！」讚嘆了一陣，又問道：「那這布料又是怎麼做成的？」

沈綾道：「也是我家人做的。」

貴婦睜大了眼，說道：「布也是你家人做的？」

沈綾道：「是啊。這是絲綢。」

貴婦好奇問道：「絲綢？那是用甚麼做成的？」

沈綾答道：「是用蠶絲做成的。我們家裡養了很多蠶，等蠶大了，便會吐絲結繭，之後我們將蠶繭放入水中煮熟，操起蠶絲，再把絲織成布。」這些關於養蠶的扶南詞彙，是他從林伙計那兒學來的，自己也不知解釋得是否清楚。

那貴婦聽得不很明白，滿面懷疑之色，問道：「甚麼是蠶？」

沈綾只能比手畫腳地道：「是一種小蟲兒，白白的，只吃桑葉。夫人見過麼？」

貴婦搖搖頭，表示沒有見過。

沈綾道：「這種蟲子，可能只有中土才有。」

貴婦驚嘆不已，對身後的幾個婦人說道：「妳們都來瞧瞧！這孩子身上的衣物，是他家人自己做的！」七、八個婦人聞言圍了上來，仔細觀察沈綾的衣褲，紛紛伸手撫摸，只覺觸手柔軟光滑，都嘖嘖稱奇。

沈綾心想：「毗騫國的人禁止商人來此兜售，但我若送絲綢給她們，就不算兜售了吧？」靈機一動，說道：「扶南國王贈予毗騫國王的禮品中，便有兩箱這樣的布料。我那裡還有一些相同的布料，請問夫人想看看麼？」

貴婦眼睛一亮，忙道：「在哪兒？我當然想看。」

沈綾道：「布料很多，這兒只怕放不下。我該讓手下送去哪兒給夫人觀看才好？」

貴婦一聽布料很多，更是高興，說道：「你運到大宮去吧。」

沈綾答應了，便呼喚手下阿寬，讓他回到船上，找幾名船夫幫忙搬運艙中的兩箱絲綢，以牛車運來大宮，又跑去持黎和阿怛怛身邊，悄悄問阿怛怛：「請問那邊坐在高臺中間的貴婦是誰？」

阿怛怛已經喝得醉醺醺的，瞇眼往臺上望去，呵呵笑了起來，說道：「那位是我們長頭王的現任王妃。怎麼啦？」

沈綾這才知那貴婦乃是毗騫王的王妃，於是將王妃將自己叫過去問話的事情簡略說了。阿怛怛說道：「王妃和善親民，人們都很擁戴她，長頭王也很信任她。」

沈綾問道：「你說她是現任的王妃，那麼她是第幾任王妃呢？」

阿怛怛側過頭，皺眉苦思一陣，最後說道：「誰知道？我王長生不死，自古以來便是毗騫國之王，幾百年來王妃不斷更換，這位王妃也不知是第幾任了。總之她此刻乃是我們王宮的女主人，那是毫無疑問的。」

沈綾點點頭，心想：「她看來十分中意『沈緞』，我該盡力取得這位王妃的更多青睞才是。」

卻說王妃得知沈綾要送一車的絲綢來，興奮至極，將宮中所有妃子王女、王親眷屬都叫了來，總有三十多人，全都擠在大宮之中，等著觀看來自中土的神奇布料。

當沈綾讓阿寬將兩箱布料搬下車，在大宮中展示時，女人們紛紛發出驚嘆之聲，有的甚至尖叫起來，雙眼翻白，好似就將當場昏暈過去一般。

沈綾知道自家「沈緞」出產的可是中土最高等的絲綢，織工精巧，顏色鮮豔，圖案細緻，即使在中土都屬少見，其中最珍貴者，只有皇室和貴族能負擔得起；在這遙遠的南方荒島之上，較扶南還要更南八千里的毗騫國中，此地諸人連一般粗陋的絲綢都沒見過，當然更沒見過「沈緞」這等專供上貢的御用精品了。

沈綾望著眾貴族婦女驚豔羨讚的神色，心中甚感驕傲：「『沈緞』精美絕倫，不論甚麼人見到了，都要衷心讚嘆的。」

王妃來到他的身前，問道：「這些布料，都是你從中土帶來的，是麼？」

沈綾答道：「正是。這些原是贈送給扶南國王的禮物，國王為了對毗騫國王表示敬意，命我將一部分轉送給毗騫國王。」

王妃問道：「你在扶南國，還留有更多麼？」

沈綾道：「扶南國王很喜歡我家的絲綢，剛剛向我買了十箱，專供宮中使用。此外，我與手下一起出海，船上還有三十多箱絲綢。」

王妃顯出難以置信的神色，說道：「珍貴之物，必定稀有。你們家怎能做出這麼多的絲綢？」

沈綾答道：「我們家專供蠶兒吃食的桑園，有數十頃那麼大；養蠶的工人有數百人，製絲、染色、織布工人又有數千人，另有上百間的舖頭，分布我國各地，專門販賣我們家的絲綢。」

王妃聽得讚嘆不已，追問道：「你們的船，停在何處？」

沈綾道：「我們的船停泊在扶南國的港口喔吠。王妃若想要更多的絲綢，我可以讓手下去將船開來毗騫國，提供王妃挑撿。」

王妃微微皺眉，說道：「不，我只想學會如何製作這種絲綢。我們毗騫國人，絕不向外人購買任何物事。」

沈綾忙道：「是、是，我並非要將絲綢賣給王妃，只是想贈送給王妃罷了。」

王妃抿著嘴，說道：「你家人製造出這些絲綢，想必花了不少工夫；千里運來此地，也是大費人力物力，為何要無端送給我？」

沈綾靈機一動，心想：「毗騫國禁止商人在國內兜售貨品，但若是互相送禮，想來應可接受吧？」於是說道：「王妃若是願意，那就回送給我一些禮物吧！」

王妃點點頭，覺得這個主意可行。她伸出手指，點著自己豐腴的臉頰，沉吟道：「那我該送甚麼給你好呢？」

沈綾道：「一切全隨王妃的意。」忽然見到平臺上也有不少竹棍，棍上燒著香料，想起樓前的空地周圍也有這種竹棍，而該地全無蚊蟲，於是指著竹棍問道：「請問王妃，這竹棍裡燒的是甚麼，竟能驅逐蚊蟲？」

王妃道：「那是一種叫作檸檬香茅的香草，只要曬乾莖葉，點燃起來，蚊蟲便不敢靠近。」

沈綾道：「王妃若不介意，便請送我一些這種檸檬香茅，當作回禮吧！」

王妃笑道：「這種香草盛產於我國，鄉野之間簡直滿地都是，你要喜歡，我讓人摘採五大袋送給你便是。但這東西太過尋常，怎能當成我的回禮呢？未免太不像樣兒了。」她想了想，對身後的侍女吩咐了幾句，又對沈綾說道：「扶南國以東，便是漲海；你們從中土乘船來，想必曾經過漲海。漲海再往東千餘里，有個地方叫作燃火洲的島嶼，那兒有一種奇特的樹，生長於火中；洲人剝取樹皮，編織成布，十分罕見。我送你幾軸以這種火樹皮製成的布，你帶回去中土，也算是件稀奇的物事。」

沈綾也不知道火樹皮布有甚麼用處，只拜謝道：「如此好極，多謝王妃！」

不多時，侍女搬來五大麻袋的檸檬香茅草，外加一疊十分粗糙的布匹。王妃讓侍女將五袋的檸檬香茅草和火樹皮布交給阿寬，沈綾道謝收下了。

王妃笑道：「這種火樹皮布，當地人拿來做手巾、頭巾、衣褲，十分好用。若是弄髒了，丟進火裡燒一會兒，取出來後更為細緻乾淨。」

沈綾大感驚奇，他從未聽說過這等奇異的布料，但見那火樹皮布彷彿以蕉麻織成，色為青黑，伸手拾起一塊，感到入手極輕，看上去雖粗糙厚重，沒想到卻輕得有如棉花一般。他翻來覆去地撫摸觀看，說道：「這火樹皮布當真神奇得很，我在中土從未見過！」

王妃見他喜歡，甚是高興，說道：「燃火洲的酋長上回來我國進貢，送了一車的火樹布給我王。我嫌它顏色不好看，布質又粗糙，因此未曾拿來做衣衫。你要喜歡，就都拿去吧！算是我送給你的小小禮物。」

沈綾趕緊道謝，王妃則將沈綾帶來的絲綢分給身邊的婦女，人人眉花眼笑，歡喜不已，紛紛向沈綾道謝。

當日晚間，沈綾和持黎一行人等在國王所居白樓不遠處的一間客舍歇息。那客舍的牆面以竹排塗泥而成，屋頂則鋪以蓬草，甚是簡陋；所有人都睡在同一間屋子裡，地上鋪著竹蓆。持黎早已喝得爛醉，是讓手下給抬進客舍的。沈綾和阿寬坐在角落，談論今日見聞。

阿寬持著那幾塊火樹皮布，觀看了一會兒，甚感不值，說道：「兩箱上好的『沈緞』絲綢，就換得這幾袋乾草和幾塊粗破布，這交易也太虧了吧！二郎，我們那兩箱絲綢，至少也值得幾千錠銀！」

沈綾手中也持著一塊火樹皮布，翻來覆去地觀看，皺眉思索，說道：「這布十分奇特，竟然不怕火燒！我在洛陽和建康的市場和各間布鋪之中，可從沒見過不怕火燒的布。它一定有其用處，只是我還沒想出來罷了。」又從麻袋中掏出一枝檸檬香茅草，拿到鼻邊聞嗅，只覺一股異香撲鼻而來，說道：「倒是這檸檬香茅草，燃燒便能驅逐蚊蟲，中土從未所見，肯定能賣個好價錢。」

阿寬也取出一枝檸檬香茅草聞嗅，正要說話，忽聽一陣「咕嚕嚕」之聲，卻是阿寬肚子發出的巨響。他趕緊放下香草，跳起身，奔出客舍，直往茅坑而去。他回來之後，愁眉苦臉地問道：「二郎，我們在這兒還得待多久啊？」

沈綾知他水土不服，飲食不慣，又不知吃了甚麼，以致腹瀉不止，說道：「我明日問問持黎。你腹瀉嚴重，我請高槐給你點藥吧。」在屋中放目搜尋，卻找不到高槐，有些擔憂，暗想：「高槐不知去了何處？」又去找持黎，但見他醉得不省人事，如何都搖不醒。

沈綾回到角落，忽聽遠處傳來簌簌的腳步聲響，他心中暗覺奇怪，探頭往門外望去，不由得一驚；卻見一群毗騫戰士在阿怛怛的率領下，團團圍住了客舍！

沈綾見對方總有五十來人，己方人數少，大多又已喝醉，絕對無法抵抗，逃走也不及，只能硬著頭皮從門口走出，對阿怛怛行禮，恭謹問道：「阿怛怛，請問這是怎麼回事？」

阿怛怛沉著臉，說道：「沈二郎，我王敬你來者是客，豈知你竟不守客道，在我國兜售商品！你假稱是扶南國王的使者，其實是個來自中土的絲綢商人！」

沈綾臉色刷白，一時說不出話來。阿怛怛喝道：「跟我們走！」兩個戰士快步上前，架起了沈綾，另有幾個戰士入屋拉出了面色發青的阿寬、爛醉的持黎和其他扶南使團中人，將眾人押往白色石樓。

原來王妃和沈綾這場互送禮物的把戲，並沒能逃過毗騫國王的法眼；他果然擁有神能，不但預知沈綾將帶著中土的絲綢來到國中，也預知王妃見了後會愛不釋手，不惜冒險向沈綾討要，並設法與沈綾互贈禮物以交換絲綢。而在毗騫國中，以物易物也算是買賣，國王曾嚴令禁止。

這時沈綾和阿寬等被押到白色石樓前，沈綾放眼尋找高槐的身影，卻找不到人。他好生後悔自責行事不該如此輕率莽撞，令自己和同伴陷入危境。他正想著該如何對長頭王辯解，但見王妃也已來到，她身上披著剛剛從自己那兒換得的金紫團花輕羅，傲然而立，抬頭對著二樓叫道：「我王！你為何不出來看看，你的王妃穿上這身來自中土的絲綢，可有多麼美麗動人？」

樓上靜悄悄的，一片漆黑，無人回應。

王妃又叫道：「你是不死之身，我們其他人卻都性命有限。你要殺死我，只不過是縮短了我的壽命，對我來說，活得長些或短些，並沒有甚麼差別。但是我可不明白，你壽命那麼長，卻不懂得享受，整日躲在高樓之上，足不沾地；娶了王妃，一年只召見一次；平日只飲白水，只吃青菜，日子過得比個賤民還要不如！我倒要問問你，你活這麼長歲數做甚麼？不如去當棵樹，當塊石頭罷了！」

她言詞愈發尖銳，語氣愈發憤怒，最後幾乎是在尖叫狂吼。旁觀毗騫國人聽王妃對長頭王出言不遜，都不禁為她捏了把冷汗，不敢多聽，又不敢公然伸手遮住耳朵。

王妃高聲怒罵了一會兒，忽然停口，雙手握住了自己的咽喉，發出嘎嘎聲響。毗騫國人面面相覷，都不敢出聲。但見王妃雙手緊緊捧著咽喉，雙眼睜大，舌頭吐出，臉色轉為紫青色，接著砰然倒地，昏死過去，口鼻中流出一絲鮮血。

就在這時，長頭王高大的身形出現在二樓的陽臺上。他微微搖著那較常人大上兩倍的頭，臉上五官難以辨別，但似乎頗為哀傷。但聽他說道：「經商之人，乃是萬惡之源。人們應當自給自足，不應彼此交易，更不應以金錢換取貨物，因此我們毗騫國嚴厲禁止經商。」

他微微轉頭，眼光落在沈綾身上。沈綾被他的眼光盯上，只感到全身僵硬，無法動彈，一顆心彷彿要從胸腔中跳將出來。他再次感到這長頭王彷彿能夠左右自己的心思，連忙努力定下心神，讓自己的心剛硬難透，不受擺布。

只聽長頭王緩緩說道：「你是個來自中土的商人，造訪我國，意在兜售你家出產的絲綢，是也不是？」這雖是問話，但語氣嚴厲，更似指責。

沈綾在這擁有神能的長頭王面前不敢欺騙隱瞞，只能老實答道：「回王的話……正是如此。」

長頭王點點頭，說道：「我早已預知，我的王妃會被你帶來的絲綢所迷惑，犯下大錯，並為此喪命。我已賜死於她，藉以告誡毗騫國人。」

眾人的目光集中在王妃身上，只見她仰天而臥，身上仍披著那塊美麗的金紫團花輕羅，雙目圓睜，七孔緩緩流出鮮血，顯已死去。至於長頭王人在二樓，卻是如何隔空殺死王妃，眾人自都難以猜知。

長頭王的眼光回到沈綾身上，說道：「你應當知道，來到毗騫國兜售貨物者，本王一律賜死，並讓國人分食其肉。」

沈綾感到全身發寒，想到自己就將被殺死，死後血肉更將遭人分食，不禁顫抖起來，牙齒打戰，難以回答。

長頭王又道：「然而本王知道，是王妃主動找你，向你討索絲綢，並非你主動兜售。」

沈綾聽了，連忙點頭道：「國王明鑑……確實如此。」

長頭王續道：「此事雖非你的過錯，但你帶著絲綢來到本國，有心兜售，這便足以判你死罪。念在你是中土之人，又是扶南國使者，我只賜死於你，寬恕持黎及餘人，並讓他們帶回你的屍身，不讓國人分食。如此處置，你可服氣？」

沈綾聽說其他人不必被殺，稍稍鬆了一口氣，但想到自己仍逃不過一死，心頭湧上一股恐慌懼怕，呆了一陣，才勉強鎮定下來，顫聲說道：「國王饒過在下的同伴，不讓我死後遭人分食，沈綾感激不盡。如此處置……沈綾服氣。」

長頭王點了點頭，正要命令手下殺死沈綾，忽聽一人叫道：「且慢！」一個高瘦的身形從人叢中大步走出，卻是高槐。他身邊跟著毗騫國的巫者，兩人來到樓前，向著長頭王拜倒，一齊說道：「啟稟國王，此人不能殺！懇求我王開恩！」

長頭王側頭望向兩個巫者，問道：「為何不能殺？」

高槐說道：「小巫誓死保衛此人。王若執意殺死沈綾，小巫別無選擇，只能召來颶風，毀壞毗騫國所有稻田，令今年田成一無所獲。」

長頭王聽他出言威脅，並不為所動，微微瞇起眼睛，說道：「你有此本領，本王並不懷疑。然而你也該知曉，本王能夠立即取你性命，讓你無法召喚颶風。」

高槐說道：「即使小巫死於王手，無法召喚颶風；然而方圓一百里內的巫者，都將依從我的指令，合力召喚颶風，摧毀毗騫國的所有稻田。」

長頭王一怔，似乎甚感驚訝，說道：「我毗騫國的巫者，為何會聽從你的指令？」

高槐道：「因為我將通告左近所有巫者，讓他們知道沈二郎在此，而他們別無選擇，必須出手保護他的安危。」

長頭王皺起眉頭，直直望向沈綾，眼神銳利萬鈞，似乎不但想看透他這個人，更能看透了他的過去和未來。沈綾在長頭王的注視下，只覺全身戰慄，心頭緊縮難受。他不知從何處生起一股勇氣，凝目回望，並不避開長頭王的眼光，心中動念：「大巫恪曾說過，世間的巫者都不會傷害我；而高槐說這形貌古怪、壽命極長的毗騫國王應當是個巫者，那麼或許他也不會傷害我。」想到此處，心底生起了一線希望，同時也多了幾分勇氣。

半晌之後，長頭王忽然哈哈大笑，說道：「我明白了，我終於明白了！這人雖不是巫者，卻是個『巫磁』啊！」

這話一說，周圍霎時全都靜了下來。連高槐和那毗騫國巫者都露出困惑之色，顯然並未聽過「巫磁」二字。他們彼此互望，更不明白是何意義，於是都向長頭王望去，想聽他如何解釋。

長頭王笑聲不絕，說道：「不錯，此人當真是個巫磁。世間竟仍有巫磁存在！沈二郎，你可是商王的後代？」

沈綾既不知「巫磁」是甚麼，也不知道這和商人後代有何關連？他只去過上商里、見過大巫恪一回，得知該里的居民都是殷商遺民，而且是某位商王的後代，除此之外他便甚麼也不知道了。此時聽長頭王詢問，只能茫然搖頭，說道：「我不知道……我不知道自己是不是商王的後代。」

長頭王巨大的頭微微點了幾下，神色忽然轉為冷肅，說道：「沈二郎，你或許已知道，世間巫者都不能傷害你，甚至必須聽你指令。你可能以為我也是巫者，因此認定我也不能傷你，但是你錯了。我不是你們所謂的巫者，因此你這『巫磁』之身對我並無任何效力，我也可以不顧那些巫者召喚颱風的威脅，立即取你性命，你明白麼？」

沈綾不知能說甚麼，只能點點頭。

長頭王仰頭望向滿布星辰的夜空，沉思一陣，才低下頭來，說道：「我雖能殺你，但對我並無任何好處。巫磁的存在，自有其意義；對天下巫者而言是福是禍，並非我所能決斷。你去吧！清晨啟航，盡速離開，此生再也不可跨入毗騫國境內一步，否則我必定即刻取你性命！」最後一句話語氣嚴厲，空地上的眾人聽了，都不禁全身一震，哆嗦不止。長頭王說完之後，便退後一步，消失在二樓平臺的陰影之中。

沈綾長長吐了一口氣，其餘毗騫臣民和士兵見長頭王竟然不大開殺戒，處死這大膽來毗騫經商的漢人少年，也都深感驚愕，彼此面面相覷，噤不敢言。

眾人的眼光落到空地之上，月色之中，王妃的屍身仍橫躺於地，七孔流出的鮮血已然凝結。

高槐吁了一口氣，轉身對阿怛怛道：「貴王既已開恩，饒恕我等罪過，還請放開沈二郎和諸位扶南使者。」

阿怛怛聽長頭王已下令饒恕眾人，當即命手下割斷綁縛眾人的繩索。這時持黎的酒醉終於消退了點，但仍搞不清發生了甚麼事，迷迷糊糊地跟著眾人回到客舍外，忽地跪倒在地，猛然嘔吐起來。吐完之後，他更加清醒了一些，向沈綾和高槐詢問，才得知自己一行人險險逃過一劫，臉色蒼白，慌忙道：「此地不可多留，明日天一亮，我們便盡快離去！」

此時已過半夜，沈綾、阿寬、持黎和眾扶南使者卻都驚惶得無法入睡，戰戰兢兢地坐在客舍中等候天明。還沒等到曙光乍現，持黎便催促阿怛怛領眾人出發前往碼頭。

沈綾思慮過後，決定仍將王妃贈予的一袋香草和一車火樹皮布帶走。他暗忖：「長頭王既然放過了我，便是寬恕了我在毗騫國的所作所為。王妃已然去世，她特意送給我的香草和火樹皮布，若不帶走，豈不辜負了她，讓她白白送命？」於是命阿寬在車上蓋了麻布，遮住那些香草和火樹皮布，跟其他貨物一起運走。

阿怛怛派車夫趕了四輛牛車，將一行人送抵碼頭。一到碼頭，持黎便趕緊叫醒了哈哈魯和他的船夫，命他們盡快啟程。

哈哈魯不知道發生了何事，但他長年出海，為人甚是警覺，眼見持黎神色不對，也不多問，立即命船夫解纜升帆，又命手下匆匆幫忙將貨物搬運上船。

臨行之前，阿怛怛對持黎道：「我王感謝貴王餽贈厚禮，前夜對使者多有得罪，還請見諒。我王回贈貴王十箱禮物，敬請笑納。」說著命手下搬來十個箱子，交給持黎。

持黎沒想到自己一行人狼狽地遭毗騫王驅逐出境，竟然還有禮物相贈，好生驚訝，連忙謝過了，說道：「請代我等拜謝貴王。」

阿怛怛又讓手下搬來三個箱子，說是贈送給使者持黎和副使沈綾的禮物，兩人趕緊拜謝收下。

哈哈魯趁著退潮，決定盡快啟航；當船航離毗騫海岸數十里外後，眾人才終於放下了一顆懸著的心，感覺一條命確實是保住了。

持黎在船上打開長頭王送給自己的箱子，但見裡面都是打造精緻的金銀器皿，燦爛耀眼，看來價值不菲。他喜出望外，說道：「長頭王雖古怪，禮數卻十分周到，竟送我這等貴重之物！他送給扶南王的事物，想必更加珍稀了。」

沈綾也打開了自己的兩只箱子，裡面沒有金銀器皿，卻是自己送給王妃的絲綢，原封不動地還了回來，箱裡還包括當時穿在王妃身上的金紫團花輕羅，上面仍沾染著王妃的血跡，讓人看了不寒而慄。

阿寬擔憂道：「長頭王將絲綢都還給我們了，但我們卻帶走了那些香草和火樹皮布。他不會來追討，要我們歸還吧？」

沈綾也感到膽顫心驚，說道：「希望不會吧？他不准外人去毗騫兜售事物，連我送給王妃的絲綢都原封退回。但他並未禁止毗騫國人送禮，那些香草和火樹皮布是王妃送給我的，應是受到長頭王默許的吧？」心中卻也說不準，又不捨得扔掉香草和火樹皮，時不時忐忑不安。幸而航行出數里，不見有船來追，沈綾這才稍稍放下心。

海上一路無話，沈綾和阿寬跟著持黎回到了扶南國首都毗耶陀補羅。持黎向留陀跋摩國王報告造訪毗騫的經過，仍心有餘悸。留陀跋摩聽說他們被長頭王捉起、險些遭戮，大感不快，說道：「這長頭王也未免太過狂妄，連我派去的使節都敢捉起，威脅殺死！他還將我放在眼中麼？」然而他也聽聞過長頭王長命不死、身具神能的種種異象，不敢輕易得罪，便下定決心此後再也不派使節出訪毗騫了。

沈綾此番去了一趟毗騫國歷險，雖未做成生意，卻帶回了奇特的檸檬香茅草和一大車的火樹皮布。他跟留陀跋摩說起火樹皮布，留陀跋摩竟對此大感興趣，驚嘆道：「兄弟，這火樹皮布可是稀罕得很啊！我父王往年曾遣使者去往毗騫國，向長頭王乞討數尺火樹皮布，好製成王宮寢室的垂帘，但長頭王不肯多給，每回只給個兩尺。你竟從長頭王那兒討到一整車的火樹皮布！」

沈綾不知這火樹皮布有何珍貴，說道：「這是王后送給我的，用以交換我帶去的絲綢。國王若中意，便都送給你吧！」

留陀跋摩連連搖手，說道：「不可、不可！這麼多的火樹皮布白白送給我，那怎麼成？是了，我這兒有一整套毗騫國王送我的『多羅』，你上回見過的，似乎頗為喜歡，不如全數轉送給你吧！我國中還有不少金器銀器，杯盞碗盤、掛鍊首飾甚麼都有；我已讓人整理出五大箱，用來交換你的火樹皮布，那才算足夠。」

沈綾感到這禮實在太重，極力推辭，但留陀跋摩卻不容他拒卻，湊上前低聲道：「若非兄弟相助，我又怎能坐上這王位？我若坐不上王位，又哪能贈送兄弟這許多金器銀器？」

沈綾聽他這麼說，只能拜謝收下了。

之後數月，沈綾便在扶南王留陀跋摩的庇護下，帶著喬五和阿寬等人遊歷南洋諸國，造訪了林邑、頓遜、天竺、安息、諸薄國、盤盤國、丹丹國、乾陀利國、狼牙脩國、婆利國等地，不但去遍了當年父兄曾到訪之處，更踏上了無數父兄從未去過的土地。

沈綾對拓展「沈緞」銷售版圖甚有野心，在遊歷諸國之後，便選定了十五座南洋大城，在城中設立據點，藉以拓展生意。他率領來自中土和扶南的伙計，如洪掌櫃當年在建康開設「沈緞」一般，在南洋諸城中開辦「沈緞」鋪頭，讓較有經驗伙計擔任掌櫃，並招攬當地人為學徒；又派伙計回返建康與洪掌櫃聯繫，安排將大量新貨運往南洋諸城。

期間，沈綾告知喬五自己尋母的意圖，喬五甚感疑惑，皺眉苦思，說道：「東家往年數度出海南洋，我次次都有跟隨，但全不記得東家是在南洋遇見二郎母親的啊！」

沈綾也大感奇怪，說道：「我阿娘來自南洋，是賀嫂告訴小妹的，也不知是否真確？但我既然來了，自該尋訪一番。」

於是眾人每到一處，便試圖尋訪沈綾的母親；然而沈綾連自己母親的姓名都不知道，長相也毫無記憶，只知道她應是漢人，可能原本居於南洋某國，十餘年前跟隨來自中土的沈姓絲綢商人回返中土。就憑此一線索，無異於大海撈針，儘管阿寬和伙計們走訪甚勤，卻始終一無所獲。

轉眼數年過去，沈綾見十五間「沈緞」鋪頭都已逐漸上軌道，才又回到了扶南國首都毗耶陀補羅，處理「沈緞」在扶南國中的生意。這時扶南在新王留陀跋摩的治理下，國家和平富裕，人民安居樂業。

沈綾在毗耶陀補羅短居數月，林伙計送來了一批「沈緞」，同時亦傳來了主母羅氏早已病逝的消息！沈綾在出海之前，並不知道主母已然逝世，之後在南洋行船奔波幾年，竟直到此時才得到音訊。

他眼見喬五和諸伙計思念家鄉，自己聞訊也歸心似箭，便決定盡快回歸中土。臨行前，沈綾去與國王留陀跋摩道別，留陀跋摩好生不捨，說道：「沈兄弟，你定要常常回來扶南看我！」

沈綾笑著答應了，留陀跋摩便派遣手下，一路護送沈綾等人離開毗耶陀補羅，來到南方港口喔吠，乘船離去。

沈綾拜別了扶南王留陀跋摩，一行人從喔吠港啟航返回中土。出海不到兩日，便遇上了暴風雨，浪高五丈，海船顛簸劇烈。幸而船長徐老大經驗豐富，立即命船夫將船打直，正對著浪頭，令船身不至於側面受風，不然船很容易便會翻覆。然而暴風雨延續了一日一夜，毫無止歇的跡象，反而漸趨猛烈。

沈綾心中忐忑，懷疑是長頭王的手筆，於是去找巫者高槐，問道：「你瞧這大風雨，可是巫術召喚而至？」

高槐仰頭望著黝黑的天際，烏雲間不時耀出刺眼的閃電，神色沉肅，想了想，說道：「不，這就是一場大風雨，並非起於巫術召喚。然而就算如此，我等要平安度過，也非易事。」

喬五聽了，十分擔憂，於是和沈綾一起披著油布雨簑，去船頭尋徐老大，問道：「這大風雨不知何時結束，我們卻該如何是好？」

徐老大咒罵道：「這鬼老天，颳這等狂風，下這等暴雨！我在海上航行了三十年，可從沒遇過這麼大的狂風暴雨！」

沈綾問道：「這左近可有港口，能夠停靠數日，避一避風雨？」

徐老大想了想，說道：「往東北去便是林邑，或有港口可停靠，再北則可至崖州島。但離此總有一日的航程，我們抵達時，或許風雨早就停了。」

喬五道：「崖州離我們出發的廣州南海郡不遠，還是往東北去吧。」徐老大想了想，便同意了。

商量妥當後，徐老大便命船夫轉舵，在暴風雨中往東北駛去。只是這場暴風持續了七、八日，船隻無法靠岸，被暴風吹得繼續往東北漂流。直到風浪稍停，徐老大辨別方向，深深皺眉道：「咱們被那颶風給吹到夷洲了。」

沈綾奇道：「夷洲？」

徐老大道：「那是較崖州還要東北的一的大島嶼，島上有土著，也有漢人，頗為原始。我們既已到此，不如繼續北行，找個港口停泊吧。」

不料大梁此時正經歷侯景之亂，國內情勢混亂，夷洲不讓船隻停靠；又經過晉安郡、東揚州、南徐州、青冀州等大港，亦都禁止船隻停靠。徐老大詢問原因，港口的軍管告知大梁此刻正集軍備戰，因此不准任何外國船隻靠岸。

徐老大氣得跳腳，說道：「我這可是正牌的大梁商船啊！」

軍官則道：「你既是大梁商船，那麼便拿出大梁准許商船出海的押文來，供我等檢驗。」

徐老大平日都從廣州南海郡出海，該地各商船隻極多，廣州碼頭的官員都認識徐老大，他的船隊來往停泊於南海郡碼頭，從來不需出示甚麼准許商船出海的押文；但北方這些港口則鮮少商船進出，這時官員要求他出示甚麼押文，他自然拿不出來。

沈綾道：「不如我們繼續往北，直去到大魏境內再說。『沈緞』在大魏還是有些名聲的，或許那兒的港口會讓我們靠岸。」

徐老大只好繼續沿著海岸往北駛去，繞過一個狹長的半島，來到一處巨大的海灣，海面平靜，船隻眾多。徐老大將船駛入一個港口，試圖停靠，港口並無官兵把守，管事的官員只詢問了船主姓名，船上貨物，便讓他們靠岸下船了。徐老大鬆了口氣，對沈綾道：「沈二郎，老夫載你在南洋前前後後航行了四、五年之久，這可終於將你平安送回中土了！」

沈綾笑道：「這一路雖不完全平安，卻是有驚無險，全仗徐老大經驗老道，遇事沉穩啊！」

巫者高槐過來與沈綾道別，拜倒說道：「此番得與沈二郎相處數年，同經患難，所幸有驚無險；二郎吉人自有天相，處處轉危為安。本巫將隨徐老大的船離去，請二郎往後好自為之，善自珍重。」

沈綾想起若非他在長頭王面前迴護自己，自己只怕當時就要喪生異域，連忙扶他起來，說道：「應該是我向巫醫道謝才是！若非你盡力保護，我只怕難以活著離開毗騫國！」

高槐連連搖手，從懷中取出一物，雙手呈給沈綾，說道：「這是本系巫者代代相傳的寶物，願贈予二郎，以資留念。」

沈綾心想自己怎能收下人家祖傳的寶物，連忙辭謝，但高槐卻堅持道：「此物必須由二郎持有，懇請勿辭。」

沈綾只得伸手接過，但見那是一塊約莫兩寸見方的物事，大小正好可以握入掌中，黑黝黝的，看不出是木質還是石質，表面透着血絲般的紋路。他一將那事物握在手中，便感到一股異樣的律動，彷彿這物事是活的，有著自己的脈博。沈綾好奇問道：「這是甚麼？」

高槐道：「這是血翠杉。血翠杉是一種天下極為罕見的樹木，生長於西南深山之中，即使是長年居住在山中的少數民族，數百年中也難得一見。據說人在瀕死彌留之際，只要聞到這血翠杉的香味，便能起死回生。」

沈綾驚道：「如此珍貴稀奇之物，我怎能接受？」

高槐用手將沈綾的手掌闔上，讓他緊緊將血翠杉握在手中，說道：「此物當歸二郎所有，你日後當明其用。請二郎牢記，此物乃是我木巫一系之寶。」說完向沈綾再拜倒行禮，便起身告辭而去。

沈綾為了感謝徐老大一路上的照顧保護，準備了豐厚的金銀綢緞等報酬贈予二人，並親自來到碼頭，目送徐老大的船離去。

沈綾等一行人上岸之後，詢問當地官員，方得知此處乃是渤海灣的光州港，再詢問洛陽和皇室近況，都是大驚失色！一行人離開洛陽時，皇帝還是元子攸；此時才知大魏竟已一分為二，如今有兩個皇帝，東魏皇帝為元善見，定都於鄴，由大丞相高歡掌政；西魏皇帝為元寶炬，定都長安，由權臣宇文泰掌政。洛陽位於東魏境內，靠近東西魏的邊境，不但不再是大魏京城，而且兵災不斷、紛亂連年。沈綾等聽了，都不敢置信，感到恍若隔世。

沈綾此番闖蕩南洋，帶上了五十箱的「沈緞」，不但全數賣出，賺回了將近百萬兩銀子，並藉由轉賣火樹皮布給扶南王留陀跋摩，換得了五大箱昂貴的金銀器和多羅；此外，他在十多座南洋大城中設立了「沈緞」鋪頭，從建康運來大量「沈緞」在該地出售，若一切順利，每年將有超過十萬兩的進帳。除了未能尋訪到關於他母親的任何消息之外，此行可說是滿載而歸。

他和喬五商量之下，喬五認為他們應及早返回洛陽，探問家中情勢。但沈綾想起自己曾對羅氏許下永遠不回洛陽的承諾，心中好生難以委決：「我是否該履行承諾，不回洛陽？那我該去往何處？去建康找洪掌櫃麼？可我已自願放棄『沈緞』的所有份兒，就算去了建康，我也早已不是『沈緞』的東家了。我卻該何去何從？」一時猶豫不決。

喬五不明白沈綾的心思，不知他有何顧慮，為何不斷拖延，遲遲不肯啟程，心中焦急無比。他悄悄去問阿寬，阿寬也不知道內情，只猜測道：「當初二郎決定離開洛陽，頗有點兒一去不回的悲壯氣概。此番我等不但平安歸來，而且在南洋大展鴻圖，滿載而歸，可能大出他的意料之外，反倒不知道自己下一步該如何是好了。」

喬五沉吟道：「無論如何，主母已逝，二郎都該趕緊回洛陽探望大娘和二娘，並接手『沈緞』的經營。一直在外地徘徊，也不像個事兒。」

阿寬也很想回家，愁眉苦臉地道：「我勸過二郎幾回，但他心中不知在想些甚麼，我一提起要回洛陽，他就苦笑不答，立即轉開話頭。」

喬五和阿寬二人相對浩嘆，一籌莫展。

一行人在東魏境內待了數月，最後喬五只好勸沈綾道：「老東家和大郎去世已有七年，二郎就算不回洛陽，也該去兩位在城外的墳地祭告上香，稟報南洋之行的成就啊。」沈綾聽了，終於同意往洛陽行去，但說明了只在城外祭拜父兄之墳，不願入城。此時東西魏邊界不時交戰，眾人商量之下，決定避開東魏首都鄴城，取道往西，途經晉陽，再南下回返洛陽。

注《文獻通考》中對毗騫國有以下這段極為古怪的描述：「毗騫國，梁時聞焉，在頓遜之外大海洲中，去扶南八千里。傳其王身長丈二尺，頭長三尺，自古來不死，莫知其年。其王神聖，知將來事，南方號曰長頭王。國俗，有室居衣服，啖粳米。其人言語小異扶南國。不受估客，有往者亦殺而啖之，是以商旅不敢至。王常樓居，不血食，不事鬼神。其子孫生死如常人，惟王不死。又傳扶南東界即漲海，海中有大洲，洲上有諸薄國，國東有馬五洲。復東行漲海千餘里，有燃火洲，其上有樹生火中，洲左近人剝取其皮，紡績作布，極得數尺，以為手巾，與蕉麻無異而色微青黑；若小有垢汙，則投火復更精潔。毗騫王亦能作天竺書，書可三千言，說其宿命所由，與佛經相似，並論善事。」

這是一段十分神奇的記載，不知有多可信，但既寫入正史，想必有些事實根據。這位「長頭王」長得比常人高很多，頭也長很多，而且長命不死，簡直不似人類！又說他有神聖之能，不喜商旅來國內兜售貨品，商人若敢來，便將他們殺死吃掉。長頭王長年居於樓房之上，不要求人們供奉牲畜血肉，也不事奉鬼神。此外，長頭王能書寫梵文（即天竺文），所說的種種預言仿似佛經，教人為善。這長頭王真不知是何方怪物，莫非外星人乎？故事中的提到的「火樹皮布」，根據史書，乃出自燃火洲，亦為十分神奇之物；以這樹皮做成的布，髒了不須洗，只須投入火中燒一燒，便又乾淨了。世間倘若真有此等火樹皮布，或可用於防火？

第五十九章　懷歸

少室山中。

卻說菩提達摩離去之後，沈雒仍捨不得離開少室山，在山上的破廟中又住了半年，沉心修習《菩提道》，感到略有小成，心中甚是喜慰；等到內息累積深厚，運用自如時，《菩提道》方能有大成。她知道往後只有慢慢修煉積蘊內息，無法操之過急。

這日沈雒忽然十分想念故鄉，又牽掛大姊，思忖自己在山上練功，與回家繼續修練並無差別，倘若回家去能讓大姊放心，也是好事，於是對賀秋道：「秋姊姊，我們在這兒待得夠久了，是時候回家了。」

賀秋聽了，甚是歡喜，忙問道：「二娘練功已有大成了麼？」

沈雒微微搖頭，說道：「師父的功夫，我只學了不到一、兩成，大成是說不上的，只能說勉強打下了個根基。」

賀秋道：「那就好啦。我不懂得內家功夫，但聽我阿爺阿娘說過，內功最重要也是最困難的一步，就是根基。二娘在菩提達摩師父多年來的親自指點下打好了根基，已經十分難得。」

沈雒點頭道：「確實難得。我得好好珍惜，往後也得日日練功，不能荒廢了功課。」

嘆了口氣，說道：「只可惜與師父相處的時光太少，未能一併學到師父的外功！」

賀秋安慰她道：「二娘不必憂心，未來或許還有機緣。」

沈雒道：「但願如此吧。」心中卻很清楚，此生想必很難再有向師父菩提達摩求教的機緣了。

二人就將離開這住了許久的小廟，都不禁甚感不捨。她們將小廟打掃乾淨，將剩餘的米糧鋪蓋都送給了山上的農戶，之後便收拾行囊，啟程下山，打算回往洛陽。

然而她們下山之後，才驚然發現山腳的村落已空無一人，村中房屋全遭燒毀。二女又驚又憂，原本想在村中買匹馬或租輛馬車，看來是全無可能了。兩人無奈，只好沿著小道步行走向下一個村落。沒想到那個村落也是一般，大半房舍已被燒毀，村中空無一人，連牲畜雞犬都無半隻。

賀秋擔憂道：「這兒看來是遭了兵災，村民全都逃離避難了。村中糧食牲畜全無，我們帶的糧食只夠吃三、五天，得盡快找到能購買糧食的村落才是！」

沈雒皺起眉頭，感到束手無策，說道：「我們先找到個人，問問究竟發生了何事。」

兩人又往西行，避開大路，只挑小路而行。將近傍晚，才來到一間農舍，窗戶中透出燈光。

賀秋道：「這農舍還有人居，似乎尚未受到兵災。」

沈雒道：「不如我們去請求借住一宿，順便問問情況。」

兩人來到木門前，敲了半天門，都無人回應。賀秋只好提高聲音，叫道：「主人請了！我和我家女郎主僕二人剛從少室山下來，欲往洛陽行去，想找個地方歇腳，買點兒糧食果腹。」

過了一會兒，門才終於開了。主人是個老農，他起初以為是流兵搶劫，起初不敢開門；聽見來人聲音清脆，又從門縫中見到是兩個年輕女娘，才終於開了門，讓她們進入農舍。

沈雒問起左近村落發生的事情，老農眼淚立即便掉了下來，哭道：「東西魏交戰不止，受苦的都是百姓啊！」

沈雒忙問究竟，這才知道她們在少室山學武的三年中，東魏和西魏征戰不休；而少室山位於洛陽東南方，鄰近東魏、西魏的邊界，左近衝突不斷。

老農抹淚續道：「東魏大丞相高歡派了一個名叫侯骨萬景的將領鎮守洛陽，負責守衛東魏邊界。這人生性凶殘，掌握洛陽軍權之後，便派士兵來到方圓五百里內的城鎮村落，逼迫農民交出所有的糧食和牲口，年輕的男子則全數拉去充軍。附近村鎮得到消息，村民們早早便棄村逃難去，侯景的士兵找不到人，大怒之下便放火燒屋，並將村民沒能帶走的糧食和牲畜全數掃劫一空。」

沈雒和賀秋互望一眼，心中都想：「山腳的那些村鎮，想來便是被侯景的士兵燒毀的。」

老農泣道：「我這農舍因地方偏僻，還沒被他們找到。然而我更不敢出門，生怕被他們見到拉走。我的兩個兒子年輕力壯，也是運氣不好，在種田時被侯景的士兵見到了，不由分說便被綁起帶走、不知去向。如今我的田地全都荒蕪了，今年的收成也無望了。我可該怎麼辦哪……」

沈雒不知該如何安慰起，只能說道：「東西兩邊都是魏境，戰事應當不會綿延不止。吉人自有天相，或許你的兩位郎君很快就能回來了。」

老農哀嘆一陣，才說道：「兩位小娘子若不介意敝舍破敗，盡可在此歇息。我還存有些糧食，可供妳們吃上幾日。」

沈雒道：「多謝了！但我們只需借宿一晚，明日便要上路。」

老農吃驚道：「這等時勢，妳們兩個女娘，千萬不可出門行走啊！太危險了！」

沈雒和賀秋對望一眼，沈雒道：「我等有急事需趕回洛陽，這路是不得不走的。」

老農勸不動她們，只好道：「兩位明日倘若非得上路，可得謹慎小心，避開大路，只撿小路行走，千萬別遇上那些如狼似虎的士兵才好！」

沈雒答應了，當夜便在農舍住了一宿。

次日清晨，二女告謝老農，啟程上路；她們聽從老農的指點，沿著鄉間小路往西北行去。

然而鄉間小路崎嶇難行，加上連日大雨，兩人身上都濕透了，鞋子也沾滿了泥濘。她們的衣衫不多，那夜找不到地方歇宿，只能在樹下胡睡一晚，第二日再濕淋淋、髒兮兮地上路。幸而二女都身負武功，沈雒更練過菩提達摩傳授的洗髓功，身強體健，不致病倒。

然而洛陽附近的城鎮中滿是士兵，兩人無法入鎮補充食水，不出兩日，清水和糧食便都不足夠了。賀秋道：「二娘，咱們這麼在鄉野行走下去，遲早得渴死餓死。是否該冒險找個市鎮，備齊了糧食飲水再前進？」

沈雒說道：「好吧。」二女於是辨別方向，轉往東南方，去往該地較大的城市穎州。

二女來到城門外，見門口有士兵守著，才知道穎州也已成了侯景的軍營。二女低聲商討後，決定以布蒙面，來到城門口，對士兵說是要進城投靠親戚。士兵見她們衣著汙穢破爛，只道是難民，也沒有多問，便放她們進城了。

進城之後，但見整個城裡空蕩蕩的，街上幾乎沒有行人；她們想找間客店投宿，整條街上的所有商鋪都以木板封門，食鋪茶肆沒有一間是開的。

賀秋擔憂道：「二娘，這可怎麼辦才好？」

沈雒道：「我記得沈家在穎州有一間鋪頭，應該在西大街上。我們去找找。」

然而二女找不到人問路，最後還是問了街邊一個殘廢乞丐，才知道西大街怎麼走。路上有不少士兵巡視，說是巡視，實際上卻是在伺機搶錢劫色。二女低頭掩面，盡量避開大街，只撿小巷行走，終於來到了西大街上。

只見西大街上所有店鋪都關著，招牌也都卸下了。二女找了半天，才在一間鋪頭外面見到一個淡淡的「沈」字，想是往年的招牌，早已陳舊了，但墨跡仍在。沈雒認出那個「沈」字，高興地道：「是這兒啦！」

二女繞到店後，敲了後門，等候良久，才有個老人將門打開了一條縫。沈雒大喜，趕緊問道：「請問，這兒是『沈緞』舖頭麼？」

老人點點頭，瞇起眼打量二人，以為是城中哪家女娘來敲門買布，懷疑地道：「兩位小娘子，請問妳們是哪家的眷屬？敝舖這陣子不做生意了，快請回家吧！」

沈雒微笑道：「你是白掌櫃麼？我是沈家二娘沈雒，還記得我麼？這是我的侍女，賀秋。」

老人聞言大驚，他許多年前赴洛陽面見東家沈拓時，確實曾見過沈雒一回，不過那是好幾年前的事了，沈雒當時還是個小女娃兒；但他仔細看去，依稀仍能認出她的面目，於是趕緊開門將二女迎了進來，又見她們衣衫骯髒，風塵僕僕，忙去廚下煮水，好讓她們梳洗一番。

二女洗漱完畢，白掌櫃請她們在舖頭坐下，送上熱茶，並呈上兩碗熱粥。二女都餓壞了，匆匆吃喝起來。飽食過後，沈雒告知來意，說道：「我們正回往洛陽，因途中到處都是官兵，只能撿鄉間小路行走，但身上帶的水糧不足夠了，因此決定冒險入城，補足水糧後再上路。」

白掌櫃仍驚訝不已，說道：「屬下當真料想不到，二娘竟會光顧本舖！不過事情也當真湊巧，約莫一年多前，有個伙計從南方來，給我們左近每個舖頭都送了封信，說是二郎臨出海前寫給二娘的。因不知二娘行蹤，便寫了許多封信，往每個舖頭都送了一封。我當時感到十分奇怪，心想二娘怎會無端來到我這穎州呢？沒想到您當真來了！」

沈雒聽了，雙眼發光，忙問道：「竟有小兄給我的信？快給我看看！」

白掌櫃取出鑰匙，從上鎖的抽屜中取出一封信，交給沈雒。沈雒趕緊打開看了，但見裡面寥寥數行，正是小兄沈綾的字跡，寫道：

「雒妹如晤：兄知妹心之所思，性之所好。近日巧聞養蠶取絲之祕，深不可測，妹必樂聞。可速赴建康『沈緞』尋洪掌櫃，指點迷津。　兄綾手啟」

沈雒心中怦怦而跳，暗自籌思：「小兄明白我已一心學武，卻寫了這封信給我。信中雖說養蠶取絲之祕，實際上說的應是其他重要之事！他要我去南方找洪掌櫃，說他能夠指點迷津，言下之意，是說洪掌櫃會代他告訴我細節。」立即打定了主意：「小兄知我甚深，出海前特意留信予我，我當立即趕去建康，一探究竟。」

原來沈綾出海之前寫了這封短信，請洪掌櫃設法送去洛陽給二娘沈雒。然而因戰亂頻仍，路途阻隔，洪掌櫃始終無法將信送出；等到可以送信時，洪掌櫃才得知二娘已然離家出走了。他心想二娘既已離家，這封信送回洛陽沈宅也無意義，又猜想二娘沈雒出門在外，若需要任何幫助，定將造訪「沈緞」鋪頭，於是便想出了這個奇法，將同樣的信謄抄數十封，分別送給洛陽城左近市鎮中「沈緞」鋪頭的掌櫃們。如今此法果然奏效，沈雒恰好進入穎州城，從白掌櫃手中得到了沈綾留下的這封信。

她向白掌櫃問起城中情況，白掌櫃嘆道：「唉！這兒情勢糟糕至極啊！侯景才一進城，便將所有年輕男子都抓去從軍，我們這兒的三個伙計都未能倖免。我年紀太老，軍隊不要我，才僥倖留下了。城中稍有家產的商戶人家，如今全都逃出城去了。侯景還宣布宵禁，關閉市場，我眼下也只能守在店中躲著，過一日算一日，也不知道能不能活到明年啊！」說著不禁老淚縱橫。

沈雒聽得好生難受，就如傾聽老農訴說苦處時一般，她不知該如何安慰，只能伸手按在白掌櫃的背上，安慰道：「白掌櫃且莫擔心，事情總會有轉機的。你安心待在鋪子裡，等士兵走了後，市面終歸會恢復平靜的。」

白掌櫃擔心地問道：「二娘，您當真要去洛陽麼？」

沈雒卻搖頭道：「不，我決定不回洛陽，先去建康一趟。」

賀秋聞言甚是驚訝，脫口道：「二娘，我們要去建康？」

沈雒道：「正是。小兄信中提及，他要我立即趕去建康，替他辦一件事。因此我們暫時不回洛陽了，這就直接南下建康。」

賀秋一怔，也只能點頭答應。

白掌櫃道：「去建康也好！南方此刻應當比北方安靖一些。洛陽和穎州附近滿是士兵，絕不安全，兩位最好趕緊出城，往南方去，經豫州至邊界的義陽郡，從那兒渡過汝水，便是南梁境內了。我這兒還有些許糧食，妳們帶上了，明日便趕緊上路吧！」沈雒向白掌櫃告謝。

鋪頭狹小，白掌櫃收拾不出房間來，只能自己睡在櫃檯上，讓二女睡在鋪頭後的儲藏室；他大感過意不去，但二女在少室山上時住慣了破廟，全不在意。

當夜就寢時，賀秋忍不住問道：「二娘，二郎信中究竟說了甚麼，讓妳決定立即趕去建康？」

沈雒神祕地笑笑，取出信給賀秋看了，說道：「小兄告知，南方有新的養蠶取絲之祕，要我盡快去建康向洪掌櫃請教。」

賀秋讀了信，仍大惑不解，說道：「二娘鍾愛養蠶之道，這我是知道的。但是……但是這也並非甚麼緊急之事，為何先不回家一趟，再去南方呢？」

沈雒只道：「妳不明白我，小兄卻明白。他知道我一定會心急得知這養蠶取絲之祕，因此出海前四處發信，讓我盡快趕去。」

賀秋知道沈雒向來意志堅決，一旦做出決定，便不會更改，就不再多說。

沈雒躺了下來，望著眼前的一片漆黑，心中籌思：「小兄知我一心想尋得明師，難道信中之事是指這個？尋訪明師，乃是可遇而不可求之事。這封信是小兄臨出海前寫下的，因此該是三年前的事了。我此時趕去，也不知能否找到那位高人，得傳武術？」又想：「此事最好先別讓秋姊姊知道，免得到時若找不到這位高人，可徒然令她失望了。」

次日，沈雒和賀秋商量之後，都認為兩個女子行路確實不安全，不如改扮男裝。「沈緞」鋪中衣衫甚多，兩人挑了兩套男子衣衫換上，重新梳了頭，並將臉塗黑了，又向白掌櫃討了數套男女衣衫帶在包袱裡，向他道謝告辭後，便揹著行囊和糧食上了路。她們依照白掌櫃的指點，從南門出去，一路往東南而去，數日之後，經過南潁川、豫州，來到了汝水岸邊的義陽郡。

她們並不知，此時南梁和東魏軍事衝突迭起，這邊境小郡中竟有大軍集結；兩人在郡中待了一夜，準備出城時，只見大批東魏軍隊集結於南門，一般百姓更無法接近城門口，只好改走東門，盼能繞道去往汝水。

正走在路上時，忽見一隊士兵迎面而來，約有四、五十人，看面貌都是羯人和鮮卑人。二女低頭讓在道旁，等候士兵過去。沒想到一個軍官側頭見到二人，忽然伸出手，抓住了賀秋的手臂，喝道：「這兩個小子年輕力壯，怎地還沒被拉入軍中？」

賀秋一驚之下，使勁掙脫了，退後幾步。那軍官又驚又怒，喝道：「大膽狂徒！竟敢違抗軍令？抓起來了！」四名士兵衝了上來，將二女團團圍住。

沈雒好生後悔：「著女裝怕遭人侵犯，著男裝又怕被抓充軍！」她勉強鎮定，低聲對賀秋道：「我們對付得了。妳抵擋這裡四人，我去抓那頭子。」賀秋微微點頭。

沈雒低喝一聲：「動手！」

賀秋陡然飛腿而出，踢向左首士兵的臉面。那人出其不意，鼻子被踢個正著，仰天倒下。賀秋更不停頓，一拳打上第二名士兵的咽喉。她的拳腳學自賀大，師承北山派，以快捷和詭異著稱，出拳踢腳的方位往往令人無法意料，以奇取勝；第二名士兵倒下後，她很快又一掃腿，撂倒了第三名士兵。最後一名士兵嚇得呆了，轉身就逃，賀秋追上前，手掌斬上他的後頸，那人悶哼一聲，撲倒在地。

賀秋攞平四個身強力壯的士兵，不過一眨眼的工夫；沈雒也沒閒著，快步上前，衝向方才捉住賀秋手臂的軍官，一掌打向他的胸口。

那軍官反應甚快，立即拔出腰刀，橫劈過去，逼對手後退。沈雒畢竟缺乏臨敵經驗，見到明晃晃的刀刃，微微一驚，略頓了頓，這一拳便沒能打中對手，自己也不得不後退避開刀鋒。沈雒甚感懊惱：「我若未曾遲疑，便已打中他胸口穴道了。我內力雖已有些根基，拳腳兵器等外功卻著實不行。」

這時她已失了先機，那軍官揮動腰刀護在身前，刀風呼呼作響，令沈雒無法近身。她側眼見賀秋已打倒了四名士兵，但周圍還有四、五十個士兵，自己須得趕緊打倒這軍官，以為脅持，方能脫身。她吸了一口氣，只能鋌而走險，矮身撿起一塊巴掌大的石頭，猛向那軍官擲去。兩人相距甚近，軍官不及避開，只能揮刀砸開石頭。但沈雒的石頭蘊含著深厚內力，勁道極強，軍官的刀竟被石塊打得往後蕩開，險些脫手。

沈雒乘機搶上，右手成爪，使出一招賀嫂教過她的「猛虎搏鷹」，掐住了軍官的咽喉，左手則扣住軍官的右腕，免得他揮刀斬傷自己。她這一出手，竟然順利得手，連自己都有些不敢相信。這是她下山後第一次施展武功，對手比她高出一個頭，身形粗壯結實，但她靠著內息深厚、出招快巧，竟然能輕易制住敵手。

那軍官被她制住之後，也露出不可置信的神色，一時呆了，張大口說不出話來。

沈雒感到自己心跳極快，勉強鎮定，低聲道：「放我們走，便饒你性命！」

她畢竟是個少女，這話雖壓低了聲音，但仍掩不住語音嬌柔，話聲微顫，殊無震懾之效。沈雒自己聽了，也感到自己這幾句話不但毫無威脅之功，亦毫無威脅之實；自己師從菩提達摩學武之餘，也學得了不少禪門佛理，即使自身有生命危險，也絕不敢濫傷人命。

她想到此處，更加沒了信心，雖已制住了這軍官，卻全不知下一步該如何做方能脫身。

幸而賀秋比她經驗老道得多，夾手奪過軍官手中的刀，舉刀抵在他的背心，喝道：「帶我們出城！」

那軍官聽出兩人都是女子，惱羞成怒，喝道：「原來是兩個小女娃兒，竟敢威脅你軍爺！」奮力一掙，準備反手抓住沈雒，不料他更無法掙脫沈雒扣在自己咽喉和手腕的雙手，而賀秋手上使勁，刀尖刺入他的背心肌膚，頓時鮮血迸流。

賀秋冷然道：「殺了你，我們照樣能夠逃走。你要命不要？」

軍官感到背心滿是冷汗，和著鮮血一起流下，僵持一陣，才對手下道：「你們留在此地，不可擅離，等我回來發號施令。知道麼？」一眾手下士兵見長官遭人挾持，都不敢妄動，齊聲答應了。

賀秋和沈雒對望一眼，沈雒放開手，賀秋以刀押著軍官，往東門行去；那四、五十名士兵眼睜睜地望著三人離去，其中有些是城中男丁，才剛剛被拉來充軍，眼見軍官被人制住，抓緊機會，回身就跑。一個鮮卑士兵高聲呼喝：「誰敢逃？快停下！」派了三、五個士兵追上去提人，此時又有幾個充軍男子往相反的方向逃走，一眾鮮卑士兵叫囂呼喝，分頭追趕，場面頓時陷入一片混亂。

賀秋見了，忙道：「快走！」押著那軍官急急往東門奔去，沈雒快步跟上。幸而此時道上無人，沈雒心想：「門口想必也有士兵防守，等會兒定將遇上更多的人。他們見我等持刀威脅這傢伙，想必會群起而上，試圖阻止。」她扯下包頭的布條，遞過去給賀秋，低聲道：「遮起刀子。」賀秋會意，將布條蓋在刀身上。

那軍官被二女制住，大失威風，又羞又惱，故意走得甚慢。賀秋幾度威脅叱喝，他都只當聽不見，還故意假作跌跤，掙扎老半晌才爬起身。

賀秋無可奈何，說道：「乾脆將他扔在道旁，我們趕緊離去便是。」

沈雒搖頭道：「尚需讓他多為我們拖點時間。師父曾教過我點穴，能讓人全身麻痺，失去知覺，我從未試過，不如在他身上試試？」說著彎起指節，看準了那人背心的靈臺穴，運氣戳去，那軍官悶哼一聲，雙眼翻白，一下子軟倒在地。這番嘗試令沈雒大為驚喜，說道：「當真有效！」

賀秋也甚是驚異，說道：「這是甚麼神奇功夫？」

沈雒笑道：「是我師父教的，也不算十分難學。下回我教妳。」伸腿將軍官的身子踢到道旁的一棵大樹之後。

賀秋問道：「刀怎麼辦？」

沈雒道：「留下吧。」

賀秋用布條包住刀子，藏入背上行囊，二女快步往東門奔去。

來到東門，兩人不禁倒抽一口涼氣。只見此地集結了更多的士兵，兵馬喧囂，比南門還要更多，總有上千人。

賀秋低聲道：「怎麼辦？」

沈雒也不知如何是好，說道：「只能退回城中，靜觀待變了。」

第六十章　偶遇

二女離開東門，回入空空蕩蕩的義陽郡中，也不知該去何處落腳，在城中漫無目的地走了一圈，來到一座破舊的大宅之外。那人宅顯已廢棄甚久，沈雒道：「我們去宅裡瞧瞧，或許能躲上一陣子。」

兩人沿著牆走了一圈，見有堵牆倒了一半，便跨過倒塌的牆磚，進入一個園子。這園林入內寬廣，和洛陽沈宅的園子頗有相似之處；即使園中雜草叢生，斷垣殘瓦，破敗荒涼，仍難掩往日的華麗輝煌。

沈雒穿過園子，見到遠處有座大宅，便信步往那大宅走去。賀秋忽然從後拉住了她，低聲道：「有人。」

兩人趕緊閃身躲到樹後，卻已不及；園中的樹後、石頭後紛紛轉出十餘人，圍繞著二女，手中各自持著斧頭、鋤頭、耙子、竹棍等物，殺氣騰騰地盯著她們。

沈雒向那些人打量去，但見他們衣衫破爛，面目骯髒，顯非士兵，心想：「這些人，看來倒像是城中難民。」

正想時，一個身形高大的男子大搖大擺地走了出來，手中持著一柄鐮刀，嘴裡叼著一根蘆葦，看上去便似個街頭的流氓混混。那男子約莫四十出頭，披散著長髮，面目滄桑，鼻高目深，似是鮮卑人。他直向沈雒走來，伸出手，懶洋洋地道：「拿來！」

沈雒微微一呆，脫口問道：「拿甚麼來？」

那男子不耐煩地道：「妳的包袱啊！難道要本郎君動手去搶？那也未免太難看啦！」

沈雒站直了身子，心想：「原來這些人不是流氓，而是強盜。」說道：「你想搶我的物事，不妨動手試試？」

那男子皺起眉頭，說道：「不、不，郎君我不搶他人的物事。妳得心甘情願交給我才成。妳若不心甘情願，我又何苦保護妳？」

沈雒聽不明白，說道：「你？保護我？」

男子撇嘴而笑，把弄著手上的鐮刀，露出恍然大悟的神情，說道：「喔！原來如此。妳們是誤打誤撞進來這兒的，不是來求我這個慕容郎君保護的？」

沈雒心想：「這等無賴竟然自稱郎君？」問道：「你能如何保護我們？」

那慕容郎君道：「我能保護妳們平安出城，到達汝西渡口。」

沈雒和賀秋對望一眼。慕容郎君目光銳利，老早看出這是兩個小娘子，又觀望她們的神色，笑吟吟地道：「妳們想逃去南方，是也不是？南門、東門軍隊集結，妳們出不去，是也不是？聽好了，我今日便能護送妳們出城，到達汝西渡口。怎麼樣，拿來吧？」說著再次伸出手，討要她們的包袱。

賀秋微微搖頭，低聲道：「此人不可信。」

沈雒也不敢信這等油嘴滑舌的傢伙，但這人明明手下眾多，卻不直接出手搶走包袱，只慢吞吞地跟自己討價還價，或許真的知道出城的門路也說不定。她想了想，說道：「我們包袱裡只有些衣物，錢財可是一點也沒有的。但我可以給你一柄刀，比你手中那柄鐮刀好上百倍。我們以這柄刀，交換你護送我們出城；這筆交易，你做不做？」

慕容郎君揚起眉毛，顯得頗有興趣，但臉上仍帶著憊懶的笑容，問道：「甚麼刀？拿出來瞧瞧。」

沈雒對賀秋示意，賀秋便取出了方才從軍官手中奪過的刀，移去布條，舉在身前。

慕容郎君眼睛一亮，摸著下巴，說道：「這可是軍刀啊！從哪兒偷來的？」

沈雒道：「方才在道上撿到的。」

慕容郎君仍舊笑著，神色卻顯然不信。他慢慢地道：「這刀我當然要了。至於其他的物事，我也都要。」

沈雒取下背上包袱，解開後攤在地上，說道：「你自己瞧瞧，不過是些女人的舊衣衫罷了。你要來做甚麼？」

慕容郎君低頭望了一眼，嘴角露出微笑，說道：「我這宅裡也住了不少婦女，女人衣衫我當然也要。」搖搖擺擺地走上前，彎下腰，伸手撈起了一件衣衫，手指一揉，口中嘖嘖兩聲，抬頭望了沈雒一眼，說道：「這絲綢可是上等貨啊！總要幾十兩一疋吧？」

沈雒雙臂交抱，說道：「你若想要，拿去便是。但你必須承諾，今日日落之前，護送我們到汝西渡口，上船渡過汝水。」

慕容郎君哈哈大笑起來，站起身，抱著手臂，說道：「妳倒是會打算盤。我只說今日能護送妳們出城到達渡口，可沒說日落之前，也沒說要幫妳們找船過江。為甚麼呢？第一，光天化日之下，誰也出不了城去；要出去，非得等到天全黑了以後。第二，這會兒船費可貴了，到了渡口，妳們得自己想法子找船渡河，那可不關我的事。如何？」

沈雒身形嬌小，這慕容郎君足比她還高出一個頭。沈雒抬頭盯著他的雙眼，說道：「我憑甚麼相信你？」

慕容郎君臉上仍舊帶著笑，說道：「妳怎不想想，我這兒人多勢眾，人人手持傢伙，要殺死妳們、奪走妳們的物事，可說輕而易舉。我何苦跟妳囉嗦半天？只不過我大發慈悲，見妳們急於出城，因此想幫妳們一把。怎麼，我一片好心，妳倒不肯領情了？」說著對手下示意，那群人便各自舉起斧頭、鋤頭、耙子、竹棍等武器，跨上一步，向沈雒和賀秋逼近，來勢洶洶。

沈雒輕哼一聲，她方才曾和那官兵交手，成功將他制住，膽氣稍稍壯了些，此時面對這群烏合之眾並不懼怕，揚起下巴，說道：「有膽就來搶！」

一人伸出竹棍，想撈走地上的包袱，賀秋揮出軍刀，將那人逼退了去。又有一人舉起竹棍上前，喝道：「小心了！」竹棍直向沈雒刺來。

沈雒見那竹棍勁道雖猛，但竹棍本身甚輕，於是揮出手掌，拍在竹棍之上，略施巧勁，便化開了力道，將竹棍帶偏了去，正是她從賀嫂處學得的功夫。那人原本無甚武功，只有一股猛力，被沈雒的巧勁一引，竹棍登時偏出數丈，重重地戳入土地中，一時拔不出來，好生尷尬。

慕容郎君見了，眼睛直盯著沈雒，臉上神色十分古怪，有些敬畏，也有些忌憚，但更多的卻似是驚喜。他凝望著沈雒，舉步向她走近。

沈雒警告道：「停步！你再往前一步，我可不會手下留情！」

慕容郎君停下腳步，看著沈雒，微笑道：「小娘子，妳本領挺不錯的嘛！本郎君想請妳加入我們，如何？」

沈雒一呆，說道：「加入你們？你們……你們是幹甚麼的？」

慕容郎君笑了，望望身旁的夥伴，說道：「大夥兒，跟這兩位小娘子說說，我們是幹甚麼的？」

那些人各自將斧頭、鋤頭、耙子、竹棍等扛在肩上或拄在地上，齊聲回答：「鋤強扶弱，替天行道！」聲音洪亮而威武。

沈雒和賀秋互望一眼，兩人都是滿面迷惘困惑，無法將「替天行道」四個字和眼前這群乞丐不像乞丐、強盜不像強盜的傢伙連在一塊兒。

沈雒望向慕容郎君，問道：「甚麼叫作替天行道？不如你解釋一下，從兩個旅者手中搶奪一包女人的衣衫，和鋤強扶弱、替天行道有甚麼關係？」

慕容郎君連連搖手，說道：「慢來，慢來。搶奪？我何曾搶奪妳那包衣衫了？那包衣衫不是好端端地放在地上麼？我是希望妳自願將包袱給我，以交換我等護送妳們平安出城。這叫作買賣，也可以叫作交易，怎是搶奪了？」

沈雒氣笑了，她出自絲綢大家，買賣交易可是她家的拿手本事，這土匪頭子竟敢教訓她甚麼是買賣交易？她慢慢地道：「買賣交易須得雙方自願，那才算數。你們拿著這許多兵器圍住我們，逼我們交出財物，這叫作搶劫；瞧你們的作為，你們這群人該叫作土匪，也可以叫作強盜。」

慕容郎君抿起嘴，不斷搖頭，顯然完全不同意，說道：「本郎君替天行道，乃是堂堂正正地攢錢，絕非強盜土匪一流。好吧！妳不願意加入我們，那也罷了。那麼，妳還要我護送妳們出城麼？」

沈雒指指地上的包袱，說道：「你若護送得了，那麼這包袱就歸你；這叫作先交貨，後收錢。這是我做生意的規矩。」

慕容郎君抱起手臂，說道：「好！但是這兒就只一個包袱，那麼我也只護送一人。」他望向賀秋和她身上背負的包袱，說道：「妳的同伴若要一塊兒出城，那麼她身上那個包袱也得歸我。」

賀秋的包袱中有糧食，雖說過了汝水後便是南梁土地，離建康仍有十來日的路程，兩人應能在途中買食充飢，但要將整個包袱交給這土匪頭子，也未免冒險。賀秋搖頭道：「這包袱不能給你。」

慕容郎君眼睛發亮，搓著手笑道：「裡面藏著寶貝，是麼？那我更加想要了。」

沈雒道：「我們一路逃難來此，身上怎麼可能藏著甚麼寶貝？我的同伴當然要跟我一起出城。她的包袱裡有三日的糧食，你若想要，便拿去吧。但要等我二人平安出城，抵達渡口，兩個包袱才能歸你。」

賀秋實在不願意交出包袱，但聽沈雒既已做出決定，便不再出聲。

慕容郎君點頭笑道：「我猜得果然沒錯。當今這世道，糧食不就是寶貝麼！」

沈雒指指賀秋手上的刀，說道：「兩個包袱你都要了，那麼這柄刀我就收回了。否則我們沒衣衫，沒錢財，沒糧食，若不帶柄刀護身，就算過了汝水，也無法自保。」

慕容郎君望向那柄刀，似乎也十分不捨，他抿著嘴，沉思半晌，最後說道：「這樣吧，我要刀，那個有糧食的包袱，我就不要了。如何？」

沈雒道：「好，一言為定。」

慕容郎君笑了，說道：「好！那麼咱們這筆交易，就算談成了。妳們在這兒待著，天全黑之後，我便帶妳二人出城；到了汝西渡口，妳們便將刀和那衣衫包袱給我。成交？」說著對沈雒伸出手掌。

沈雒道：「成交！」也伸出手，和慕容郎君擊掌三下為誓。

慕容郎君望著她，笑道：「既已成交，那雙方應當坦誠相對才是。我姓慕容，名無憂。敢問貴姓？」

沈雒道：「我姓沈。」

慕容無憂點點頭，說道：「原來是沈家！我就說麼，若非洛陽沈家，怎能隨身帶著這許多珍貴的『沈緞』？」

沈雒聽這強盜首領竟然知道「沈緞」，暗暗驚訝；她不願透露太多，因此既不承認自己出身沈家，也不否認，只冷冷地道：「但願閣下守信重諾，莫要違背誓言。」

慕容無憂哈哈大笑，說道：「本郎君是甚麼人，怎會違背諾言！」他倒也爽快，當即命手下撤退，對大宅一指，說道：「那兒房間很多，妳們去進門後右首的那間休息吧。天黑以後，須出發時，我再去叫妳們。」說著轉過身，逕向大宅走去。

沈雒和賀秋跟在一眾盜匪身後，跨入宅子的大門，在一個盜匪的指點下，來到右首的一間房中。這宅子看來荒廢已久，庭院中自是雜草叢生，屋內也是窗破門爛，瓦缺牆塌，還有不少焦黑痕跡，看來似乎曾遭火焚燒。然而這間房還算完整，至少四面牆都沒倒，地上也並不十分骯髒，還放了一張板凳。賀秋找了個較乾淨的角落，放下包袱，將那張板凳拍掃乾淨，讓沈雒坐下。

沈雒並不坐下，先在屋中四下觀望一陣，又探頭出去，見到兩個盜匪坐在門外不遠處，似乎在閒聊，但顯然在看守自己二人。她微微皺眉，回首說道：「我們吃點兒乾糧吧。」二女坐了下來，分吃了一些乾糧。

沈雒問道：「秋姊姊，那姓慕容的傢伙的話，妳說可以相信麼？」

賀秋側過頭，說道：「我也不知。我瞧不出他是甚麼路數，但看來不像是惡人。」

沈雒搖頭道：「不像惡人，但為人奸詐得很，咱們須得萬分警戒才是。」

賀秋嘆道：「那些士兵一見到我們，便強拉我們充軍。剛才這些人不動手，只動口，在我眼中，已算是大大的好人了。」

沈雒點頭道：「妳說得也是。」

兩人吃飽了後，賀秋道：「二娘，我在這兒守著，妳睡一忽兒吧，今晚只怕整夜沒得睡了。」

沈雒道：「我禪坐一刻，便有精神了，還是妳睡吧。」於是讓賀秋在地上躺下休息；沈雒則在角落盤膝而坐，靜坐運氣。

天黑之後，大宅中一片漆暗，竟無人點起半點燈火。宅中只聽得呼呼風聲，夾雜著唧唧蟋蟀，顯得好生孤寂荒涼。

賀秋醒了過來，見天色已深，壓低聲音說道：「天已黑了。不知我們何時出發？」話聲才落，門外便傳來慕容無憂的聲音，他笑嘻嘻地道：「急甚麼？天才剛黑不久。城門守衛三更換班，咱們得趁那時出城，早一刻，遲一刻，都不成。妳們再睡一會兒吧，到時我會叫醒妳們的。」

沈雒暗暗吃驚：「他何時來到我們門外，我竟未曾聽見半點聲息？」開口問道：「你打算如何送我們出城？」

慕容無憂道：「到時妳們就知道了，此刻多問也沒用的。」又道：「城門守衛甚多，待會兒妳們必須聽我指令，緊緊跟著我，千萬不可出聲，更不可任意亂走。若不聽話，出了甚麼事，我可是不管的。」

沈雒心中忐忑，滿腹懷疑，但這時已別無選擇，只能答應了，耐心等候。

約莫三更之前，但聽慕容無憂的聲音再次在門外響起，直截了當地道：「咱們走吧！」

沈雒和賀秋精神一振，揹起行囊，走出屋外。只見慕容無憂將鐮刀搭在肩頭，一盞小小的油燈掛在鐮刀柄上，照亮前路，說道：「緊緊跟在我身後，別出聲。若是太黑看不見路，跟著我這油燈便是。」

沈雒和賀秋應了，跟在他身後，走出了大宅後門。

慕容無憂對這義陽郡城顯然十分熟悉，東彎西拐，走的淨是狹窄彎曲的小路，有的須得側身才能通過，賀秋的包袱大了一些，幾乎擠不過去。

如此行出半個時辰，前面油燈忽然停下了。沈雒抬頭望去，見慕容無憂站在一堵高高的石牆之前，伸手輕拍牆壁，回頭說道：「這就是城牆了。」

他提著油燈在牆上看了一會兒，伸手輕輕敲擊牆上石塊，似乎在尋找甚麼。敲了一陣，他忽然喜道：「在這兒了。」蹲下身，抓住一塊石頭，用力往旁推去，那石頭竟滑開了一尺，出現一個黑黝黝的洞口。

慕容無憂道：「這是個狗洞，不知何時被城中的狗兒扒出來的。我們就從這兒出去。兩位先請吧，我在這兒替妳們把風斷後。」

沈雒和賀秋對望一眼，都有些遲疑。沈雒問道：「穿過這個洞，就是城外了麼？」

慕容無憂道：「正是。出城後還有一段路，我會領著妳們去往渡口。別拖拖拉拉、問東問西的了，妳們到底要不要出城？」

二女對望一眼，到此緊要關頭，不鑽也不成了。賀秋道：「我先吧。」放下包袱，矮身往洞中鑽去。她身形瘦長，很快便鑽過了牆洞，在外面低喊道：「二娘，我出來了。」

慕容無憂舉起油燈，對沈雒說道：「該妳了。我替妳打燈，妳快鑽過去，我隨後就來。」

沈雒道：「我先將包袱推過去。」

就在這時，四周陡然暗下，卻是慕容無憂吹熄了油燈，壓低聲音道：「快！我聽見腳步聲，巡邏士兵就要來了。事不宜遲，妳先鑽進去，包袱我幫妳推過去就是。」

沈雒黑暗中甚麼也瞧不見，只能連忙矮身摸索洞穴，鑽了進去。那洞倒並不太窄，她身形嬌小，很輕易便從牆洞的另一邊爬了出去，讓賀秋扶她站起。卻聽慕容無憂的笑聲從洞裡傳來：「兩位小娘子，青山不改，綠水長流，後會有期！」接著洞中傳來搬動石塊的聲音。

沈雒這才恍然大悟，慕容無憂根本無意跟二人一起出城，只想霸佔她們的包袱，騙二人鑽出牆洞後，便撒手不管了。她不禁又驚又怒，呸道：「這個流氓，竟無恥至此！」

她自幼生長於絲綢世家，父母兄姊都精於算計買賣，她身邊也不乏管事、掌櫃和伙計等人，但卻從未與市井流氓打過交道；她只道這等人就算素行不良，也當說話算話，豈知這慕容無憂裝得人模人樣，口中說出來的卻是一派謊言！

賀秋趕緊矮身鑽回洞中，沒想到觸手便是一塊大石。原來慕容無憂一等沈雒進入洞中，便搬過大石擋住了牆洞。賀秋使勁去推，但她人伏在狹窄的隧道中，無從用力，自然推之不開。

賀秋斥罵一聲，只能退出來，說道：「洞已被封住了。二娘，怎麼辦？」

沈雒跺腳罵道：「可惡的臭賊！也怪我太蠢，竟被這種傢伙耍弄了！」她勉強定下心來，往牆外望去，但這兒一點兒火光也無，眼前只有一片漆黑。抬頭往上望去，肉眼隱約可見城牆高高聳起，總有五丈高。

賀秋道：「至少我們出城來了。若是摸黑往南走，到天明還有兩、三個時辰，或許能找到渡口也說不定。」

沈雒強壓怒氣，咬牙道：「這人竟敢欺騙我們，下回見到他，我定要給他點顏色瞧瞧！」

賀秋忙低聲道：「二娘小聲些！牆頭或有守衛。」

兩人伏在牆腳一會兒，未曾聽見人聲，才放下心。沈雒往遠處望去，藉著稀微的月光，隱約能見到數丈外似乎有個樹林。她道：「我們慢慢離開牆腳，先進入那邊的樹林再說。」賀秋輕聲答應了。

兩人緩緩在黑暗中移動，不敢發出任何聲響，走出數丈後，正要進入樹叢時，牆頭忽然有人大喝一聲：「甚麼人！站住！」

沈雒和賀秋都大吃一驚，趕緊矮身藏在樹後，心中都想：「這兒如此黑暗，牆頭士兵怎能看見我們？」

但見牆頭亮起火光，士兵紛紛點燃火把，然而面向她們的牆頭卻並未出現人影，看來那些士兵正往牆內觀望，接著叫喊之聲越來越響：「有人在城門腳下，定是打算逃出城去！」「鬼鬼祟祟的，快捉住他！」

她們能聽見士兵一邊呼喝，一邊奔下城牆，隨即兵刃之聲響起，一人大叫起來：「我沒有要逃出城去！我在城裡過得好好的，為甚麼要逃出城去？」

二女對望一眼，都認出那是慕容無憂的聲音。沈雒恨恨地道：「現世報，來得快。他騙了我們，自己轉眼就被士兵捉住了。」

賀秋卻顯得有些擔心，問道：「二娘，妳說他能逃脫麼？」

沈雒撇嘴道：「城門士兵人多，憑他一柄爛鐮刀，如何打得過？」

賀秋皺起眉頭，問道：「那他會被士兵殺死麼？」

沈雒道：「士兵或許不會殺死他，但定要拉他去充軍。哼，讓他吃點苦頭，也是活該，趁他引開士兵的注意，我們趕緊走吧！」

賀秋點點頭，就在這時，卻聽牆內慕容無憂慘叫一聲，似乎受了傷。賀秋身子一頓，停下腳步，說道：「他受傷了？」

但聽慕容無憂哈哈大笑，叫道：「不要緊，破點皮罷了。本郎君皮厚肉粗，流點兒血更不當回事，我才不怕你們呢！我可沒想逃出城去，我跟你們說，瘋子才想逃出城去！」

沈雒聞言，心中一動：「莫非他故意讓士兵發現，纏住他們，好讓我們逃跑？」但這念頭一閃即逝，眼下時機緊急，她無暇多想，拉著賀秋的手臂，說道：「快走！」

不料賀秋卻輕輕一掙，留在原地不肯走，說道：「二娘，我們得回去救他！」

沈雒不敢置信，怒道：「救那個無賴？妳瘋啦？」

賀秋遲疑地說道：「他畢竟幫過我們，不曾恃強欺壓我們，如今還助我們出城。我不願見他因我們而死……」

沈雒聽了，只好整個人回過身，鄭重地問道：「秋姊姊，妳當真認為他是為了讓我們逃走，才故意被士兵看到，引開士兵的注意？還是他自己不小心被士兵捉住，故意大聲說出這些話，好騙我們回去救他？」

賀秋咬著嘴唇，說道：「我相信他是為了讓我們逃走，才故意引開士兵的。這人雖奸滑狡詐，實則卻並非壞人。」

沈雒搖頭道：「好吧，就算我們想回去救他，但他已將洞穴的那端封住了，我們也鑽不回城裡啊。」

賀秋抬頭望向城牆，說道：「或許我們能攀上牆去？」

沈雒望向城頭隱約的火光，正要開口，卻聽牆腳傳來人聲。兩人定睛望去，才見到她們方才出來的牆洞中鑽出了一團黑影。

賀秋驚呼道：「是他，他鑽出來了！」

沈雒一驚，說道：「我們得快走！士兵很快便會開門出來追捕他了！」抓住賀秋的手臂，正要逃走，這時那個黑影已鑽出洞口，快步衝入樹林。他眼睛甚尖，隱約見到二女在樹叢之後，笑嘻嘻地招呼道：「兩位小娘子，妳們還沒走啊？」

沈雒「哼」了一聲，說道：「你說後會有期，咱們這不是再會了麼？」

慕容無憂竟然毫無羞赧之色，摸摸鼻子，說道：「我只是沒想到我們緣分如此之深，後會之期如此之近。好吧，我既然已出了城，不如便帶妳們去一趟渡口吧！」說著舉步往前奔去。前方黑不辨路，後方又有追兵，賀秋和沈雒對望一眼，只好跟在他身後奔去。

慕容無憂對這樹林顯然亦十分熟悉，黑暗中竟也認得路徑，領著二女左拐右繞地往前跑。賀秋聽見慕容無憂喘息聲越來越重，鼻中聞到一股血腥味，想起方才他在城中曾慘叫一聲，忍不住問道：「你受傷了麼？」

慕容無憂腳步慢了下來，說道：「手臂被砍了一刀，破了點皮，沒甚麼。」

賀秋擔心地道：「你先包紮起來吧！怎能讓血流個不停？」

慕容無憂停下腳步，坐倒在地。賀秋走上前，在他身旁蹲下，從懷中取出布條，問道：「傷處在哪兒？」

慕容無憂伸出右臂，喘息說道：「這兒，上臂。」

賀秋伸手摸去，感到觸手黏稠，原來整個袖子都染滿了血。

慕容無憂低呼一聲：「哎喲！」賀秋連忙道歉：「對不住，我弄痛你了。」在黑暗中勉強找到傷口，開始用布條包紮。

沈雒站在兩人身旁，留心傾聽後面有沒有人追來；耳中只聽慕容無憂哼哼唧唧的，似乎痛得厲害，賀秋則不斷安慰道歉。她甚感不耐，說道：「男子漢大丈夫，受了這麼一點兒傷，便唉唉哼哼不停，像甚麼樣子？」

慕容無憂反駁道：「一點兒傷？這刀直砍到我骨頭裡去了，血流了好一會兒了，我身體裡都快沒血了，頭暈腦脹，差一點兒就要昏過去了。這可是重傷哪！沈家小娘子，妳受過重傷，流過這麼多血麼？要是不曾，不如我砍妳一刀試試，看妳能不能維持硬氣，一聲也不哼？」

沈雒無言以對，只能催促道：「秋姊姊，快些，可好了麼？」

賀秋道：「快了、快了。二娘，請妳幫個手，替我按住他的傷口。」

沈雒甚為不願，但聽賀秋語音緊急，只好也蹲下身，問道：「按哪裡？」

賀秋捉住她的手，讓她按上慕容無憂手臂上的傷口。沈雒手掌感到傳來一股熱氣和濕氣，似乎鮮血仍在往外湧出。賀秋手忙腳亂，趁著沈雒按住傷口，快手用布條將傷口緊緊包紮起來。慕容無憂全身輕輕顫抖，傷口顯然疼痛得很，但他此時似是咬牙忍住了，再也不曾呻吟出聲。包紮完畢之後，慕容無憂喘著氣，對賀秋道：「多謝妳了。請問小娘子怎麼稱呼？」

賀秋臉上一熱，說道：「我姓賀。」

慕容無憂問道：「妳祖上可是鮮卑人？」

賀秋點頭道：「正是。」

慕容無憂問道：「貴門原本的姓氏為何？是賀蘭、賀拔、賀狄、賀賴，還是賀敦氏？」

沈雒望向賀秋，她知道賀家祖上是鮮卑人，而「賀」乃是孝武帝推行漢化時改成的漢姓，至於賀秋祖上原本姓甚麼，沈雒並不知曉，也從來未曾問過。但聽賀秋遲疑地道：「我也不知。」

慕容無憂點點頭，說道：「今日很多鮮卑人哪，都已記不得祖上的姓氏了。」又問道：「我聽妳家小娘子叫你『秋姊姊』，因此妳的大名是賀秋？」

賀秋聽他說出自己的名字，承認又不是，不承認也不是，於是並不回答，只問道：「你好些了麼？」

慕容無憂道：「好些了。我們快走吧。」勉強站起身，但似乎雙腿無力，又坐倒下去。賀秋忙伸手扶他站起，慕容無憂喘息道：「多謝賀小娘子。」

沈雒忽然聽見身後傳來腳步聲，立即回頭望去，眼見森林遠處隱隱已能見到火光，驚呼道：「有人追來了！快走！」

慕容無憂咒罵一聲，勉強提步往前跑去，沈雒和賀秋在他身旁快奔。林中黑暗，但後面的火光越來越近，慕容無憂傷後無法加快腳步，腳下被樹根一絆，撲倒在地。賀秋忙俯身去扶，但後面的追兵已逼近前來，三人被籠罩在火光之中，但聽士兵高聲叫道：「找到了！就在前面！」「一共三個，一個都別讓他們逃了！」

三人知道無法逃脫，只能停步，但見一群十多名士兵打著火把衝上前，手中各持槍矛，團團將三人圍住。

為首的士兵喝道：「那高個子殺了三個弟兄，另外那兩個早先曾擒擄威脅軍官，全拿下了！」

士兵持槍衝上，慕容無憂右臂受傷無力，只能以左手揮動鐮刀，格開長槍，逼退幾名士兵。但他流血過多，這麼一用力，頭腦一昏，腳下一個踉蹌，又幾乎跌倒。一個士兵見到了，乘機衝上來，揮刀向他的肩頭斬去。賀秋趕緊搶上前，揮動之前沈雒從那軍官手中奪過的大刀，格開士兵的刀，擋在慕容無憂身前。

沈雒手中並無兵刃，只能藉著火光躲避士兵的攻擊，心中大急：「我們三人今夜要全身而退，只怕絕無可能！」她腦中閃過自己和賀秋、慕容無憂死在這荒野中的情景，想起死去的父母和大兄，家中的大姊和遠在南洋的小兄，心頭閃過一絲悲哀，但也湧起一股認命的平靜：「死就死了，恐懼擔憂又有何用？」

但聽賀秋叫道：「二娘！我們二人聯手，定能打退他們！」

沈雒聽了這話，頓時頗受激勵：「秋姊姊說得是，我跟師父學了這麼多年武功，怎會打不過這些士兵？我們今夜不一定便死在這兒。」

又聽賀秋叫道：「二娘，須下殺手！」

沈雒心中一跳：「我怎能下手殺人？」這麼一猶豫，又被一個士兵逼退了幾步。這時五、六個士兵圍攻賀秋，節節進逼，賀秋勉強抵禦，情狀狼狽。慕容無憂這時已扶著樹幹站起身，見賀秋處境危急，立即從後乘隙揮動鐮刀，攻向一個近身的士兵，正正劃上了那人的下脅，頓時鮮血迸流，那人慘呼倒地。慕容無憂冷笑道：「剛才砍我手臂的傢伙就是你！」

賀秋喘了口氣，對慕容無憂投去感激的目光，低聲道：「多謝你！」繼續揮刀攻擊，砍翻了一名士兵。慕容無憂笑道：「妳好心替我包紮傷口，我自然要保護妳性命了。」

沈雒見對手已有二人受傷倒地，空氣中滿是血腥味，心跳加快，全身冷汗淋漓。她雖學了高深武功，但畢竟從未這般與人群鬥廝殺，這時在深夜荒野中一場混戰，早將她嚇得心驚膽戰，手足無措，一身武功十分裡半分都發揮不出來，只能不斷閃避退讓，距離賀秋和慕容無憂越來越遠。她躲到一株樹後，忽聽賀秋驚呼一聲，慕容無憂則悶哼一聲。沈雒大驚，叫道：「秋姊姊，妳沒事麼？」

賀秋忙叫道：「我沒事。二娘，妳在哪兒？」

沈雒答道：「我在這兒！」

賀秋急叫道：「二娘快出手啊！我們要抵擋不住了！」

沈雒心一緊，暗自動念：「我再不出手，怕要害了秋姊姊的性命。」賀秋從小看著她長大，對她關懷如姊，忠心至極，過去幾年來更是日夜伴隨著她，極盡所能保護照顧於她，她怎能讓秋姊姊受到傷害？想到此處，沈雒知道即使自己得破戒造業、手染鮮血，也不能讓秋姊姊喪命。於是她振作精神，高呼一聲，俯身撿起一根粗樹枝，從樹幹後轉出，直向一個士兵撲去。

那士兵見她之前不斷閃躲後退，早認定她是個不會武功的小娘子，絕沒想到她竟直向自己衝來，才一眨眼，那樹枝便刺上了自己的面門。好在沈雒畢竟不忍心傷人，這一刺稍稍偏了準頭，沒有刺中對手的眼睛，只在他臉上掃過，但樹枝上蘊含了她的內勁，那士兵承受不住這股勁道，臉面劇痛，仰天倒下，昏厥了過去。

沈雒喘了口氣，不敢停頓，又舉起樹枝向另一個士兵攻去。她一心擊退對手而不欲傷人，於是揮樹枝指向對手胸口穴道。那士兵舉刀斬向樹枝，沈雒知道樹枝定會被刀斬斷，立即改變樹枝的方向，繞過刀身，繼續點向對手胸口。這樹枝去勢極快，噗一下重重地點上了對手胸口的膻中穴。這穴道原本是練氣之人最重要的聚氣之處，一旦被人點上，非死即重傷；但這士兵從未練過氣，膻中穴被點了也沒甚麼，靠著皮厚肉粗硬挺下來，繼續舉刀攻上。

沈雒微微一驚：「怎地我點中他穴道，他卻如沒事一般？難道我認穴不準麼？」幸而她能保持鎮靜，腦子也動得快：「是了，可能他身上穿著護甲一類，或是他並未聚氣，因此不怕我點穴。」於是立即改變策略，樹枝一揮，攻向對手的咽喉。咽喉乃是人身最脆弱之處，不管是否身負武功，曾否練氣，咽喉都不能受到任何重擊。那士兵果然立即後退，試圖避開。沈雒搶前一步，樹枝遞出，點上對手的咽喉，那人呼聲嘶啞，捧著咽喉滾倒在地，再也站不起身。

沈雒喘了口氣，心想：「原來自己練武是一回事，跟人打鬥可全然是另一回事！」她跟隨菩提達摩學習《洗髓經》、《易筋經》，練的是內家功夫；拳腳功夫雖學了一些，但卻沒學過任何兵器。這時隨手拿著樹枝當兵器，仗著內功深厚、身形輕巧，而且對手不過是些低階士兵，因此沈雒不但能夠自保，更能邊打邊學，獲得許多實戰經驗。

沈雒見自己已打倒二人，卻未曾傷害他們性命，信心大增，當即向圍著賀秋和慕容無憂的士兵衝去。只見賀秋肩頭被一個士兵的長槍帶過，鮮血流出，幸而傷口不深；慕容無憂右臂原本便已受傷，他見賀秋受傷，大吼一聲，猱身上前，左手持著鐮刀勉力揮舞，逼退刺傷賀秋的士兵。

沈雒看準了那個士兵，從後攻上，叫道：「攻你背心！」樹枝伸出，直指那士兵背心的靈臺穴。那人聽見背後聲響，舉槍回身，但沈雒已搶到他近身之處，士兵的槍頭已越過她身後，無法攻敵。沈雒樹枝遞出，正中那人的咽喉，那人只得鬆手，長槍落地。沈雒搶上前，在他後頸補上一掌，那人俯身撲倒在地。

餘下兩個士兵眼見沈雒一出手便連傷數人，其鋒難當，無可匹敵，情勢不對，對望一眼，一齊扔下兵器，轉身便逃。慕容無憂叫道：「別讓他們逃了！」但沈雒忙著探視賀秋的傷處，一回頭時，那兩人已奔入了樹叢之中。

慕容無憂咒罵一聲，說道：「他們見到了我們的臉面，很快便會召集其他士兵追上來。我們快走！」

三人跌跌撞撞地在樹林中奔行，沈雒留意到慕容無憂奔跑時左足無力，略顯跛態，問道：「你腿上受了傷麼？」

慕容無憂搖頭道：「沒有。只是方才絆了一跤，想是扭傷了腳踝。」

三人奔出了許久，天色漸漸亮起；不多時，三人穿出樹林，面前出現一片荒涼的草原。慕容無憂指著前方，說道：「前面便是陳留郡渡口了。」

二女往前望去，但見那是個不大的村子，濱臨汝水，碼頭邊停泊了十多艘船隻。

沈雒和賀秋都鬆了一口氣。賀秋道：「慕容郎君……」

沈雒插口道：「他算甚麼郎君？」

慕容無憂則翻了翻白眼，沒好氣地道：「我怎麼不算郎君了？她喚妳二娘，為何不能喚我郎君？莫非我當不起麼？」

沈雒「哼」了一聲，說道：「秋姊姊，妳叫他甚麼都好，總之不必加郎君兩個字。」

賀秋不知該如何稱呼他才是，乾脆不稱呼了，說道：「讓我看看你的傷口。」

慕容無憂伸出手臂，賀秋看了他的傷口，見自己昨夜包紮得還算結實，血也停了，放下了心。慕容無憂凝望著她，嘴角帶著一抹若有若無的微笑。

沈雒見二人相對脈脈，微微皺眉，插口問道：「喂，你說我們該如何弄到艘船過河？」

慕容無憂伸左手摸摸鼻子，皺起眉頭，說道：「半年之前，這陳留郡渡口便被一幫土匪霸佔了。那土匪頭兒叫作孫八，任何人要渡過汝水，都得給孫八付渡河金。原本住在河畔擺渡的、打魚的，每日出船擺渡或捕魚，都必須先支付渡河金，孫八才讓他們的船下水。」

沈雒嘴角沉下，說道：「渡河金？我們身上可不剩多少銀兩了。」

慕容無憂笑了，說道：「要銀兩幹甚麼？我一個子兒都不給他。妳們看我的，我有辦法讓孫八自願提供船隻，護送妳等渡過汝水。」

賀秋聽了，忙問道：「你不跟我們一起渡河麼？」

慕容無憂搖頭道：「送走妳們之後，我還得回義陽去。我手下都在那兒，我怎能獨自逃走？」

賀秋擔憂道：「那些士兵見過你的面，你這麼回去，很快便會被他們捉住的。」

慕容無憂笑了笑，說道：「我在義陽已混了這許多年，至今還未被任何人捉住過。妳放心吧，我自有辦法。」

賀秋還想勸說，慕容無憂卻揮手阻止，說道：「不說我的事了，先說妳們的事兒。我這就帶妳們去見孫八。這人粗魯自負，但他有兩個毛病，一是貪財，一是愛權。我們既然沒錢，只好假裝有權有勢，好嚇他一嚇。若能唬住他，我們向他討艘船過河，絕對不是問題。」

沈雒問道：「如何假裝有權有勢？」

慕容無憂道：「這個簡單。妳們跟我去孫八的大本營，我自有辦法。但是妳們得先換個衣衫。」伸手往背後一摸，竟然取出了沈雒的包袱。沈雒一呆，脫口道：「我的包袱……怎會還在你那裡？」

慕容無憂笑嘻嘻地道：「我從那狗洞中鑽出來時，順手抓了妳的包袱帶上。如何，妳該感激我吧？」

賀秋問道：「那我的包袱呢？」

慕容無憂一攤手，說道：「留在城牆裡啦。我趕著鑽洞逃命，來不及將兩個包袱都抓上。」說著將包袱遞給沈雒。

沈雒接過包袱，說道：「為何須換衣衫？」

慕容無憂道：「我打算假稱妳們是北方皇族。妳這包袱中有不少漂亮貴重的衣衫，要換上了才像樣啊。可得扮得真一些，別給那孫八識破了。」不容她們多問，催著她們趕緊去更衣。

二女撿了最貴重華麗的兩套衣裙，到樹叢之後換上了。這些衣衫是她們從穎州的「沈緞」舖頭取來的，都是上好的料子，剪裁得宜，繡工精緻。換好之後，二女從樹叢中走出，慕容無憂向她們上下打量了一陣，視線在沈雒身上多停了一會兒，甚是滿意，嘖嘖稱讚道：「使得，使得。咱們走吧！」

第六十一章 汝水

於是慕容無憂領著二女，大搖大擺地來到孫八位於河邊的大本營，那是一排木造的房舍，看來十分破舊簡陋。慕容無憂對門口的一個嘍囉道：「我有要事找孫八郎。你去通報，說是他的老友慕容無憂來了。」

那嘍囉滿面懷疑，但見慕容無憂一副大剌剌的模樣，自稱是孫八郎的老友，身後還跟著兩位衣著華麗、神態高貴的少女，只好說道：「你且在這兒候著，我進去通報。」閃身進入門中。

不一會兒，那嘍囉出來了，滿面疑惑之色，仍頗為客氣地道：「慕容郎君請。」又望向二女，顯然不知道該如何稱呼，或是否該請她們一同入內。

慕容無憂走上一步，在嘍囉的耳邊低聲說道：「這位是東魏郡主和她的貼身侍女。郡主乃是魏國密使，我特地帶她來見孫八郎，有要事商量。你放客氣些，快請郡主進去，好生招待。」

嘍囉果然被他唬得一愣一愣的，立即躬身對沈雒和賀秋道：「兩位貴客請進。」

三人進入孫八的大本營，來到一間大廳之中。這大廳也是木造，說是大廳，實際上也就是間較大的房舍，屋頂並不高，也就比慕容無憂再高一些；屋簷牆壁等都破破爛爛的，似乎隨時會倒塌。沈雒勉強鎮定，向廳中之人打量去，但見裡面站站坐坐滿是土匪，個個神態粗魯，形貌凶狠，手中各持刀槍棍棒，竟有五、六十人，對三人虎視眈眈。

三人坐下後，便有嘍囉奉上三只粗瓷碗，碗裡盛著淡黃色的茶；沈雒盡量不去注意那幾十個土匪，緩緩端起茶杯，喝了一口，但覺入口鹹澀，不知是何劣種茶葉。她微微皺眉，吞下這一小口，便放下了杯子。

忽然之間，眾土匪一齊呼喝起來，聲震屋樑；一邊呼喝，一邊用手中兵器敲擊石板地，發出隆隆聲響。沈雒嚇了一跳，仔細聽去，才聽出他們呼喝的是「頭目」兩字。果不其然，便在土匪齊聲呼喝之下，一個矮胖禿頭從廳首轉了出來，昂首虎步，氣勢懾人。他來到廳中，向著眾土匪一拱手，便在當中一張椅上坐下了。這人其貌不揚，但氣度凝重，顯然便是這幫土匪的頭目孫八了。

慕容無憂對她們使個眼色，自己站起身來，向孫八行禮；二女則坐在當地不動。沈雒忍不住伸出手，握住了賀秋的手，感到她的手心也都是汗。二女雖離家數年，但上嵩山時一路平安，在少室山上也並未遇上甚麼壞人；如今身處土匪巢穴，遭數十名土匪圍繞，不得不與這土匪頭子周旋，也不禁心驚肉跳起來。

沈雒心中暗暗祈禱：「希望這慕容無憂知道自己在做甚麼！」

賀秋心中也動著同樣的念頭：「只能看慕容郎君的了。」

只見慕容無憂大步上前，來到孫八的座位前，笑嘻嘻地行禮道：「孫八郎，你近來可好啊？」

孫八「哼」了一聲，臉色難看至極，呸了一下，往地上吐出一口唾沫，接著便罵出一串難以入耳的粗言穢語，只聽得賀秋臉色發白，沈雒卻一個字也聽不懂，只知道這孫八郎惱怒得很，看來和慕容無憂往年曾有不小的過節。她側頭望向慕容無憂，但見他只是笑嘻嘻地聽著，似乎毫不介意。

孫八罵得興起，忽然伸手猛力拍打几子，只差沒將那張几子給拍爛了。他罵完之後，喘過氣來，才指著慕容無憂道：「你、你這混蛋！你還有臉來見我？」

慕容無憂仍舊滿面笑容，說道：「八郎，上次分別之前我說過了，往後每當我經過陳留渡口，都一定要來跟八郎請安。我慕容無憂說過的話，怎會忘記？」

孫八「嘿」了一聲，憤憤地道：「我孫八也說過，下回見到你，我定要拔下你的舌頭，打斷你的雙腿。來人！」他這一喝，便有十多名土匪擁了上來。

孫八指著慕容無憂，喝道：「這小子是怎麼進來的？是誰放他進來的？」手下彼此望望，都不敢回答。

孫八怒道：「這小子上回膽敢欺騙我，這回我可不會放過他了。給我拿下！」十多名土匪齊聲答應，直衝上前，團團圍住了慕容無憂。慕容無憂歪著嘴，別說害怕，臉上連半絲擔憂也無，只閒閒散散地說道：「我說八郎啊，你手下這些人，只怕少了幾分斤兩吧？動起手來，只怕您老臉上要不好看。」孫八聽了，臉色微變，顯然有些猶豫。

慕容無憂又道：「我今兒不是來打架的，我有件正事要跟八郎談談。」他上前幾步，來到孫八身前，伸手指向沈雒，低聲說道：「這位貴客可是大有來頭，她乃是東魏群主，大丞相高歡之女，亦是大丞相派去南梁的密使。」

孫八睜大雙眼，望向沈雒，顯然不敢置信；但見沈雒身形嬌小，面目淨秀，氣質高貴，衣著華麗，確實有幾分北方貴族的架勢。只是他仍不免懷疑，側眼望向慕容無憂，說道：「何以為證？」

慕容無憂笑了笑，從懷中取出一樣物事，以袖子遮掩住，只讓孫八見到。孫八一見之下，眼珠子似乎都要跌出眼眶，神態立即大變，壓低聲音道：「原來如此，原來如此。多有得罪！」

慕容無憂道：「還不快讓我等去內廳，談論正事？」

孫八的神態頓時從惱怒狂妄轉為恭敬戒懼，連連點頭稱是。

沈雒看在眼中，心想：「這些土匪外表凶狠霸道，實則吃硬不吃軟。孫八這人嘴巴態度原先都硬得很，但慕容無憂只消嚇他一嚇，他的氣燄便立即消了。」

孫八這時態度客氣卑下，和方才判若兩人。他連忙請三人進入內聽，奉請上座，揮手讓身邊的妾室僕從和手下等全都出去，待他們關上房門，才打揖說道：「慕容老兄，方才多有得罪，還請你大人大量，原諒小弟！」

慕容無憂笑道：「你得罪我不打緊，得罪郡主，那可是後患無窮啊！」

孫八忙向沈雒作揖打躬，說道：「郡主在上，小人禮數不周，怠慢了您，實在該死。還請您寬容海涵，原諒小人！」

賀秋嘴角帶笑，望向沈雒；沈雒不知該如何回答，眼角飄向慕容無憂，但見他微微搖了搖頭。沈雒無法詢問他搖頭的意義，只能胡猜，當下做出惱怒的模樣，「哼」了一聲，說道：「本郡主何曾原諒過甚麼人？」

孫八微微一驚，沒想到這郡主的架子如此之大，只能陪笑道：「小人誠心悔過，盼請郡主高抬貴手，放過小人！」

慕容無憂說道：「孫八，你且莫擔憂。郡主雍容大度，你只需答應幫她一個忙，她想必會原諒你的。」

孫八恭恭敬敬地問道：「請問小人如何可以替郡主效勞？恭請郡主示知。」

沈雒並不知道慕容無憂想要自己說甚麼，她害怕說錯話，更怕被這土匪頭子孫八瞧出破綻，當下忍住不去看慕容無憂，假作鎮定，只向他擺擺手，淡淡地道：「你來說吧。」

慕容無憂道：「謹遵郡主之命。孫八，你聽好了，郡主奉大丞相之命，身懷密信一封，須盡快送抵建康朝廷，面呈大梁皇帝。」

孫八連連點頭，說道：「那麼……郡主須得渡過汝水，是麼？那小人立即備船，護送郡主過河。」

沈雒點了點頭，慕容無憂道：「然而此事隱密得很，絕不能讓任何人見到郡主。你那些破船是使不得的，你得找艘有篷有簾的船讓郡主乘坐。」

孫八忙道：「有的，有的。我立即調來最華貴的大船，供郡主乘坐過河。」

慕容無憂往窗外看了看天色，沉聲說道：「郡主希望越快出發越好。你最快何時能備好船？」

孫八道：「午時便可出發。」

慕容無憂心想：「那些官兵很快便會追來渡口，他們知道我是誰，也跟兩個小娘子交過手，要是追上來徹查船隻，我們可就麻煩了。」當下搖頭道：「事機緊急，郡主必須在一刻鐘內出發。」

孫八露出為難之色，說道：「一刻鐘麼？這個……這個……小人一定盡力，一定盡力。但要調船過來，總得要半個時辰。三位請稍候，我這就趕緊去張羅。」

慕容無憂無奈，只能答應了。三人在孫八的營寨中等候，慕容無憂不斷來回踏步，口中念念有詞，盡力掩藏心中的焦慮急躁；沈雒盤膝而坐，依照菩提達摩傳授的禪坐方法，平心靜氣，慢慢呼吸；賀秋介於兩者之間，既非完全平靜，也非極度焦躁。她的眼光望望慕容無憂，又望望沈雒，心情一時平穩，一時憂急，似乎也不知道該如何是好。

過了半盞茶時分，孫八匆匆回來，臉色十分難看。慕容無憂忙問：「如何？」

孫八道：「船是找到了，但是官兵封鎖了碼頭，一艘船都不准離開！」

慕容無憂皺起眉頭，和沈雒對望一眼，都想：「莫非官兵追了上來，預先封鎖了碼頭，不讓我等逃脫？但我等又非重大罪犯，何須如此大張旗鼓，只為抓我三人？」問道：「你有何辦法？」

孫八道：「河彎後面有個廢棄的碼頭，我們可以從那兒出船，但是一駛到河心，就會被人看見了。官兵若乘船追上，可就難以逃脫了。」

沈雒問道：「要是夜晚出船呢？」

孫八道：「船夫須得有油燈才能駛船。即使在夜晚，只要船上有一點兒燈光，岸上便能看得見。」

慕容無憂道：「船夫只需以燈光照著船槳船舵，外面用黑布罩上，船岸的人便看不見了。如此可行麼？」

孫八沉吟道：「那也可行。但是須得等到天全黑了，才能發船。」

沈雒暗暗擔憂，說道：「天黑？太久了。」

孫八搖頭道：「啟稟郡主，那也沒有別的辦法了。官兵說了，日落之前，一艘船都不准離開碼頭。」

賀秋問道：「他們打算封鎖碼頭多久？明日能出船麼？」

孫八聳肩道：「誰曉得？他們多半會在岸邊大舉搜索，捉到了逃犯後，才會放船渡河。」

沈雒沉吟一陣，問道：「這附近還有其他的碼頭麼？離此多遠？」

孫八搖頭道：「往東有個小碼頭，但離此有一百里路；往西的碼頭則隔了一座山，路上難行得很，三日都走不到。」

慕容無憂和沈雒等互相望望，慕容無憂說道：「孫八，請你暫且迴避，待我與郡主商議商議。」

孫八打個躬，退了出去，帶上房門。慕容無憂來到沈雒身前，壓低聲音，說道：「官兵已來到漁港，我們絕對待不到晚間，須得立即離開！」

沈雒也明白情勢緊急，問道：「你認為我們應該往東，還是往西？」

慕容無憂搖頭道：「都不可。我們得躲到河彎後的廢棄碼頭，半夜從那兒出發。接下來得自己駕船過河，不能倚靠孫八。」

沈雒驚訝道：「你會駕船？」

慕容無憂道：「我懂得一些。汝水在此並不很寬，只有八十餘里，風浪不大。我駕小船渡河，應當不是問題。」

沈雒懷疑道：「你只懂得一些駕船之道，當真能在夜間摸黑渡河？」

慕容無憂翻了個白眼，一攤手，說道：「要不然呢？妳若想泅水過去，那就去吧！我可不會攔著妳。」

沈雒豎起眉毛，賀秋見二人就要吵將起來，連忙出來打圓場，插口道：「我們總得想出個萬全的辦法，不能冒太多風險。夜半出發，又自己駕船，若是不小心翻了船，那可就糟了。」

慕容無憂聽了，笑道：「翻船就翻吧！我可是完全不識水性，若是翻船，就只好去做水鬼了！」

沈雒和賀秋對望一眼，沈雒道：「你完全不識水性，駕船只懂得一些，竟然提議在半夜駕船載我們渡過汝水？」

慕容無憂嘴角一勾，笑道：「這有甚麼好怕的？妳們想想，相較於被官兵捉住殺死，冒險渡河算得甚麼？淹死總比砍頭好些吧？」

沈雒聽他這番話說得豪氣干雲，不禁對他另眼相看，暗想：「不料這人還頗具豪氣。」忽然想起一事：「師父菩提達摩曾說起，他在南方見過大梁皇帝後，相談並不歡洽，因此他打算渡江北來。但大梁皇帝認為他是位菩薩轉世，想留下他，便命令所有江邊的船都不准開出。師父來到江邊，得知皇帝不讓他離去，於是在江邊折下一枝蘆葦，踏在蘆葦上，橫渡大江。師父能夠做到，不知我能不能？」想到此處，不禁躍躍欲試：「師父教過我的輕身功夫，若不試試，豈不辜負了師父教導我的一番心血？」轉念又想：「即使我能夠踏著蘆葦渡河，秋姊姊和慕容無憂想必做不到，那又該如何是好？」

她聽慕容無憂和賀秋仍在討論半夜自行駕船渡河的種種風險和細節，心中一動，說道：「倘若官兵見到我們的船，駕船追來，他們將如何攔截下我們的船？」

慕容無憂道：「方法可多了。他們可以射箭，可以直接撞翻我們的船，也可以逼近我們船邊，強行登船，將我們活捉。官兵的船大，要撞翻我們的小船，可是容易得很。」忽然眼珠子一轉，說道：「對了，倘若……我們不坐船，只乘舢板呢？」

沈雒皺眉道：「舢板？舢板小而不穩，即使風浪不大，也會晃動得厲害，很容易翻覆。」

慕容無憂卻顯得十分興奮，說道：「不，我們並非坐在舢板上，而是沉入水中，抓著舢板漂過河。如此舢板便不易翻覆，岸邊的人也絕對看不見我們了。」

沈雒這才明白了他的主意，臉色不禁大變，吃驚道：「這怎麼成？單單捉著舨板，只要一鬆手，就會沉入河中淹死了！」

賀秋也皺眉道：「要是風向不對，舢板在河中亂漂，漂不到對岸，那又如何？」

慕容無憂道：「這都不是問題，我都想好啦！要是怕淹死，我們可以找條繩索，將自己綁在舢板上，這樣就算鬆了手，也能扯著繩索回到舢板旁。至於舢板漂流的方向，我渡過這汝水許多回了，總見船夫更不划槳，只任由船隻漂流。我問他這是為甚麼？他說這河往東方流去，只要順流而下，自然便能到達下游的渡口，因此不必張帆，也不必划槳，只要任其漂流，就能抵達南岸了。」

沈雒遲疑地說道：「這……也要看風向和季節吧？汝水今夜是否這麼流，誰曉得了？而且若是一路漂到很遠之處才靠岸，那怎麼辦？」

慕容無憂聳聳肩，說道：「我們只要到達南岸就好。建康在汝水下游以南，要是漂得遠了，便離建康還更近些，有何不可？」

沈雒問道：「水不會太冷麼？」

慕容無憂道：「兩位小娘武功高強，想必身強體健，異於常人。眼下不過入秋，汝水再冷，想必也冷不死我們的。」

賀秋道：「但是我們浸入水中，全身衣衫濕淋淋地黏在身上，那可冷得緊啊！」

慕容無憂點頭道：「賀小娘子說得是。在水中穿著衣衫，不但甚難活動，而且加倍寒冷。我們下水前得脫下衣衫，包在油布包裡，到了對岸後，才有乾衣衫可以換上，不致凍壞了。」

沈雒望著慕容無憂，心中半信半疑；她原本覺得這慕容無憂油嘴滑舌，一副無賴的模樣，沒想到他竟想得出如此艱難冒險的渡河之法，說起來更輕輕鬆鬆，毫不害怕。沈家桑園中有條小河穿過，沈綾和小兄沈綾年幼時常在河水中嬉戲，因此她略識水性；然而要攀在舢板上渡過八十里寬的汝水，畢竟也從未嘗試過。她不禁對慕容無憂的大無畏暗暗感佩，心想：「我若不識水性，可絕不敢如此冒險渡河。」想了想，勉強鼓起勇氣，說道：「或許值得一試。然而，我們得去哪兒尋得舢板和繩索等物？」

慕容無憂聽她支持自己的計畫，大為高興，笑道：「沈二娘勇氣過人，令在下肅然起敬！別擔心，我有辦法找到舢板繩索等物。兩位認為何時出發最好？」

賀秋聽沈雒竟然同意了慕容無憂的計畫，吃驚地問道：「真要這麼做？」

沈雒和慕容無憂一齊點頭，賀秋無奈，只能勉強同意了。

慕容無憂道：「既然決定要幹，那麼最好傍晚出發。傍晚時岸邊點起燈，水上一片黑暗，更難見到我們。」

三人商議已定，慕容無憂便去找孫八，說事情緊急，不能在這碼頭枯等，因此郡主決定去東邊碼頭，那兒將有東魏密使接應。

孫八越聽越不信；慕容無憂早已料到他會不信，一旦他生起疑心，定會將自己三人抓起，交給官兵討賞，於是說道：「郡主去南方送信這件事兒，絕對不能讓東魏的士兵知道。你可知為何？」

孫八正想著要去跟官兵通風報信，聽了微微一驚，忙問：「為何？」

慕容無憂道：「因為派郡主來的乃是大丞相，而皇帝並不贊成大丞相與南方梁國通使言和之議。因此我猜想，那些官兵為何特意在此時此刻封鎖碼頭，正是為了截下郡主哪！」

孫八皺起眉頭，說道：「倘若他們的目標正是郡主，你們如何離開得了此地？」

慕容無憂笑道：「這有甚麼難的？你讓我們從後門出去便是，我自有辦法。」從懷中掏出一塊金錠，遞過去給孫八，說道：「這是郡主給你的謝禮。官兵倘若問起，你就說沒見過我們幾個人，尤其不可描述郡主的外貌和衣著。知道了麼？」

孫八伸手接過，但見那正是慕容無憂先前偷偷給他看過的「證物」，一枚印著「大魏之寶」的金錠，心中篤定了幾分：「那小娘子若非大魏郡主，想必不會身懷這等皇室才有的金錠。」於是連連點頭，說道：「我理會得。」

然而他卻想差了；這金錠乃是慕容無憂隨身攜帶、用以招搖撞騙的法寶之一，不但並非真金，金錠上的皇印也是假造的，但因做得逼真至極，竟然將孫八這等奸險人物都騙倒了。

三人從後門離開了孫八的大本營，慕容無憂領著二女走入一條小巷，左拐又彎一陣，鑽進了一間庫房。這庫房中擺放著魚網、船具等物，卻空無一人。慕容無憂來到庫房角落，挑了塊五尺見方的舢板，又取了一卷繩索，說道：「找齊了。我們去河灣後的廢棄碼頭吧！」

沈雒質疑道：「那兒離此多遠？這舢板可不小，我們扛著這舢板過去，路上不怕被人見到麼？」

慕容無憂神祕地道：「我自有辦法。」他將舢板和繩索搬出倉庫，放在牆腳，對二女道：「妳們留在裡面，別出來。」

他自己從庫房鑽出，在路邊走了一會兒，找到一個蹲在路邊玩石子的小童，說道：「喂，小娃兒！我有件好差事給你。五個錢子兒，你幫我搬個事物去河灣後的廢棄碼頭，如何？」

那小童約莫八、九歲，抬起頭望向慕容無憂，臉上黑黝黝的，一雙眼睛卻顯得十分精明。他擦去鼻涕，伸出手掌，直截了當地問道：「錢呢？」

慕容無憂從懷中掏出兩個錢子兒，扔過去給他，說道：「先給你兩個。」

小童接過了，眼睛一亮，將兩個錢子兒翻來覆去地看了一會兒，才塞入褲袋中，問道：「要我搬甚麼？」

慕容無憂領他來到庫房外，指著牆腳的舢板和繩索，說道：「就這舢板，和一些繩索，不會太重吧？」

小童拍拍胸膛，說道：「當然不重。幹麼要搬這些物事？」

慕容無憂道：「這是我一個老雇主的。他的舢板壞了，讓我替他修好，搬去河灣後的廢棄碼頭擱著，他明日要用。但我今晚約了個小娘子喝酒耍樂，沒工夫去。給你五個錢子，你替我跑一趟。」

小童點點頭，問道：「那另外三個錢子兒呢？」

慕容無憂笑道：「你可聰明得緊。這樣吧，今兒日落時分，我派我阿妹在那廢棄碼頭等你，給你剩下的三個錢子兒。」

小童懷疑道：「她若不給我呢？」

慕容無憂道：「她若不給你，你就將舢板推入水中罷了。你拿不到錢，我的雇主也拿不到舢板，最後還得來找我算帳。你說呢？」

小童又問道：「倘若她人沒來呢？」

慕容無憂不耐煩地擺手道：「我叫她去，她一定會到。我那阿妹怕我如同怕水鬼一般，我說的話，她怎敢不聽？」

小童將信將疑，聽見他提起水鬼，又有些害怕，說道：「你告訴你阿妹，要她一定在天黑前趕到，我可不要遇上水鬼！」

慕容無憂知道這河邊流傳著許多人溺死後變成水鬼、在岸邊抓人抵命的傳說，於是安慰那小童道：「不必害怕，水鬼只在水裡抓人，你別踏進水裡就沒事了。我跟我阿妹說，要她一定在太陽下山前到那碼頭將錢給你，讓你能在天黑前回家。」

小童考慮了一陣子，才走上一步，說道：「好吧！我就替你跑一趟。」

慕容無憂鬆了口氣，將一圈繩索掛在小童的肩膀上，小童扛起舢板，搖搖擺擺地沿著河邊的土道，往東邊去了。

沈雒在庫房中偷聽慕容無憂和小童的對話，心想：「即使一個漁村小童也不容易對付，我真該好好學學這慕容無憂的手段！他見人說人話，見鬼說鬼話，甚麼人都得上他的當，當真厲害得很。」轉念又想：「我二人或許也正在上他的當也說不定。」

沈雒想到此處，對慕容無憂的好感大大減退，反而生起一股戒備之心：「他原本答應送我們出城，是為了得到我們的包袱和那柄刀；豈知我們剛出得城來，他自己就被官兵撞見，只能跟我們一起逃出城。這究竟是無意的，還是早有預謀？此刻他又如此好心，幫我們想辦法渡河，甚至提議我等冒險趁夜乘舢板過河，莫非不懷好意、另有圖謀？」但想起他手臂受傷頗重，又想：「應當是真的吧？他手上那刀被砍得著實不輕，那些官兵又怎會陪著他作戲？」

正想時，慕容無憂回到庫房中，說道：「舢板繩索沒問題了，眼下咱們得想辦法潛去那碼頭，不讓人看見。」

賀秋問道：「沿著水邊小路走去，應當不會撞見人吧？」

慕容無憂道：「平日應當沒有人，但這會兒官兵正在碼頭到處搜索，要想不撞到人，只怕不易。我們得裝扮一下。」

沈雒問道：「如何裝扮？」

慕容無憂搓著手，臉上露出詭異的笑容，說道：「我都準備好啦！」來到庫房角落，打開一個木箱，從裡面撈出幾件簑衣，說道：「我們扮成漁夫，在水邊行走，就不會引人注意了。」說著扔了兩件簑衣過去給沈雒。沈雒將一件遞給賀秋，各自披上了；慕容無憂又扔給她們兩頂寬寬的漁帽，二女穿戴起來，遮住身上衣裙，看來當真就像兩個漁婦。

慕容無憂自己也穿戴起來，笑道：「一個老漁夫，兩位老漁婦，到河邊釣魚網魚，絕對不會讓人起疑。」說著又找出漁簍、魚網、魚竿等物，三人分別持了，便道：「妳們跟著我，不要說話，一切對答交給我便是。這兒離那荒廢碼頭約有十里路，走去總要一個時辰。我們慢慢走，莫要引人注意。」

沈雒和賀秋答應了。三人於是走出庫房，來到水邊的土道上。水邊有不少村人，有村婦在河邊洗衣，有村民捕魚撈魚，也有孩童在河邊戲水。慕容無憂將鐮刀掛在腰間，魚竿搭在肩頭，還故意唱起村歌，看來十分悠哉快活的模樣。沈雒和賀秋跟在他身後，見他大步行走，高聲歌唱，心中都甚感驚慌。沈雒看出他的意圖，知道他故意做出大剌剌的神態，可比小心翼翼、躲躲藏藏更加不易引人疑心，於是也粗聲對賀秋說道：「姊姊，今兒水漲，或許能網到多些魚。」賀秋甚是害怕，不敢多說話，只唯唯稱是。

一旁的村人見到他們經過，雖面目陌生，但見他們身穿簑衣，神態輕鬆從容，都只道是附近村子的漁民，也並未多留心。三人一路談笑著走過土道，途中雖遇到不少村婦漁人，但都未曾引人注意。

走出將近一個時辰，遠遠已能望見那個廢棄碼頭，沈雒和賀秋都鬆了一口氣。慕容無憂卻忽然皺起眉頭，低聲說道：「左近有人，妳們快用圍巾遮住臉面！」

二女一驚，趕緊拉起圍巾，遮住了半張臉。慕容無憂蹲下身，從懷中掏出許多東西往臉上抹去。當他抬起頭時，臉上已多了一副大鬍子，左頰多了塊膏藥，拉歪了眉毛和眼睛。

這時三人都已聽見腳步聲，顯然有許多人正從土道往這邊走來。慕容無憂大急，指著水邊一排石頭，說道：「河水不深，妳們走進水去，繞到石頭後面，那兒有個縫隙可以躲人，未聽得我呼喚，不可出來。」

二女趕緊往那排石頭奔去，跨入河水，果然見到石頭臨河的一面有個縫隙，剛好能夠容人擠入。賀秋打手勢讓沈雒先躲進去，沈雒鑽了進去，賀秋跟在其後，兩人擠在一起，躲在石縫之中。

慕容無憂見二女躲好，趕緊搶到碼頭邊，想將舢板藏起來，卻已太遲，但聽遠處一人喝道：「那邊是甚麼人？站住！」

慕容無憂只得站住，緩緩回過身，只見山道上出現十多名士兵，正向著廢棄碼頭奔來。他裝出一副懵懂的模樣，問道：「軍爺叫我？」

當先一個軍官大步奔到他身前，喝道：「不錯，就是在叫你！你在這兒做甚麼？」

慕容無憂無辜地道：「我來釣魚啊！這幾日不讓出船，我沒法乘船去河上釣魚，只好來河邊試試運氣嘍。」說著舉起釣竿，給那軍官看。他假作鄉間口音，說得一口土話，那軍官聽得似懂非懂，見到他手中的魚竿，便點了點頭，說道：「釣魚可以，但絕對不准下水。知道麼？」他周圍望望，見到小童留在岸邊淺灘上的舢板，問道：「那邊那塊舢板是誰的？」

慕容無憂轉頭往碼頭望去，走上前去，隨手撿起那舢板，搖搖頭說道：「不是我的，也不知道是誰的？爛了，沒用了。軍官您瞧瞧，中間破了個大洞，想是爛了許久，被人扔在這兒啦。」

軍官上前望望，果然見到舢板上有個大洞。他不知道舢板中央通常留下個洞，好裝上桅桿，以為這舢板當真已壞了，說道：「毀了吧。免得被人撿去，修好了渡河。」

慕容無憂心中一跳，裝傻道：「毀了？這舢板本來就已經壞了，怎麼毀啊？」

軍官說道：「你不是帶著鐮刀麼？將這舢板斬爛了。」

慕容無憂大急：「我若毀了舢板，等會兒怎麼渡河？」但想只能先過了這關再說，只能取下腰間鐮刀，對準舢板，似乎在考慮要怎麼斬。就在這時，一個童稚的聲音叫道：「喂！那是我的舢板，你想幹甚麼？」

慕容無憂心一跳，一回頭，果見來者正是自己委託將舢板和繩索搬來此地的小童。小童奔上前來，拖走舢板，說道：「這是我的，你別碰！」抬頭見到慕容無憂的臉，不禁一呆。慕容無憂雖換了裝扮，黏上了一把大鬍子，但小童仍認出了他來，脫口道：「是你！我的三個錢子呢？」

慕容無憂料到他會說破，搶著道：「阿牛，這是你阿爺的舢板啊？幾個月前破了個大洞，再修不好了，是麼？」

那小童只聽得一頭霧水，雙眼直瞪著他，張大了口，一時莫名其妙。不知該如何回答。

慕容無憂低下頭，向他眨眨眼，從懷中掏出一個錢子，偷偷遞過去給小童，說道：「告訴你阿爺，舢板壞了不要亂放，這位軍官要我砸爛你阿爺的舢板，那可太對不住他了。你拿回家去當門板，擋風遮雨吧！」說著撿起舢板，讓小童扛在肩頭，在他耳邊低聲道：「快去土道，躲在樹叢中，在那兒等我，我還有兩個錢子給你。」

小童見到有士兵，這才後怕，但記掛著剩下的兩個錢子，趕緊點頭，扛著舢板，向著土道飛奔而去。

那軍官看在眼中，也不好再阻止，便沒說甚麼。

慕容無憂拿起釣竿，熟練地在魚鉤上穿上魚餌，來到大石頭邊，似乎這才想起那軍官還在身後，忙回身說道：「軍爺大人！還有別的事情吩咐麼？」

那軍官道：「沒事了！你去釣你的魚吧。」對手下道：「在附近搜搜，看有沒有可疑人物。」

二女縮在河邊的石縫之中，一聲也不敢出，但聽那軍官被慕容無憂一番話騙倒，暗暗放心，又聽他命士兵到處搜索，一顆心幾乎跳了出來。

慕容無憂將魚餌拋入水中，悠悠地道：「各位大人們，搜一搜是沒問題，可千萬別下水。村裡的人都知道的，這河邊上水鬼特生多，天就快黑了，沒事最好別跨入水中。」士兵們聽了，便都特意避開了水邊，在岸邊草草搜索一回，回報沒見到任何人，那軍官便率領手下離去了。

慕容無憂等士兵去得遠了，才放下魚竿，來到大石之上，低聲喚道：「喂，可以出來啦！」

二女從石縫中攀了出來，一身濕漉漉地走回岸邊。沈雒擔憂地道：「那小童將舢板扛去哪兒了？」

慕容無憂道：「我要他扛去土道那兒，躲在草叢中等我。」說著快步奔上土道，低聲呼喚：「喂，小孩兒，小孩兒！」叫了一會兒沒反應，只好叫道：「兩個錢子要不要？兩個錢子要不要？」

這麼一喚，那小童果然探出頭來，原來他怕士兵還沒離去，躲在一棵大樹後，聽見「兩個錢子」，這才露面。

慕容無憂將兩個錢子握在手中，問道：「舢板呢？」

小童往草叢中一指，說道：「在這兒。」

慕容無憂在草叢中翻找，見到了舢板，鬆了口氣，將兩枚錢子交給小童，拍拍他的肩頭，說道：「多謝你啦。快回家吧！」小童收起錢，「嘿」了一聲，也不道謝，飛快地奔去了。

沈雒抬頭望天，說道：「天還亮得很，離天黑大約還有一個多時辰吧？」

慕容無憂道：「大白天的，絕不可能過河。沒辦法，我們只能耐心等天黑了。」

三人於是坐在剛才小童躲藏的大樹後，不敢出聲交談，只默默等候。

好不容易等到太陽西下，沈雒便道：「差不多了，我們準備出發吧。」

慕容無憂點點頭，跳起身來，將舢板搬到河岸邊上，拾起碼頭上的那盤繩索，用鐮刀切下三段，一人給了一段，說道：「一頭綁在腰上，一頭綁在舢板上。」

兩人正要開始動手繫繩，慕容無憂出聲阻止道：「慢著！我們得先脫了衣衫，放在油布包中。」

二女雖不願在慕容無憂面前脫衣，但眼下時機緊急，害羞也沒用，於是各自背過身去，脫下外衫，只留下貼身的裡衣，將脫下的衣服放在油布包中。三人接著將繩子綁在腰上，打了結，慕容無憂接過另一頭，綁在舢板當中的木板之上。繩子綁好之後，他吸了口氣，說道：「我們手抓著舢板，慢慢入水。」

此時已是秋末，氣候並不算寒冷，但天黑之後，汝水冰涼，三人緩步前進，身子漸漸浸入水中，都不禁發起抖來。

賀秋冷得牙齒打顫，問道：「二娘，妳沒事麼？」

沈雒雖有易筋經內功護體，但人在水中沉浮，甚難運氣，仍凍得嘴唇都白了，暗暗咒罵慕容無憂出的餿主意；但這時後悔已太遲了，她只能咬緊牙關，說道：「我沒事。出發吧。」

慕容無憂推動舢板，漸漸涉入水深處，很快地，腳便已踩不到河底了。慕容無憂深吸了一口氣，緊緊抓住舢板的邊緣，臉色變得青白，口中念念有詞。

沈雒看他害怕的模樣，忍不住問道：「你口裡念些甚麼？」

慕容無憂道：「我在念佛啊！這個時候，不靠神佛保佑，還能靠甚麼？」

賀秋道：「有道理。我也該趕緊念觀音菩薩才好！」

當時南北方信佛者甚眾，沈雒家中當然也是信佛的，這時也不禁暗想：「我或許也該念念觀音菩薩，請求祂保佑。」口中卻說道：「平日不念佛，等這會兒情勢危急了才念，佛菩薩怎會理睬你！」

慕容無憂笑道：「臨時抱佛腳，總比不抱好吧？」

舢板緩緩隨著汝水往下游漂去，三人低聲談話，稍稍減輕了身上的寒冷和心頭的恐懼。此時夜色降臨，加上北岸禁止出船，因此水上一艘船也沒有；岸邊燈火一一亮起，水面卻是一片黑暗，確實不必擔心被人見到。

將到河心，一輪明月漸漸升起，三人不住口地念著佛菩薩的名號，勉強抵禦忍受寒冷。漂了一陣後，沈雒感到眼皮沉重，頭斜靠在舢板上，幾乎沉睡過去。

就在這時，慕容無憂忽然驚呼一聲，叫道：「水下有怪魚，咬住了我的腿！」

二女聽了，身子都是一震。沈雒從睡夢中驚醒，一時不知身在何處，雙手緊緊抓著舢板，左右張望，眼睛見到的只是一片漆黑，慌道：「怎麼啦？甚麼怪魚？」

慕容無憂鬆開一隻手，伸入水中，想趕走那隻咬住自己小腿的怪魚，但沒想到這一鬆手，半個身子都沉入了水中；他喝了一口河水，驚慌起來，手腳掙扎，舢板頓時跌宕起伏，二女都險些被甩了出去。

沈雒大叫道：「抓緊了！別擔心，有繩子綁住，不會淹死的。」

賀秋聽了，鎮靜下來，慕容無憂卻仍在驚慌之中，一邊奮力掙扎，一邊大口喝水，一邊慘呼，似乎離淹死不遠了。

沈雒泅水過去，緊緊抓住了慕容無憂的手臂，在他耳邊叫道：「你不會死的！不要慌！」

慕容無憂聽見了她的安撫，勉強鎮定，不再掙扎，沈雒將手穿過他腋下，將他托起，慕容無憂的口鼻出了水面，能夠呼吸了，趕緊大口吸氣，卻又喝了幾口水，雙手才緊緊捉住了舢板，半身伏在舢板上，不斷喘息，叫道：「還在咬我，我的腿，我的腿！」

沈雒心想：「甚麼怪魚會在水裡咬他？搞不好等下也會來咬我們！」說道：「別擔心，我幫你趕走牠！」伸手去舢板上摸索，好不容易才找到了油布包，掙扎著撈出包裡的軍刀，緊緊握在右手中，深深吸一口氣，隨即潛入水中。

水中和水面一般，也是一片漆黑。沈雒只能伸左手四下摸索，一路沿著慕容無憂的大腿摸下去，果然在他左小腿上摸到了一樣滑溜溜的事物。她不知道那是甚麼，揮軍刀去割，那怪魚掙扎了一下，仍舊緊咬著未曾鬆口。沈雒又驚又急，水中難以使力，只能盡量摸著那滑溜的怪魚，再次用刀對著魚身，來回切割，直到怪魚劇烈掙扎，終於鬆脫了慕容無憂的腿。

沈雒大大鬆了一口氣，連忙抓著他的手臂，讓他將自己拉出水面，因閉氣已久，出水後急忙吸氣，不小心喝了幾口水，狼狽至極。

三人沉浸在河水之中，自然無法替慕容無憂包紮傷口，但也不能讓他就這麼不斷流血。沈雒說道：「你躺上舢板，先包紮了傷口再說。」於是與賀秋合力，將慕容無憂推到了舢板之上。慕容無憂不斷喘息，但已恢復了鎮靜，掙扎著坐起身，伸手在油布包中摸索，扯出一件衣衫，黑暗中也不知是誰的，胡亂包紮了腿上被怪魚咬出的傷口。

沈雒甚麼也看不見，只聽見窸窸窣窣之聲，問道：「你在做甚麼？」

慕容無憂聲音沙啞，說道：「我在包紮腿上傷口。多謝妳救了我的性命。」

沈雒從未聽他口氣如此認真誠懇，微微一怔，又問道：「你沒事了麼？」

慕容無憂緩過氣來，大笑三聲，說道：「我慕容無憂不識水性，真是平生一大蠢事。這次若能活下來，我一定要學會泅水，還要殺光這汝水裡專咬人腿的惡魚！」

沈雒聽他又說笑起來，知道他已緩了過來，取笑道：「這河裡的魚是殺不光的。若給你殺光了，漁夫們還怎麼過活？」

賀秋伏在舢板的另一邊，擔憂地聽著慕容無憂的聲息，但聽他又說又笑，中氣十足，這才鬆了口氣，竟不自覺熱淚盈眶，只悄悄低頭抹去了眼淚。

三人繼續抓著舢板，隨著汝水往下游漂去。月亮很快就到了天頂，此時已過半夜，三人在水中已漂了三個時辰，誰也不去談何時才會漂到對岸。夜色清涼，汝水冰寒，若不保持清醒，睡著後不是凍死，便是淹死；慕容無憂躺在舢板上，自也冷得牙齒打顫，但他有一搭沒一搭地不斷跟二女聊天，逗她們發笑說話，免得她們睡著。三人即使身處絕境，生死難料，心頭卻都感到一股奇異的平靜，彷彿這不是生死交關，而是三人結伴夜遊，只求盡興，不問歸期。沈雒心底暗暗知道，自己這一輩子，絕不會忘記這寒冷而漫長的一夜。

天未明之前，舢板碰到了一塊礁石，又漂流一陣子，竟然停擱在一片沙洲之上。三人欣喜莫名，趕忙濕答答地從河水中爬出，興奮之下，三人竟緊緊地環抱在一起，同聲歡呼起來。

第六十二章　祕笈

次日清晨，天才剛亮，沈雒猛然清醒過來，見到白茫茫的天際，一時不知身在何處。她揉揉眼睛，見到慕容無憂站在河邊，雙手叉腰，望向北方，不知在想些甚麼。沈雒這才想起昨夜冒險渡河的經歷，趕緊搖醒了身邊的賀秋，說道：「秋姊姊，天亮了。」

慕容無憂聽見二女動靜，回過身來，顯得精神奕奕，笑嘻嘻地道：「好啦！咱們成功渡過汝水，抵達江南了。妳們從這兒自行去建康，應當沒問題吧？不需要我一路護送了吧？」

沈雒點點頭，說道：「我們自能覓路去往建康。你呢？打算回江北麼？」

慕容無憂道：「不錯，我得回江北去。我的手下兄弟還在義陽的大宅中等我哩。」

賀秋擔憂地道：「你不怕官兵追捕你？」

慕容無憂笑道：「我自從會走路以來，便在逃避官兵的追捕，至今還沒被他們捉到過一次，放心吧！」

賀秋凝望著慕容無憂，眼中透出依依不捨之情，卻不言語。沈雒看得出她對慕容無憂頗為留戀，心中竟也生起一股莫名的滋味，立即暗覺不妥，於是對慕容無憂抱拳告別，爽快地道：「青山不改，綠水長流。我們總有一日再會。」

慕容無憂哈哈一笑，說道：「如今我知道妳是洛陽『沈緞』家的二娘，哪日我缺錢使了，說不定便會找上門去，向二娘問安，順便討點兒盤纏使使！」揮揮手，轉身沿著汝水大步而去。

天色大明之後，沈雒和賀秋辨別方向，來到江南的大城西豫州，購辦清水糧食；二女梳洗一番，換上乾淨衣衫，都感到精神一振。兩人問明了路徑，往東南大梁都城建康城行去。

不一日，二女終於來到了建康城。這是她們第一次來到古城金陵，只見城堅牆厚，城中八街九陌，軟紅十丈；行人接袂成帷，舉袖為雲；市容簇錦團花，琳琅滿目，比之洛陽實有過之而無不及。但沈雒無心遊覽，一心去找洪掌櫃，詢問小兄信中之事，一路帶著賀秋，直奔建康「沈緞」鋪頭。

鋪頭裡，洪掌櫃見兩個衣著襤褸、風塵僕僕的男子跨入鋪中，頭上戴著寬邊斗笠，看來便似遊俠一流，心頭一驚；他暗想這種人怎會來購買昂貴的絲綢，定是來找碴的，連忙對身旁的伙計使個眼色，低聲道：「留心！派個人去後面，將財庫和貨倉的門鎖上了。」

伙計十分精明，立即遣人去鎖門，自己和幾個伙計則從櫃檯下取出木尺木棍等物，充作武器。

洪掌櫃迎到大門前，臉上堆笑，拱手說道：「兩位郎君，請問想買點兒甚麼？」卻見當先那男子轉頭望向自己，這人臉上倒是頗為乾淨，沒有鬍子，微微一笑，開口脆聲說道：「洪掌櫃，好久未見，我是二娘沈雛。」

這話一出，洪掌櫃只怔得呆在當地，張大了口，吶吶地說不出話來。

沈雛見了他的神色，不禁噗哧一笑，脫下帽子，說道：「怎麼，你認不出我了？」

洪掌櫃這才回過神來，連忙仔細看了一陣，才躬身行禮，說道：「二娘！真的是妳！妳長大了！怎地……怎地做這身江湖打扮？快請進來！」

沈雛指著身後那人道：「這是我的侍女賀秋，這是洪掌櫃，你們見過了。」

賀秋上前與洪掌櫃行禮相見。

伙計們都警戒地站在一旁，手中握著木棍木尺等物，準備防身攻敵；眼見洪掌櫃請那兩個江湖人進入舖中，都更加緊戒備，狠狠地盯著他們，只待洪掌櫃一聲令下，便一齊出手，亂棍打倒賊人。

不料洪掌櫃抬頭向他們瞪去，斥道：「你們還呆站著做甚麼？快來見過二娘，給二娘行禮！」

眾伙計一聽，都是一愣，定在當地不動；洪掌櫃催促道：「你們還發甚麼呆？這是老東家的二女兒，東家二郎之妹，沈家二娘啊！」

伙計們這才紛紛放下木尺木棍等物，來到櫃檯之前，向沈雛躬身行禮，口稱「二娘」，心中都想：「沈家二娘，怎地一身男子打扮？」

洪掌櫃請沈雛入內室榻上坐下，問起來意。

沈雛找藉口遣了賀秋出去，取出小兄的信，給洪掌櫃看了，說道：「我在潁州白掌櫃處得到了一封小兄留給我的信，讓我盡快來建康『沈緞』鋪頭找你。」

洪掌櫃低頭看了信，吁了口氣道：「我將這信發去了洛陽左近三十多間『沈緞』鋪頭，所幸還真到了二娘的手中！」

沈雒望著洪掌櫃，問道：「小兄給我留下這封信。信中說的雖是養蠶取絲之祕，但我知道小兄的言下之意絕不是如此。洪掌櫃，我說的可對？」說著聲音不禁發顫。

洪掌櫃低頭看了信，反問道：「二娘，妳並未見到二郎，只得到了這封信，是麼？」

沈雒點了點頭。

洪掌櫃又問道：「此外，妳甚麼都不知道？」

沈雒搖了搖頭。

洪掌櫃吸了一口氣，起身查看門窗，確定都已關嚴了，才回來坐下，凝望著沈雒，緩緩說道：「二郎出海前，在建康待了一段時日，見到了……大郎的髮妻和兩個子女。」

沈雒聽了，完全出乎她意料之外，脫口叫道：「甚麼？大兄的髮妻？」

洪掌櫃道：「正是。」於是將沈維在南方祕密娶妻生子、妻子來找沈綾託孤等情說了，最後道：「依我所知，大郎之妻乃是會武之人，往年結了仇家，須得隱身避禍，因不想讓兩個年幼孩子受到牽連，才偷偷將他們託付給二郎。二郎出海之前，命我善加安頓照顧。」

沈雒雖早知父親和大兄乃是武人，此時聽說竟還有一位阿嫂，心中大感驚奇：「想來小兄要我來找的，就是這位阿嫂了！」於是問道：「那麼我這位阿嫂呢？她人在何處？」

洪掌櫃臉色一暗，低下頭，說道：「大郎娘子已不幸逝世了。」

沈雒感到一顆心直沉到谷底，暗忖：「我畢竟來遲了！」哀然問道：「她……是怎麼死的？是遭仇家所害麼？」

洪掌櫃聽她說起死亡和仇家等語，熟練順口，面不改色，彷彿更不當一回事般，心想：「聽說二娘幾年前離家出走，在外尋師學武，看來她當真成了個江湖人了！」回答道：「大郎娘子為誰所殺，我無法確知。當時她將兩個孩子交給我安頓後，便遣走了童僕，將她在建康城外的居處燒毀，自己悄悄離去了。我不知道她的去處，只聽說她可能去了南方。」

沈雒點點頭，說道：「那你怎知她已死去？」

洪掌櫃搖搖頭，臉色哀淒，說道：「數月之後，一具女屍身出現在丹陽溪旁。我聽伙計說起，親自去看了，確認……確認正是她。」

沈雒聽了，憂形於色，忙問道：「你確認之後，卻如何處置？」

洪掌櫃臉色陰暗，雙眼泛紅，說道：「我答應過她，絕對不能洩漏兩個孩子的蹤跡，因此只能裝作不知，任其留在岸邊。後來我聽人說，有好心的仵作去收了屍，送去了義塚埋葬。我趁夜晚之時，親自趕了輛舊車，去義塚掘出她的遺體，摸黑運走，重新安葬。」

沈雒聽了，想像當時場景，也不禁毛骨悚然。阿嫂的屍身倘若已在溪邊棄置數日，想必已腫脹腐爛；洪掌櫃單獨去義塚掘屍運屍，挖坑重葬，這份用心良苦，當真不簡單！

她對洪掌櫃生起由衷的尊重敬佩，跪坐起身，向他拜倒為禮，說道：「洪掌櫃，沈雒在此拜謝你的義舉，我沈家欠你一份情！」

洪掌櫃趕忙起身還禮，連連搖手，說道：「二娘快別這麼說！這是我份所應為。我這麼做，實在是因為我可憐那兩個孩子，小小年紀便失去阿爺，又不得與阿娘分別，阿娘還不幸死去……」說著不禁黯然神傷。

沈雒問道：「兩位侄子侄女，他們知道此事麼？」

洪掌櫃點了點頭，說道：「我原本想，他們年紀小，阿娘死去之事，不如就瞞著他們罷了。然而我轉念又想，他們自幼阿爺不在身邊，與阿娘相依為命，如今阿娘死去了，我怎能將他們瞞在鼓裡呢？而且人死為大，因此我決定將大郎娘子的遺體運去兩個孩子躲藏的莊園，告訴了他們阿娘已死之事。兩個孩子倒是極有勇氣，雖大哭了一場，但哭過後也都不吵不鬧。我們一起在莊園後選了塊僻靜之處，安葬了大郎娘子，立下石碑，未免引人疑忌，石碑上只刻了『先母之墓』。我們不能請僧人來超渡，於是我帶了兩個孩子在夜裡悄悄招魂祭拜，念了一千遍『往生咒』，願亡靈得以超生。」

沈雒甚感唏噓，又問道：「下葬之前，你可曾檢視遺體，見到她身上有何傷痕？」

洪掌櫃微微搖頭，說道：「我掘出大郎娘子的遺體時，已經腐爛得很厲害了，未曾檢視她身上有何傷痕。」

沈雒又問道：「兩個孩子可見到了遺體？」

洪掌櫃點頭道：「見到了。那畢竟是他們的阿娘，我讓他們替阿娘換上壽衣，收殮入棺。」

沈雒心想：「兩個孩子應是懂得武術的，或許見到了母親身上的致命之傷，會得到一些關於凶手的線索。」又問道：「兩個孩子都平安麼？」

洪掌櫃點點頭，說道：「是的。二郎離開之前，囑我替他的朋友王十五郎在棲霞山腳購置了一座莊園，以防未來建康若有何動亂，便可供他一家避難之用。那莊園佔地極大，一直空置著；二郎於是安排讓兩位小郎君和小娘子住在莊園邊上的一間別院之中，那是僕傭所居之處，假作他們乃是莊園中僕婦的子女，應是十分隱密。」

沈雒點頭道：「甚好。我想去見他們。你可引我去麼？」

洪掌櫃點點頭，說道：「我每個月都會去那兒一趟，為了避免引人注意，我總是藉口替主顧送絲綢去莊園存放，順便送點兒糧食過去。二娘若不介意，我五日後會再去一趟，妳到時便跟我一道去吧。」

沈雒心急，原想問清莊園的路徑，自行尋去，但一來不想引起他人的注意，二來兩個年幼的侄兒侄女並不識得自己，如此闖去，未免唐突，還是跟隨洪掌櫃同去，由他介紹認識，較為合適，於是點點頭，說道：「好，那麼我便在建康著，五日後再跟你去探望兩位侄兒侄女吧。」

洪掌櫃想起一事，話到口邊，又猶疑未說。

沈雒見他欲言又止，問道：「怎地？」

洪掌櫃道：「我原本想問，二娘是否打算造訪沈氏祖宅，問候沈家二郎君？」

沈雒見到他臉上為難之色，心中雪亮，說道：「我這身江湖打扮，二叔只怕無法接受。而且我聽小兄說過，南方重男輕女，女子鮮少在外拋頭露面。我若去探望二叔，他見我孤身在外行走，還做這等打扮，只怕會大大非難，嚴詞責備一番。」

洪掌管嘆了口氣，說道：「我正是擔心如此。」

沈雒擺手道：「那不如不去也罷，各自方便。往後若有適當時機，我再去拜訪二叔吧。洪掌櫃，這幾日我可以待在舖裡麼？此地想必有伙計的住處，可以挪一間出來給我和秋姊姊暫住麼？」

洪掌櫃忙道：「屋舍自然是有的，但伙計住的住處擁擠狹小，不好委屈兩位。不如我去城中的金陵精舍給兩位要一間上房，老東家和大郎往年曾在那兒住過，地方很是寬敞雅潔。」沈雒聽他想得周到，便答應道謝了。

之後幾日，沈雒和賀秋住在精舍中，仍做男子打扮，在建康城中參訪名勝，觀覽景物；建康城較洛陽略小，但街道齊整，房舍精緻，繁榮富裕，自有一番絢雅的江南風味。大梁皇帝崇佛，城中廟宇極多，總數超過三千五百座；二女造訪了不少寺院，又參觀了出名的紫金山、玄武湖、秦淮河等地，並來到秦淮河南岸的烏衣巷，得知此地便是南方豪門望族王氏和謝氏聚居之地，只見庭院遼闊，屋宇層疊，高門深戶，難以盡窺。沈雒感嘆道：「北方豪闊，南方富貴，當真是互相輝映，不分上下啊！」

五日之後，到了洪掌櫃要去王家莊園的日子。沈雒原本打算帶了賀秋一道去，洪掌櫃卻道：「二娘，二郎交代過，我只能帶二娘一人前去。兩位小郎君和小娘子處境危險，不能讓任何江湖人物得知他們的藏身所在，不然立即便有性命之憂。為謹慎起見，二娘還是單獨前去較為穩妥。」

沈雒同意了，便決定不帶上賀秋，只告訴她自己要隨洪掌櫃去看城外的幾座桑林蠶園，向一位經驗豐富的大娘學習養蠶之道。賀秋不疑有他，便留在了金陵精舍中。

沈雒打扮成一個伙計，跟隨洪掌櫃乘坐馬車，來到棲霞山腳王十五郎的莊園。洪掌櫃先與莊園的林管事打了招呼，送上絲綢米糧等用物，接著便帶沈雒來到莊園邊上二童的住處。但見那是一座獨立的院子，圍牆有七尺高，牆外滿滿地爬著許多藤蔓；進入木門後，迎面是間磚瓦屋，屋後便是山坡，山坡前和磚瓦屋之間有塊空地，甚是隱密。沈雒環望一圈，見腳下是夯土地，角落有不少沙袋、木棍、標靶等物，顯是供兩個孩子練武所用。

洪掌櫃和一個中年僕人打了招呼，中年僕人對屋裡喊道：「洪阿叔來啦！」

兩個孩子從內屋衝出，見到洪掌櫃，都是滿面喜色，上前一左一右，拉住了他的手，笑嘻嘻地問道：「阿叔今日怎麼有空來？」「阿叔給我們帶了甚麼好吃的？」

洪掌櫃笑著摸摸兩個孩子的頭，笑道：「小郎君、小娘子，你們都長高啦！」從懷中取出一包駱駝糕，遞給二人。兩個孩子十分有禮貌，先道了謝，才伸手接過。

洪掌櫃指向沈雒，說道：「我今日帶了一位你們的親人來此。二娘，這是兄長沈朝，這是小妹沈暮，他們是雙生兒。」

兩個孩子轉頭望向沈雒，面上雖帶著幾分戒慎，但仍來到沈雒面前，躬身向她行禮，舉止大方。

沈雒見兩個孩子面容清秀，眉目間頗有幾分大兄的影子，想起大兄英年慘死，心中一酸，走上前去，還禮說道：「阿朝，阿暮，我是沈雒，是你們阿爺的小妹，你們的小姑母。」

兄妹聽了，互望一眼，露出驚喜之色。妹妹沈暮說道：「妳便是我們阿爺的阿妹，我們的小姑母？」

沈雒點點頭，說道：「不錯。你們可稱我小姑母，或是雒姑。」心想：「我在家中那時，最厭惡孫姑插手家事，甚至爭奪家產。如今我可也成了個姑母了。」伸手拉起兩個孩子的手，問道：「你們幾歲了？」

妹妹沈暮個性較為活潑外向，搶著道：「我們十歲了。」

沈雒望著這對兄妹，不禁想起自己和小兄沈綾幼年之時，二人年齡相近，幾乎日日玩在一起，就如這對雙生兄妹一般；如今自己離家學武，小兄遠赴南洋，不知安危，心中不禁好生感慨，問道：「你們獨自住在此地，一切都好麼？吃得可好？穿得可暖？」

兄長沈朝比較寡言，這回又是妹妹沈暮回答，說道：「阿娘離去前，囑咐我們乖乖聽二叔的話，二叔請洪阿叔照顧我們。我們三年來都住在這院子裡，住得很好，吃穿也都很好。洪阿叔不時給我們帶來各種衣物，還有好吃的甜點。」

沈雒微微一笑，向洪掌櫃投去感激的目光，她回過頭來，再問兩兄妹道：「我對你們的阿娘一無所知，甚至是來到此地時，才得知大兄曾娶妻生子。你們能多跟我說一些你們阿娘的出身來歷麼？」

沈朝和沈暮對望一眼，沈暮說道：「雒姑請入內坐下，待我們慢慢與妳說來。」

沈雒請洪掌櫃在外廳等候，隨二子入內坐下了，於是沈朝和沈暮輪流說出了自己母親的身世：他們的母親是個孤兒，自幼被北山老人收養後，親授武藝；而沈雒的父親沈拓和大兄沈維往年都曾隨拜入北山派的阿翁沈譽習武，因此他們的母親跟沈拓和沈維可說是同門子弟。最後二人並說了自己阿娘與其師兄北山子的衝突，因北山子對這個師妹極為嫉恨，北山老人不得不詐稱她已病死，請沈拓幫忙將她藏匿起來；後來她又祕密與沈維成婚，藏身於建康郊外等情。

沈雒只聽得一怔一怔的，幾乎不敢相信自己的耳朵。她知道父兄生前隱密甚多，關於北山老人和北山派等事，她只約略從賀秋口中聽聞一些片段，這時才終於得知全貌。她皺眉問道：「北山子不但氣死了北山老人，還殺傷了許多同門。你們可知，他人在何處？」

沈暮咬牙道：「我們不知道他人在何處！北山子是師祖北山老人之孫，也是我們的師伯。他一直很恨阿娘，多年來不斷試圖害她。阿娘為了躲避他的追殺，才不得不將我們藏在這兒，自己遠遁而去，好將那惡人引開，藉以保護我們！」

沈雒點了點頭，問道：「如今你們阿娘不在身邊了，你們的武術練得如何？」這次回答的是兄長沈朝了。他說道：「回雒姑的話，我們依從阿娘的指示，每日清晨便起身練腿功；早膳過後，便練拳法；午前練飛鏢；午膳過後，便練兵器。我們練的兵器是單刀和長劍。」

沈暮接著道：「我和阿兄每日如此練功，三年來不曾間斷。但是……」

沈雒問道：「但是如何？」

沈朝咬著嘴唇，說道：「但是進境不大。」

沈雒沉吟道：「你們年紀還小，自己練習基本功，無人指點，確實甚難進步。待我試試你們的功夫，可好？」

兄妹倆點頭答應，於是三人來到屋後的練武場，沈雒道：「你們打一套拳給我看看。」

沈朝當先擺開架勢，打了一套拳；他體格結實，年紀雖小，這拳卻打得虎虎生風，甚有功勁；接著沈暮也打了一套，這套卻以輕靈流動為主，龍騰虎躍，變化多端。

看完之後，沈雒點頭道：「很好。這兩套拳法，叫作甚麼？」

沈朝答道：「阿娘說過，這兩套拳法傳自師祖北山老人，我練的叫『雷撼拳』，妹妹練的叫『風雲手』。」

沈雒道：「甚好。」束緊腰帶，走到場中，說道：「你們一起來，使方才的拳法，或使其他武功也成，對我出招。」

兩個孩子對望一眼。他們雖自幼隨母學武，但一直隱藏在家中，極少與人對敵，更何況要他們對剛剛相認的小姑母出手？兩人都有些猶疑，但在沈雒的鼓勵下，便各自對沈雒行禮，接著一左一右，擺出架勢，面對著沈雒。

沈雒道：「動手吧！」

兩個孩子眼神轉為凌厲，忽然一齊低喝一聲，猱身上前，分從左右攻來。

沈雒見他們來勢好快，連忙身子一側，避開攻擊，同時揮雙掌反攻。兩人拳法早已練得通熟，立即變招，一前一後，再次向沈雒攻來。

沈雒穩住身形，揮掌接招，左右手臂和兩人的手臂相交，感到他們的勁道極強，完全不似十歲孩童所能使出的力道，只震得她手臂隱隱生疼。

沈雒吸了口氣，運氣於雙臂之上，再次格開二童的攻勢時，便感到游刃有餘了。然而能夠擋住他們的力道，並不表示她能夠躲開他們的攻招；二童招式既快且狠，往往從出乎意料的方位攻到，沈雒心中動念：「北山派以暗殺為主，北山老人的武功擅長暗攻和偷襲，招數果然狠辣得緊！」她回想父親和長兄生前外表溫文和善，忙於絲綢生意，如何也想不到他們竟身負武功，而且還出身於擅長暗殺的北山派！

沈雒定下神來，謹慎應付兩個孩子的攻招，僅僅能夠擋下，不致中招，然而一時卻也找不到反擊的機會，始終處於守勢。

又過了數十招，二童見對手並不反擊，只不斷防守，愈發增強了信心；他們乃是雙生兄妹，自幼一起長大，形影不離，心意相通，兩人皆動念轉採搶攻之勢，更不必交談，甚至不必交換眼神，便陡然同時轉為急攻，猛搶而上；一個跳躍而起，伸出手指攻敵雙眼，另一個則矮下身，伸腿掃敵腳踝。

沈雒心中一驚，沒想到這兩個孩子不過十歲年紀，出招竟凌厲若此！她中暗暗後悔：「我只道他們年紀幼小，功力未足，竟大膽試武兩人，可真是托大了。」幸而她危急中自行運起了《易筋經》的內功，內息由手掌中發出，掌風強大無比，一掌往上，一掌往下，分別往兩人推去。

沈朝沈暮只感到一股勁風撲面而來，攻招只遞出一半，便不得不收回，被那股勁風震得難以呼吸，不由自主地雙雙向後飛出。

沈雒生怕傷了他們，趕緊收勁，快步奔上，搶在他們之前，運一口氣，伸出雙掌，抵在兩個孩子的背心，讓他們緩緩落地，不致摔傷。

沈朝和沈暮正在心驚膽戰之際，心想這一跌出，對手後勁強大，自己定將重重撞上磚牆，外傷自是不免了，或許還會受到內傷。豈知一個人影從身旁搶過，接著背後傳來一股柔和之力，托住了他們的身子，讓他們平穩落地，毫髮無傷。兄妹倆這才明白出手相救自己的正是雒姑，一顆心怦怦而跳，都想：「她身手看來並不如何，豈知內勁竟如此之強，身法如此之快！」

經過這場驚險快鬥，兩個孩子對這雒姑已十分心服，定下神來後，便恭敬向她行禮，拜謝她的不傷之恩。

沈暮問道：「雒姑，妳的武功當真高明。請問妳是跟誰學的？」

沈雒微微搖頭，說道：「我的內功，是在少室山上跟一位高僧學的。他只傳授了我內家功夫，我的拳腳功夫可完全不行，跟你們相差太遠了。」

沈朝性情沉穩，想了想，說道：「妳雖說自己拳腳不行，但妳以一對二，還是能以掌風將我們震飛，因此內功比外功更加重要。」

沈雒點頭道：「阿朝說得很好。內功可說是一切武學的基礎，根基打好了，外功方能發揮得淋漓盡致。倘若只有外功精熟，卻無內功匹配，那麼很容易便會被人擊傷。」

沈朝嘆了口氣，說道：「阿娘曾經說過，我們年紀小，先從外功練起，之後再慢慢教我們內功。她說過，我們若能跟她學武學到十五歲，就可以學成內外功夫了。」

沈暮眼眶一紅，低下頭，說道：「可惜阿娘……阿娘已經……。」

沈雒心中一直在估量該不該跟兩個孩子提起阿嫂之死，此時神色轉為嚴肅，問道：「有件事，我須得向你們詢問，盼你們不要介意。你們都見過了阿娘的遺體，是麼？」

兄妹倆聽她問起，想起母親慘死之狀，臉色都變了，沈暮轉過頭去，沈朝勉強點了點頭。

沈雒問道：「你們都識得武術，可知道阿娘是如何死的？身上有何傷痕？死於何種兵刃？」

沈暮仍舊低著頭，沈朝吸了口氣，說道：「我們見到阿娘胸口有個致命刀傷，創口非常乾淨，刀刃顯然極為鋒利。從創口看來，凶器應是匕首。」

沈雒皺眉道：「鋒利的匕首？」

兄妹倆對望一眼，沈朝道：「師祖曾送給阿娘一柄鋒快無比的匕首，北山門人大多擁有類似的匕首。我們猜想出手的應是北山門人，而且武功極高。」

沈雒道：「北山門人……會對你們阿娘出手的，只有北山子了，是麼？」

兩個孩子神色悲憤黯然，同時說道：「我們正是如此猜想。」

沈雒嘆息道：「可嘆你們的阿娘這麼早去了。我若能向她學習武術，一定能更有機會替你們的阿爺報仇。然而我雖有一身內功，拳腳卻十分淺薄，絕不是北山子的對手。」

沈朝和沈暮互相望了望，沈朝開口道：「阿娘離去之前，曾將師祖北山老人的武功祕笈傳給了我們。」

沈雒聽了，雙眼發光，心頭生起一線希望，脫口道：「當真？北山老人留下了武學祕笈？」

沈暮道：「正是。阿娘讓我們將祕笈一字不漏地背下了。」

沈朝道：「阿娘離去前交代過，說當阿爺的妹妹來到莊園時，我們便可將師祖留下的祕笈背出來給妳聽。」

沈雒大喜過望，跳起身來，說道：「太好了！我若能得到祕笈，學成北山老人的武功，或許便能敵得過北山子了！」

沈暮抬頭望著她，眼中如要噴出火來，咬牙說道：「阿娘說，雒姑學成之後，定能替阿爺阿娘報仇！」

沈雒點頭道：「我對你們發誓，我這輩子定要找到害我阿爺阿兄的仇人，也定將找到北山子，替你們的阿娘討回公道！」

兩個孩子聽她說得堅決，都感到鬆了口氣。他們年紀幼小，身邊沒有任何親人；二叔沈綾雖對他們母子三人極為關懷，但他和照顧他們的洪掌櫃都不會武功，更談不上幫助他們打敗大敵。這對兄妹自從父母雙亡之後，心中念茲在茲的就是練好武功，替父母報仇，但卻不知該如何增進武功，也不知該從何著手尋找大敵、手刃仇人。如今終於出現了個親姑姑，不但內功超卓，而且和他們一般報仇心切，兄妹倆終於能將肩頭上的重擔卸下了。

沈雒吸了口氣，望著兩個孩子，說道：「那麼，便請你們背出祕笈給我聽吧。」

沈朝卻搖搖頭，說道：「雒姑，我可以背給妳聽，但不能讓妹妹聽見。」

沈雒奇道：「難道你和妹妹記憶下的，並非同樣的文字？」

沈朝和沈暮互相望望，一齊搖頭。

沈朝說道：「阿娘讓我們背的文字完全不同，並且告訴我們，除非有人能夠融會貫通並指點我們祕笈的內容，否則便不能告知彼此背的是甚麼。」

沈雒心想：「阿嫂讓他們背下的，應是祕笈不同的部分。或許分為上下兩部？」於是說道：「好的，那麼阿朝，我們去內屋，你先背給我聽吧。」

沈朝答應了，兩人便來到內屋，關好門窗，確定周圍無人，沈朝才小聲地背出了一段文字，共有約上千字。

沈雒聽完之後，皺眉道：「我就這麼聽著，無法記住，更不可能理解修習。我可以將文字寫下來麼？」

沈朝點點頭，說道：「阿娘說，當我背給小姑母聽時，可以讓她寫下。但是在修習完後，就必須立即將手稿燒掉。」

沈雒點頭道：「我理會得。」於是從包袱中取出紙筆，讓沈朝取了硯和墨來。自從她替師父菩提達摩記錄《易筋經》和《洗髓經》後，便時時帶著紙筆；這時她讓沈朝背出文字，一字字抄下，共有一千餘字。她讓沈朝讀過一次，確定無誤；之後她又讓沈暮進來，背出文字，逐字抄下，也有一千餘字。

沈雒望著兩篇文字，閱讀了一遍又一遍，心中大感困惑：「這兩段文字，為何看來都毫無意義？文句不但並不連貫，甚且互相牴觸，有如彼此交錯一般……」想到此處，靈機一動：「莫非這兩篇文字，其實乃是一篇，但是大嫂讓兩個孩子交替背下，朝兒一句，暮兒一句，須得合併讀下，才能明瞭祕笈的真義？」

她心中大喜，立即取來另一張紙，將二人背下的文字一句句交替抄寫，果然開始能夠看懂了。沈雒興奮已極，仔細研讀，潛心思索，心想：「北山老人的這部祕笈，主要傳授的是內功和輕功，以及從北山派招式中衍生的對戰技巧。我已從菩提達摩師父那兒學得了《易筋經》，不需另行修習內功，但或可傳給兩個侄兒侄女。至於輕功，那應是北山老人最得意的武功，須得有高深內功配合，方能使出。」

於是沈雒花了一個月，獨自揣摩祕笈中的武功，她過去數年在菩提達摩的指點下，對武藝的理解已如明燈照路，進展飛快。等她感到全數融會貫通了，便叫了兩個孩子來，說道：「這是你們師祖的功夫，我自行摸索，大約懂得了七、八成。你們畢竟跟隨你們的阿娘學過幾年功夫，她曾得北山老人的真傳，理解應當最深；不如我將自己對經文的理解說出來給你們聽，若有不對之處，便請你們指點糾正。」

兩個孩子聽說她已弄懂了七、八成，又能講解給自己聽，那就表示自己能夠開始學習祕笈了，都興奮不已，立即答應了。於是姑侄三人埋頭練功，每日從早到晚，不是討論祕笈的意義，便是演練招式，對打過招。兩個孩子武功雖淺薄，但見識卻甚是不淺，許多武功上的了解和體會皆遠遠勝過沈雒。沈雒除了學習過高深內功外，外功卻粗淺得緊，對於許多攻敵的技巧、臨敵的策略等，所知極少，而北山老人的祕笈正好補足了她的這個弱處，她不但從祕笈中領悟了許多武學的道理，每日和兩個侄兒侄女比武過招，學習北山派一切拳腳招式，更目睹到他們出手的快捷凌厲、出其不意，也識得了寶貴的自衛防身、尋隙攻敵的實戰之道。北山派以暗殺聞名，武術中不乏陰險詭詐、出其不意的招數，如忽然往後踢出的鬼影腿、蛇鉤拳、疾風針等，沈雒都從祕笈和侄兒侄女處學得了其中訣竅。

沈雒同時也傳授兩個孩子《易筋經》，讓他們每日早晚靜坐吐納，靜心寧神，累積內息，同時也訓練他們專注凝神、心無旁騖的功夫。

過了約莫半年光陰，沈雒知道自己已練成了北山老人祕笈中武功的六、七分；兩個孩子年紀仍小，內功尚未練得到家，但他們在沈雒的指點陪練之下，武藝也大有進步。沈雒甚是謹慎，在她熟記並領悟了祕笈中的武功後，便將手抄祕笈燒掉，一紙不剩。

沈雒對侄兒侄女道：「我該回洛陽一趟，看看家中如何，並試圖找出害你們阿爺阿翁的仇人。」

兩兄妹都甚是依依不捨，問道：「雒姑，妳會回來麼？」

沈雒伸手摸著沈暮的頭，微笑道：「我當然會回來。待我將家中諸事處置妥當後，便來接你們，帶你們一起去洛陽，回你們阿爺的家。」心想：「沈家除了小兄之外，還有沈朝這個子息，自是天大的喜事！阿爺和大兄當然是知情的，但我當帶著兩個孩子去阿爺和大兄的墳前祭拜，以告慰他們的在天之靈。」

沈朝道：「雒姑，妳會幫我們找出北山子，替我們阿娘報仇麼？」

沈雒嚴肅地道：「我不知道自己的武功是否能勝過他，但我定當追查他的下落，盡力打敗他，替你們阿娘報仇！」

兄妹倆對望一眼，沈朝捧上一只木盒，從盒中取出一柄匕首，交給沈雒，說道：「雒姑，這是我們阿娘的遺物。此行危險，請妳帶上吧！」

沈雒道謝接過了，拔出匕首，但覺寒氣逼人，看來銳利至極。

沈暮低下頭，說道：「請雒姑千萬小心謹慎。北山子也有一柄同樣的匕首，他若見到這柄匕首，定會認出是我阿娘之物。此人雖是我等的師伯，但他狠心害死了我們的阿娘；若他知道我們在這世上，定會來殺死我們的。」

沈雒道：「我定當小心謹慎。」忽然留意到匕首的柄底刻著兩個字——「絕學」。沈雒想起大姊在橫波渡口收起、又被自己偷走的匕首和短戟，柄底也刻有父兄的名字，微微一怔，說道：「絕學？」

沈暮低頭道：「那是我們阿娘的名諱。」

沈雒奇道：「因此她並不叫幼娘，卻名絕學？」

沈朝點頭道：「是的。阿娘為了隱藏身分，平日自稱姓容，小名幼娘。絕學是她的真名。」

沈雒點了點頭，喃喃道：「絕學，絕學。」問道：「因此她也不並姓容？」

沈暮搖頭道：「不，師祖收養了她，因此她跟師祖姓。我們師祖姓慕容。」

沈雒雖曾聽聞不少關於北山、北山老人和北山子的事蹟，卻不知道他們姓慕容，說道：「因此阿嫂的真名，是慕容絕學？」

沈暮道：「正是。北山老人替北山子和我們的阿娘命名，取自老子《道德經》中的『絕學無憂』：師伯名無憂，我們阿娘名絕學。」沈朝咬牙道：「北山慕容氏出了這麼一個大惡人，當真可恥，不配此名！」

沈雒一聽這話，頓時如中雷殛，臉色雪白，心中只想：「是他？怎麼會是他？難道他就是……就是北山子？」

兩個孩子見她臉色變換不定，沈暮問道：「雒姑，妳怎麼了？莫非妳識得他？」沈雒定下神來，微微搖頭，說道：「不……我不識得。」說到此處，再也說不下去，心中一片糾結困惑，暗想：「我當時自然不知……不知慕容無憂便是北山子！」隨即想起：「他知道我的姓名，當然知道我便是沈家二娘。他明明知道我是誰，卻裝作不知道！那人究竟有何用心？他知道他的小師妹嫁給了大兄麼？他知道這兩個孩子躲在這兒麼？當真是他下手殺死了阿嫂麼？他若當真是北山子，武功應當極為高強才是，莫非那段時候他全在假裝，在我面前時，故意一點兒功夫也不展露？」

她只覺背脊發涼，恐懼懷疑爬滿心頭，只想躲到無人之處，好好將事情想個清楚，理個明白。

第六十三章　避禍

沈雒收妥了慕容絕學的匕首，告別了侄兒侄女，離開棲霞山腳的莊園，失魂落魄地回到建康城。才一進城，便見街頭擠滿了平民百姓，個個拖兒帶女、扶老攜幼、背負家當、神色驚惶，趕著逃出城外，城中一片混亂。

沈雒見了，不禁一呆，心想：「我在少室山上待了三年，下山後發現山腳村落全毀；這回在棲霞山腳的莊園待了半年，回到建康，竟然也人事全非！師父說得不錯，世事無常，成住壞空，一切繁華榮景，都是轉瞬即逝！」

她趕緊來到「沈緞」鋪頭尋找洪掌櫃，但見賀秋也在鋪中，兩人神色都極為驚憂。沈雒忙問究竟，洪掌櫃怒道：「還不是那個羯人侯景！」

沈雒和賀秋對望一眼，忍不住道：「又是他？我們在洛陽城附近，也曾遇到過侯景的軍隊，到處拉人充軍，燒毀村落，殘暴得緊。」問洪掌櫃道：「他怎會來到南方？」

洪掌櫃嘆息道：「不久之前，東魏大丞相高歡死去，其子高澄接任大丞相之位。侯景怕高澄找自己算帳，因此匆匆率師南來，投靠大梁皇帝。皇帝知道他驍勇善戰，便收留了他。沒想到侯景來到南方沒多久，便又懷疑皇帝會背叛自己，竟起兵叛亂。原本他兵馬甚少，叛變也非大事，錯就錯在皇帝派了蕭正德主持防禦，封他為平北將軍，都督京師諸軍事。」

沈雒奇道：「蕭正德是甚麼人？」

洪掌櫃道：「蕭正德是皇帝的侄兒，皇帝六弟蕭宏的第三子。蕭衍登基時膝下無子，因此將蕭正德過繼為自己的長子。這蕭正德天生凶殘暴戾，成為皇帝養子之後，便以為自己將被封為太子；然而不久後皇帝得子蕭統，自然立即被封為太子，是為昭明太子。蕭正德對此大為不滿，不時向皇帝抱怨；皇帝對這養子頗感歉疚，但凡爵位、田地、錢財，只要蕭正德開口索求，皇帝沒有不給的。他對蕭正德說道：『你要甚麼都行，就是皇帝之位不能給你。皇帝之位由嫡長子繼承，這是天經地義之事。我們梁朝肩負漢人正統，可不能壞了規矩。』然而這蕭正德還是貪得無厭，暗中對皇帝伯父滿懷怨憤。」

沈雒皺眉道：「聽來是個麻煩人物。」

洪掌櫃道：「可不是！這蕭正德惡名昭彰，為非作歹，整日懷屈抱怨，只有皇帝仍被瞞在鼓裡，以為自己對蕭正德仁至義盡，他也該忠心耿耿，一心報答自己吧！我聽人說，蕭正德老早就跟侯景勾結了，決意和他一起叛變，好為自己爭取皇位哩！」

沈雒大驚，說道：「侯景若攻入建康，這城可遭殃了！」

洪掌櫃滿面憂急之色，說道：「傳言說侯景叛變，皇帝讓蕭正德全權掌軍平叛，一來因為他對蕭正德信任非常，二來是想給他個平叛立功的機會，將來好給他更多的封賞。但皇帝可完全未曾想到，蕭正德要的不是封賞，而是帝位！即使害死皇帝伯父、摧毀建康，他也在所不惜。」

沈雒皺眉道：「那我們現在該如何是好？」

洪掌櫃道：「我已預做安排，將城中存貨全數運出城去了，暫存於城外郊區偏僻的倉房中；咱們鋪頭共有十名學徒和伙計，我也已讓他們和家眷一起疏散到城外的絲坊和染坊中借居，躲避一陣。」

沈雒問道：「城外應當安穩，不會遭戰禍波及，是麼？」

洪掌櫃知道她擔憂侄兒侄女，點了點頭，說道：「只要能離開建康，避難於鄉野山間，應當不致受到戰禍波及。我打算讓餘下伙計的家眷明日便離城，到五十里外小鎮上的絲坊暫居；我和伙計們則打算留在城中觀望三日，倘若情勢不好，便趕緊離去。二娘，妳不必留在城中，不如明日便跟著伙計們的家眷上路吧。」

沈雒猶豫不決，賀秋勸道：「是啊，二娘，我們還是早些離城，較為穩妥。」

沈雒卻道：「洪掌櫃和伙計們也需要保護。我等暫且留下，行止都跟著洪掌櫃便是。」賀秋答應了。

三日之後，城外傳來驚人消息：侯景已渡過了江，正率師向建康城逼近。

洪掌櫃大驚，說道：「他怎能這麼快便渡江？」趕忙去城中打聽消息，才知道原來蕭正德派了數十艘大船，假稱運送蘆葦，實際卻在暗中接濟侯景軍輜重；侯景的軍隊過江之後，便一步步進逼京城。城周百姓聽聞侯景的軍隊逼近，都搶著逃入建康城中。建康城百餘年來沒打過仗，城中士大夫聽聞劇變，皆嚇得不知所措，惶惶終日，毫無對策；有人想闖入城中躲藏，有人想逃出城去避難，城中一片混亂。

沈雒對洪掌櫃道：「事不宜遲，我們也該立即離去才是。」

洪掌櫃猶自遲疑，說道：「大軍入城，也不見得就會燒殺擄掠。我們全走光了，沒人看著鋪頭，豈不任人劫掠？」

沈雒在洛陽時，曾數度親眼見到大軍入城，城中居民爭相逃難的情景；她自己也曾跟隨家人匆匆離城避難，印象猶新，恍如昨日。她搖頭道：「絕不能有人留下。侯景這人在北方便以殘暴出名，入城之後，想必不會客氣，定將大肆燒殺一番。我們必得全數盡早出城去，鋪頭中的存貨大多已運出城外，剩下一間空鋪頭，便讓他們劫掠罷了。」

洪掌櫃點點頭，又道：「我該趕緊去通知王十五郎，讓他帶著家人去城外避難。」

沈雒問道：「王十五郎，就是小兄的那位朋友麼？小兄在信中跟我提起過。」

洪掌櫃道：「正是。二郎初次來建康時，便與王十五郎相識結交，兩人交情甚篤。」

沈雒想了想，建議道：「不如我們一塊兒去見十五郎，勸他們今夜便出城避難，咱們可以護送他們去棲霞山莊園。」

洪掌櫃同意了，於是和沈雒一同來到烏衣巷王家，找到小王管事，說有急事尋十五郎，請代為通報。小王管事答應了，望了望沈雒，問道：「這位是？」

洪掌櫃事先已與沈雒商量過，說道：「這位是沈二郎的兄弟，沈三郎，剛剛從洛陽來此。」小王管事一聽，肅然起敬，連忙向沈雒行禮，說道：「沈三郎！我立即去稟報十五郎。」

不多時，便有僕人出來，引洪掌櫃和沈雒進入王氏大宅，來到十五郎的居苑。

王十五郎聽說沈二郎的兄弟來了，好生驚訝；他記得沈綾只有一兄一姊和一妹，並無兄弟，卻從何處冒出個沈三郎來？他望著洪掌櫃和一個少年來到外堂，視線立即落在了洪掌櫃身旁那個少年身上。但見這少年容色俊秀，衣著樸素，腳步輕捷，全身上下都散發著一股豪爽英氣，不禁眼睛一亮，連忙起身上前迎接，行禮道：「是沈三郎麼？」

沈雒向他作揖為禮，說道：「小弟見過王十五郎。小兄常提起你。」

王十五郎聽這人聲音嬌細，愣了一愣，隨後然大悟，揮揮手，讓身邊僕人退去，壓低聲音道：「閣下可是沈家二娘？二郎時時提起他的小妹，說妳擅長騎馬射箭，身手不凡，能一邊騎馬，一邊彎弓射箭，箭箭命中十五丈外的標靶！」

沈雒笑了，說道：「我小兄就愛誇大炫耀，十五郎可別信他的。」

王十五郎十分歡喜，搓著手，說道：「二郎人呢？聽說他出海遠行，可回來了？」

沈雒望望洪掌櫃，洪掌櫃搖頭道：「二郎還沒回來，我等也不知他何時會回來。」

沈雒道：「此番來見十五郎，實因有緊急之事相告，並請十五郎盡速定奪。」當下和洪掌櫃輪番敘述了侯景叛軍即將入城，「沈緞」伙計及眷屬已全數出城躲避等情。最後沈雒道：「十五郎，我知道小兄臨出海前，曾替十五郎在棲霞山腳置辦了一座莊園，以備不時之須。此刻正是危急關頭，請十五郎趕緊收拾細軟，我等可以護送你一家去往棲霞山莊園避禍。」

王十五郎皺起眉頭，思慮再三，猶豫不決。

沈雒等了一陣，頗感焦急，於是勸道：「十五郎請聽我一言，離不離城，全在閣下一念之間。你不妨試想，叛軍倘若迅速攻入城中，城中兵荒馬亂，那自然應當盡快出城避難，方為上策。就算一時攻之不下，叛軍也必將圍城，不讓居民出入，到時即便想離城避禍，也已逃出不去了。況且圍城日久，城中必將斷糧，城中居民只能困死於此。而叛軍倘若最終攻下了建康，依著侯景的殘暴作風，定將縱容士兵燒殺擄掠，誰又能保證叛軍一定不燒王家府邸，不殺王家之人？」

王十五郎聽了，眉頭皺得更緊了，說道：「侯景初降之時，曾請聖上賜准他與瑯琊王氏或陳郡謝氏家的女子結親。聖上心知我們兩家門第太高，不可能同意讓家中女兒嫁給侯景那粗魯胡人，因此只讓他在朱姓或張姓等其他氏族中挑選女子結親。聽說侯景當時極為憤恨，咒罵道：『甚麼門第！我總有一日要王謝兩家都做我的家奴！』所以這侯景對我王家早懷仇恨，只怕不會輕易放過。」

沈雒道：「既然如此，那麼貴府更加應該及早攜帶家眷，出城暫避才是。與其留在城中擔驚受怕，冒遭叛軍迫害之險，不如早早遠避，留在城外靜觀待變。小兒當年替十五郎購置的棲霞山莊園，正是為此之用。貴府人口眾多，不見得都聽信我等之見；建議十五郎不妨先帶了妻子兒女，今日便隨我等出城，赴棲霞山莊園住下。其餘王氏家族若願意來的，也可同行；若是遲一、兩日，我亦可回入城中，護送他們一程。只是叛軍一旦來到城外，便無法再接王氏族人去往棲霞山了，一來旅途危險，二來也可能暴露了你等躲藏之處，叛軍倘若尋跡追來棲霞山，搜捕劫掠一番，那可就更加危險。」

十五郎想了想，終於做出決定，說道：「多謝二娘為我一家籌畫的心意！我願意帶同妻兒，今日便隨妳等出城。至於其他王氏族人，請問最晚可以何時離開？」

沈雒望了洪掌櫃一眼，洪掌櫃道：「我聽外頭傳聞，叛軍很可能在三日之內來到城外。貴府若有其他人想至棲霞莊園避難，最晚需在後日城門關閉之前離城。」

王十五郎點了點頭，站起身，說道：「我明白了。我這就去讓內人收拾準備，一個時辰內出發，趕在今夜城門關閉前離開。其餘宗族親戚，我將盡快告知避難棲霞山的計畫，讓他們在後日之前決定是否離城。」問又道：「二娘，我們該輕裝簡行呢，還是帶上所有的貴重財物？」

沈雒微微皺眉，她自然記得母親曾收拾數箱珍奇珠寶讓父兄帶往南方，卻遭匪徒全數劫走的慘事，於是說道：「錢財珠寶乃是身外之物，叛軍壓境，城外情勢難以逆料，還是輕裝簡行為上。易於攜帶的珠寶珍奇一類，可裝上兩箱帶走，再多就不妥了。」

王十五郎點頭稱是，立即入內告知妻子，命僕婢著手收拾，準備離城。

王謝兩家家大業大，在烏衣巷居住了百餘年，所有家族眷屬加起來總有數萬人，舉族出城避難，那可是勞師動眾，規模浩大，實際上絕無可能。兩家在梁朝都有高官，族人商談之下，都認為梁朝皇帝蕭衍不可能讓侯景攻進城來，不必大驚小怪，因此決定讓族人安心留在城中，靜觀待變。唯一願意跟隨十五郎立刻出城避難的，竟只有尚未出嫁的妹妹十七娘。

王十五郎無法說服自己的父母叔伯和從兄弟們和自己一起出城避禍，甚感喪氣，對沈雒道：「我們王家的宗族親戚都不願離開，也不必回來接他們了。我們趕緊出發吧！」

於是王十五郎不顧親族的反對，當日便帶著妹妹、妻子和三個年幼子女、五個貼身僕婢，收拾了日常衣物和兩箱金銀寶物，跟隨沈雒和洪掌櫃乘馬車出城，直奔棲霞山莊園。眾人一共駕了三輛馬車，由五名王家健僕騎馬護衛；沈雒和賀秋身著男裝，也騎馬跟在車旁守衛。

十五郎的妻子謝秋娘從車帷的縫隙望出去，見沈雒容色明秀，英氣勃勃，忍不住對十五郎道：「你那好友沈二郎的妹妹，當真是位女中豪傑啊！」

十五郎聽了，不禁甚感得意，說道：「二郎本身便出類拔萃，豈知他的妹妹竟更加不得了！」

十七娘也掀開車帘一角，偷偷觀望沈雒，心中百感交集。途中歇息時，她找了個機會，掀開車帘，對車旁的沈雒說道：「沈二娘，請問妳可知道〈李波小妹歌〉麼？」

沈雒笑道：「當然知道了。我和小兄小時候常常唱這首歌哩！」

十七娘眼中露出嚮往之色，輕聲道：「數年之前，沈二郎在金陵時，曾唱過這首歌給我聽，令人印象深刻。」

沈雒聽了，微微一怔，定睛望向十七娘，恍然道：「原來妳就是十五郎的妹妹十七娘！方才匆匆離開建康，我可全沒留心！」

十七娘睜著一雙秀目望向沈雒，問道：「莫非沈二娘曾聽聞妾身之名？」聲音微微發顫。

沈雒朗聲一笑，說道：「那時我與小兄通信頻繁，他信中曾提起過妳！」湊近仔細打量十七娘的臉面，笑道：「哈哈！妳和小兄形容得一模一樣！」

十七娘心中一跳，臉上發熱，仍忍不住問道：「不知……二郎如何形容我？」

沈雒側頭思索，隨即笑道：「是啦！他是這麼寫的：『一顰一笑，舉手投足，無不優雅得宜』。還說：『容色秀妍端麗，如出水芙蓉；性情恬適淡雅，如幽庭芝蘭』。哈哈，我當時還以為小兄情人眼裡出西施，胡誇濫讚哩！今日親見十七娘之面，我才知道小兄的這些字句，可全不足以形容十七娘於萬一呢！」

十七娘只聽得滿面通紅，趕緊放下了車帘，心中怦怦亂跳：「原來他對我畢竟是有心的。這幾年我可……可沒有白等了。」然而此時國難臨頭，世道混亂，她已非當年無憂無慮的王家小娘子了，就算得知沈二郎對己有意，又徒奈何？她只能輕嘆一聲，鼓起勇氣，隔著車帘，開口問道：「二娘，請問二郎……他都好麼？」

沈雒微微皺眉，說道：「我也不知。幾年前他出海去往南洋，至今未歸。我不知小兄此刻人在何處，是否平安？」說著不禁憂形於色。

十七娘聽了，心中一沉，低聲道：「多謝二娘告知。但盼二郎平安無事。」

沈雒一笑，說道：「妳不必太過擔心。小兄吉人天相，定能處處化險為夷。等他歸來時，我定會跟他說，十七娘仍掛念著他呢！」

十七娘聽她說得如此直率，不禁臉上發燒，但又不好否認，只能選擇沉默，獨自沉浸於心事之中。她這年已有十七歲，卻仍未出嫁，早已成為王家年齡最大的一位小娘子了。她心中一直藏著一個人，卻從未對人說出；即便是與她感情極好的兄長十五郎，她也從未透露過自己的心事。這時她望著心上人的親妹妹騎馬護送自己和兄長一家人，想起沈二郎與妹妹無話不談，甚至曾在給妹妹的信中提及自己，不禁大感欣慰，又好生羨慕：「沈二郎與他妹妹如此親近無間，當真難能可貴。」又想起心上人遠在不知數千里外的大海之中，完全不知道自己的心事，忍不住悲從中來，從懷中取出當年沈綾為她精心製作的那方杏色芙蓉手絹，偷偷抹去眼角不知不覺盈滿的淚水。

不一日，十五郎一家順利來到棲霞山腳的莊園。該地原有常住的奴僕，早已收拾好房舍，讓十五郎一家住下，很快便安頓了下來。

洪掌櫃和沈雒一起去探望沈朝和沈暮兄妹，確定二人平安，四人一起用了晚膳。洪掌櫃並未告知十五郎兩個孩子借居此地之事，於是吩咐兩個孩子盡量不要出門露面，免得被人見到。

一切安頓好後，已是掌燈時分。洪掌櫃和沈雒對望一眼，心中都想起了同一件事：他們既已護送了十五郎一家離城避難，那麼沈拾一家呢？

洪掌櫃道：「二娘，妳來到建康後，尚未拜訪沈氏祖宅，也未曾見過沈二郎君。我們倘若就此唐突造訪，勸他們離城避難，只怕他們不會輕易聽信。」

沈雒皺眉思索，說道：「小兄在建康的那幾年中，二叔對他十分照顧，爭產那時也幫了他不少忙。我之前未曾拜見二叔，只因擔心失禮，不願讓他見到我一個女兒家穿著男裝獨自在外闖蕩，有違南方禮法。然而如今事情緊急，我若再不去見二叔，提議護送他和家眷出城避難，那可就太也說不過去了。二叔在朝中為官，舉族逃難，只怕也不可行。無論如何，我都該去拜訪二叔，探問他是否需要幫忙。」

洪掌櫃點頭稱是。沈雒問道：「此地乃是王家的產業，不宜讓二叔家人來此。我們城外的絲坊、染坊等地，還有地方可供他們暫居麼？」

洪掌櫃沉吟道：「我們在城外的絲坊和染坊，地方是有的，但就是一間大倉房，並不適合居住。伙計們的家眷也就罷了，沈拾郎君的家眷可不能全數擠在一間倉房裡、睡茅草度日。況且不知沈家將有多少人想一起出城，糧食也是個問題。」

沈雒問道：「若是遠一些呢？『沈緞』可曾在附近城鎮開設鋪頭？」

洪掌櫃眼睛一亮，說道：「唉呀！我原本打算在建康西南方的南陵郡開個鋪頭，尚未開成，仍空置著！鋪後起了幾間伙計房舍，剛剛蓋成，還算乾淨。如果人數不超過三十，去那兒暫居倒是可行的。南陵郡中有市集，要購買糧食用物也頗為方便。就是地方遠了些，離建康有數百里，我們帶著老弱婦孺乘馬車去，至少須五、六日的工夫。」

沈雒道：「有地方暫居便好。地方是遠了些，但叛軍這一亂，搞不好附近的市鎮都要遭殃，越遠應當越為平安，就這樣吧。我們明早回返建康後，便立即去沈氏祖宅見我二叔。」洪掌櫃答應了。

兩人在棲霞山莊園待了一夜，次日清晨便又趕回建康。這時城中已是人心惶惶，大多人不知所措，有的無處可逃，有的雖有地方去，卻無錢逃難；有的即使有錢有去處，卻相信情勢尚未壞到必須立即逃難的地步，決定留在城中觀望情勢。

洪掌櫃和沈雒來到「沈緞」鋪頭，討論過後，認為沈雒身著男裝去見沈拾實在不像話，於是讓沈雒和賀秋都換上了女裝，梳洗乾淨，打扮齊整，恢復了沈家小娘子和侍女的模樣。二女不好再騎馬，便坐了「沈緞」舖頭的馬車，來到沈家大宅。

建康沈家乃是沈家祖宅，佔地不大，屋舍陳舊，跟洛陽沈家位於阜財里的大宅簡直是天差地遠。沈雒望著沈家祖宅黑漆漆的木門，心想：「小兄初來此地時，想必十分失望吧？」隨即又想：「小兄在家中那時，也只居於廚房旁的狹小隔間中，從未享受過家中的榮華富貴。想來他來到南方祖宅，也不難適應。」

洪掌櫃上前敲門，過了許久，才有個老僕來開門，門開一縫，神態警戒；見到門外是洪掌櫃，這才放下心，開門讓他和沈雒及賀秋入內。

洪掌櫃問道：「請問主人在家麼？」

老僕答道：「城中混亂，主人今日未曾出門。」

洪掌櫃道：「那太好了。這位是先東家的次女，沈家二郎沈綾之妹，特來拜見叔父沈拾郎君。」

老僕一驚，忙向沈雒行禮，偷偷對她上下打量；之後他請三人進入內堂，命小奴奉茶，又趕緊入內通報。

不多時，沈拾走了出來。沈雒見他神似沈拓，卻滿面皺紋，頭髮灰白，不禁一呆，心想：「阿爺過世前一頭黑髮，臉色紅潤，絕沒有這麼老的。」久未想起父親，不禁紅了眼眶，上前盈盈拜倒，叫道：「二叔！」

沈拾連忙扶起她，說道：「妳是二娘？妳長這麼大，我竟是第一次見到妳！怎地來到建康了？洛陽家中可好？」

沈雒十五歲離家尋師學武，其實已有三年多未曾回家了，這時只能答道：「阿爺、阿兄遇害後，阿娘也於四年前病逝，小兄又去了南洋，家中就只剩下大姊和我二人了。」

沈拾聽了，也不禁唏噓，問道：「妳一個年輕女娘，為何孤身來到建康？」

沈雒已經想好了說法，當下說道：「小兄南下之前，原本與我約定，最久也必將在四年後回歸中土，因此我才在僕婢的陪伴下，來到建康。然而當我等抵達建康時，洪掌櫃才告知他尚未歸來。」說著露出擔憂之色。

沈拾安慰道：「二郎聰穎明事，通達人情，孝順知禮。侄女放心，他吉人天相，定會平安歸來的。」

沈雒點點頭，話鋒一轉，說道：「二叔，我初來城中，便見四處紛亂，都說侯景叛軍就將攻入京城。洪掌櫃早已將絲舖的存貨全數運出城去，伙計的家眷也已遷離，到城外的絲坊、染坊暫居避難了。我特意來見您，是想請問二叔對眼下局勢有何看法，是否打算離城暫避？」

沈拾臉色轉為沉重，靜默一陣，才道：「依我在官場上的聽聞，情勢大不樂觀。叛軍攻入城中，可能便是指日之事。我身任公職，自不能離城潛逃。然而家眷子弟，若能暫避風頭，自是較為穩妥。」

沈雒點點頭，說道：「二叔，我與洪掌櫃商量過了，我們可以率領絲舖的十個伙計，護送您的家眷去南陵郡暫避。」

洪掌櫃接口道：「我們在那兒有間尚未開張的舖頭，舖後有新建好的伙計居處，雖簡陋了些，但嶄新乾淨，適合貴府家眷暫居一陣。」

沈拾聽了，又驚又喜，忙問：「當真？」又問道：「能住多少人？離此多少日路程？」

洪掌櫃道：「應可容納二十至三十人。從建康去南陵郡，約須五、六日約的路程。」

沈拾屈指計算，說道：「我們沈家未成年的子弟共有十八人，其餘已婚年長的女眷共有二十人，如此人數便已超過三十人了。」

洪掌櫃道：「不要緊，到了南陵郡再想法子便是。」

沈雒卻問道：「二叔說未成年的子弟和已婚女眷，那麼未婚的女兒呢？」

沈拾微微搖頭，嘆息道：「人數太多，未成年的女孩兒便留下罷了！她們原本不應在外拋頭露面，此番出城逃難，很難不被人見到，還是留在家中較為合適。」

沈雒一聽，立即道：「不成！叛軍入城，最危險的便是女兒家。她們必須跟我們一道離去！」

沈拾見她出言如此直率，也不禁一怔，望了她一眼，忍不住皺起眉頭，露出不讚許之色，顯然認為一個年輕女子在叔伯長輩面前堅持己見，不合乎漢人的禮法規矩。但想起她是在北方長大的半個鮮卑人，便覺不好苛責，說道：「此事容我慢慢考慮。」

沈雒卻毫不退讓，直視著沈拾，說道：「二叔，北方過去數年動蕩不安，洛陽城多次遭遇兵劫，而以永安三年那回最為慘烈。那時爾朱兆率師入城，縱兵大掠，並讓胡騎數十人進駐尼寺瑤光寺，此後瑤光寺便頗獲譏訕。京師當時傳言：『洛陽女兒急作髻，瑤光寺尼奪女婿。』取笑瑤光寺女尼不清淨。侯景正是北方胡人，倘若建康城失陷，全城女子都將陷入極大的危險。最該先送出城去的，應是她們才是。家中有多少女兒？我定要全數帶走，一個也不可留下。」

沈拾聽她說起洛陽城破、胡騎進駐尼寺的情況，臉都白了，終於點頭，說道：「女兒共有十七人。好吧，她們也一塊兒出城去。但是二娘，誰能保證她們在外地平安呢？」

沈雒拍拍胸口，爽快地道：「一眾家眷的平安，全包在侄女身上！」

沈拾更加驚詫，皺眉望著這個侄女，心想：「阿兄的這對子女，阿綾雖是男子，卻文秀內斂；阿雒雖是女子，卻豪爽率直。北方長大的孩子，真是不明所以！」

於是洪掌櫃立即著手安排，讓三十五個沈家少年男女、二十多位年長已婚女眷一起出城，共有五十五人。人數既多，事情便難辦數倍；沈雒主張眾人當日便出城上路，但眾人有的收拾得慢，有的有要事須辦，不得不延遲至次日早晨，才能出發。洪掌櫃也召集了十名伙計，讓馬夫趕了「沈緞」舖頭的十輛馬車，另外又雇了五輛，一共十五輛，乘載沈家眷屬和他們攜帶的箱籠衣物。

到了次日清晨，這時決定出城避難的居民越來越多，道路上擁擠不堪；十五輛馬車好不容易從南門出了建康城，行出半日，天下起大雨，道路泥濘難行。晚間無處可宿，眾人便在馬車上臥倒過了一夜，由馬夫、伙計、沈雒、賀秋等輪流守夜。

到了第二日，沈家車隊在道上遇到了一群二、三十個流民，個個衣衫襤褸，飢餓瘦弱；他們見到車隊，便群擁上來討食。沈雒雖可憐他們，卻知道自己不能心軟，不然就算錢財糧食再多，也接濟不了數千流民，只能對洪掌櫃道：「命伙計們圍住車隊，不可讓他們靠近！」

洪掌櫃和眾伙計紛紛上前圍在車旁，高聲斥喝，阻止流民接近；馬夫催馬繼續前行，直駛出十餘里，流民才紛紛散去。

第了三日上，沈雒的車隊遇見了一隊士兵，為首的軍官命他們停下，高聲喝道：「車隊負責的是誰？出來！」

沈雒當即跳下車，走上前去，抱拳說道：「這位軍官，請問有何貴幹？」

那為首的軍官見來者是個身形嬌小的女郎，衣著華麗，一看便是位大家閨秀，不禁一怔。他原本打算宣稱車隊乃是叛軍一夥，自己奉命來此沒收他們的財物充公，乘機敲詐一筆；待見到這秀美高貴的小娘子，一番狠話便說不出口了，於是問道：「請問女郎尊姓大名？」

沈雒說道：「我姓沈名雒，乃是建康城沈家之女。叛軍逼近城下，我奉家叔之命，護送本家眷屬出城避難。」

士兵聽她言語清楚，態度沉穩，不敢出言嚇唬，又不願意就此放棄，於是說道：「我等得知有叛賊在城外運送軍糧，奉命檢查所有城外車隊，揪出叛賊，沒收軍糧。妳這車隊中有些甚麼人，載了些甚麼物事？」

沈雒答道：「人，是我沈家眷屬，老弱婦孺，一共五十五人；貨，是眷屬們的隨身衣衫用物，一共十五輛車。軍官若想一一檢查，悉隨尊便。」說著向車隊一攤手。

那軍官見她對自己毫不畏懼，更大方讓自己搜索，又見到洪掌櫃和一群年輕力壯的伙計在車隊旁守衛，雖明知這小娘子看來不好相與，但實在覬覦車隊財富，心想此番撞上這官宦人家逃難的車隊，可是大好機會，不撈一筆，如何對得住自己？當下說道：「我看妳是個弱小女娘，便不為難妳，搜查甚麼可是不必了。但是就這麼讓你們過去，我對長官可不好交代。這樣吧，沈小娘子給我點信物，我也見好就收便是。」

沈雒側頭望向那軍官，不解其意；賀秋比她世故得多，在她身後低聲道：「他這是在跟二娘索賄哪。」

沈雒恍然大悟，揚起眉毛，正準備開口斥責；洪掌櫃見到她的神情，猜知她要硬來，忙上前低聲道：「二娘，對方可是吃軟不吃硬的。」

沈雒側頭望向洪掌櫃，微微一笑，說道：「我也是。」轉過身，對那軍官道：「你要我留下買路錢，是麼？」

那軍官撇嘴一笑，說道：「我等乃是官軍，又非土匪，怎會向人索討買路錢？然而我等官軍抵禦叛賊，確實極需錢財補助。這可是小娘子盡忠報國的大好良機啊！」

沈雒冷笑道：「我家『沈緞』年年上繳稅銀，從未虧欠；倘若朝廷未能善用稅銀，上位者輕忽懈怠，任由叛賊勢力坐大，竟致圍攻京城，逼迫我等不得不舉家出逃，那我家歷年繳交的稅銀不都等同扔入江中了？如今再給你幾錢幾兩，又有何用？不過是讓你們拿去喝酒吃肉罷了！」

軍官臉色一變，面目頓顯猙獰，喝道：「小小女娘，竟敢出言不遜，毀謗今上！來人啊！將她抓了起來！」兩個士兵得令，奔上前來，伸手往沈雒抓去。

洪掌櫃等見狀都嚇得往後退去，賀秋站在沈雒身後，隨時準備出手。但那兩個士兵還未來到沈雒身前，沈雒已然動手，左右掌齊出，斬上士兵伸出的手腕。那兩人手腕劇痛，驚呼起來，抱著手腕連連後退。原來沈雒使出從北山老人祕笈中學得的「截筋指」，快捷無倫地斬上士兵的手腕筋脈；兩人腕上筋脈被她一擊，劇痛難已，滾倒在地，哀號不絕。

那軍官看得呆了，心想：「這少女莫非會使妖術？」他眼見手下一招之間便被那少女打得倒地不起，自然不敢上前挑戰，但若就此認栽，看在身後其他士兵眼中，也未免太過丟臉。於是只能咳嗽一聲，假作後退，卻快速拔出腰間單刀，搶步上前，直往沈雒的左肩斬去。

沈雒早將他的一舉一動看在眼中，已有準備，單刀離她的肩頭還有一尺，她拔出腰間慕容絕學的匕首，搶上兩步，舉匕首抵在軍官的咽喉上。那軍官眼見匕首寒光閃閃，只嚇得不敢動彈，他手中雖仍握著單刀，卻已在對手身後，更無法彎轉過來砍傷對手；此時沈雒左手陡然斬上他的右腕，他手掌一麻，單刀頓時脫手；而單刀尚未落地，已被沈雒抄起，遠遠扔出，跌在草叢之中。這幾招只在轉瞬之間，許多旁觀者只一眨眼，便見沈雒已制服住了那軍官，至於沈雒使出了甚麼招數，如何得手，卻沒一人能看清，包括賀秋在內。

沈雒冷然道：「這位軍爺，容我再問一回。請問有何貴幹？」

軍官這時已嚇得臉無人色，這女郎身手驚人，絕非妖術，卻是貨真價實的武功。旁邊的士兵、洪掌櫃和一眾伙計也都看得呆了，他們何嘗見過這等快捷的身法？賀秋更是驚訝無比：「二娘離開少室山時，內力雖已有了根基，拳腳功夫卻十分粗淺。怎地她在建康城外絲坊待了半年，武功竟有如此進境？」

那軍官知道自己已無退路，只能勉強擺出笑臉，結結巴巴地道：「下官有眼不識高人，還請恕罪！我等絕對無心打擾，更加不敢阻留貴車隊。請高抬貴手，我等這就離去。」

沈雒卻並不放過，說道：「你說我車隊中可能藏有叛軍和軍糧，怎地不搜上一搜？如此輕易放過，長官倘若問起，你卻如何交代？」

軍官只能陪笑道：「貴車隊一共五十五人，都是沈家眷屬；一共十五車，車內都是日用衣物。我等已細細查過，絕對屬實。」

沈雒輕哼一聲，說道：「那就好。」收回匕首，退後一步，說道：「軍爺請便，沈二娘有禮了。」說著向他抱拳為禮。

軍官只好抱拳答禮，灰頭土臉地率領手下離去了。

沈雒吁了口氣，對洪掌櫃等道：「上路吧！」

之後一路平安，跋涉六日之後，一行人終於抵達了南陵郡。大多數建康居民都選擇去往較近的城鎮避難，只有沈家逃到了數百里外的南陵郡。但南陵郡人口原本只有數百人，加上沈家五十多人逃來此地，柴米油鹽一下子便不足夠了。沈家在城中有間舖頭和伙計居處，勉強能夠容納三十多人居住，於是便讓三十七位女眷居於此處；洪掌櫃又到處張羅，將原本租賃下來用以貯存絲綢的倉房改建成了住屋，讓其餘十八名沈氏子弟在此打通舖，住在倉房之中。

這些沈氏子弟往年曾與沈綾一起讀書，朝夕相處數年，十分熟稔；這時見沈綾的妹妹帶領沈氏族人逃離建康，更以驚人武功嚇阻前來挑釁的官兵，都對這位從妹大感好奇，但誰也不敢率先去與她說話。沈雒卻沒有這等忌諱，當夜便來到倉房探望這十八個從兄弟，問道：「各位兄弟們，這倉房還住得慣麼？」

眾從兄弟面面相覷，都噤不敢言。沈雒以為他們太過疲累，或是嫌住處太過差劣，因此不肯出聲，只能勉強安慰道：「為了躲避建康兵災，不得不在此暫居，應當不會太過長久的。請諸位多多忍耐，避禍期間，一切只能從簡了。你們只需自己煮飯洗衣，日子便能過得下去。」

沈氏子弟們互相望望，最年長的沈守業苦著臉，說道：「可是我們不會煮飯，也不會洗衣啊！」

沈雒一呆，隨即大笑起來。眾從兄弟面面相覷，他們從未見過女子如此放肆地大笑，也不明白她為何發笑。

沈雒笑道：「你們平日只知讀書，柴米油鹽自是一概不知。這也不怪你們。我往年在家時，也是甚麼都不懂，甚麼都不會。後來我離家在外，獨立了好多年，才慢慢學會了這些過生活的本事。別擔心，假以時日，你們也能學會的。」

一個從兄忍不住問道：「二娘，那妳又是怎生練成這一身武功的？」

沈雒微微一笑，少室山上求師學武的數年苦功在眼前一晃而過，鑽研苦練北山老人祕的時光也只如一瞬之間，卻皆是如此刻骨銘心，永世難忘。她沉靜半晌，才緩緩答道：「小妹十分幸運，尋得了一位明師，又得一位老前輩傳授，武藝才算小有成就。」她拍了拍手，說道：「多說無益。你們不會煮飯，這可是個大問題。來，我先教你們生火煮飯。

你們哪個，先去淘米。柴呢？沒有柴？來，我帶你們撿柴劈柴。」說著捲起袖子，親自帶領一眾從兄弟去鄉間山上砍柴，扛回倉房，劈柴生火，淘米煮飯。

眾沈氏子弟都不禁暗暗咋舌。他們原本以為北方沈家富可敵國，其子女想必嬌生慣養，習於富貴；然而當沈綾來到南方時，眾人都驚於他的樸素踏實、平易近人，而其妹沈雒更是非比尋常，身為女子，不但武功高強，而且劈柴煮飯這等瑣事樣樣來得。

沈氏子弟從未幹過這些粗活兒，最初都暗暗叫苦，但在這位嬌小從妹的親身帶領、嚴格指導之下，誰也不敢偷懶，數日之間，便都粗粗學會了煮飯洗衣等務，人人分工合作，開始照顧起自己的衣食起居了。

之後數月，沈雒和洪掌櫃、賀秋三人在南陵郡忙進忙出，為沈家這許多人張羅吃食，準備冬衣。沈雒不時去倉房探視，見那兒儘管擁擠不堪，物資匱乏，但沈氏子弟人人忙著幫手幹活兒，撿柴搬米，烹煮縫衣，直如紀律嚴明的軍營一般。沈雒心想：「這些養尊處優、只知讀書的沈氏子弟，此番遇上戰亂災難，不得不自己打理衣食，自力更生，這對他們來說未始不是件好事。」

洛陽沈家和「沈緞」往年將大部分的銀錢都存於胡氏糧莊之中，但在沈拓和沈維出事後，沈家眾人都認定與胡三有關，從此「沈緞」拒絕再與胡氏糧莊打交道，而將銀錢都轉存於方氏開設的萬利糧莊。方家乃是吳姓大族，在南方的分舖甚多，因此洪掌櫃將建康「沈緞」的銀兩也存於萬利糧莊。所幸南陵郡中開有一間萬利糧莊的分舖，洪掌櫃可從分舖提出米糧和銀兩，供應沈家子弟去郡中的市集採購瓜菜等物。戰亂期間，眾人雖吃不上魚肉，蔬果米糧倒是不缺，不至於餓著了。餐餐吃青菜白粥，畢竟十分難熬；然而從建康傳回的消息，卻讓沈家眾人誰也不敢多抱怨一句。

眾人九月底離開建康，才進入十月，侯景便率軍攻破了朱雀門。蕭正德這時起了內應的作用，自行打開了宣陽門，迎接侯景軍隊入城。侯景率軍圍攻皇宮所在的臺城，皇宮守衛堅守不降；侯景於是斬斷了宮城內外連接，不但外援無法進入，連糧食也送不進去，成為一座只能死守的孤城。

這時躲在南陵郡的沈家諸人都大感慶幸自家及早逃出，在此地的日子雖過得艱苦些，但有地方住，有食物吃，不擔心叛軍殺來，實屬邀天之幸了。眾人都對沈家二娘心懷感激，沒齒難忘。

又過了一段時日，消息傳來，說蕭正德得意洋洋地在建康登基為帝，封侯景為丞相，並命他繼續攻打臺城；整個建康城陷入徹底的混亂，人人躲在家中，不敢上街，也無法逃出城來。

到得次年，侯景攻陷了臺城，八十多歲的皇帝蕭衍被侯景軟禁起來，不給吃食，最終活活餓死。侯景見蕭衍已死，他也不必再敷衍蕭正德了，於是立即廢除了蕭正德的皇位，改立蕭衍原先的太子蕭綱為皇帝，自封為大都督，之後又命皇帝封他為「宇宙大將軍」。

不久又有消息傳來，新任皇帝蕭綱有個十四歲的女兒溧陽公主，美貌過人，精通音律詩詞，侯景逼著她嫁給自己為妻。沈家眾人聽說了，都道：「這侯景當初想娶王謝家的女兒娶不到，如今竟然讓他娶了公主！」也有人嘆息道：「這頭豺狼！真真可憐了公主啊！」

至於王謝兩家，大多數的親族去年未曾出城避難，先前又得罪過侯景，下場自是極為淒慘。侯景派手下闖入王謝宅邸，男子不是被殺死，便是關入牢中，女子則分發為奴，當真應驗了他當年要讓王謝兩家男女做自己家奴的誓言。

臺城當時被圍了足足三個月，糧食斷絕，城中瘟疫流行，留在城中的居民有八、九成死於非命。侯景抓住了所有梁朝文武官員，逼他們脫光衣衫，將他們裸著身子趕出皇宮，讓士兵守在門口，一出門就持刀矛斬死，遭戮者超過三千人，比當時北魏的河陰之變更為慘烈。沈雒和洪掌櫃等後來才探知，沈氏家長沈拾便不幸死於此役，屍骨難覓。之後侯景又放縱手下士兵在城中燒殺擄掠，整個建康城中屍骸遍地，連道路都塞得滿滿的，難以走過。侯景還不滿足，又多次派士兵在建康左近的城市大肆燒殺擄掠，原本繁華富庶的三吳地帶成為一片廢墟，滿目瘡痍。幸而沈家避難的南陵郡離建康甚遠，又是個小郡，並非繁華之地，因此避開了這場兵災；棲霞山腳的王家莊園地處偏僻，也躲過了災禍。

侯景在南方肆虐了一年多，感到只做個大都督和宇宙大將軍不過癮，便下手毒死了皇帝蕭綱，立了另一個王族蕭棟為皇帝。蕭棟是昭明太子的孫兒，當時已十分落魄，和妻子在田地裡鋤菜，看到皇帝的馬車沿著土道奔馳而來，嚇得不知所措，還來不及反應，就被侍衛架著，一邊哭泣，一邊上了車。他被擁入皇宮，逼著登上了皇帝之位；不多久，侯景就逼蕭棟禪位給自己，改國號為「漢」，將蕭棟和兩個弟弟鎖在一間密室中。

當侯景正過著皇帝癮時，南方的反抗勢力越來越強，不到一年，侯景就遭陳霸先擊敗，企圖逃亡時被部下殺死。有人從建康將這個消息帶到了南陵郡，沈家眾人都歡呼雀躍，慶賀這殘暴魔王的敗亡，紛紛追問侯景是怎麼死去的。

那人雙眼發亮，說道：「那可精采了！義軍找到侯景的屍體，將他的雙手截下，送到北方，交給大齊皇帝高洋；頭顱也割下了，送到京城建康；餘下的屍體就任其在建康街頭暴露。百姓們恨他入骨，紛紛搶著割他的肉來吃，將他全身的肉都分食光了。聽說連溧陽公主也吃了他的肉哩！」

眾人都搖頭嘆息，說當真可憐了這位大梁公主，被迫下嫁給這麼一個殘暴的魔鬼！

沈雒在旁聽著，甚覺噁心，暗暗皺眉。洪掌櫃則道：「侯景殺人無數，可說是死有餘辜！」

那人又道：「還不只這樣。百姓將侯景的肉吃光了，並不滿足，又將他的屍骨燒成灰，摻酒喝下。新繼位的皇帝下令將他的腦袋懸掛在建康鬧市之上，然後又將頭顱煮了，塗上漆，放到皇家的武庫裡收藏。」

眾人聽了，都歡呼起來，沈雒卻只感到作嘔不已，轉身離去。

她知道自己須得開始設想下一步了。待建康平定之後，便得帶領沈家眾人重返建康，自己也該北上洛陽，回家探望大姊。

由於戰事不斷，南北交通隔絕了許多年；就在建康收復之後，眾人才終於得到從洛陽傳來的消息：洛陽「沈緞」因虧空巨大而瀕臨破產，而沈雁已於數年之前被迫嫁給了胡三為妾。

沈雒聞訊大驚，當日便即啟程，急奔洛陽。

第八部
身世真相

悲歌可以當泣，遠望可以當歸。
思念故鄉，鬱郁累累。
欲歸家無人，欲渡河無船。
心思不能言，腸中車輪轉。

——〈悲歌〉，兩漢樂府

第六十四章　毀村

東魏晉陽城中。

羅欽從夢中醒來時，全身冷汗，身子顫抖，久久無法鎮靜下來。他在夢中見到了沈家長女沈雁的遭遇，心中又恨又痛，簡直比自己遭遇侮辱折磨更加難受。

六子在他身旁，睜眼望著他，問道：「又做夢了？」

羅欽甩甩頭，說道：「是個惡夢。」

六子問道：「是關於魄磊村的麼？」

羅欽微微一呆，說道：「不是。是關於洛陽沈家大娘的夢。」

六子側過頭，說道：「有人來了。」

羅欽向臥室的門口望去，問道：「是誰？」

六子的眼睛閃出金黃色的光，說道：「是可汗之弟禿突佳的使者。好像有甚麼大事發生。」

羅欽心頭感到一陣不祥，立即起身，不等使者敲門，便開門而出。門外果然有名使者，使者見到羅欽，滿面驚恐，立即跪倒，結結巴巴地道：「尊貴的薩滿！禿突佳請您去內堂，有……有要事相商。」

羅欽眼前閃過一幅影像，問道：「有遠人從可汗那兒來了。是誰？」

那使者並未提到有人來訪，聽他問起，心中不禁一驚。柔然人對巫者極為尊敬，此時的羅欽已是個成熟的青年薩滿，巫術顯然十分強大，柔然眾人對他的恭敬畏懼與日俱增。這時使者臉色更加蒼白，回答道：「回稟薩滿，是庵羅辰王子來了。」

羅欽微微皺眉，說道：「好，我這就去。」他快步來到內堂，六子跟在他身後。但見門外站了數名柔然戰士，個個風塵僕僕，衣衫襤褸，身上負傷；他推門而入，果見阿那瓌之子庵羅辰坐在當地，可汗弟禿突佳坐在一旁。

羅欽忙問道：「噠哈你蒙（注）！怎麼回事？」

庵羅辰臉色灰敗，低下頭，說道：「突厥大軍攻破了木末城，可汗已兵敗自盡了！」

羅欽大吃一驚，他這陣子雖心神不寧，卻料想不到柔然竟發生了這等劇變，忙問究竟。

庵羅辰於是述說了柔然敗亡的經過：數月之前，突厥首領土門可汗派使者來到柔然，向阿那瓌請求聯姻，遭阿那瓌拒絕；土門可汗一怒之下，因此聯合高車發兵攻打柔然，攻破了木末城，阿那瓌兵敗後無處可逃，飲恨自盡。庵羅辰和其他幾名王室成員在死士的護衛下，逃到東魏尋求庇護。早年東魏大丞相高歡將蘭陵郡長公主嫁給了庵羅辰，因此此番庵羅辰和妻子一齊逃回了東魏。

禿突佳神色悲淒，問道：「噠哈你蒙，你見過大丞相了麼？他如何說？」

庵羅辰伸手抹著臉龐，顯得疲倦而擔憂，說道：「我還沒見到大丞相。看在我妻子蘭陵郡長公主和妹妹蠕蠕公主的情分上，但盼大丞相會願意收留我們！」

羅欽望向禿突佳和庵羅辰，心想：「可汗去世，不知將由誰繼承可汗之位？」眼前這二人分別是可汗之弟和可汗之子，心中顯然也正思慮著同樣的問題，堂上陷入一片沉默。

羅欽無心參與可汗繼位的紛爭，又擔憂魄磊村的情況，於是說道：「蠕蠕公主留在東魏，安全應是無虞。我當北上觀望情勢，回來後再向兩位報告。」

禿突佳和庵羅辰一齊抬頭望向羅欽，心中都暗暗鬆了口氣。他們都知道，汗位之爭很快便將浮上檯面，卻不清楚羅欽將站在哪一方，不免擔憂戒懼；聽說他自請離開，顯然決意不介入汗位之爭，對兩人儘管無助，至少無害，於是都點頭答應了。

羅欽當日便去見蠕蠕公主，告知柔然戰敗、可汗自盡的噩訊。蠕蠕公主得知父汗死去，不禁泫然淚下；她明白自己的靠山已倒，在東魏的地位亦是搖搖欲墜。

羅欽又道：「昆結，我也是來跟妳告別的。我要去北方探望情勢，並回魄磊村一趟，確定村子平安無事。」

蠕蠕公主聽說羅欽打算孤身前去北方，滿懷憂懼，伸手握住了他的手，低聲問道：「你真的要走？何時回來？」

羅欽道：「我盡量快去快回，最多半年吧！」

蠕蠕公主流下眼淚，說道：「羅欽，你答應我，一定要盡快回到我身邊！」

注　噠哈你蒙是蒙古語的「王子」之意。

羅欽心中感動，暗想：「阿柔平日神態端肅，對我頗為疏離，其實她心底還是很關心我的。」於是點了點頭，說道：「昆結請放心，我一定盡快回來。」

蠕蠕公主凝望著他，又道：「我還要你答應我，你回來以後，須想辦法帶我離開這兒。」

羅欽微微一怔，說道：「離開這兒？」

蠕蠕公主點了點頭，說道：「父汗當初讓我嫁給東魏大丞相和親，大丞相之所以同意，全是看在父汗的兵力之上。如今柔然戰敗，父汗自盡，大丞相又怎會還看得起我呢？再說，大丞相年紀老邁，可能很快便會撒手而去。答應我，你一定要帶我離開這兒，好麼？」

羅欽惶然道：「離開這兒，我們能去哪兒呢？」

蠕蠕公主眼中仍含著淚，眼神卻十分堅決，說道：「去哪兒都好，只要能離開這兒、跟你在一起，去哪裡都好！」

羅欽想起阿郁昆結死去時，自己未能陪在她身邊的遺憾，心中一痛，說道：「阿柔，我一定會回來，也一定會想辦法帶妳離開。妳放心吧！」

蠕蠕公主看著他的眼睛，說道：「我相信你。」又道：「我從柔然帶來了一匹上好駿馬，性情馴服，日行千里。你騎著去吧！快去快回。」

羅欽道謝了，當日便收拾行囊，騎著蠕蠕公主的駿馬，帶著六子北上。

不一日，羅欽出了東魏北界，進入柔然境內。柔然不久前遭突厥和高車聯軍擊潰，死傷慘重，成千上萬的難民紛紛攜家帶眷、推車步行，逃往南方；羅欽所經城鎮幾乎全被燒毀，死屍遍地，草原上竟見不到任何牧民或牛羊。

羅欽心中無比沉重，他從小生長於魄磊村，而魄磊村位於柔然境內，長年受柔然可汗的保護，因此他始終認為自己是柔然人；這時眼見柔然遭敵攻破，可汗已死，柔然子民流離失所，四散逃亡，不禁大感悲愴。

這日，他來到了涿邪古城。他隨阿柔昆結下嫁東魏大丞相高歡時，曾經過這座城，在此停留了一日；當時他見這城古老而繁華，記憶深刻；此時此刻他站在城頭，放眼望去，只見原本繁華熱鬧的涿邪古城已成了一片斷檐碎瓦的廢墟，放眼狼藉，屍橫遍地。他皺起眉頭，心想：「那突厥可汗又何必殺盡城中之人？城中之人又有甚麼罪？」

他下了城頭，正準備離開，忽然聽見不遠處的廢墟中傳來窣窣之聲。六子低吼起來，羅欽問道：「那是甚麼？」

六子答道：「是活的，不知是人還是獸？小心。」

羅欽轉頭望去，瞥見瓦礫中有個小小的身形，懷疑道：「那是田鼠麼？還是野狐？」

六子小心翼翼地上前幾步，用鼻子聞嗅，說道：「是人。」

羅欽定睛望去，果見那是個小童。看來只有五、六歲年紀，一頭發黃的頭髮骯髒糾結，正低著頭，用枯瘦的雙手在瓦礫中挖掘著甚麼。

羅欽心生同情：「這小孩兒想必飢餓至極，但在這廢墟中哪能挖出甚麼吃的？遲早要餓死的。」他跨步上前，來到小孩兒數丈之外，見他仍舊掏挖著瓦礫，忽然雙手加快速度，越挖越深，從碎瓦中撈出了一件甚麼物事，緊緊握在手中。

羅欽甚感好奇：「他挖出了甚麼？」又走上幾步，那小孩兒應已聽見了他的腳步聲，卻並不回頭，只慢慢站起身，那雙腿細得和竹枝一般，在寒風中幾乎站立不穩。

羅欽開口問道：「你找到食物了麼？」

小孩兒終於回過頭來，面向著羅欽。羅欽這才看清，小孩兒雙目混濁灰白，顯然是個瞎子；然而羅欽卻感到小孩兒正凝視自己，又驚又疑，這才猛然注意到小孩亂髮之間，額頭正中，竟有著第三隻眼！而這隻眼正凝望著自己！

羅欽見過額頭長著第三隻眼的大長老，因此對額頭上有眼睛這回事並不覺得稀奇，但在這廢墟瓦礫堆中忽然見到一個三眼孩童，實在太為古怪。他還沒動完念頭，便聽六子狂吼一聲，接著一股強大的巫術直向自己襲來。羅欽趕緊誦念大長老教過他的咒語，將那股巫術彈了回去；那三眼孩童卻非易與之輩，立即又發動三波咒術攻向羅欽，幸而羅欽已學過護身的巫術，這時口中念咒，再次將那三眼孩童的攻勢擋了回去，同時對六子揮手，要牠退到自己身後。

羅欽確信對手無法傷害自己，心中對這身具巫術的三眼孩童頗感好奇，於是走上一步，向孩童伸出手，說道：「我對你沒有惡意。你找到了甚麼？能給我看看麼？」

孩童眼見自己的巫術無法擊退來者，忽然咧開嘴，露出尖尖的牙齒，發出凶狠的吼聲，意圖嚇阻羅欽，兩隻髒髒的小手將手中物事握得更緊了。六子見這小童竟敢對羅欽露牙恐嚇，於是拱起背，豎起尾巴，也對那小童露出利牙，發出威脅低吼。

羅欽此時已確知這是個巫童，但無法判斷他體內的巫術究竟有多強大，不敢掉以輕心，暗暗對六子道：「你別輕舉妄動，讓我來應付他。」

羅欽心想自己和那巫童並無仇恨，應當主動展現善意，於是縮回手，露出微笑，說道：「不給我看就算了。我不是要搶你的物事。你餓了麼？跟我來吧，我給你吃的，好麼？」從懷中掏出一塊麵餑餑給他看。

孩童見他無意攻擊自己，匆匆將手中物事收入懷中藏好，猶疑一陣，才點了點頭，向著羅欽走去。羅欽將麵餑餑扔過去給孩童。孩童靈巧地接住了，立即往口中塞去，狼吞虎嚥地吃下了，看來似乎已餓了好幾天。六子望著那巫童吃食，一瞬不瞬，維持警戒。

羅欽見孩童吃完了，又扔給他兩塊麵餑餑，接著便回身走去，任那孩童一邊啃著麵餑餑，一邊舉步跟在自己身後。羅欽雖已成年，但一片赤子之心仍盛，很明白孩童的心思，知道自己如果一直望著他，或離他太近，定會讓他感到驚疑恐懼，隨時準備逃走；只有和他保持距離，他才能放心地跟在自己身後。

六子亦步亦趨地跟在羅欽腳旁，不時回頭去看那三眼孩童，露出戒慎之色。

離開涿邪古城的廢墟之後，羅欽找到繫在城外樹下的馬，對孩童說道：「我要去魄磊山腳下的魄磊村，你要跟我一塊兒去麼？」

孩童早已將麵餑餑吃得精光，仍在舔著自己黑黑的手指頭，這時抬起頭，用第三隻眼盯著他，忽然開口問道：「你是誰？」說的竟然是漢語！口音頗為古怪，幸而羅欽在晉陽學過漢語，能夠聽懂，於是以漢語回答道：「我叫羅欽，我是來自柔然磈磊村的薩滿。這是我的朋友，六子。」說著向六子指去。

孩童聽了，低頭望了六子一眼，點點頭，口中卻重複了一遍：「來自柔然，磈磊村，薩滿？六子？」似乎不大明白羅欽的言語。

羅欽解釋道：「我是一位巫者，我來自柔然，我出生長大的村子，叫作磈磊村。」

孩童這回似乎聽懂了，點了點頭。

羅欽問他道：「你是誰？叫甚麼名字？」

孩童挺了挺瘦小的身子，回答道：「我是非非。」

羅欽微微一呆，這才發現這孩童竟是個女童，只是年紀幼小，太過瘦弱，實在看不出是男是女。他問道：「非非，妳從甚麼地方來？」

非非答道：「我來自媿村。我們村裡所有的人都是巫女。」

羅欽問道：「妳的村子在哪裡？要不要我送妳回去？」

非非揉揉額頭上的眼睛，語音悲哀，說道：「我不能回去。我的村子毀了，村人全都死光啦！」

羅欽甚感震驚，忙問道：「是誰毀了妳的村子，殺了妳的村人？」

非非露出憤怒之色，說道：「是大巫赫連壘！」

羅欽皺起眉頭道：「大巫赫連壘？」他隨阿郁昆結嫁入西魏時，便曾在大婚典禮上見過這位名叫赫連壘的大魏國師，聽碧環薩滿說此人很受宇文泰的信賴，幻術和毒咒之術非常厲害，計謀深遠；羅欽曾懷疑碧環薩滿便是為赫連壘所殺，而郁久閭皇后也是遭了赫連壘的毒手，才難產而死。大長老也說過，赫連壘乃是土巫系中的大巫，巫術比大長老還要強大。

羅欽在長安皇宮中見到赫連壘時，自己並無巫術，只隱約感受到赫連壘身上傳出來的惡意；這時他回想起赫連壘的形貌，猛然感受到其巫術的黑暗邪惡和強橫霸道，心頭不禁一震。他定了定神，問道：「大巫赫連壘為甚麼要毀了妳的村子？」

非非咬牙道：「我聽年長的巫女們說過，那是因為他仇恨土巫以外的所有巫者，因此要將我們的村子毀了，將村中的巫女全都殺光。」

羅欽問道：「那妳是怎麼逃出來的？」

非非道：「當時我正好跟著一位老巫女來到這涿邪古城，替一位柔然貴婦施法治病。後來我們得村人傳訊來，說大巫赫連壘就將攻擊媿村，老巫女很是擔心，便要我留在這兒，躲藏起來，觀望情勢，自己則趕回去相助抵禦。沒想到三天之後，我便聽說媿村忽然地震，地面露出一個巨大的裂縫，將整個村子都吞沒了，村中巫女也全死盡了。」

羅欽好生震驚：「大長老說大巫赫連壘能夠操控地震，甚至能讓大地裂開，吞噬整個村子，果然不假！」同情地道：「因此媿村只剩下妳一個人了？」

非非點了點頭，反問道：「你的村子呢？你為何單獨在外，你的村子也被人毀了麼？」

羅欽嘆了口氣，遲疑道：「魄磊村應當還好端端的吧？我離開魄磊村，不是因為村毀人亡，或是遭遇了甚麼危難。我是奉村中大長老之命，護送柔然公主下嫁東魏大丞相。」

非非睜大了第三隻眼，問道：「那你為何回來？」

羅欽道：「柔然遭突厥攻破，可汗自殺，可汗之子逃到了晉陽。我很擔心，因此獨自北上，想看看魄磊村是否平安。」

非非眨眨額頭上的第三隻眼，說道：「如果大巫赫連壘決定攻打魄磊村，你會回去幫助村人抵禦，和村人死在一起麼？」

羅欽微微一呆，心想：「我的巫術遠遠不及村中薩滿，如果回去，也只是送死罷了。」隨即明白：「她不是在問我，而是在問她自己當時是否應該回去。」於是搖頭說道：「我不會回去。我年紀還輕，巫術不足，回去也幫不上忙，只是白白送死。」

非非聽了，似乎鬆了口氣，低下頭說道：「我就是因為年紀小，巫術弱，因此沒有回去。如今媿村只剩下我一個女巫了。我不知道自己現在該去哪兒，或是該做甚麼。我當時若是回去了，跟大家死在一起，或許還乾脆一些！」

羅欽只能安慰她道：「快別這麼說！活著總比死去好。天下還有許多巫村，妳總能找到一個村子投靠的。」

非非搖頭道：「世間巫村原本不多，如今可說越來越少了。媿村滅亡後，北方的巫村應該就只剩下大巫赫連壘的圭坡和你的魄磊村了。我知道南方大城建康城外有個古槐村，但人數很少，而且地方遙遠得很，我一定沒辦法找到的。」

羅欽側頭想想，說道：「那妳想去魄磊村麼？我可以帶妳去，請求大長老收留妳。」

非非想了想，搖頭道：「魄磊村在北方，大巫赫連壘隨時會對它出手，也不安全，我還是別去得好。」

羅欽道：「我去探望魄磊村後，便將回返東魏晉陽城。倘若晉陽安穩無事，我可以陪妳去一趟南方，尋找建康城外的古槐村。」

非非甚是高興，說道：「那太好啦！」抬頭望向他，問道：「你去過南方麼？識得路麼？」

羅欽道：「我去過長安，也去過晉陽，但我是跟著護送昆結下嫁的柔然使團一塊兒去的，自己可不識得路。不過不打緊，我們只管往南方行去，一路問人便是了。」

非非望著他，說道：「那就多謝你了。」

羅欽望了望她，說道：「我們找條小溪，讓妳洗洗乾淨。妳的衣衫太破爛了，先拿一件我的衣衫去穿吧。還有妳額頭上這隻眼睛須得遮起來，別讓人看見了。」

非非奇道：「為甚麼？」

羅欽道：「一般人額頭上沒有第三隻眼睛，看見妳會嚇壞的。其他巫者一見到妳額頭上有眼睛，就知道妳是個巫女，也會對妳生起恐懼防備之心。」

非非摸摸額頭上的眼睛，甚感驚異，說道：「真的麼？媿村的每個女巫，額頭上都有第三隻眼。」

羅欽道：「是這樣麼？我們魄磊村裡，只有大長老有第三隻眼。那妳們村人個個都是瞎的麼？」

非非指指額頭上的眼睛，說道：「甚麼瞎的？我看得見啊！」

羅欽道：「不，我是說妳們的雙眼都是瞎的麼？」

非非想了想，說道：「我們出生時，雙眼和額頭上的眼睛都能看得見事物。但因為額頭上的第三隻眼睛看得比較清楚，慢慢地我們就不用雙眼了。所以大多數的巫女成年後，雙眼就都看不見了。」

羅欽道：「原來如此。」

兩人一邊說，一邊走，來到一條小溪旁。羅欽伸手指向小溪，巫女非非會意，脫下破爛的衣衫，跳入溪水沖洗一陣，之後穿上羅欽從包袱中取出扔給她的衣衫。她身形矮小，羅欽的衣襬直拖到地上，她只能盡量將衣衫疊起，縛在腰帶之上。

羅欽又從衣袋中摸出一條腰帶，走上前，拂去非非額前又濕又亂的頭髮，將腰帶綁在她的額頭上。非非抗議道：「你做甚麼？我看不見啦！」

羅欽取出小刀，在腰帶中央切出一道口子，稍稍拉寬一些，讓非非的第三隻眼能從縫隙中望出去。非非搖頭道：「還是看不清楚。」

羅欽道：「妳從小就不用雙眼，是以雙眼才無法看見。現在我遮起了妳的第三隻眼，妳試試用雙眼視物，或許妳的眼睛還能看得見也說不定。若妳能用雙眼視物，在村落間行走就比較方便了，至少不會嚇著他人。」

六子插口道：「就像我，羅欽跟我說，在有人的地方時不能現出神獸之形，也不能開口說話，免得嚇著別人。」

非非聽見這頭狗忽然開口說話，竟然毫不驚訝，低頭望向六子，撇嘴道：「狗開口說話有甚麼稀奇了，怎會嚇到人？」

六子道：「巫村中人慣見神獸，一般人卻很少見到，不免大驚小怪。就像巫村中人慣見第三隻眼，一般人卻很少見到，或許會將我們當成怪物，抓起來殺掉。」

非非翻了翻眼，哼道：「誰敢把我抓起來殺掉，我先殺了他！」

羅欽道：「一般人抓不住妳，也殺不了妳，但是巫者卻有此本事，因此還是不要惹人注意比較好。」

巫女非非甚不情願，聽他這麼說，也只好點點頭，說道：「那我盡量試試吧。」

於是羅欽扶她上馬，讓她坐在自己身前，兩人並騎穿過寬廣的草原，逕往北去；六子奔在馬旁。巫女非非年紀尚幼，這時被逼著用雙眼視物，竟然慢慢地真能看得見了。她轉頭四望，每見到甚麼，便高聲叫道：「我看到太陽了！」「我看到樹了！」「樹上有三隻鳥！」「草叢間有兔子！五隻！」

羅欽轉頭去看，哪裡有甚麼鳥兒兔子，甚是驚異，問道：「妳當真見到了鳥兒和兔子？在哪裡？」

非非伸手指去，說道：「鳥兒在樹枝之間，兔子在草原的那一頭。你見到了麼？兩隻兔子正一塊兒往左方奔去呢！」

羅欽極目望去，只見到一棵茂盛的大樹，以及一片半人高的野草在風中搖蕩，哪裡見得到甚麼鳥兒兔子？卻聽巫女非非兀自興奮地道：「好多兔子，一隻、兩隻、三隻……共有十多隻，大概是一家人吧？有的鑽進兔洞去了，有的在吃草。」

羅欽微微一笑，讚嘆道：「妳的眼睛真好，那麼遠的兔子都看得見。」

六子不甘示弱，說道：「我也看得見，只是不說而已。」

非非回口道：「你既然看得見，為何不去捉兔子？」

六子聽了，當即邁步往草叢中快奔而去，四足翻飛，直如流星一般。羅欽見了，心想：「六子奔行，幾乎和天犬一般快速！只是並非在天上飛行而已。」不多時，六子果然叼回了一頭野兔。非非不得不承認六子的眼力甚佳，腳下也快得很，嘟起嘴不言語了。

行出一日之後，羅欽心頭越來越感到不對勁，不斷想著非非所說媿村被滅之事。

這天夜裡，他和非非在一條小河邊紮營。羅欽刷洗了馬，在皮囊中加滿了水，取出乾糧和非非分食。非非年紀幼小，吃飽後便裹在毛毯中，蜷曲著睡著了。

羅欽躺在地上，望著夜空中的萬點繁星，眼前浮現大長老命自己離去時哀傷的神色和口吻，心頭忽然一震，當時他只道大長老因準備石生大典太過操勞，才露出疲倦低沉之色，這時才猛然頓悟：「這是生離死別啊！大長老早知道有邪惡巫者將襲擊磈磊村，因此才故意將我遣走，不要我跟村人一起死去啊！」

他想到此處，全身冷汗直流，連忙搖醒了睡在一旁巫女非非，著急地道：「妳說赫連壘會襲擊磈磊村麼？」

非非揉揉眼睛，說道：「這是當然的啊！赫連壘是北方勢力最強大的大巫，他老早就想消滅所有其他的巫村，好讓世間只剩他的圭坡一個巫村。」

羅欽急得跳起來，叫道：「我太蠢了，一直沒想清楚！我這就趕回去魄磊村，幫助他們抵抗！」

非非用第三隻眼凝望著他，說道：「我早就問過你了，你回答說自己年少，巫術又弱，回去只不過是送死。」

羅欽急道：「但是我在魄磊村長大，每一位薩滿都曾照顧過我、教導過我。即便我幫不上忙，回去跟他們死在一起，也好過獨自逃生啊！」

非非嘆了口氣，說道：「我也曾跟你一樣，覺得自己應該跟她們死在一起才對，為此自責悔恨不已。但是事情都已發生了，媿村中人死去不能復生，我後悔也來不及了。」

羅欽聽了，焦急地道：「我現在立即趕回去，或許還來得及！」

六子在旁道：「羅欽，我跟你一起回去！」

羅欽伸手摸了摸牠的頭，對牠投以感激的目光。

非非緩緩搖頭，沒有言語，意思顯然是來不及了。她靜默了一陣，才一攤手，嘆息道：「你若想趕回魄磊村，那就趕緊去吧！我跟你一起去。」

羅欽微微一呆，說道：「妳不必跟我一起去送死。」

非非搖頭道：「我沒打算跟你一起去送死。但如果已經太遲了，至少我可以陪在你身邊安慰安慰你。如果你跟你的村人一起死了，那我可以埋葬你，為你向騰格里祈禱，助你升天。」

羅欽聽了，也不禁苦笑，這巫女非非年紀雖幼，說起話來卻老成得很。他點頭道：

「如果情勢危險，妳就在村外遠處等我。若是等不到我，那就自行離去吧！我帶的乾糧都給妳，馬也給妳，盼妳能自行去南方找到巫村，安頓下來。」

非非聽他如此為自己著想，不禁感動地說道：「願騰格里保佑你的村子平安無事，也保佑你平安無事！就算有事，我也會好好埋葬你的。」

羅欽點點頭，於是立即收拾行囊，和非非一起上了馬，將六子放在馬鞍旁的布袋中，連夜往魂磊村趕去。他之前不覺得時機急迫，只緩緩策馬往魂磊村的方向行去，這時驅馬奔馳，自是快了許多。巫女非非體力不濟，往往靠在馬鞍上昏睡，睡醒了吃點兒乾糧，不一會兒便又睡著了。羅欽不眠不休地奔馳了兩夜兩日，到得第三日傍晚，終於能遠遠地見到魂磊山了。他感受魂磊村的巫氣，覺得並無太大變化，稍稍放心，暗想：「或許是我多慮了。村子應當平安無事？」

羅欽放慢馬蹄，對非非道：「路程不遠了，半夜前應該可以到達。妳要不要下馬休息一下，吃點兒食物？」

非非揉揉眼睛，左右張望，說道：「你的村子不遠了麼？」

羅欽指著魂磊山，說道：「就在那座山腳下。」

非非掀開頭上布條，遙目望去，靜默一陣，臉色沉肅，說道：「那村子人是有的，但是……但是都離死亡很近。」

羅欽聞言一驚，極目眺望，卻看不清楚，也感覺不到死亡之氣，急問：「妳感覺到甚麼了？」

非非額頭上第三隻眼圓睜，說道：「我感受到三十多個巫者，全都處於黑暗之中，瀕臨死亡。」

羅欽忙道：「我得趕緊去救他們！」說著拉起馬韁，一夾馬肚，往磈磊村疾馳而去。馳出數十里，終於來到磈磊村邊緣，這時羅欽也終於感覺到了，村中傳來陣陣悲慘的嘶嚎之聲，那是巫者在極度痛苦時發出的瀕死求救之聲，只因十分虛弱，所以傳不遠去，而巫女非非的第三隻眼極為敏銳，因此在遠處便能感受得到。羅欽滿懷恐懼驚慌，心想：「我來遲了麼？磈磊村的人都快死了麼？我能救得了他們麼？」

他在黑夜之中，隱約能辨認出磈磊村的形狀：村口三人高的拱形石門，村中長老所住的圓形石屋，其他薩滿大小不一、方圓各異的石屋，全處於一片黑暗之中，一絲火光也無。

羅欽對非非道：「妳留在這兒，別亂走。」想了想，又道：「妳騎馬到十里以外，找個地方躲起來。我遲些再去找妳。」

非非點點頭，低聲道：「我會照顧自己。你快去吧。」六子從鞍旁的布袋中躍出，悄悄地跟在羅欽身旁。

羅欽衝向磈磊村，穿過石門，高聲叫道：「大長老！岩瑪薩滿！多它薩滿！」六子跟在他身後，也奔入了村子，到處聞聞嗅嗅，尾巴縮在後腿之間，顯得十分警戒。

羅欽闖入第一間古塔那薩滿的石屋，見到地上蜷縮著一個小小的身形，似乎只有一、兩歲年紀，想是在自己離去後的石生大典中剛出生的新一代巫嬰。羅欽蹲下身，見那巫嬰雙目緊閉，小口微張，臉頰冰冷，已沒了呼吸。

羅欽知道全村的薩滿都極為珍愛疼惜這些剛出生不久的巫嬰，寧可犧牲自己的性命，也要保護他們，絕不會輕易讓他們受傷害，顯而易見，負責保護這個巫嬰的古塔那薩滿自身定然已喪了命。羅欽身子發抖，站起身，離開石屋，奔向大長老的石屋。

大長老的石屋呈圓形，是村中最高大的一座。羅欽想起自己幼年時每回來此都是戰戰兢兢，猜測大長老將如何責備或懲罰自己；這時他的心中充滿了害怕和悲哀，來到門口，但見裡面一片漆黑，屋中爐火只剩下一片冰冷的灰燼。羅欽走入石屋，見到大長老端坐在石床上，神色安詳，第三隻眼睛緊緊閉著。羅欽走近，在大長老身前跪下，伸手輕觸他蒼老的手掌，卻感到冰冷僵硬，顯然大長老已死去多時。

羅欽很想大哭一場，卻驚駭得哭不出來。他吸了口氣，甩甩頭，心中動念：「非非感受到有瀕死之巫在呼救，那麼應該還有人活著。」對六子道：「應該還有人活著。我們快去找！」六子答應了，一人一狗奔出大長老的石屋，分頭在村中搜尋。

羅欽一間間石屋尋找，但見屋中不是空的，就是躺了已死去的薩滿或巫童，身上沒有傷痕，卻神情痛苦，顯是中了某種巫術而死，他卻看不出是甚麼巫術。他來到自己往年居住的石屋，屋中空無一人，多它並不在其中。他數了數，共找到了二十六具屍體，大多是巫童和巫嬰；他離去之時，村中共有七位成年薩滿，八個和他同齡的巫童，以及之前石生大典出生的八個巫童；再加上他離開後才出生的八個巫嬰，共有三十一人。其他五人呢？他們到哪兒去了？

羅欽靜下心，就地坐下，用心感受，再次聽見嘶嚎求救之聲，卻聽不出是哪一位薩滿發出的。他之前聽見的聲音似乎有許多人，此時只剩下一、兩個聲音了。六子跑來與他會合，說道：「我感到聲音是從山上傳來的。」

羅欽點點頭，循著呼救之聲奔去，越走越高，來到魄磊山頂上，但見平時薩滿們施法的石臺和聖壇已裂成了十幾塊，石塊滾得到處都是，大多已碎裂成了石礫。

六子望向那破碎的聖壇，說道：「聖壇下有巫者。」

羅欽奔上石臺，向石縫中望去，果然見到四具死屍嵌在石縫之中，岩瑪和多它赫然便在其中。羅欽心中驚訝恐懼：「薩滿們來到魄磊山頂法力最集中之處，想必曾在此施法抵抗敵人。沒想到他們竟全數死在這兒！連岩瑪薩滿也敵不過！」

羅欽忍不住跪倒在地，撫著岩瑪和多它的屍身痛哭起來。他哭了許久，動念想將薩滿們掩埋了，但見他們的屍身都已嵌入石壇縫隙，往後定將慢慢陷入石頭深處，心想：「魄磊村巫者生於石中，死後葬於石中，這或許便是他們最好的歸宿吧！」

他站起身，心想：「每隔十年，便有八個巫童在石生大典中出生；我方才找到了七個巫嬰的屍體，或許還有一個？」

他不肯放棄希望，在魄磊山中尋找了許久，以巫術探查尋找巫嬰的心思，卻一無所獲。下山時，他聽見烏藍楚嘉藍瀑布的水聲，想起自己在這瀑布下度過的時光，心中又是一陣悲痛。他穿過山徑，來到瀑布之下，激烈的水聲中，竟隱約聽見輕輕的嗚咽之聲。羅欽低頭看去，見到一雙小小的手正摳著大石的邊緣，一張小臉抬頭仰望，滿臉驚恐。正是那最後一個巫嬰！

羅欽大喜：「還有一個活著！」連忙蹲下身，伸手抓住巫嬰的手，將他拉了起來。那巫嬰驚嚇得臉色蒼白，試圖掙扎逃走，羅欽想起他可能不認得自己，或是黑暗中看不清自己的臉面，叫道：「我是羅欽，我是魄磊村的巫者啊！」

那巫嬰這才停止掙扎，抬頭直盯著他，嘴唇顫動，卻哭不出來。

羅欽安慰他道：「別怕，我會保護你的。」彎下身抱起那巫嬰。巫嬰低低嗚咽起來，兩隻小小的手臂緊緊地抱住羅欽，全身顫抖不止。羅欽勉強安慰他道：「別怕，壞人都走了。沒事了。」他其實並不知道壞人是否都已離去，還是仍潛伏在附近，伺機殺死魄磊村倖存或歸來的巫者，但他並未感到敵人的威脅，猜想他們毀村殺巫，達到目的，應當已離去了。

他吸了口氣，低頭對六子道：「我們走吧！」他抱著巫嬰，緩緩走出魄磊村，六子靜靜地跟在他的腳邊。羅欽感受著巫女非非的氣息，循著氣息朝非非和自己的馬而去；他遠遠見到一匹孤馬和一個瘦弱幼女站在黑夜草原之中，月光照耀出他們的形影，顯得異常淒涼悲孤。

非非見到他，迎上前來，抬頭問道：「你沒事麼？」聲音微微發顫，她顯然知道魄磊村和她的媿村一樣，已遭敵人毀滅屠盡了。

羅欽搖搖頭，說道：「太遲了。」望向懷中的巫嬰，說道：「只剩下他一個。」

非非第三隻眼流下淚水，抽噎起來，低聲道：「你……你的村子，跟我的一樣，都沒有了！」

羅欽靜默不語，神色陰沉得可怕。非非伸手接過嬰兒，說道：「你去哭一場吧。不哭會病倒的。」

羅欽點點頭，快步奔到一旁的草原上，伏地便痛哭起來。六子靜靜地來到他身旁趴下，一言不發。不知道過了多久，羅欽只感到自己的眼淚都已流乾，天也亮了起來，才站起身，用袖子擦擦臉，伸手摸摸身旁的六子，心中感到一陣溫暖，低聲道：「我們該走了。」整整衣衫，回到巫女非非身旁，說道：「上路吧。」

羅欽跨上馬，讓巫女非非坐在自己身前，巫女非非環抱著巫嬰，三人一馬一犬，逕往南而去。

不久之前，羅欽自己還是個不具巫術的偽巫童，在魄磊村中糊里糊塗地度日，高興了就抱著小獸大叫大笑，傷心了就跑去烏藍楚嘉藍瀑布下大哭一場。如今他的小獸傷重不治，自幼生長的巫村魄磊村毀了，所有他認識的薩滿和巫童全都死去，只剩下他孤身一人，身邊跟著兩個年紀比他更加幼小的巫童，一個是倖存的媿村巫女非非，一個是倖存的魄磊村石生巫嬰。更甚者，魄磊村所依存的柔然滅亡了，柔然可汗阿那瓌死去了。三個年輕巫者騎著一匹阿柔昆結贈送的駿馬，馬旁跟著一頭半神獸孤兒，孤伶伶地走在空曠的大草原之上，失魂落魄地向南方行去。

第六十五章　相逢

羅欽回到晉陽時，已是冬季；他將巫女非非和魄磊村巫童安頓在自己的居處，便去見蠕蠕公主。阿柔見他回來，大感喜慰，但聽魄磊村已毀，薩滿巫童死盡，只剩一個年幼巫童，又甚感悲痛，不禁落下淚來，說道：「不但柔然戰敗，父汗死去，連魄磊村也滅了。我柔然真是不得騰格里護祐啊！」

羅欽嘆了口氣，說道：「對魄磊村下手的，是另一個巫村的巫者。他們想必也崇拜騰格里。騰格里不能偏心，只好撒手不管，讓兩個巫村彼此拚個你死我活。」又問道：「昆結，妳都好麼？」

蠕蠕公主眼望窗外的飄雪，神色寧靜中帶著幾分哀傷，說道：「不久之前，大丞相出門了一趟，回來不久後便病逝了。他的長子高澄繼任為大丞相，我也轉嫁給了他。」羅欽一驚，說道：「我答應回來之後，便要帶妳離開此地，豈知這段時日中，東魏竟發生了這麼多事！阿柔昆結，我立即帶妳離開，好麼？」

蠕蠕公主微微搖頭，說道：「我此刻並不急著離開，還是暫時留下吧。大丞相年紀衰老，我往年幾個月也見不到他一面。高澄年紀較輕，待我倒是不錯，我也終於懷上了身孕。」

羅欽聽說她懷孕，好生擔憂，說道：「妳身子都好麼？」

蠕蠕公主點頭道：「我身子都好。我心想，我既已有孕，便該安心留下，將這孩子生下來再說。然而長遠來說，柔然勢力大大衰退，大丞相對我自不如往年那般重視了。」

羅欽聽了，也不禁悵然。他問道：「柔然可汗之位，將由誰繼承？」

蠕蠕公主長嘆一聲，說道：「阿兄庵羅辰和叔叔禿突佳為此爭執不休，最後阿兄毒殺了叔叔，自稱下一任的柔然大汗。他去見大丞相，懇求大丞相助他復國，但大丞相始終不應允。沒有多久，阿兄便又背叛東魏，逃回漠北去了。大丞相派人追擊，阿兄戰敗，下落不明，東方僅剩的柔然勢力也已全數瓦解。」

羅欽皺眉嘆息，想起自己在世間已是孤身一人，而阿柔也和自己一般，父母兄姊不是死去，便是失蹤，大感同病相憐，低聲道：「阿柔，無論如何，妳在世間還有我。我會永遠照顧保護妳的。」

蠕蠕公主低頭垂淚，說道：「我的產期就在初春。羅欽，你不要離開我，好麼？」

羅欽點頭道：「好的，我不離開妳，一定陪在妳身邊，確保妳順利生產。」

蠕蠕公主放下了心，臉上露出微笑。

羅欽原本打算帶著兩個年幼巫童南下，去找傳說位於建康城外的巫村，但這時天候嚴寒，不宜奔波，他又不放心阿柔，便想先過了這個冬天再說。兩個巫童從未來過晉陽這等南方之地，已感到十分新奇陌生了，更無法想像位於大河以南的建康是甚麼模樣。他們此時有羅欽照顧保護，並不急著尋找巫村，便安心在晉陽住下。幸而巫女非非年紀看來雖然幼小，實際上心智已如十多歲的少女，照顧年幼的魄磊巫嬰可說綽綽有餘。她原本滿懷悲悔，這時專注於照顧這魄磊村的巫嬰，心有寄託，倒也安定了下來。

這日天降大雪，城中一片銀白。羅欽穿起冬衣，帶上六子出門，在城中信步閒逛。晉陽的冬日遠不如柔然寒冷，羅欽只穿了一件黑色羊皮袍子，便足夠暖和了。

大約傍晚時分，羅欽和六子坐在一間食肆中，享用滾熱的酪漿。正喝時，羅欽忽然感到全身震動不已，耳中嗚響不休。他此生從來沒有過這樣的感受，似乎不遠處有甚麼物事轟然炸開了，但卻一點兒聲響也沒有傳來。

羅欽放下酪漿碗，低聲問六子道：「你察覺了麼？」

六子早已抬頭來四處張望，豎起耳朵，鼻子不斷聞嗅，過了一陣說道：「是人。」

羅欽微微點頭，說道：「不錯，有人來到左近。那股震動就是從那人身上傳來的。」

六子又道：「是你認識的人？」

羅欽奇道：「在這南方大城中，我怎會認識甚麼人？」起身四望，眼光在街頭的人群中搜尋。六子也舉目梭巡，忽然說道：「在對面茶樓上。」

羅欽的眼光移向對面茶樓，很快便鎖定在一個人的身上。那人和兩個同伴坐在隔街的茶樓之中，似乎剛剛才坐下。

羅欽定睛望去，只見那是個身形修長的漢人男子，衣衫甚是整潔，面目俊秀，神色安閒，正緩緩端起店夥送上的茶，舉杯慢慢啜著，眼光望向窗外。他的同伴一個是中年人，一個是更年長些的青年，看衣著應是漢人男子的手下僕從。

羅欽看出這男子並非巫者，卻不明白他為何如此吸引自己，想要收回目光，眼神卻不由自主地盯著對街，停留在男子身上，無法移開。羅欽慢慢呼吸，試圖緩和自己的心跳，過了好一會兒，才漸漸平靜下來。他定下心神，感覺體內的巫術仍舊澎湃激昂，比平日遊走快得多。

羅欽遲疑許久，終於下定決心對六子道：「我們過去看看。」叫店夥結了帳，起身出店，穿過大街，來到對面的茶樓，六子跟著他上樓，在他身旁坐下。羅欽要了個離那男子不遠的位子坐下，又叫了碗酪漿。他不時向那男子打量，覺得十分熟悉，但如何也想不起這人是誰。

正當羅欽不知該怎麼辦時，那男子忽然回過頭來，望了他一眼，隨即臉上露出微笑。他站起身，來到羅欽的座旁，行禮說道：「這位郎君，請問你是位巫者麼？」

羅欽張大了眼，揚起眉毛；他在城中穿著和一般人無異，並未特意穿上薩滿的服裝或佩戴任何薩滿的裝飾，這漢人少年如何能看出自己是個巫者？

那男子見他一臉吃驚，臉帶歉意，拱手說道：「是在下唐突了，請勿怪罪。」

羅欽連忙擺手道：「不會，不會。不怪罪。」心中愈發感到這人好生眼熟。就在這時，六子輕聲說道：「我知道他，我在你的夢中見過他。」

羅欽這才恍然大悟過來，心中大震，脫口叫道：「我知道你！你是沈綾，來自洛陽，他們叫你沈二郎！是了，你是沈二郎！」一邊說，一邊興奮地跳起身來，雙眼炯炯盯著沈綾看，彷彿想伸出手，一把抓住他不放。

沈綾不由得一怔，露出警戒之色，問道：「請問閣下是誰？如何識得在下？」

羅欽腦中閃過種種夢中常見的景象：南方大城洛陽，城中的諸多佛塔，那座高聳入雲的木塔，那間紅瓦白牆的宅第，南方建康城中的古宅，王謝家族寬廣的庭園，以及乘船出海的驚險、南洋各地的經歷……

羅欽忍不住笑了，說道：「是你！我在很多年前就見到你了。你曾被你主母留在洛陽城中，讓你自己走路回家。你有個妹妹，還有個姊姊，是麼？」

這下換成沈綾大吃一驚，也睜大眼望著羅欽，說道：「你……你怎麼知道？」

兩人怔然對望，滿面驚奇。沈綾首先定下神來，拱手問道：「請問閣下如何稱呼？」

羅欽勉強鎮定下來，但仍難掩興奮，說道：「我叫羅欽，是個巫者。其實，我從小就常常做一些奇怪的夢，尤其是夢到很多關於你和你姊妹的事情。我知道你不是你阿爺的妻子生的，她總是欺負你，但你的姊妹對你很好；你時常跟你妹妹一起去一個大大的樹林裡，那裡有間土做的屋子，你們在屋子裡看一些白白的小蟲……」

羅欽越說越高興，沈綾卻越聽越驚異。他懷疑地望著這個胡人男子，見他年歲和自己差不多，雖會說漢語，並不流暢，而且口音有些古怪，不易聽懂，似乎是個來自北方的胡人卻讓他莫名有種親切之感。沈綾按下滿心疑問，見羅欽越說越快，越快越多，便拉著他坐下，說道：「羅欽兄，你慢慢說。你還夢到過甚麼？」回頭對喬五和阿寬擺擺手，示意他們毋須擔心，也不必離開座位。

羅欽重新坐下，盡量壓抑心中激動，說道：「我夢到很多，很多！我知道許多年前，你的父親和哥哥出門時，被人殺死了。我看到你們家到處掛著白色的布條，大家都在哭……後來你出海去，你家主母死去，你妹妹離家出走，跑到北方找師父，學跟人打架的本事……」

沈綾離家多年，並不知道妹妹沈雒竟已離家出走，猜想她是為了報仇而想學武，出門尋訪明師，不禁大為擔心，問道：「我妹妹如何了？她還好麼？她找到師父學武了麼？」

羅欽臉上露出不確定之色，說道：「我見到她跑到一座山上，跟隨一位老人盤膝靜坐，也不知道那是不是學武？後來她去了南方，找到了那一男一女兩個孩子，就是被你送去山腳莊園裡的那兩個，常常跟他們拿著刀子對打。我近來見到她與一些官兵打架，總是取勝，她打架的本領想來是挺不錯的。後來她還帶著老房子裡你的那些兄弟姊妹，逃離那座大城，避開戰爭。」

沈綾點點頭，心想：「想來小妹收到了我的信，已經找到了阿朝和阿暮，並從他們那兒得到了北山老人的祕笈，練成了高明的武功。但是，他說小妹到一座山上跟一個老人盤膝靜坐，不知那又是怎麼回事？」

羅欽又道：「但我做的夢大多跟你有關，比如我見到你出海去，到了許多不同的國度，見到了很多不同的人。你還學會了他們的語言，因此我這回來到晉陽，也決定要學漢語。我若說得不好，你不要笑我。」

沈綾一笑，說道：「你的漢語說得很好，我怎會笑你？」心下又感古怪：「他原先不會漢語，不知他來自何方？他又為何會不斷夢到我和姊妹們？」便問道：「羅欽兄，你說你是巫者，請問你來自何方？」

羅欽伸手往北邊一指，說道：「我來自北方，一個叫作柔然的地方。我的村子叫作磈磊村，我們村人都是從石頭裡生出來的巫者，只有我不是。我是一位女薩滿生的。」又指向六子道：「這是我的朋友六子，牠看來雖然像條狗，但其實是一頭神獸，也就是巫者的保護獸。」他第一次見到沈綾這個陌生人，卻彷彿已認識了一輩子那般熟悉，毫無心機就將自己的身世全盤托出，全無保留。

沈綾被挑起了興趣，說道：「羅欽兄，我請你用膳，我們好好聊聊。」於是喚了店夥來，叫了燻肉和烙餅等食物。

羅欽和沈綾雖從未謀面，語言也在半通不通之間，卻有如他鄉遇故知，滔滔不絕地聊了起來。羅欽先敘述自己在夢境中見到的沈綾和妹妹間的種種童年往事，也說起沈家父母和兄姊，甚至知道他的父親和大兄是在一條河邊被人害死的。

沈綾越聽越不敢置信，但種種細節如此正確無誤，更有他不知道的內情，又令他不由得不信，暗想：「這個巫者說他來自柔然，從未去過洛陽，怎會如此清楚我家裡的事？他說在夢境中見到，但我和他素無淵源，他怎會不斷夢到跟我有關的事？」忍不住問道：「你在夢中，可見到我阿爺和大兄是被甚麼人害死的麼？」

羅欽皺起眉頭，搖頭道：「我沒有見到他們死去那時，只見到你大姊去河邊帶回他們的屍體，也見到你們姊弟三人在家裡為他們傷心。我不知道是誰殺死他們的，但我知道，你們懷疑這事情與你父親的一個朋友有關。」

沈綾點點頭，說道：「不錯，我和我大姊都懷疑是一個姓胡的人暗中通知盜匪，害死了我阿爺和大兄。」

羅欽嘆息道：「那個姓胡的不是好人，你姊姊就是嫁給了他。」

沈綾聽了，臉色大變，豁然站起身，說道：「你說甚麼？」

羅欽也頗為吃驚，「你還不知道麼？你姊姊在幾年之前，被逼得嫁給了那人。」

沈綾急問道：「這怎麼可能？究竟發生了甚麼事？」

羅欽回想著之前的夢境，說道：「我在夢中見到你們的一個親戚，女的，好像是……是你阿爺的姊姊？」

沈綾道：「是孫姑？她和她丈夫，還有兩個兒子，都住在我們家，是麼？」

羅欽連連點頭，說道：「對、對，就是他們一家。」

沈綾道：「那是孫姑、孫姑夫、表兄孫聰和孫明。他們做了甚麼？」

羅欽道：「我也不是很明白，但聽你姊姊說，他們好像拿了那姓胡的很多錢，然後匆匆收拾東西，離開了你家，遠遠地逃走了。後來那姓胡的來找你姊姊，要她還錢，她沒有錢，只好嫁給了他。」

沈綾思緒紛亂，心中又驚又痛，神情沉重，連忙繼續追問細節；然而羅欽生長在魄磊村中，村中根本沒有錢財這等事物，因此他從小到大都沒使過錢，當他夢見沈雁嫁給胡三之時，只知道孫家的人向胡三要了甚麼物事，沈雁給不出，才不得不嫁給他，當是償還。

在羅欽來到晉陽之後，不時在街頭閒逛，見到人們如何使錢，才明白當時孫家向胡三借的是錢，沈雁還不起的也是錢。由於他對世事所知甚少，因此也說不出個所以然來，只能盡力描述夢中見到的景象：「你姊姊非常悲傷，非常憤怒，她不願意嫁，但是沒有辦法，整天哭泣。是了，孫家那兩個青年逃走之前，曾經對她做了很不好的事，她那時也哭了很久，差點殺死她自己。」

沈綾忙問道：「甚麼不好的事情？」

羅欽想起自己和阿郁昆結的一段纏綿往事，低下頭，滿臉通紅，說道：「他們沒有跟她成婚，但是跟她做了成婚的事。」

沈綾腦中轟的一下，不敢相信孫氏兄弟竟卑鄙無恥到此地步，紅了眼眶，咬牙道：「是……是誰？是那個表兄麼？」

羅欽緩緩地道：「是兄弟兩個。他們給她喝酒，她喝下後就睡著了，他們就和她……第二天早上，那一家人就坐了馬車走了。你姊姊醒過來，知道發生了甚麼事，就大哭起來，說要殺死她自己。她拿了一條白布，想要掛在屋樑上，後來一個婦人趕來勸她，說沈家一切都靠她了，她才沒有繼續做。」

沈綾心中又怒又急，不可自制：「孫家不但欺侮大姊，還對胡家欠下鉅款，逼得大姊為了保住『沈緞』，不得不嫁給那胡三，真是太過卑劣可恨了！我得立即去救出大姊！」轉念又想：「我方才所聞，不過是這個少年巫者做的夢，誰知道是真是假？我若就此趕回洛陽，可算毀了我對主母的誓言；但是大姊倘若當真被迫嫁給那姓胡的，處於水深火熱之中，我又怎能不立刻去救她！」

他心神不定，無法委決，想了半晌，應該先確認眼前人的說詞，只能直接地問道：「羅欽兄，你說你是巫者，來自北方柔然的魄磊村。你可知，你為何會一直夢到關於我和我姊妹的事？」

羅欽露出茫然之色，搖頭道：「我不知道……剛才你來到這茶樓，我立即便感覺到了，就好似……好似不遠處轟然打了個暴雷一般，但並沒有任何聲響。我知道有個很緊要的人來到了我身邊，但我不知道是誰，直到我看到你，才知道是你。因此我就過來這間茶樓坐下，沒想到你便走過來跟我說話了。沈二郎，你可知道為甚麼我會一直夢到你麼？你出現時，我又為甚麼會感到這般震撼？」

羅欽這一問，可把沈綾也問倒了。他回想高槐曾說過，他第一眼見到自己時，便感到全身發熱，好似甚麼重大事件就將發生一般；當時高槐大感驚異，立即到處尋找，見到沈綾時，心中便知道：「就是他了！」就此決定在沈綾的船上擔當巫醫，跟隨他數年，不曾離棄。

沈綾想了想，說道：「我在海上時，也曾遇到一位巫者，他說見到我時，也有……也有類似的感受，接著他便決定跟著我坐船去往南洋。」

羅欽點頭道：「我知道。那是個瘦瘦小小的巫者，我在夢中見過他。我想他應當出身木巫。」

沈綾奇道：「木巫？那是甚麼？」

羅欽道：「我也不很清楚。我們村子裡的長老薩滿曾告訴我，遠古時代，世間有很多巫者，後來巫術漸漸消失，只有少數的巫者後代仍擁有巫術，分為幾支：有石巫、木巫、水巫、火巫等等，各自擁有不同的巫術。比如碗磊村的巫者都是石巫後代，他們都是從石頭裡面生出來的，因此自稱『石巫』。我見過火巫的後代，那是一個可怕的女薩滿，會使動火焰攻擊人。你在船上見到的那位巫者，則應該是從樹木中生出來的『木巫』。」

沈綾從不知道巫者還有這許多不同，驚奇地道：「原來世上有這麼多不同的巫者！而巫者都是從石頭、樹木這些地方出生的，當真古怪！」

羅欽臉上一紅，說道：「其實我也沒有見過多少其他巫者，這些都是聽村中的薩滿說的。但我自己就不是從石頭裡生出來的，我有一位額赫，就是你們漢人說的母親。她在我出生時就死去了。」

沈綾心中一動，忽然道：「我阿娘也是。我家人說，她在我出生時就死去了。」

兩個人相對而望，二人都是在出生時便喪母，當時戰亂頻仍，難產而死的婦人甚多，因此並不算罕見，但二人卻都覺得這其中似乎有某種微妙的關連。

羅欽忽然搖了搖頭，說道：「但是我認為，你的母親並沒有死去。」

沈綾一呆，問道：「你怎知道？」

羅欽側過頭，說道：「你家裡的人跟你說你的母親已經死去了，我想那不是真的。我認為她可能是個巫者，在你出生後，她便離去了，離去之前施展了巫術，讓其他人以為她已經死去。」

沈綾心中原本有也類似的懷疑，點了點頭，說道：「我相信她還活著，也相信她很可能是個巫者，以巫術讓家人記不得她。」

羅欽側過頭，說道：「就算你的母親是個巫者，你又為甚麼會如此吸引巫者呢？」

沈綾沉吟道：「我在南洋毗騫國時，曾見到當地的王，他叫作『長頭王』。當時長頭王要殺我，高槐挺身而出，誓死保護；長頭王那時觀望了我一陣子，忽然哈哈大笑，說他終於明白了，我雖不是巫者，卻是個『巫磁』，並決定饒我不殺。你可知巫磁是甚麼？」

羅欽一臉茫然，搖了搖頭；他從未聽過「巫磁」這個字眼，加上他的漢語只是初學，更加不明白那是甚麼意思。

沈綾解釋道：「據長頭王所說，磁就是磁石，可以吸引鐵的石頭。他說我是『巫磁』，就是說我好比磁石吸鐵一般，能夠吸引巫者。」

羅欽大感稀奇，說道：「原來如此！所以你是個巫磁，因此巫者一見到你，就不由自主受到你吸引？」想了想，問道：「救你性命的那位木巫高槐，他也曾夢見過你麼？」

沈綾回想自己和高槐相處之時，高槐從未提起他曾夢見過自己，對自己的童年和身世也並不知曉，搖頭道：「他從沒提起過，我想他並不曾夢見過我。你的情況確實奇怪，不管我是不是個巫磁，你又為何會從小時候起便經常夢見我？不只夢見我，還夢見我的姊妹？她們可絕對不是甚麼巫磁了。」

羅欽道：「是啊！許多巫者都受你吸引，為甚麼獨獨只有我會夢見你？還會夢見你的姊妹？」

兩人談到此處，都感到毫無頭緒，陷入茫然。於是沈綾又開始詢問羅欽往年曾做過關於沈家的夢；羅欽記憶甚佳，十多年前的夢境都歷歷在目，指述清楚，有些甚至連沈綾自己都已忘記的瑣事細節，等羅欽說了出來，沈綾才拍腿叫道：「不錯，確實有這件事！」

兩人直談到深夜，沈綾不得不打從心底相信了，這個來自柔然的古怪少年巫者確實做了十多年的夢，在夢中見到了自己的一生，無比鉅細靡遺。他驚詫之下，也不禁感到疑懼：「羅欽明明住在遙遠的北方柔然，卻詳細知道關於我和沈家的一切，若他有心加害我們，可是輕而易舉。」隨即又想：「在見到我之前，他並不知道那些夢是真實的；與他長談之下，卻可看出他對我們並無惡意，這點無庸置疑。」

沈綾越相信羅欽的夢反映了真實，心中便越是擔憂焦急，最後忍不住道：「羅欽，你夢到那些我離家後發生的事，倘若都是真的，那我必須立即趕回洛陽，解救我大姊。」

羅欽點頭道：「我原本以為那些都只是夢，但即使在夢裡，我也擔心得緊。如今得知世上真有你大姊這個人，就更加難受了。你確實應該趕緊回去救她！但你打算怎麼救她出來？你有錢可以還給那姓胡的麼？」

沈綾皺起眉頭，伸手撫摸下頦，沉吟道：「我這回跑了一趟南洋，所幸賺了不少錢財回來。還錢不是問題，但我得想個萬全的辦法，才能順利將大姊接回家。」他越想越是心急如焚，說道：「羅欽兄，多謝你！我決定了，明日便趕回洛陽。」

羅欽心頭一熱，脫口道：「沈二郎，我跟你一起去吧！」

沈綾一呆，猶豫一陣，推辭道：「多謝好意，但這是我沈家之事，不敢有勞奔波。」又不免好奇，問道：「不知你為何想隨我同去？」

羅欽神色甚是不安，說道：「我不介意奔波甚麼的。只是……只是這麼多年來，我不斷夢見你和你的姊妹，感覺她們就像是我的親姊妹一般；我很想見見她們，確定她們平安無事，才能放下心。」

沈綾望著他，心中籌思：「此人看來心思單純、行止直爽，應可信任。而且他懂得巫術，或許會是一番助力。」問道：「好吧。但是你能離開晉陽麼？」

羅欽聽他答應讓自己同去，極為歡喜，但又想起一事，頓時搖頭道：「唉，不成，不成。我有責任保護昆結，大丞相死後，她改嫁給了大丞相之子，已懷上身孕，就將生產，我得留在這兒保護她，直到她順利生產，不能就此離開晉陽。」

沈綾點頭道：「你既有職責在身，那便不宜擅離。你的心意，我心領了。倘若有緣，我們再圖相會吧！」

這時夜已深，酒樓也快要關門了。羅欽快快地與沈綾道別，回到了自己的住處。他打定主意，要在夢中跟隨沈綾，看看他是否順利解救沈雁；他也開始籌畫，一等阿柔生產完，安頓下來後，便立即趕往洛陽，幫助沈綾。

沈綾也和喬五、阿寬回到了客棧，他獨自躺在客房榻上，反覆思索羅欽的每一句話，想著大姊身處的困境，焦慮擔憂至極，整宿難以入眠。

沈綾在晉陽遇到柔然巫者羅欽之後，雖心急如焚，但定下心神來細想，反而決定往南先去建康見洪掌櫃，探聽確認洛陽家中諸事。建康此時剛剛解了侯景之圍，死傷慘重，城市凋敝；沈綾一路打探消息，欣喜得知沈氏宗族在妹妹沈雒和洪掌櫃的帶領下已離開建康，逃到南陵郡落腳，於是帶著喬五和阿寬直接去到了南陵郡。

他此番南洋之行成就甚大，不但售出五十箱絲綢，賺了超過百萬兩銀子，得贈五大箱金銀首飾，更在南洋多國開設了「沈緞」舖頭，此後生意源源不絕。但他一點也不聲張，除了身邊的喬五和阿寬，更無人知道他已將「沈緞」在南洋的生意翻了十倍有餘。

沈綾抵達南陵郡時，立即便找上了這兒的「沈緞」舖頭。

洪掌櫃見到他，又驚又喜，歡呼道：「二郎！你可總算回來了！」

沈綾快步上前，握住了洪掌櫃的手，說道：「洪掌櫃！我回來了！」

兩人雙手互握，都是激動不已。洪掌櫃和喬五和阿寬也相見甚歡，請一行人在舖頭坐下，連聲呼喚伙計奉茶。眾人坐定後，沈綾問起建康諸事，洪掌櫃述說了這一年多來逃難避居南陵郡的前後，沈綾只聽得心驚肉跳，說道：「所幸你和小妹帶著大家及時逃離了建康！」又問道：「小妹呢？」

洪掌櫃臉色一暗，擔憂地道：「她已匆匆北上洛陽了，這才走了幾日哪。」

沈綾心中一驚：「莫非小妹已得知大姊的消息，趕回了洛陽？」問道：「她還好麼？她幾年前當真離家出走了麼？」

洪掌櫃嘆息道：「可不是？東家娘子病逝後不久，二娘便帶著賀秋離家出走了，不知所蹤。數年之後，她穿著一身男裝來建康尋我，顯已練了幾年功夫。我依照二郎指示，領她去棲霞山見兩位小郎君和小娘子，她在那兒待了足足半年。之後她帶領沈氏一族南下，靠著一身高強武術，打退前來茲擾沈家車隊的官兵，我們才能平安抵達南陵郡。」

沈綾擔憂地問道：「她匆匆北上洛陽，可是因為……因為大姊的事麼？」

洪掌櫃臉色更是難看，說道：「二郎，看來你已經知道大娘的事了！」

沈綾閉上眼睛一會兒，才睜眼說道：「我所知不多，只聽見了一些傳聞。洪掌櫃，請詳細告訴我，洛陽沈家發生了甚麼事？」

洪掌櫃嘆口長氣，滿面悲憤之色，說道：「孫家那四個賊貨！可害苦了大娘！」他取出冉管事的信，遞給沈綾。沈綾閱信之後，才得知過去數年洛陽家中發生的種種事情：李大掌櫃忽然中風，未能依照計畫趕走孫家眾人；孫家偷偷抵押「沈緞」財產，從胡氏糧莊借走了五百萬銀兩，潛逃而去，致使大姊沈雁被迫嫁給胡三等情。

沈綾讀完信後，臉色蒼白萬分，雙手發抖不已，委實難以想像這段時日中，大姊究竟吃了多少的苦！他心想：「那少年巫者羅欽在夢中所見，竟然全是真的，絲毫不差！怎會如此？我又該如何解救大姊？」

他將信遞給喬五，喬五皺眉讀完了信，又急又怒，搖頭說道：「五百萬兩！這筆錢太多了。二郎，我們雖帶了不少金銀回來，卻也還不起啊！」

洪掌櫃嘆息道：「大娘為了保住沈家，才下嫁胡家。就算我們有錢可還，她人都嫁了，胡三絕不會輕易放她離開的。」

沈綾想起小妹已啟程北上，心想：「小妹已學了一身武功，以她的性子，回到洛陽，定會立即闖入胡家，救回大姊。倘若如此，事情就鬧得更大了。」他坐立難安，在屋中走了幾圈，才停步說道：「大姊為了沈家已受了這許多苦，我必須趕回洛陽，想盡法子解救大姊回家。」

喬五忙阻止道：「二郎！凡事須三思而後行啊！就算你去了胡家，又打算如何向他討人？大娘確實是嫁了過去，洛陽城中想必人盡皆知。咱們總不能闖到人家家裡去，奪走人家的妾啊！」

沈綾聽了，按捺不住心中怒火，拍案喝道：「大姊才不是那混帳的妾！」

洪掌櫃和喬五從未見他如此憤怒過，都噤不敢言。

沈綾喘了口氣，又道：「我們帶回的銀子有兩百多萬，建康這兒總有一百多萬存銀，我再想法籌措一些，將欠債先還清了，再逼那姓胡的解除婚姻。」

洪掌櫃搖頭道：「就算還清了債，我們又如何逼人家解除婚姻？這麼做，可是不講道理了。」

沈綾怒哼一聲，說道：「講道理！憑甚麼我們得跟他講道理？姓胡的欺人太甚，害死我父兄，強佔我家財不還，還逼娶我大姊。他幹下這些天理不容的惡事時，可跟我們講道理了麼？」

洪掌櫃和喬五都無言以對。

沈綾背負著手，在屋中又走了一圈，才勉強鎮靜下來。他沉吟道：「或許我得先追上小妹，再做計畫。不如我立即悄悄北上，別讓任何人知道，找到小妹以後，我們自能想出一個妥善的法子，先將大姊救出來再說！」

喬五和洪掌櫃互望一眼，擔憂地道：「二郎準備如何追上二娘？」

沈綾想了想，說道：「賀秋呢？她是否跟隨二娘同去？」

洪掌櫃搖頭道：「賀秋留在南陵郡了，小娘是單獨去的。」

沈綾大感奇怪：「小妹為何不曾帶上秋姊姊？其中莫非有何隱情？」忽然想起一事，問道：「那賀大呢？記得兵亂之時，他從獄中被人劫走，可有人知道他的下落？」

洪掌櫃道：「賀嫂數年前便已離開沈宅去尋他了。也沒聽賀秋說起他們的近況如何。」

沈綾沉吟一陣，說道：「喬五叔，你讓阿寬準備一下，我們明日便啟程北上。」

喬五應了，又遲疑道：「二郎，我們從南洋帶回的銀錢和事物，要全數帶上麼？」

沈綾想了想，搖頭道：「不，暫且留在這兒，請洪掌櫃幫忙收藏。我若只帶錢直接去找那姓胡的，便是一對上就落了下乘。我得讓他自己先認輸，自願送大姊回家。」

喬五望著他，問道：「二郎，你打算……打算如何讓他自己認輸？」他心中可是一點主意也沒有，但他跟著沈綾跑了一趟南洋，見識到二郎的機智手腕，很確定二郎心中已有計畫。

沈綾回頭望了他一眼，說道：「世上的種種爭端，可以靠花銀子解決，也可以不靠花銀子解決。」

洪掌櫃和喬五都不明白他的意思，靜了一會兒，洪掌櫃皺起眉頭問道：「二郎，你的意思是……以武力解決？」

沈綾笑了，說道：「我不會武功，胡三想必也不會，如何以武力解決？」

喬五問道：「難道是以……以巫術解決？」他在南洋親眼見識過高槐和長頭王等古怪巫者，因而有此一問。

沈綾搖頭道：「我也不懂得巫術，如何能靠巫術解決事情？」

喬五和洪掌櫃都滿面疑惑，沈綾雙手撐著檯面，望向二人，臉上露出奇異的笑容，說道：「我所說的，是智計。我得搞清楚姓胡的最怕甚麼，又最怕失去甚麼。我若能抓住他的弱點，便能既不上公堂，又不花費銀錢，也不使用武力或巫術，就讓他自行認栽。」

洪掌櫃和喬五對望一眼，都覺得沈綾似是年少輕狂，異想天開，但又不知該如何開口質疑他的說法。

沈綾雙手揹在身後，說道：「喬五叔，你不必擔心。到了洛陽，我自有辦法。」

喬五應了，心中雖仍嘀咕，卻未敢多問。

洪掌櫃也滿心好奇，心想：「二郎原本便進退有度，謹慎小心，這回去了南洋一趟回來，整個人卻都不一樣了。他看來自信大增、態度沉凝，更多了一分讓人猜不透的神祕之氣。我今夜得找喬五問問，這幾年間到底發生了甚麼事？」

沈綾問道：「洪掌櫃，我們南方『沈緞』的銀錢，是存在萬利糧莊麼？」

洪掌櫃道：「是的，此刻約有一百多萬兩。」

沈綾道：「萬利的東家，可是叫方及雨？他也逃離建康城了麼？」

洪掌櫃道：「正是。南方兵亂，我聽聞萬利的方及雨帶了家人，逃去東南方近海的東揚州了，離此有數日路程。」

沈綾點頭道：「好，請你引我去見見他。」

洪掌櫃答應了，說道：「我這就去安排。」

次日洪掌櫃和沈綾、喬五便出發，不一日來到東揚州，沈綾讓喬五上門投帖，造訪逃難在此的萬利糧莊東家方及雨。「沈緞」在洛陽和建康都十分出名，可說是萬利的大主顧之一；方及雨親自出來迎接，見這沈二郎年紀輕輕，似乎還不到二十歲，不禁一怔。然而他見沈綾神態老成端凝，絕無年輕人的青澀輕佻，心想：「聽說這沈二郎失去父兄後，獨自撐起了『沈緞』家業，果然不同尋常。」引他進入內廳，寒暄過後，沈綾便請方及雨關上門，單獨與他密談。談了約兩個時辰，沈綾才告辭離去。

洪掌櫃問他都談了些甚麼，沈綾神色十分疲憊，並不回答，只道：「洪掌櫃，此後將有許多事情須處理，我將一一託你去辦。」回到南陵郡後，沈綾便與洪掌櫃坐下細談，交代種種事宜，直至深夜。

當天夜裡，沈綾感到筋疲力盡，一躺上榻便睡著了。

他夢到一位白髮白鬚的年老巫者，一身白袍，卻是多年不見的上商里大巫恪。大巫恪在夢裡對他喚道：「沈二郎！來見我。」說完便消失了。沈綾一驚醒來後，夢境記得十分清楚，心中驚疑：「我已有許多年未曾見到大巫恪了。是他託夢給我，要我去見他麼？」

同樣的夢他又連續做了兩夜，使沈綾打定主意：「大巫恪在我童年時曾幫助過我，他既託夢召喚我，那我必定得去見他！」

第六十六章 靈人

沈綾次日便帶著喬五和阿寬二人，輕裝簡行，往北而去，過了魏梁邊界，來到洛陽城中。

步入洛陽，沈綾只感到一切都既熟悉又陌生。數年之間，大魏首都已發生了翻天覆地的劇變；權臣宇文泰和高歡在長安和鄴城各擁其主，洛陽已不再是大魏帝都，往年盛況早已不復可見。河陰之變後，洛陽官宦幾乎死盡；而皇帝離城出奔，皇親國戚、高官貴族各自選擇追隨之主，遷往長安或鄴城，洛陽城便愈發空虛了。從前金碧輝煌的宮城都已傾頹，數百座清淨幽謐的寺院、高聳壯麗的佛塔，因失去當年建寺大施主的資助供養，也漸漸空置荒廢了。所幸城中仍舊住著十餘萬居民，洛陽城仍是東西交通要道、交易買賣的匯集處，各種大小市場依然生意蓬勃。

沈綾並未直奔沈家，也並不去總舖或去拜訪李大掌櫃，卻讓車夫駕往聞義里去。喬五奇道：「二郎，聞義里專產瓦器，你要去那兒買甕麼？」

沈綾搖頭道：「不。聞義里也叫作上商里，乃是殷商遺民據居之地。我要去見上商里中之人。」

喬五更是吃驚，說道：「二郎，你這是要去見殷商遺民？」

沈綾望向車窗之外，淡淡地道：「不錯，我要去見一位故人。」

喬大見他神情凝肅，便不敢再問。

來到上商里後，沈綾憑著記憶，來到自己曾去過的井邊。和上回一般，井邊有不少里民在打水。

沈綾找到了一個孩子，上前說道：「我是沈二郎。貴里的大巫恪召我來見，請替我通報。」

那孩子抬頭瞪著他，臉上露出警戒之色，隨即轉身奔去。

不一會兒，一個身穿白袍的少年來到井邊，沈綾定睛一看，正是往年曾見過的那個盲眼巫童。沈綾記得他名叫子尨，這時他已是個青年了；上回他見到沈綾時驚嚇尖叫，這回卻神色平靜、沉穩緩步，來到沈綾身前，雙手交叉胸前，躬身行禮說道：「沈二郎，大巫有請。」

沈綾對子尨回禮道：「多謝上巫。恭請上巫領路。」

喬五在旁望著，大感驚愕，低聲道：「二郎，你……你要去見他們的大巫？」

沈綾點點頭，說道：「正是。」

喬五慌忙道：「我聽人說，請求巫者做事，往往得付出極大的報酬，有時要人的健康，有時甚至要人的壽命，二郎去求見這位大巫，可千萬不能輕易答應給他甚麼報酬啊！」

沈綾微笑搖頭，說道：「我理會得。此番是上商大巫召我相見，應當不會向我要求甚麼報酬的。」舉步跟在那白袍青年身後，喬五也只好跟了上去。

沈綾來到大巫恪簡陋的木屋之外，敲門之後，聽得裡面答道：「請進。」

沈綾推門步入，和許多年前一般，寬敞的木屋中並無任何家具擺設，只在當中地上鋪著幾張白色地氈。大巫恪坐在地氈之上，滿頭白髮，白鬚飄飄，面容如昔，並未變得更加蒼老。

沈綾上前跪倒行禮，說道：「沈二拜見大巫恪。」

大巫恪並未起身，只交叉雙臂於胸前，俯首回禮道：「沈二郎。」

沈綾轉身指向喬五，介紹道：「這位喬五叔，他是先父最信任的家人，也是我得力的助手，曾隨我遠赴南洋多年，忠誠勤勉，足可信任。」

大巫恪點了點頭，老眼望向喬五，喬五趕緊向大巫恪拱手行禮，只覺被他的眼光掃到時全身一震，心中嘀咕：「二郎怎地到哪裡都淨和這些巫者打交道？」

沈綾再次行禮，說道：「我連夜得夢，請問大巫恪是否有意召我來此相見？」

大巫恪點了點頭，說道：「不錯。我有一件非常緊要之事，須告知二郎。」

沈綾心中一跳，說道：「沈二洗耳恭聽，請大巫指教。」

大巫恪轉頭望了喬五一眼，說道：「我今日要跟二郎談的事情，關乎巫者之事，不足與外人道。」

沈綾點頭道：「謹遵大巫吩咐。」當下命喬五退出，白袍少年巫者子彪送上果漿之後，也退了出去，屋中便只剩下大巫恪和沈綾兩人。

大巫恪神色凝肅，說道：「沈二郎，老朽今日必須告知你——你的真實身世。然而這一切須得從頭說起。」

沈綾皺起眉頭，疑問道：「我的真實身世？」

大巫恪道：「不錯。你此時應已知道，你是一個巫磁；而你不但能吸引巫者，更擁有號令、節制天下巫者之能。」

沈綾不禁一怔，說道：「號令節制巫者？」

大巫恪道：「正是。遠古流傳下來的巫者，如今僅有八支留存，分別是金巫、木巫、水巫、火巫、土巫、石巫、女巫和風巫。我大商以精巧的吉金鑄造工藝聞名天下，上商里的巫者乃是大商巫王的後裔，屬於金巫；那位隨你出海去往南洋的巫醫高槐，乃是木巫；曾受羅氏之請、試圖向你施咒的黑衣術士江淼，乃是世間最後一位水巫；巫女地萬在數年前被石巫誅滅，她屬於火巫；大魏國師赫連壘，乃是土巫；你遇到的青年巫者羅欽，他出身柔然魄磊村，那是石巫的村落；女巫所在的媿村近期遭人屠滅，不知有否倖存者；至於風巫一支消聲匿跡已有數十年，不知是否仍有傳人。這些巫者，全都受你節制。」

沈綾聽了，有太多事情無法明白，卻不知該從何問起；他想著大巫恪的言語，忍不住問道：「您提起那黑衣術士，說他曾試圖向我施咒，請問那是怎麼回事？」

大巫恪輕嘆一聲，說道：「你對此事一無所知，也是時候該讓你知道了。沈府主母羅氏為了驅逐你，曾聘請在景樂寺表演戲法的黑衣術士江淼向你下咒。江淼表示他能夠對你施法，令你無法繼承家業，並讓你永久離開洛陽。」

沈綾深自嘆息，低聲道：「主母又何必這麼做？我原本無心爭奪家產，也不介意離開洛陽。」

大巫咎望著他，說道：「你又怎知自己心中這些念頭，並非因江淼在你身上所施巫術而生？」

沈綾一怔，說道：「巫術能夠改變人的心思麼？」

大巫咎笑了，說道：「不錯。甚至可以說，巫術最擅長做的，就是改變人的心思。」

沈綾陷入沉思，說道：「我不懂得巫術，一直以為巫術乃是玄幻神奇之術，如能夠操控水火風雨等物。我卻沒想過，巫術最大的功用，乃是操控人心。」問道：「大巫，您認為那個黑衣術士江淼改變了我的心思麼？我是因為他的巫術，才決定放棄繼承遺產，遠赴南洋？」

大巫咎說道：「沈二郎，你說你不懂得巫術，我倒想聽聽，你如何看待此事？」

沈綾想了想，回答道：「我在南洋時，曾遇到一位長頭王；我第一次聽見『巫磁』兩字，就是出自他之口。他的長相十分古怪，身形奇高，頭顱極長，幾乎不像是人。我感覺他的巫術非常強大，在他面前時，他似乎無時無刻不在試圖影響我的心思。」

大巫咎點頭道：「不錯。法力強大的巫者，能夠在不知不覺中影響人的心思。比如你心中動個念，忽然很想喝水，或是很想去看看窗外，這些念頭都不一定是你自己的，而可能是其他巫者置入你心中的。」

沈綾皺眉道：「因此我永遠不知道，我此刻的念頭究竟是自己的，還是別人的？」

大巫恪道：「對一個尋常人來說，確實永遠不得而知。然而巫者能以巫術護身，因此能夠防止他人侵擾自己的心思。你雖非巫者，卻也十分特殊；那長頭王試圖影響你的心思，你能夠察覺並試圖抵抗，這便不是一般人能做得到的。」

沈綾道：「原來如此。那我當時決定離開洛陽，確實與江淼有關麼？」

大巫恪道：「不錯，但江淼第一次成功讓你離開洛陽，使的不是巫術，而是心計。當時貴府二娘見羅氏待你苛刻，心中不平，江淼便通過羅氏身邊的一個婢女，唆使二娘去向尊君告狀，尊君因而決定帶你南下建康。」

沈綾點頭道：「那回先父決定帶我南下，確實起因於小妹向先父訴說主母待我不好。」

大巫恪又道：「至於第二次，羅氏陷入絕望，甚至願意以自己的性命來交換你放棄家產，永遠離開洛陽。這回能夠成功，則歸因於大魏國師赫連壘的計謀。他命江淼去說服羅氏，讓羅氏假稱你若繼續爭奪家產，便將讓兩個女兒出家為尼，以此逼你離開。」

沈綾回思往事，這才恍然，說道：「不錯，我確實是因為見到那兩張度碟和主母書信，才決意放棄一切，離開洛陽。這……這竟是大巫赫連壘的主意？他又是甚麼人？」

大巫恪道：「他是大魏國師，也是土系大巫。他的法力強大，一心追求長生不老。過去數百年來，他不斷搜羅童男童女，取其性命，並以他們的魂魄修煉，好延長自己的壽命，回復青春。」

沈綾感到毛骨悚然，說道：「世間竟有如此可怖的巫者！」

大巫咯道：「二郎不須驚慌，天下巫者都不能傷害於你。因為你不但是位巫磁，更是世間極為稀罕的靈人。」

沈綾從未聽過「靈人」一詞，不禁一怔，脫口道：「靈人？甚麼是靈人？」

大巫咯凝望著他，緩緩說道：「你的母親是靈人，你也是靈人。」

沈綾聽他提起自己的母親，不由得極為驚訝，脫口道：「大巫，您曾見過我阿娘麼？」

大巫咯點了點頭，說道：「是的，在許多年前，我就曾見過她。當時她是世間唯一的靈人。」

沈綾甚感茫然，說道：「我不知道我阿娘是誰，也從來沒見過她。我之所以決定下南洋一趟，其中一個原因就是為了尋訪她，但卻一無所得。我……我對您說的靈人一無所知。請問大巫，靈人究竟是甚麼？」

大巫咯緩緩說道：「武人的一身武術，全是後天苦練出來的；巫人一出生便擁有巫能，但也須花上十幾甚至二十年的時光學習、精熟巫術。靈人卻不一樣。靈人一出生便具有靈能，不需後天練習，靈能既不會消失，也不會增減。」

沈綾質疑道：「靈能？武術和巫術，皆可自保或傷人……那請問靈能有何用處？」

大巫咯微微一笑，說道：「靈人所擁有的，乃是掌控巫者的能力。」

沈綾更是一呆，脫口道：「我怎能掌控巫者？您是位巫者，但是我……我可無法掌控您啊！」

大巫恪輕笑道：「你不妨試試？」

沈綾望著大巫，不知所措，說道：「我連如何試都不知道，請大巫示知。」

大巫恪一哂，說道：「先不說掌控巫者吧。首先，由於你是靈人，因此世間巫者皆不能傷害你，甚至不能對你心存惡意。」

沈綾道：「但是那個江淼，他答應主母對我施咒，又以陰謀詭計讓我離開洛陽，難道不是傷害我麼？」

大巫恪搖頭道：「他心中清楚自己無法真正傷害你，因此他自始至終都在欺騙羅氏。他不但不能對你施展任何咒術，甚至不能對你心懷惡念。他答應羅氏的，全是空話；最後他以計謀令你離開，也只不過是玩弄人心而成罷了。」

沈綾回想這一切，甚感憤恨，惱怒道：「這黑衣術士如此可惡！」

大巫恪輕嘆一聲，說道：「但你不必去尋他，他已死了。」

沈綾一怔，問道：「他死了？他怎麼死的？」

大巫恪道：「在你離開洛陽那時，大巫赫連壘逼迫江淼一同出手刺殺你。他們在洛水邊布下巫術和陷阱，準備取你性命。赫連壘一心殺死你，似是因為他覬覦你的靈人之能，妄想從你身上竊取長壽和不老。然而當時有人出手迴護，殺盡赫連壘的手下巫者武人，包括那個江淼在內。赫連壘勉強保住了一條命，狼狽逃去。」

沈綾道：「是誰出手救我？」

大巫咎微微一笑，說道：「正是尊母。」

沈綾驚疑不定，大感難以置信，搖頭道：「我阿娘？她真的沒死？……她當真出手護了我？那她又為何未曾露面？」

大巫咎搖頭道：「其中原因，老朽卻不知曉。老朽只知，靈人乃是世間極罕見、極珍貴之人。因為靈人的職責，便是守護天藥。」

沈綾更是一怔，眨了眨眼，問道：「天藥又是甚麼？」

大巫咎道：「那是天神留給人間聖王的奇藥。當人服食之後，便可長生不死，永不衰老。本巫的祖先——兩位巫王，皆自認不配為人間聖王，拒絕服食，並且合力將天藥藏了起來。根據大商先祖留下的訓示，在天藥隱藏了一千八百年之後，我等便須開始尋找靈人，讓天藥重現世間。」

沈綾思索一陣，說道：「此時天下大亂，我可見不到有甚麼人間聖王，劣君惡主卻是隨處可見。若讓那些惡君服食天藥，長生不老，豈非禍害永流？」

大巫咎道：「二郎說得有理。然而先祖留下的訓示，並非讓一位人間聖王服用天藥，令其永久統治天下，而是——讓世間最後一位靈人服用。」

沈綾一呆，遲疑地問道：「最後一位靈人？您是在說……我嗎？」

大巫咎緩緩點頭，凝視著他，說道：「不錯。這是你與生俱來的重任，不由推辭逃避。」

沈綾甚感無稽，搖頭道：「我對長生不老毫無興趣，完全無意服下天藥啊。世間沒有其他靈人了麼？」

大巫恪道：「你的母親曾是世間最後一個靈人。她試圖生下更多的靈人，但她一連生的三十七個子女，都不是靈人。直到她生下你，世間才終於有了另一個靈人。」

沈綾心中又是疑惑，又是抗拒，說道：「那我阿娘呢？她還活著，因此我並不是世間唯一的靈人。大巫恪，您曾勸我阿娘服下天藥麼？」

大巫恪點了點頭，說道：「我在二百多年前第一次見到你母親時，也曾告知先祖遺命我等，勸後世靈人服下天藥之事，然而她當時並未聽從。待我第二回見到你母親時，她已懷上了你。」

沈綾道：「那我阿娘若生下其他靈人子女，我便不是世間最後一個靈人了。為何定須由我服下天藥？」

大巫恪抿嘴不語，似是不想回答。

沈綾心中一動，想起大巫剛才的言語，心想：「他說我能夠掌控巫者，我若命令他說出，他或許必須遵從我的指令。」當下試探著沉聲道：「事情的來龍去脈，還盼大巫如實告知。」

大巫恪嘆了口氣，露出無奈之色，說道：「你既命老朽說出，老朽確實不得不說。以我所知，天藥此時正處於極大的危險之中。沈二郎已知，我等乃是大商巫王的後代，因此得傳許多關於天藥的祕密。最後一任巫王並未將天藥託付給下一代商王，或是傳給自己的其他子孫，卻託付給了一個半龍人。龍族天賦靈能，因此這位半龍人也擁有靈能，能夠掌控巫者。巫王認為，天下的巫者若得知天藥仍存於世間，必將群起爭奪，唯有具靈能者能夠制住他們。」

沈綾只聽得一怔一怔的，問道：「龍？半龍人？」

大巫恪道：「正是。傳說巫王曾與世間最後一位龍女結褵，龍女生下了一個半龍人，他就是世間第一個靈人。他住在遙遠西方的一座高山上，創立了一個與世隔絕的王朝。這位半龍人的子孫，一半有靈能，一半沒有；那一半沒有靈能的，留在了西方高山上，繼續統治那個王朝；至於你和你母親，則是擁有靈能的半龍人子孫，一代代在世間遊走，保衛並傳遞天藥之祕。」

沈綾問道：「傳到我阿娘這一代時，世間還有多少靈人？」

大巫恪道：「就只剩下她一人了。半龍人子孫的龍族血脈日益稀薄，幾百年後，靈人越來越少，最後世間就只剩下了一個。從你母親以上三代的靈人，都是世間唯一的靈人。一位靈人若未能生出下一代的靈人，那麼靈人的血脈就會斷絕。你母親當時急於將你生下，便是為此。」

沈綾又問道：「那麼我阿娘，她此刻人又在何處？」

大巫恪側過頭，說道：「此事老朽無法回答，因為我確實不知。靈人能夠完全隱藏自己，不讓世間之人見到，連巫者也不能探測其所在。老朽相信，你的母親在確定你將平安長大後，便自己遁入隱境，完全隱藏起來了。」

沈綾道：「因此她尚未死去，還在這世間，我能夠找到她？」

大巫恪道：「是，也不是。她尚未死去，但並不一定在這世間。」

沈綾聽得不甚明白，想了想，又問道：「靈人能夠掌控巫者，那我母親不就是世間最強大之人麼？她為何需要隱藏起來？」

大巫恪嘆了口氣，說道：「這就是為甚麼老朽說，天藥此刻正處於極大的危險之中。當年『絕地天通』之後，巫術從世間退失，除了古代巫者的後裔，倖存於人間的鬼族也留下了後代。他們也是巫者，也具有巫術，卻不必聽從靈人的指使；其中三個鬼族大巫法力特別強大，完全不受靈人掌控。大約一百年前，他們獲知了天藥的祕密，決意要奪取天藥，好讓自己永生不死，因此四出追尋，欲逼迫靈人說出天藥所在。你母親曾被這些鬼族後代的巫者圍繞挾持，好不容易才逃脫出來，以致她必須躲藏起來，藉以自保。」

沈綾微微一怔，說道：「因此我阿娘雖身為靈人，能夠節制天下巫者，但這三個鬼族後代的大巫卻並不聽從她的指令，甚至能脅迫她？」

大巫恪道：「正是如此。」

沈綾道：「那您為何認為，我便是那個應當服下天藥的靈人？」

大巫恪嘆道：「因為你和你母親，都不是那三個鬼族大巫的對手，天藥遲早會落入他們的手中，貽害無窮。自古以來，天藥的祕密靠著靈人的血脈流傳，之所以能永久保住，不令外洩，正因為靈人能夠掌控天下巫者，然而這三個鬼族巫者卻完全不受靈人所制。」

沈綾開始明白大巫恪的用意，微微點頭，沉吟不語。

大巫恪凝望著他，說道：「沈二郎，老朽想請問你，一個傳了上千年的寶貝，如何才能讓人們不再覬覦爭奪？」

沈綾想了想，說道：「唯有將之毀去。」

大巫恪點頭道：「正是。若要避免天藥落入邪惡的巫者手中，任其永生不死、危害世間、荼毒蒼生，只有一個辦法，那就是令天藥消失於世間。」

沈綾沉吟道：「我可以找出天藥，將它毀去麼？」

大巫恪搖頭道：「不成的。就算集結全天下的巫術，也不可能毀去天藥。」

沈綾道：「那我若找到天藥，也可以跟我阿娘一樣，隱遁起來，不讓那些鬼族巫者得去麼？」

大巫恪苦苦一笑，說道：「確實可以，但這仍然太過危險，難以根除問題。我已說過，大商先祖留下了訓示，命我等在一千八百年後尋找靈人，並勸喻靈人服下天藥。或許先祖早已預料到鬼族大巫將在此時出現，或許更有其他原因，老朽並不知曉，只知道必須盡快找到你，請求你自願服下天藥。如此一來，天藥將永遠消失，便不會落入邪惡巫者之手了。」

沈綾仍舊無法接受，搖頭道：「為何是我，不是我母親，或是前幾代、後幾代的靈人？我一點兒巫術也不會，從小在洛陽沈家長大，只懂得絲綢生意，買賣賺錢。我自認心術平凡，也無能抵抗萬惡，讓我這樣一個平凡之人永生不死，又有甚麼意義？天藥不是應該讓一位人間聖王服下麼？」

大巫恪道：「人間聖王若會出現，也應當在這一千八百年之間出現了。若是未曾出現，那極可能是不會出現的了。依老朽猜想，先祖應當已預知了千年後的情勢，認為此時此刻乃是最大的危機，與其讓天藥被邪惡巫者奪去服下，不如讓靈人服下、永絕後患，至少靈人不會危害世間，帶來無止無盡的流血殺戮。」

沈綾聽了，靜默下來，說道：「因此，消除天藥的唯一方法，就是將它服下？」

大巫恪道：「正是。天藥降臨世間後，只有被藏起，或被服下兩種可能。歷代靈人已將它隱藏了將近兩千年，如今是它重現世間、讓靈人服下、永遠消失的時候了。」他凝望著沈綾，說道：「沈二郎，我明白你心中顧慮。不錯，你並無任何特殊之處，只是恰好出生於今時今日，成為誕於巫王隱藏天藥一千八百年之後的靈人。巫王預知會有這麼一日，因此預先傳令子孫，讓我等尋找誕生於此時的靈人，並勸靈人服下天藥。這是天命，還盼你能聽信。」

沈綾默然不答。

大巫恪又道：「在絕地天通後，世間剩下的巫者原本不多，經過千餘年的自相殘殺後，更是寥寥無幾。我明白二郎此刻遲疑難決，但請想想，倘若讓天藥繼續流傳世間，不要說數百年後，就說此刻好了，世間良巫屈指可數，已然無力聯手對抗鬼族大巫、保護靈人了。一旦天藥被邪惡大巫奪去，天下就將永無寧日！二郎，請你慎重考慮老朽的請求！」說完向沈綾拜倒在地。

沈綾一驚，連忙扶起他，說道：「大巫恪，切莫行此大禮！」他心中掙扎不已，說道：「但是我一點也不想……不想長生不死啊！」

大巫恪嘆了口氣，說道：「歷代靈人，個個都想度過平凡的一生，早早將天藥的祕密傳給下一代的靈人。然而自古以來，並無任何靈人能夠如願以償、脫離天命。你的母親如是，你也將如是。」

沈綾沉默不語。

大巫恪又道：「你的母親曾對我說過，她祈盼能給你一段平凡的人生，因而處心積慮讓你在洛陽沈家長大，享受富家子弟的生活。她離開之前，曾在沈宅施展了強大的咒術，以保護你不被巫者發現，也保護你不受他人武力侵犯。直到那年你隨家人出門拜壽，離開了沈宅，才被洛陽城中的巫者和術士察覺；包括那江淼。他在景樂寺追逐你，便是因為他感受到你的不尋常。老朽也是在那時察覺到你的存在，因此施展巫術，將你引來上商里，與你談話，勉勵你在家中多展現自己，並警戒你一旦離開家門，便須小心隱藏自身，以免再次招引巫者注意。然而你人在洛陽沈宅之事，左近巫者都已知曉，因此之後便常有巫者聚集於沈宅之外，試圖接近你。」

沈綾回想往年種種古怪之事，這才恍然大悟，點頭道：「原來如此。」又道：「昔日大巫給我的指點，沈二受益無窮，終身感謝。」

大巫恪嘆了口氣，說道：「你不必謝我。你能擁有這一切，全都起因於你母親的用心良苦。即使你名義上乃是庶出之子，地位不高，又受到主母羅氏不喜，但你畢竟不知道自己的真實身世，以為自己便是沈家庶子，父兄姊妹也都視你為家中的一份子。你可知道，這已是非常難得的了？通常靈人一出生，便清楚明白自己的身世，知道自己這一輩子必須獨居於偏僻無人之處，藏身於陰暗隱晦之中；除了上一代和下一代的靈人之外，不能與任何人建立任何關係。」

沈綾低下頭，想像母親用心良苦，讓自己在沈家長大，過了十足平凡的二十年，這二十年委實彌足珍貴！然而他心中隱隱知曉，這段難得的平凡日子很快就要結束了。他長長地嘆了口氣，說道：「這麼說來，我在世間擁有一兄一姊一妹，與『沈緞』諸位掌櫃伙計共事多年，已是此生之幸了？」

大巫恪點點頭，說道：「你說得是，但也不全是。對你來說，這些人，以及他們和你的情誼，將跟隨你一輩子；但是當你服下天藥後，就必須遁世避人，消失於世間，而他們便會漸漸將你忘卻了。」

沈綾內心一陣揪痛，不禁緊握拳頭；他知道自己這輩子都不會忘記自己的姊妹，更難相信她們竟將會完全忘記自己！想著想著，他再也無法忍受，豁然站起身，只想拔步奔出大巫恪的屋子，遠離一切是非。但他想起沈家的仇恨，吸了口氣，定下神來，說道：「我生於沈家，長於沈家，沈家對我恩德深重。大巫恪，不論我是否聽取您的言語，是否能找到天藥，是否決定將之服下，我如今的首要之務，乃是找出沈家的仇人，討回公道，以及保護我的姊妹，不再受惡人欺凌。那個試圖對我施法的江淼已然身死，但我沈家的仇人不只江淼，還有害死我父親和大兄的胡三。這頭豺狼不但親吞我家財產，更出賣我父我兄，導致他們遭匪遇難，甚至強逼我大姊下嫁，居心險惡，行止無恥，著實可恨！」

大巫恪卻微微搖頭，說道：「害死尊君和尊兄的，應當並非胡三。」

沈綾一愣，問道：「不是他，那會是誰？當初他欠了先父鉅額銀錢不還，因此才向一群盜匪通風報信，讓他們埋伏在穎水的橫波渡口突襲，劫掠財物，殺死我阿爺大兄，不是如此麼？」

大巫恪再次搖頭，說道：「胡三曾向盜匪通報你父兄南下的行蹤，但憑著你父兄的武功，尋常盜匪是敵不過他們的。當時對尊君車隊下手的，另有其人。這人老早便想殺死尊君，而向此人通報尊父兄行蹤者，也並非胡三。」

沈綾心頭一震，他從未想過胡三並非害死父兄的凶手，真正的凶手和仇家竟另有其人！他聲音發顫，問道：「是誰？您說這人老早便想殺死我阿爺，那會是誰？難道是北山子麼？」

大巫恪搖頭道：「也不是。北山子那時並不在左近。」

沈綾心中激動不已，坐起身，說道：「害死他們的究竟是何人？懇請大巫告知！」

大巫恪微微搖頭，說道：「此中真相，老朽所知有限，無法回答，須靠二郎自行探索。」

沈綾按下心頭翻滾，思索一陣，問道：「那再請問大巫，我大姊得以回歸沈家麼？」

大巫恪道：「據老朽所知，貴府大娘自然極欲歸家。然而如何處置方為圓滿，二郎想必比老朽更加清楚。」

沈綾點了點頭，忽然恭敬向大巫咯拜倒，說道：「我這就將去面見胡三，與之周旋，試圖救出我大姊。未免更有變數，沈二懇求大巫應允我的不情之請——出手以巫術保護敝門中人。」

大巫咯神色嚴肅，點頭道：「二郎命令我等以巫術保護沈家諸人，本巫自當盡力。我將派子尨跟隨二郎回去沈宅長住守衛，他將隱身貴府之中；若須他出手，二郎只須出聲呼喚『金巫』便是。上商里的其他巫者，則將日夜守在沈宅之外，不令巫者入侵。」

沈綾大喜，再次拜倒為謝，說道：「有上商巫者相助，我報家門之仇便有望了！」

大巫咯思索片刻，說道：「二郎身上有尊母所施咒術，能保護你不受他人武力侵犯，因此武人無法傷害你，然而諸府其他人卻未必有此保護。二郎的對頭中若有武人，我等單憑巫術，只怕無法阻止爾等以武力傷害貴府諸人。」

沈綾道：「我明白了，多謝大巫同意出手相助，沈二感激不盡。」頓了頓，又道：「大巫提及靈人及天藥等事，太過駭人聽聞，我……一時難以盡信，須得回去深切思索。」

大巫咯道：「此事說急不急，說緩，時候卻也不多了。待二郎處理完家中諸事，盼你能細細思慮老朽的請求，做出正確的決定。」

沈綾答應了，再次拜謝大巫咯後，便喚了喬五，一同離去。盲眼的青年巫者子尨靜悄悄地跟了出來，沈綾招呼他道：「上巫，請上車同乘。」

子尨卻搖了搖頭，袖子一甩，轉眼便消失不見了。

喬五奇道：「那位盲眼青年不是要跟我們一道走麼？人怎地不見了？」

沈綾道：「我也不知。他知曉沈宅的所在，或許打算在暗中前來也說不定，咱們先走吧。」與喬五上車，離開了上商里。

第六十七章　真凶

南陵郡中，一個月前。

這日夜裡，賀秋來到沈雒的屋中，見她正匆匆打包行李，不禁一怔，問道：「二娘，妳要出門？」

沈雒微微搖頭，說道：「我就去個幾日，很快便回。」

賀秋問道：「二娘要去何處？」

沈雒道：「我想回洛陽城，觀望一下情勢。」

賀秋一聽，便猜知她因聽聞大娘被迫下嫁胡三之事，決定趕回洛陽，設法救出大娘。她知道沈雒勢在必行，也知道自己勸不動她，於是說道：「我和二娘一起去！」

沈雒搖頭道：「不，妳得留在南陵，照顧在這兒避難的沈氏眾人。」

賀秋道：「侯景已敗退，建康慢慢恢復平靜，這裡不會有事的，讓我隨二娘去吧！」

沈雒放下手上的包袱，終於抬起頭望向她，眼神柔軟，說道：「秋姊姊，妳已幫我太多了。這件事情，我必得自己去完成，不能拖累妳。賀家替我們沈家付出太多，我們早已還不清這份恩情。我絕不能再將妳捲入沈家家事之中。」

賀秋走上一步，堅持道：「二娘！我跟隨妳這麼多年了，當然知道妳想去做甚麼，怎能讓妳獨自涉險，自己留在南方過安逸的日子？我一定要跟妳去。妳若遇上危險，我便可出手相助。」

沈雒側頭沉思，最後還是搖了搖頭，說道：「秋姊姊，我明白妳的一片好心，但我絕對不能讓妳跟我一起去。」

賀秋聽她語氣頗為奇怪，不禁問道：「為何不能？」

沈雒凝望著她，說道：「因為這是沈家之事，必須由我沈家之人出手。」

賀秋不禁一震，說道：「莫非二娘不信我？」

沈雒連連搖頭，說道：「秋姊姊，妳想到哪兒去了？我怎會不信妳？正是因為信妳，我才會將這裡沈氏一族的安危託付在妳手中啊！」說著將包袱打了個結，說道：「我今日便上路。這裡的大小諸事，全靠姊姊多多幫手處置了。」抬頭見賀秋臉色古怪，青一陣，白一陣，笑著安慰道：「妳別擔心，我不會有事的。若事成，很快便會捎訊給妳。」

賀秋咬著嘴唇，終於點了點頭，說道：「二娘一切小心。」

隔日，沈雒束起頭髮，綁上頭帶，穿上男裝，帶上沈朝和沈暮給自己的匕首，揹起包袱，便騎馬北上，回往洛陽。她決定不帶上賀秋，獨自離開，其中自有考量：北山子慕容無憂既已知道自己便是沈家二娘，鑑於他往年曾脅迫父兄替他辦事，那麼他很有可能會來沈宅找自己，威逼自己受其指令，兩人必生衝突；而她知道賀秋對慕容無憂頗有愛慕之意，不願讓賀秋見到自己與慕容無憂對決相鬥，以免得賀秋痛苦為難。而沈雒自也想過，倘若決鬥時賀秋心意不定，猶豫不決，甚至偏向慕容無憂，對自己可是極大的凶險。

半個月後，沈雒於傍晚時分進入洛陽城，因不想讓人知道自己的行蹤，她並未直接回家，逕自來到一家小客店投宿。

這家客店位於洛陽城西，沈雒往年曾騎馬經過此地，知道這是行旅車夫慣常落腳之處，屋舍甚是破爛，宿金甚低。自皇帝遷離洛陽後，這段時日洛陽雖已恢復平靜，但這條道上來往旅客仍舊不多，這間客店空空蕩蕩的，更無其他旅客。

沈雒來到門口，只見一個身形瘦小的店家閒坐在門邊，一邊曬太陽，一邊捉虱子。沈雒啞著嗓子，上前說道：「店家！我要住一宿。有馬廄麼？」

店家瞇起眼睛，伸出手掌，說道：「住一夜五錢。馬一匹十五錢。」

沈雒「嘿」了一聲，說道：「馬比人還貴！」

店家翻眼道：「馬身子比人大，住宿自然比人貴了。」

沈雒此時已頗有行走江湖的經驗，知道這店家宿客太少，因此隨意抬價，於是也不爭辯，掏出銅錢，數了二十個，遞給店家，說道：「若多給你幾個銅子，可願意替我餵馬添水？」

店家點點頭，說道：「這時節，大軍時時來去，糧草可貴了。幾個銅子怎麼夠？要十個銅子。」

沈雒身上並不缺錢，但她仍做出氣憤之狀，和店家討價還價了一陣子，才同意付錢，讓店家替她餵馬。處置妥當後，她說道：「我出去尋些吃食，你不必等門，我自己回房便是。」店家答應了。

沈雒將包袱留在客房中，將沈朝沈暮送給自己的匕首藏在腰間，出門而去。她辨明方向，來到胡家的後門外，找了間附近的小麵店坐下，叫了一碗青菜麵。她感到心跳甚快，手心出汗，熱騰騰的麵端上來後，卻全無食欲，只能逼著自己慢慢吃了半碗。

夜色全黑後，沈雒結帳離開，來到胡家後門的小巷中，靜觀一陣，等到左右皆無行人，才吸一口氣，躍上圍牆，翻牆而入。她幼年時曾跟著父親去過胡家多次，對胡家宅院十分熟悉，知道這裡正是胡家後院。這時院中一片黑暗，遠處傳來人聲，想來剛過晚膳時刻，僕人們正在收拾盤碟杯筷。

沈雒蹲低身子，藏身在樹叢之後，確定院中無人，才緩緩往前移動。她知道胡三的寢室位於西南角的大屋之中，於是悄悄往西南方移去。她隨菩提達摩修習過數年內功，內息已十分深厚，這時緩緩吸氣吐氣，極有耐心地無聲悄悄往目標前進。她聽得人聲漸歇，想來奴僕們已收拾完畢，各自就寢，這才加快腳步，來到胡宅的主屋之外。

她側耳傾聽，屋中傳來水聲，於是來到一扇窗下，偷偷往內瞧去。屋中甚是昏暗，只有一盞油燈，床榻上坐著一個人影，身形肥胖，雙腳浸在一盆熱水中，一旁地上蹲了個年幼婢女，正用綢巾替那人洗腳。

沈雒心想：「這人必是胡三了。」凝目望去，但室中昏黑，看不清那人面目；而那人逕自坐著，並不說話，婢女也是一聲不響。

沈雒心想：「我該等那婢女出去了，那混帳躺下睡倒後，再進去劫持他。」她早年一心殺死仇人，此時她雖仍痛恨胡三，卻已無意取他性命，只想挾持他後，逼迫他同意解除和大姊的婚姻，讓她帶大姊回家。她蹲在牆外，耐心等候。不多時，婢女終於洗好了腳，提起水盆，出門而去。

但見屋中暗下，胡三顯然吹熄了油燈，又聽被褥聲響，似乎上床躺了下來。沈雒又等了一陣，感到全身緊繃，呼吸漸漸急促，額頭上也冒出汗來。她雖學過武功，但從未夜闖民宅、劫持他人，這時想到要面對殺父害兄的大仇，不禁大感焦慮恐懼。她勉強定下神來，從腰間拔出匕首，略略起身，從窗外望內探視，室中一片黑暗，只聽見微微的鼾聲。沈雒心想：「我該及早動手，免得夜長夢多。」於是緩緩站直，悄悄推開窗戶，縱身躍入，落足無聲。

沈雒舉起匕首，緩步走向床榻。床上鼾聲不斷，沈雒來到床前，見到一個人形躺在榻上，身蓋錦被。沈雒輕輕地吸了一口氣，左手虛按在他胸口，右手舉起匕首，橫在那人的咽喉。就在她猶豫的片刻間，沈雒忽然覺得不對，心中動念：「胡三家財富厚，為人謹慎，怎會單獨就寢，房內房外皆無護衛？這絕對不像他的作風。」

沈雒想到此處，不禁後退了一步。就在這時，但聽咻咻聲響，一排暗器從榻上斜射而出，正往她面門射來。幸而她方才退了這一步，一聽見聲響便趕緊仰頭，那些暗器只從她臉前險險劃過，肌膚刺刺生疼，卻並未受傷。沈雒知道自己中了計，不假思索，立即轉身往窗口撲去，撞破窗格，飛身屋外。但聽身周同時響起叱喝之聲，屋外亮起十多枝火把，數十名武人手持各般武器，團團圍住了自己。

沈雒大驚，立即持匕首向其中一人攻去。那人大吼一聲，舉刀橫劈，刀聲呼呼，臂力顯然十分強勁。然而沈雒只是虛攻一招，不等那人的刀攻到身前，早已收匕後退，湧身躍上屋頂。但聽兵刃聲響，屋頂也已有人守衛，三人各舉長鞭、弓箭和大刀向自己攻來。

沈雒自知難以逃脫，咬牙心想：「報仇不成，我便死在這兒罷了！」當下奮不顧身，向那持弓之人闖去。那人的箭已搭在弦上，咻一下一箭向她射出，從她臉頰旁飛過，劃出一道血痕。沈雒完全不管不顧，逕持匕首斬向那人的肩頭。持弓者來不及搭上第二箭，只能向旁閃避。沈雒這一匕首眼見便要斬上對頭的肩頭，忽感左手臂一緊，卻是被一條鞭子纏住了。沈雒掙扎不開，怒喝一聲，順勢往那持鞭人衝去，匕首攻向持鞭人的面門。持鞭者使勁一扯，沈雒不自主往旁一跌，她在屋頂上立足不易，頓時向下滑去。持大刀者高聲叫道：「小賊娘要跌下去了！快圍住她！」

沈雒不由自主從屋頂上滑下，即將落地時，左手臂一緊，卻是仍被鞭子纏住，那持鞭人未曾放手，令她懸掛在半空中。沈雒感到左手臂被鞭子纏繞處一陣劇痛，忙回過右手以匕首斬向鞭子，虧得那匕首極為鋒利，刷一下，長鞭從中斷絕。沈雒左手得脫，身子落到地面。

她還未能翻身站起，便背心一涼，感到一柄利刃抵在後心，有一人冷然道：「別動，一動就沒命！扔下匕首！」

沈雒知道自己已落入敵人手中，只能扔下匕首。數人奔上前來，用繩索將她的雙手綁在身後。沈雒抬頭望去，火光下但見一個身形魁梧的中年人立在眼前，一張方臉，滿腮鬍鬚，眼神凌厲，手中持著彎刀。

沈雒望向那彎刀，心中一跳：「彎刀！殺死大兄的兵器，就是一柄彎刀！」不禁又向那方臉中年人望去，卻是面目陌生，她從未見過。

一個武師衝上前來，對著沈雒喝問道：「妳是何人？為何來胡府行刺主人？」

沈雒喝道：「你不必管我是誰。胡三是我仇人，你殺死我便罷，不殺我，我遲早要找他報仇！」

那方臉中年人忽然哈哈大笑起來，說道：「妳便是沈二娘吧？我老早料知妳會來刺殺胡三，已在此恭候多時。妳說胡三是妳的仇人？這不對吧，他可是妳的親姊夫啊！」

沈雒怒道：「胡說八道！」

方臉人冷笑道：「沈家大娘，也就是妳親姊姊，數年前便已嫁入了胡家，成了胡三的第七房小妾。妳來此謀殺親姊夫，是想讓妳姊姊做寡婦麼？」

沈雒冷然道：「我不信！你說我姊姊嫁給了胡三，那她人在哪兒？我要見她。」

方臉人笑道：「那有甚麼不行？來人，將沈二娘請入地牢。」

沈雒心中又驚又疑：「地牢？大姊怎會在甚麼地牢之中？」但覺手腕一緊，一人已將自己拉起，在她背心使勁一推，令她踉蹌向前而行。方臉人在前領路，沈雒雙手雖已受縛，身旁眾武人卻毫不鬆懈，仍舊持兵刃指著她，簇擁著她往前走去。一行人穿過花園，來到一道石門之前。

方臉人推開石門，打起火把，當先走入，但見地上有個長方形的開口，一道石梯往地下延伸而去，黑抹抹地看不見盡頭。方臉人大步跨進，沈雒在幾個武師的推搡下，只得走下梯級。直走了五十多級，才轉為平地，經過一段甬道，來到一間五尺見方的石室。

方臉人道：「銬上了，吊起來。」

武人將沈雒推到牆邊，只見牆高處有個鐵環，環中穿著一條鐵鍊，鐵鍊的盡頭乃是一對手銬。幾個武人將她雙臂舉起，雙手銬入手銬之中；手銬上的鐵鍊掛在高處的鐵環上，沈雒雙手高舉，幾乎被吊在半空中，雙腳踮起，只勉強能觸及地面。她感到手銬箍在手腕上，陣陣劇痛，只能盡力踮高腳尖，好減輕手腕的疼痛。

方臉人望著她痛苦狼狽的模樣，滿面得意之色，微笑道：「沈二娘，妳身負武功，因此我們只能對妳有失禮數了。不如，妳便追隨妳姊姊，做胡家的第八房小妾吧！只是洞房花燭得在這地牢之中舉辦，只怕有些兒煞風景哪。哈哈，哈哈！」

沈雒怒道：「呸！你殺了我吧！我死也不會嫁給胡三！」

方臉人笑容益盛，說道：「多年之前，我曾發過毒誓，要讓你們沈家男子全數死盡，女子全數為娼。嫁給胡三為妾雖不算娼，卻也相去不遠了。」

沈雒心中大驚，忍不住問道：「你是誰？你和我們沈家有何仇恨？」

方臉人走上前去，直望著她，臉上笑容消失，變得猙獰可怖，說道：「沈二娘，妳不認得我，卻一定聽過我的名。因為在妳出生之前，我已被關入了不見天日的大牢！」

沈雒臉色煞白，忽然領悟過來，顫聲道：「你是……你是賀大？」

那方臉人果然便是賀大。他露出一口殘缺不全的焦黃牙齒，伸出粗糙的手指，捏住沈雒的臉頰，惡狠狠地道：「不錯！我遭妳父親陷害，在牢獄中足足待了十五年！我在這十五年裡受的種種痛苦折磨，如今定要讓妳們一一承受。妳姊姊好個小美人兒，嫁給胡三後，被他折磨得人不像人，鬼不像鬼，真真遂了我的心願！」

沈雒滿懷憂懼頓時轉為憤怒，叫道：「我要見阿姊！我阿姊呢？」

賀大嘿嘿而笑，說道：「她每夜都要侍奉胡三，稍有不從，胡三便讓人將她綁起，一頓毒打，直打到她哀哀哭號，跪地求饒。這麼打上幾年，妳想，她還能見人麼？還有往年的驕傲脾氣麼？」

沈雒聽了，心痛得幾乎掉下淚來，隨即腦中思緒忽然一閃，明白了過來，狠狠地瞪著他，大叫道：「你使彎刀，殺死阿爺和大兄的正是你！」

賀大伸手拍拍她的臉頰，笑道：「不錯！二娘，妳猜得真不錯。我賀大要報此血仇，自然得親手殺死妳阿爺和大兄。胡三不過是我手中的一枚棋子罷了。也算妳阿娘好命，自己病死了，不勞我動手。我命胡三娶妳大姊為妾，關在胡家慢慢折磨，讓她求生不得，求死不能；如今妳也自投羅網，你們一家，此刻可全數落入我手中了！」

沈雒全身冰冷，忍不住道：「那賀嫂和秋……秋姊姊？她們……她們……」只覺心驚膽戰，再也說不下去了。

賀大笑了，說道：「她們留在沈家，妳阿爺以為是給他捏在手中的人質，他卻不知我妻女和我一般心思，長年忍辱負重，伺機復仇！」

沈雒心神激蕩，無法克制全身顫抖，咬牙問道：「我阿爺究竟如何對不住你了？」

賀大臉色陰沉無比，說道：「二娘，妳年紀小，自然不知其中原由。此事妳大兄可是清楚得很！妳阿爺當時背叛了我，殺死我兩個兒子，更陷害於我，將我關入死囚大牢，足足十五年。如今我已殺死沈氏所有男子，女子則任我折磨凌辱，這仇恨才算報盡了！」

沈雒心中一驚：「小兄也被他殺了麼？」身子劇烈顫抖起來，高聲叫道：「你胡說！我阿爺不是這樣的人，他不可能殺死你的兒子，更不可能冤枉於你！」

賀大冷冷地道：「妳父兄已死，死無對證，然而真相卻是掩藏不住的！」

沈雒叫道：「誰知道甚麼真相？定是你先對不住我阿爺，他才會對你出手！」

賀大逼近她的臉，咬牙切齒地道：「妳又知道甚麼了？我對不住他？我甚麼事情對不住他，讓他能夠名正言順地屠殺我的兩個兒子？嗯？妳說啊！」又道：「妳不信我，應該信我的妻女，妳的賀嫂和賀秋。她們一直對妳很好，萬分照顧保護，不是麼？妳一直很信任她們，不是麼？」

沈雒死死咬牙，狠狠瞪視賀大。

賀大續道：「她們別無選擇，只能留在沈家苟且偷生，甚至得夜夜守護保衛仇人之女。妳既然信任她們，不如當面問問她們，當年妳阿爺對我賀家何等殘忍暴虐，她們將會一五一十，詳詳盡盡地告訴於妳。」

沈雒只能搖著頭，不停尖叫道：「我不信，我不信！你胡說，你胡說！」

賀大忽然舉起拳頭，往她小腹打了一拳。沈雒背靠著石牆，感覺整個人如被打入了石牆一般，更無法呼吸，小腹劇痛，喉頭一甜，嘔出一口鮮血，只能不斷喘息，再也說不出話來。

賀大瞪著她，說道：「我大可就這麼打死了妳，但如此未免太過便宜妳了。我要讓妳嘗盡更大的苦頭，比妳姊姊的下場還淒慘！妳等著吧！」

賀大說完，又舉起手掌，連續打了她五個巴掌，直打得她眼冒金星，幾乎昏厥過去。賀大又恨恨地咒罵了一陣，才轉身離開石室。

沈雒感到整張臉腫脹疼痛，滿口鮮血，勉強吐出幾口血水，眼前一片模糊。她雙手仍被銬在手銬中，以鐵鍊掛起，雙臂高舉，全身無力，只能軟軟地垂掛著；手腕已被手銬切出一圈傷口，鮮血沿著手臂流下，直流到她的腋下，又流到她的身上，小腹、雙頰和手腕盡皆劇痛難忍，令她不知哪兒更痛些，眼前一黑，暈了過去。

之後的沈雒時暈時醒，每次醒來，便感到全身疼痛，只想就此死去，卻又偏偏繼續活著。

她感到口乾舌燥，只想喝一滴水也好。然而始終沒有人來到石室中，她只能舔舐乾裂的嘴唇，盡量閉上嘴忍耐。

她在不知不覺中再次昏了過去。過了不知多久，忽然眼前一亮，石門開了一縫，透出一線火光，從而讓她驚醒。沈雒心中瞬間充斥驚惶，不知來者是否賀大，他又將如何折磨自己？

眼見一個人影舉著火把跨入門中，身形修長纖瘦，竟是自幼疼愛照顧自己的秋姊姊！沈雒不知該感到歡喜、憤怒還是恐懼，只是呆呆地望著她，說不出話來。

賀秋舉著火把，緩步來到她面前，臉上神色是種極為陌生的冷漠。她上下打量著沈雒，毫無驚詫痛惜之色，只有一片淡然。但聽她道：「二娘，妳餓了吧？阿爺讓我來餵妳吃點兒食物。」

沈雒望著她，靜默不語。

賀秋取出一塊濕布，替她擦拭臉面，沈雒疼得幾乎叫出聲來。但聽賀秋說道：「別動。」

沈雒垂眼見到那塊濕布上滿是血跡，不敢想像自己的臉此刻是何模樣。

賀秋替她擦完了臉，將濕布放在一邊，從一只籃子中取出一個瓦罐，湊在她口邊，沈雒早已渴得狠了，立即喝了一口又一口。賀秋將瓦罐拿開，皺眉道：「喝得這麼急，一會兒要如廁怎麼辦？」

沈雒從未想過自己被吊在這石牢之中該如何如廁，聽她說起，沙啞著聲音道：「妳放我下來，好麼？」

賀秋搖了搖頭，嘴角露出微笑，說道：「二娘，不成的。我阿爺好不容易捉住了妳，正準備花上幾年的工夫，好好地折磨妳，我怎能放妳下來？」

沈雒聞言，感到全身發寒：這怎能是秋姊姊？一向疼愛照顧她的秋姊姊？她茫然道：「妳阿爺……妳阿爺說我阿爺殺了他的兒子，又冤枉他入獄，那是真的麼？」

賀秋點點頭，冷漠說道：「主人親手殺害了我的兩個兄長，又冤枉我阿爺入獄。這是千真萬確的。」

沈雛心頭一沉，說道：「我阿爺這麼做，一定有甚麼理由的。他怎會無緣無故殺死妳的兄長？」

賀秋淡淡地道：「我不知道他有何理由。然而沈拓狠心殺死我當時只有十多歲的兩個兄長，又讓我阿爺陷身牢獄十五年。我阿爺處心積慮報此血海深仇，是大有理由的。」

沈雛不知能說甚麼，問道：「妳阿爺……妳阿爺打算如何處置我？」

賀秋說道：「二娘，妳從小錦衣玉食，該享受的也都享受了。我倒是很佩服妳，竟然不怕吃苦，毅然離家出走，尋師學武。然而沈拓當年作惡太甚，這筆債只能落在妳們姊妹身上了。妳已得知大娘的事了吧？」

沈雛咬牙道：「我知道大姊被迫嫁給了胡三那奸賊。」

賀秋點點頭，說道：「不算是嫁，應該說是被賣給了胡三。我阿爺唆使了孫家四人，讓他們以沈家的財產為抵押，向胡三借了一大筆錢，之後便捲款潛逃了。大娘為了保住沈家產業，只好將自己賣給了胡三，成為他的第七房小妾。」

沈雛聞言，心痛如絞，眼淚一下子奪眶而出，說道：「大姊……」

賀秋嘆了口氣，嘴角卻帶著一抹殘忍的微笑，說道：「是不是很可憐？大娘多麼美貌出眾，靈巧聰慧，又出身富貴之家，原本可以嫁入盧家做貴夫人的，可惜這一切都如春夢一般，了無痕跡。」她一邊說著，一邊取出一些乾糧，欲餵給沈雛吃。

沈雛一點胃口也沒有，搖頭道：「我不想吃。」

賀秋冷冷地道：「吃一些吧。下回，我也不知何時才會來給妳送水送食了。」

沈雒道：「秋姊姊，妳當真不會救我出去？」

賀秋望著她，鵝蛋臉上露出淺笑，說道：「二娘，我服侍妳這麼多年，也算足夠了吧？我可不曾對不住妳。喔，不，我通報阿爺，讓他知道妳打算回洛陽伏擊胡三，因此他能在胡家預先埋伏，設計擒住妳，算是出賣了妳吧？但妳可不能怪我。沈家當年如何對不起我賀家，我們如今也只是以牙還牙罷了。」

賀秋聽她語音柔軟，口氣言語卻如此陌生冷酷，心頭不禁陣陣揪緊，問道：「妳告訴我，妳阿爺究竟打算怎麼對付我？」

賀秋緩緩說道：「告訴妳也不打緊。我阿爺已逼大娘嫁給了胡三，她這一輩子可算是徹底毀了。至於妳，把妳嫁給胡三，只怕他制不住妳，反讓妳逃了。因此他打算挑斷妳的手筋腳筋，廢了妳的武功，將妳賣去柔然，做一輩子的娼奴。」

沈雒更不知柔然是何地，問道：「柔然？」

賀秋瞇起眼睛，說道：「不錯。就是北方胡人之地，讓妳一輩子供人蹂躪，不得贖身。」

沈雒說不出話，只是不敢置信地看著賀秋。

賀秋久久望著她，面上終於露出一絲惋惜之情，說道：「二娘，妳好自為之。我相信，不論多苦，妳都能活下去的。」

沈雒忍不住道：「秋姊姊，妳當真全不念舊情了麼？我和小兄一向待妳如親姊姊一般，妳怎能……怎能全數忘了？」

賀秋搖搖頭，聲音冰冷，說道：「我賀家的深仇大恨，我才不敢忘了。」說完便收拾瓦罐籃子，持起火把，出門而去。

沈雒心亂如麻，悲苦難已，這時她已不再飢渴，身上的疼痛也漸漸可以忍耐。她努力定下神來，將心念繫於呼吸之上，回憶起菩提達摩傳授的《易筋經》，緩緩練起氣，感覺一股暖氣從丹田升起，進入胸口，又竄上雙臂。

她暗暗心想：「師父傳的《易筋經》，能讓人筋骨鬆動，轉圜自如，或許我能藉此脫離手銬也說不定？」於是沉心運氣，將丹田之氣運到雙腿，環繞一周後，又上升至雙臂，直至十指。沈雒感到全身關節微微震動，開始試著緩緩移動手指，感覺手指有如麵條似的，柔軟無骨。她心中一片空明，閉上眼睛，想像自己全身都如雪水一般，在陽光下一點一滴地緩緩消融，變成清澈的流水，往下滴淌。忽然間，她的腳底一實，雙腳已然著地，原來雙腕已脫離了鐵銬。

沈雒心中一喜，在黑暗中慢慢舒展筋骨，檢查身上傷痕；她撫摸雙頰，知道自己臉頰腫起，但並非重傷；雙腕都有甚深的割口，鮮血已然凝結；小腹遭賀大拳打處仍舊疼痛，但也非大礙。她盤膝坐下，運氣在體內行走了一周又一周，每走一周，便恢復了一分精神氣力。她感到蓄足了精力之後，便起身在石室中摸索，不久便摸到了石門，使勁推去，卻紋絲不動，想來從外面閂住了。

於是她繼續在室中梭巡，尋找可以防身的武器。然而石室中甚麼也沒有，連火把火摺都無。她最後摸到了方才綁住自己的鐵鍊和鐵銬，伸手輕扯鐵鍊的一端，慢慢將整條鐵鍊從牆上的鐵圈中扯出，持在手中，感到沉甸甸的，心想：「這鐵鍊十分厚重，兩端的手銬似以精鋼所製，沉重堅硬，可以甩出去砸向敵人。我無法推門逃出，只能等下回有人進來時，突施襲擊，乘機逃脫。」

她回憶北山老人祕笈中的種種訣竅，設想了幾個以沉重鐵鍊偷襲敵人的招式，之後便坐在石門旁，靜靜調息等候。

第六十八章　解救

這日午前，沈綾帶著冉管事、喬五和洪掌櫃之子洪有忠，來到了胡府。喬五讓胡家管事胡貴去通報，說沈二郎特來拜見胡三和大姊，欲致送禮物云云。冉管事與胡貴原本交情甚好，但自從胡三霸佔沈家錢財、強娶沈雁、胡沈兩家決裂以來，便再無來往，如今早已形同陌路。此時胡貴出來接待，雙方不免尷尬。

沈綾卻神色自若，說道：「胡管家，我此番遠赴南洋，足足四年多方歸。歸來聽聞大姊已嫁入貴府，因此特來造訪，並拜見家父昔年好友，致贈從南洋購得的稀罕禮物，還請管家通報貴主為幸。」

胡貴見沈二郎親自來訪，還帶了數箱沉重的禮品，禮數十足，客客氣氣，似乎並無敵意，心中大感驚疑，當即躬身行禮道：「沈二郎請稍候，小人這便去通報。諸位請入內廳稍坐。」將沈家四人迎入內廳安置後，便趕緊入內通報主人胡三。

胡三聽說沈家二郎沈綾親自攜禮來訪，又是驚詫，又是好奇，說道：「這小子竟敢來見我，膽子當真不小！好！我便去會這小子一會。」

沈綾等四人在偏廳中坐定，不多時，門口腳步響處，一人在八名帶刀護衛的包圍下走了進來，正是胡三。他臉色陰沉，斜眼望向沈綾，冷冷地道：「你這庶子，來此做甚？」

沈綾起身行禮，說道：「胡三伯，侄兒出門多年，遠走海外，剛剛才回到洛陽。得知大姊嫁入貴府，特來拜訪，致送薄禮，並問候安好。」擺擺手，冉管事便讓奴僕搬上幾箱禮物，放在廳口。

胡三聽他說得客氣，「哼」了一聲，瞄了那幾箱禮物一眼，並未命手下收禮，只在主位坐下身來；八名侍衛分站前後左右，手握刀柄，眼光直盯著沈綾，似乎隨時能拔出腰刀，令人血濺當場。

沈綾也坐下了，面帶微笑，神色自若，對那八名侍衛視如不見，說道：「胡三伯可身子安好，生意興隆？」

胡三又「哼」了一聲，說道：「你不必黃鼠狼拜年，沒安好心眼。來此究竟有何意圖，快快說出，不然別怪我立即將你掃出門去！」他一拍几案，八名侍衛頓時跨步上前，腰刀出鞘半截，殺意凜然。

沈綾對一眾侍衛的威脅全不理會，兀自安坐不動，微笑道：「侄兒今日特來向胡三伯問好，一塊兒敘敘舊，順便談談生意，大家和和氣氣的，才好談事情啊！」

胡三年紀比沈綾大上兩倍有餘，閱歷經驗更是遠甚於他，卻為眼前沈綾的沉穩平定所震懾，倒想看看他有何話說，於是舉起手，命侍衛收刀後退。這廳上原本眼見便是一場你死我活的武鬥，但沈綾硬是將情勢扭轉過來，變成一場商賈之間的談判，雖仍爾虞我詐，但已非之前劍拔弩張、水火不容的情勢了。

沈綾知道自己已掌握了場面，心中愈發篤定，緩緩說道：「胡三伯，我今日帶了一件物事來，想請你評鑑真偽。」對身後的洪有忠道：「取出那物事，給胡三伯瞧瞧。」洪有忠應了，從懷中取出一張紙，遞給沈綾。沈綾接過了，放在几上。胡三低頭望去，但見那是一張借據，上面寫著借銀五百萬兩，以「沈緞」所有產業做為抵押，立據人乃是孫姑夫孫興。

胡三持在手中，瞇眼瞧了一會兒，冷笑一聲，說道：「不錯，這正是你家孫姑和孫姑夫立下的借據。他們向我借了五百萬兩銀，以『沈緞』的所有財產做為抵押。」

沈綾道：「正是。以侄兒所知，我表親孫家居心不良，以我『沈緞』的財產做為抵押，向胡三伯借了五百萬兩銀後，便捲款潛逃，不知所蹤。胡三伯藉此向大姊催討，大姊當然無法償還，又不願意放棄『沈緞』和沈宅的產業，不得已之下才委身下嫁。三伯請看這張借據寫的內容，可沒有錯誤吧？不是偽造的吧？」

胡三又仔細讀過一遍，說道：「自然不假。我這兒也有一份，可做對照。」回頭喚了管事胡貴來，吩咐他找帳房先生來，找出自己手中的那份借據。不多時，帳房先生將借據取來了，兩張借據放在案上，兩相對照，果然一字不差。

胡三斜眼望向沈綾，見他臉上不露半分喜怒之色，忍不住揶揄道：「二郎，孫氏一家如此坑害貴門，這等狐親狗戚，當真有不如無啊！虧得我好心，並未沒收抵押品。但借據仍在這兒，欠的錢也尚未償還半分。我若真想接收變賣『沈緞』，也並無不可哪。」

沈綾緩緩點頭，說道：「我明白。胡三伯是一片好意，你當時一定對大姊說，她若同意嫁給你，你便答應不處置敝舖，是吧？」

胡三笑了起來，摸著鬍子，說道：「不錯，沈家畢竟還是有明事理之人，這可是我的一片好心哪！」

沈綾也笑了，說道：「不知當初你對大姊的承諾，是否曾白紙黑字寫下來呢？」

胡三微微一怔，說道：「婚姻之事，貴在兩廂情願，哪有立下字據之理？」

沈綾點頭道：「那便是沒有了。」指著借據上的最後一條，說道：「胡三伯，這上面說道，這借債若能償還，不論償還者為何人，借據便可銷毀，抵押亦可解除了，是麼？」

胡三微微瞇眼，說道：「不錯。莫非，你想代孫家償還此債？」

沈綾微微一哂，說道：「我沈家家門不幸，父兄遇難，又遭親戚坑害，陷入困境。虧得祖宗保佑，我在南洋賺了一筆銀財，為數雖不多，但要償還這筆欠債，倒也足夠。」說著對洪有忠道：「今晨準備的那張銀票，取出來給胡三伯審視。」

洪有忠從懷中取出一張銀票，遞給沈綾。沈綾接過了，遞過去給胡三，笑道：「胡三伯在我沈家危難之際，出手接濟，此恩此德，我舉家上下不敢或忘。」

胡三低頭望去，但見銀票上寫著五百萬兩，出票的乃是萬利糧莊，不禁心頭一震，嚥了口唾沫，停了一會兒，說道：「你跟萬利糧莊有何關係？他們……他們怎會願意替你出這銀票？」

沈綾舉起手，示意洪有忠回答。洪有忠恭恭敬敬地道：「稟告胡三郎，一個月前，我家二郎已買下了萬利糧莊。」

胡三臉色霎時變得雪白，聲音也不禁顫抖，脫口道：「這怎麼……怎麼可能？」

要知萬利糧莊乃是大魏境內最大的糧莊，規模比胡氏糧莊大上百倍有餘。這段時日以來，胡三的糧莊屢屢出事，借出去的米糧絲帛收不回來，而將米糧絲帛存在他這兒的主顧也紛紛將物資轉去萬利糧莊存放，使胡氏糧莊的財源越來越緊，很可能再撐不上一個月，便得關門歇業了。胡三原本已打算變賣「沈緞」的宅第田產兌現，或是抵押給萬利糧莊，好勻些錢來轉圜濟急。豈知事情大大出乎他的意料之外，沈家庶子二郎竟帶著一張五百萬兩的萬利糧莊銀票來訪，要求清償債務；而他原本仰賴替自己周轉的萬利糧莊，竟已被沈二郎買下！

胡三在商場上打轉了數十年，從未如此刻這般驚惶無主：他雖能收下這五百萬兩銀票，但自家的虧空遠遠超過此數，若萬利糧莊掌握在沈綾手中，往後想要多借點錢，自是絕無可能的了。胡氏糧莊就算能再多撐上幾個月，最後也不免因還不清欠債而結業了局。

想到此處，胡三全身冷汗，望向沈綾的眼神充滿了恐懼。

沈綾神色從容，微笑地回望胡三，見他臉色蒼白，口唇顫動，良久不語，便說道：「胡三伯，怎麼，這張銀票，你不收下麼？」說著伸手輕輕敲了敲那張銀票。

待見胡三良久沒有反應，沈綾便對洪有忠示意，洪有忠又取出另一張銀票，也是萬利糧莊所出，面額是三萬兩；另有一張借據，金額是三萬兩。沈綾將銀票和借據放在胡三面前，說道：「胡三伯，這張票上有你的親筆簽押，收款人乃是我們家的姑夫孫興。孫姑夫將這張票交給萬利糧莊兌現，但奇怪得很，借據上明明寫著你借了他五百萬兩，而你卻只給了他三萬。不知，這究竟是怎麼回事？」

胡三大驚失色，知道事情已然敗露，慌忙說道：「這……不錯，當初……當初我只借了孫家三萬兩，借據上卻寫了五百萬，那……那是帳房誤寫了，未及更改。」

沈綾早已查清內情。當時胡三和孫氏合謀，假稱以「沈綴」和沈宅的宅第田產為抵押，借貸五百萬兩；胡三自然不可能當真掏出五百萬兩給孫氏，實際上只給了三萬兩，借據卻寫了五百萬，藉以威嚇脅迫沈雁下嫁於己。這些金銀都是通過萬利糧莊出入，沈綾買下整個萬利糧莊後，自然查得清清楚楚，甚至將胡三當時與孫氏簽下的三萬兩借據、親筆畫押的三萬兩銀票也翻了出來。

這時沈綾只微微點頭，說道：「原來如此啊。這麼說來，這兩張五百萬兩的借據既然有誤，那麼立即毀去也罷。」對喬五揮揮手，喬五走上前，取走兩份五百萬兩的借據，當場撕個粉碎。洪有忠則走上前來，收回了那張原本要給胡三還債的五百萬兩銀票，三萬兩的借據和銀票則留在几上，顯然任憑胡三取去，更不在乎。

洪有忠道：「借據既已撕毀，借據中用以抵押的『沈綴』地契、坊契和舖契等，請全數歸還。」

胡三連忙吩咐胡貴，將所有當初用作抵押的契約全都取出，交還給洪有忠。洪有忠和冉管事、喬五一一仔細審視，確定所有契約都已收回，才向沈綾報告道：「東家，都已收齊了。」

沈綾點了點頭，再次望向胡三。

胡三知道自己的身家此時全繫於沈綾身上，再也顧不得他只是個乳臭未乾的晚輩，也忘了自己曾強佔他的父兄錢財，強娶他的姊姊，仆倒在地，爬上前去，說道：「侄兒！愚伯做錯了不少事情，請你大人大量，原諒則個！」說著對沈綾拜倒，不斷磕頭。

他這一拜，身邊八個護衛都是大驚失色，胡貴更是嚇得幾乎暈去；沈綾身後的掌櫃和管事同樣驚詫難言，心頭卻不禁一陣快意，也對這新東家沈二郎生起無比的敬意。

沈綾見胡三拜倒磕頭，苦苦哀求，心中又是痛快，又是憤恨，臉色一沉，冷冷地道：「你此刻才想求饒，未免遲了些！」

胡三繼續磕頭，口中不斷說道：「請二郎大人大量，高抬貴手！」

沈綾冷漠地道：「大姊當初委身於你，只為了保全我沈家產業，並非自願。如今你和孫家玩的把戲已被揭穿，借據也已撕毀，這場婚事，也該及早處置了。」

胡三忙道：「我立即寫下字據，解除婚姻。」

沈綾擺擺手，冉管事趨上前來，將一張字據放在胡三面前，但見上面寫了十數行字，言明胡三與沈家大娘沈雁的婚事從不存在，所有嫁妝衣物一應退還，此後兩不相關云云。胡三更不思索，立即接過冉管事遞來的筆，在字據上簽字畫押。冉管事持起字據，輕輕晃動，讓墨印快些風乾。

沈綾安坐當地，既未顯出半分得意，也不顯半分驕傲，卻令人覺得氣勢巍然。他說道：「胡三，可否請我大姊出來相見？」

胡三連忙對胡貴道：「快請七夫人……不示，快請沈大娘。」胡貴趕緊奔進去了。

沈綾淡淡地道：「胡三，你趴在這兒，很不像個樣子，起身吧。」胡三這才起身，戰戰兢兢地跪在一旁。

過了一陣子，沈雁仍未出來。胡貴匆匆奔入，在胡三耳邊說道：「七夫人不在自己屋中，人不知道……不知道上哪兒去了。」

胡三臉色一變，斥道：「胡說！」對沈綾拜倒說道：「我這便親自去請貴府大娘出來。」一連忙跟著胡貴離開偏廳，往內奔去，急問道：「怎會找不到人？」

胡貴壓低聲音，說道：「全家都找遍了，只有……只有……」

胡三怒道：「只有哪裡沒找過？」

胡貴聲音更低，說道：「只有……地牢。」

胡三臉色極為難看，罵道：「混帳！她怎會知道那地方？難道我們囚禁二娘的事，走漏了風聲？」

胡貴慌張地道：「我也不知。」

胡三又問：「賀大呢？」

胡貴道：「他應當守在地牢外吧？」

胡三咒罵一聲，立即舉步往地牢奔去，心中焦慮難安，六神無主，暗忖：「我等囚禁二娘之事，可千萬不能讓那沈家庶子知道了，不然他再不會放過我胡氏一家！但我又不能不交出大娘，而大娘若已見到二娘，定會說出二娘被囚禁在地牢中之事，這該如何是好？」一時只感到頭腦發昏，手足發軟，眼前發黑，只想就此昏厥過去，一了百了。

卻說沈雒施展《易筋經》，令手腕脫出鐵環後，便手持沉重鐵鍊，靜坐在石門旁調息等候。然而當夜更無他人進來，沈雒等了許久，她身上傷得不輕，疲累不堪，眼皮漸漸沉重，越來越難保持清醒。她回想起自己在菩提達摩石穴外長跪求師時的痛苦，心想：「我當時能忍耐在冰雪中長跪三日三夜的痛苦，此刻又如何不能忍耐，如何不能逼迫自己保持清醒？」於是盤膝挺腰，回憶師父教授過的禪修功夫，凝神於息，澄心淨慮，修習禪定。

沈雒沉浸於禪修之中，維持著清醒。又過了不知多久，猜想已到了次日早晨，她聽見門外傳來腳步聲，立即警覺，緩緩起身，舒絡筋骨，握緊鐵鍊，小心不發出任何聲響。

但聽腳步聲越來越近，接著出現說話之聲，隔著石門，聽得不甚清楚，似乎是個女子。沈雒心中怦怦亂跳：「是誰來了？又是秋姊姊麼？我能對她下手麼？若是賀嫂呢？她武功較秋姊姊高強得多，我打得過她麼？」緊握著鐵鍊的雙手微微顫抖。

此時門外傳來抬起門閂的嘎嘎聲響，門開一縫，透入火光。只聽一人低聲喚道：「小妹！」沈雒一聽那聲音，便即認出是大姊！

但見一個纖瘦的身形手持油燈跨入室中，沈雒看得清楚，正是大姊沈雁！連忙放下手中鐵鍊，奔上前去，喚道：「大姊！」

沈雁見到地牢中的妹妹，又驚又喜，匆忙放下油燈，雙手捧起沈雒紅腫的臉頰，滿面驚憂疼惜，焦急地問道：「小妹！妳還好麼？他們打了妳？」

沈雒望向姊姊的臉龐，只見她和往年一般豔美過人，但眼神中滿是說不清的苦楚、隱忍和憔悴。姊妹心疼彼此，不禁緊緊相擁，心中有太多的疑問、關切和激動，一時都說不出話來。

沈雒率先回過神來，鬆開了沈雁，說道：「大姊，我們快離開這兒！」

沈雁點點頭，拉起妹妹的手，走出門外，跨入一條長長的甬道。就在這時，沈雒忽然聽見身後傳來細微的風聲，昏暗中感到有人從背後攻來，立即使出北山老人祕笈中的「鬼影腿」，往後一蹬，正中那人的小腹。那人輕哼一聲，隨即揮掌攻來。沈雒趕緊回身，卻見那人正是賀大。

賀大不料會被沈雒踢中小腹，後退了一步，隨即看清形勢，當機立斷，撲向沈雁，伸臂扣住了她的頸項，喝道：「快回入地牢，不然我便殺了她！」

沈雒知道賀大對自己一家仇恨深重，很可能就此殺死大姊，她不能陷姊姊於危，立即舉步回入地牢。

賀大挾持著沈雁，也進入了牢房，望向跌在地上的鐵鍊和手銬，冷笑道：「小娃子竟能自己逃脫，不容易啊！」扣住沈雁咽喉的手臂一用力，沈雁無法透氣，一張秀臉漲成了紫色。

沈雒心中焦急，叫道：「放開我大姊！」忽然俯身抓起鐵鍊，直往賀大臉上甩去。賀大身形甚高，比沈雁還要高一個頭，因此沈雒可以將鐵鍊擲向他的臉面，而不至於打到姊姊。這時沈雁的油燈跌落在一旁，逐漸熄滅，地牢中甚是昏暗，賀大只見一道黑影飛向眼前，不及細思，往後仰頭，鬆開了手臂；沈雒立即上前抱住姊姊，搶出門外，快奔而去。

賀大怒吼一聲，不想她輕功竟如此高明，連忙舉步追上。沈雒身子輕巧，內息又足，原本奔跑更快；但她飢餓多日，才脫離綁縛不久，幾日前又捱了賀大一頓打，身子遠比平時虛弱，這時又抱著姊姊，腳下沉重，只能拚命運起內息，奮力快奔。但見甬道盡頭便是梯級，她逕直大步奔上梯級，梯級頂端透出亮光，令她精神一振，加快腳步，不多時便來到了梯級頂端，隱約見到兩個人影，其中一人低頭向她喝問。

沈雒全不理會，直衝上去，左掌連推，將那二人震得遠遠飛出。沈雒側頭一瞥，瞥見被自己震飛的似乎是胡三和一個管家模樣的人，二人飛出數丈才落下，倒地不起。

沈雒發現自己身處一間石屋之中，從門口透出的強烈日光看來，此時應是日中。她不敢停留，瞇起眼睛，立即抱著大姊奔出石屋，快速辨別方向，往後園奔去。卻聽身後腳步吆喝聲響，不知已有多少人追了上來。她奔到牆邊，想要躍牆而出，又瞥見牆頭人影一晃，顯然已有人守住。沈雒只能趕緊轉身，抱著大姊沿著圍牆奔去，奔出數丈，遠遠已能見到胡家大門，心中一喜：「我從門口闖出，外面便是大街，諒他們不敢在大街上撒野！況且外面人多，我鑽入人群中，應能甩脫他們。」

但見大門敞開，沈雒更不多想，便往大門衝去。經過一間偏廳之外時，廳口站著數人，當先一人身材高眺，是個年輕男子，身旁站著三個衣著華麗的中年人。

沈雒喝道：「讓開！」湧身衝上，打算將這些人全數撞開，闖出門去。

然而那年輕男子回過頭來，面露驚訝之色，脫口叫道：「小妹！」

沈雒一呆，停下腳步，只見那男子不是別人，正是自己的小兄沈綾！

她愣在當地，不敢置信地望著沈綾，叫道：「小兄！」

沈綾眼見妹妹衣衫骯髒破爛，全身血跡斑斑，頭髮散亂，雙頰腫起，大驚道：「妳怎麼了？誰將妳打成這樣？」又見到她抱著一人，細看之下，正是大姊沈雁，更是驚詫無比，忙問：「大姊？她沒事麼？」

沈雒將大姊放在地上，見她雙目緊閉，伸手去探她鼻間，仍有氣息出入，想來只是昏厥了過去，這才放下心，抬頭對沈綾叫道：「小兄快逃！那人會殺死你的！」

沈綾一怔，說道：「誰會殺死我？」

沈雒急道：「是賀大！殺死阿爺和大兄的就是他！他武功很高，我應能攔住他，你快帶了大姊逃走！」

沈綾頓時呆了，心想：「賀大？」他雖知情勢緊急，卻不能不追根究柢，抓住沈雒的手臂，問道：「妳怎知是他害死了阿爺和大兄？」

沈雒道：「是他自己說的，他說跟我們沈家有深仇大恨，說阿爺殺了他的兩個兒子，還冤枉他入獄十五年。」

沈綾腦中忽然閃過阿嫂容幼娘告訴自己的那番話：那時她的師父北山老人請託阿爺收留她，因此她從十歲起就祕密躲藏在沈宅的密室中，有一回卻被兩個少年見到了；她說那兩個少年是一對兄弟，都懂得北山派的武術，年紀比大兄沈維大上幾歲；還說他們長年住在沈宅，是和大兄一起長大，一起練武的友伴。後來阿爺「處置」了他們，大兄則只說那二人已經不在沈宅了。

沈綾想到此處，頓時串了起來：「原來阿嫂說的那兩個少年竟是賀大之子，而阿爺為了保守大嫂藏身沈家的祕密，竟殺了他們滅口？是了，我記得賀嫂曾說過，賀大和阿爺自幼一起隨阿翁學武，他們原是師兄弟，因此賀大之子學的也是北山派武功。之後阿爺還一不做二不休，甚至誣陷了賀大，將他關入牢獄；阿爺曾說對不起賀大，原來確實如此！而大巫恪說害死阿爺者另有其人，原來指的竟是賀大！」這些念頭在他心中飛快連連閃過，他連忙問沈雒道：「小妹，妳怎會在此？」

沈雒道：「我來打算綁架胡三，逼迫他放了大姊，但賀秋事先通報了她阿爺，賀大在此布下陷阱，將我擒住，關在地牢中，已有幾日了。小兄，這些人無法無天，你快帶大姊離開這兒！」

沈綾俯身準備抱起大姊，這時沈雁卻悠悠醒轉，睜眼見到小弟，驚喜交集，一時不敢相信。她一把抓住沈綾的手，眼淚立即便掉了下來，顫聲道：「小弟……你也回來了？我可不是在做夢吧？」

這時胡三在胡貴的攙扶和八名侍衛的簇擁下回到了偏廳，他見沈家三姊弟已聚集在此，臉都綠了，只能跪倒在地，哀求道：「沈二郎！這都不是我的主意，是賀大！全都是他唆使我幹的！」

沈雁側頭望向胡三，神色又是驚疑，又是恐懼。

沈綾定下神來，眼色如刀，向胡三掃視過去，冷冷說道：「胡三，敝府大娘這可終於出來了，不料竟是被我小妹抱出來的。原來你不但強娶我大姊，還禁錮了我小妹。好！很好！」

胡三全身抖得如篩糠一般，甚麼話也說不出來。沈雁和沈雒見到他嚇成如此，都大感驚訝，不明所以。

沈綾挑眉問道：「無論如何，你總該管得住賀大，讓我等平安離開貴府吧？」

胡三磕頭道：「胡三在此擔保，各位定能平安離開敝舍，我等絕不敢攔阻。」說著對一旁的八名侍衛道：「護送貴客離開，莫讓賀大等人在我宅裡放肆！」八名護衛齊聲答應了。這八人乃是胡三重金聘來的武術高手，單打獨鬥或許敵不過賀大，但八人聯手，還是能攔阻賀大在胡府中行凶傷人。

沈綾冷笑一聲，說道：「很好！大姊、小妹，我們走！」

沈雁遲疑道：「小弟，我……我不能跟你去。」膽怯地望向胡三。

沈綾柔聲道：「大姊不必擔憂，胡三已簽了退婚文書，妳和胡家已毫無關係了。」說著取出胡三剛剛簽署的退婚字據給沈雁看了。沈雁一時呆了，望望弟弟，又望望胡三，紅著眼眶道：「這是……這是……？」

沈綾道：「大姊請放心。過往有些誤會，如今都已澄清。孫家的借款，我已悉數還清。當初大姊下嫁，只不過是因為孫家用『沈緞』財產抵出的債務；如今債務已清，胡三痛悔不應趁火打劫，欺騙於妳，因此已同意取消婚約，任由大姊歸家。」

沈雁聽了，喜出望外，愣了片刻後，心頭怒氣油然生起，轉頭恨恨地瞪視著胡三，咬牙說道：「過去數年之辱，我豈能就此忘記！」

沈綾點點頭，拉起她的手，說道：「大姊請息怒。我們先回家去，梳洗修整一番，祭告阿爺、大兄和主母之靈。其他人對我沈家的作為，過往的種種恩義仇恨，我姊弟三人絕不會忘，又怎會不加以回報？」

胡三聽了這番話，心中驚懼難已，全身顫抖更烈；他此番見識到沈綾精明冷酷的一面，知道這後生城府極深，而自己對沈家只有侵佔陷害、落井下石等仇恨，恩義自是半點兒也沒有的，不知日後他打算如何對付自己？

沈雁望向沈綾堅定允諾的眼神，才點了點頭，姊弟三人相偕走出胡家廳堂，冉管事等三個家人跟在其後。

胡三不敢去送，只留在廳中目送眾人走出胡家大門，心中極度忐忑，尋思：「如今我只有立即逃走，才能保住一條命。但我能逃去哪兒呢？」

而沈雒眼見胡三雖被小兄沈綾收伏，但大仇人賀大卻不會就此屈服。她拉拉沈綾的衣袖，低聲道：「小兄，賀大絕不會罷休，事情可還沒結束哪。」

沈綾點點頭，說道：「我理會得。咱們先回家再說。」

沈雁仍處於大起大落的震驚之中，恍恍惚惚地跟著弟弟妹妹坐上沈家的馬車，回到了沈家大宅，來到自己的飛雁居。

侍女于洛一見到她，當場便哭了起來，衝上前跪倒在地，抱著她的小腿，泣喊：「大娘！」

沈雁輕輕扶她起來，環望寢室中的擺設床榻依舊，只覺恍若隔世，心中百感交集，只想痛哭一場；但她在胡家受盡冷眼欺凌、毒打虐待，眼淚早已流乾了。她讓于洛替自己簡單地梳了個頭，改回未婚裝扮，穿上往年的衣衫。但聽僕婦在外面說道：「待大娘梳洗妥當，二郎有請大娘赴萬福堂共進晚膳。」

沈雁答道：「我這就來。」

自從沈拓去世後，沈家便極少在萬福堂聚會，冉管事早將萬福堂封起，家具都已積了一層灰。沈綾日前回到家之後，便命冉管事清理萬福堂，說一家人當夜要在此堂團聚用膳。冉管事當時心想：「一家人？如今沈家只剩你一人啦。二娘不知去向，大娘嫁入胡家，卻要如何團聚？」

豈知就在當夜，大娘沈雁真的回家了，沈雒也從不知何處回到了洛陽家中，姊弟三人竟當真團聚了。

當沈雁來到萬福堂時，但見弟弟和妹妹已在堂上。沈雒也梳洗了一番，卸下男裝黑衣，換上一身素色布衫；她離家三年，身形高了許多，往年的衣衫都已穿不下了，因此穿了沈綾的舊衣。沈綾幼年時不受主母待見，即使沈家生產經營絲綢，他的衣衫卻大多是棉布所製，式樣簡單樸素，穿在沈雒身上，倒也顯得精神奕奕。沈雒在胡家地牢中捱餓數日，又挨了賀大一頓毒打，幸而她內力深厚，筋強骨健，稍稍運氣歇息一陣後，精神體力便已恢復了八、九成。

沈雁跨入堂中，弟弟沈綾和妹妹沈雒正觀看討論酒杯。沈綾執起一只白玉酒杯，說道：「那年的大年夜，我們便是在這萬福堂上品嘗劉師傅新釀的『鶴觴』，用的就是這白玉杯子。」

沈雒接過了，點頭道：「我記得。那是我第一回飲酒，印象可深啦。阿爺當年珍藏的美酒，應當還剩下許多罈吧？」

沈雁輕嘆一聲，開口說道：「當時家中財務拮据，阿爺珍藏的美酒，大多已被我變賣了。」

沈綾和沈雒聞聲，回頭望向她，沈雁續道：「這套白玉酒杯我原本也要變賣的，只是沒人出價，因此留下了。」

沈綾點點頭，說道：「我已命冉管事盤點家中諸物，整理成冊，請大姊過目。我此番帶了足夠的錢財回來，往年變賣了的種種物事，請大姊主持，盡數買回便是。」

沈雁聽了，心中激動不已，說道：「多謝綾弟！那可太好了！」

三人在案前就座；巨大的萬福堂上只設了三個座位，由沈綾坐主位，姊妹分坐左右。這時僕婦送上前菜，都是喬廚娘親手炮製、沈家往年慣食的菜色：薑醋清蒸鯽魚頭、烤乳豬、羊肉腸、泡菜、烤髓餅，配上熱騰騰的酪漿。沈雁見了這些佳餚，心中酸楚，哽咽起來，難以下嚥；沈雒卻饞涎欲滴，端起一碗酪漿，一口喝下。她出門學武，日日飲山泉、吃雜糧，挨餓受凍乃是常事，此時此刻回到家中，再次享受珍饌美食，連連大呼美味。她笑著對姊姊道：「這酪漿又濃又香，和小時候一模一樣。大姊，妳快喝啊！」

沈雁悄悄抹去眼淚，舉碗喝了一口，臉上露出久違的笑容，說道：「喬廚娘還記得妳的口味。這是妳最愛的羊奶酪，是吧？」

沈雒笑道：「是啊！這味道，嘿，我做夢都會夢到哩！」

沈綾望著姊妹言笑晏晏，彷若舊時，也不禁露出微笑。

沈雁跪起身，舉起酒杯，向沈綾道：「今日阿姊能夠脫離狼窩，全靠綾弟出手解救。請受阿姊一拜！」

沈綾連忙跪起身還禮，說道：「大姊萬勿行此大禮！是小弟來遲了，未能及早日解救大姊，還請大姊恕罪！」

兩人對飲一杯，沈雁才問道：「不知綾弟卻是從何處得到這筆巨款，竟能收購萬利糧莊？」她自已聽說，自己能夠解除婚姻、平安離開胡家，全因沈綾以巨款買下了萬利糧莊，查清孫家作假借款的真相，因而能逼迫胡三乖乖就範。

沈綾吁了口氣，說道：「這可說來話長了。」於是向姊妹說起自己出海至南洋、幫助扶南王子登基、乘船造訪南洋多國、建立「沈緞」據點、經北方港口返回中土的種種經歷，姊妹都聽得驚嘆不已。最後他說起自己在晉陽滯留時，遇到了一個來自柔然的巫者羅欽，從他口中得知大姊和小妹的遭遇，這才匆匆趕回洛陽，並及早設局解救大姊。

沈雒奇道：「我上山尋師學武之事，這位柔然巫者竟然也夢到了？」

沈綾望向她，說道：「是啊！小妹，他也夢到妳去了棲霞山腳的莊園，是麼？」

沈雒起身對小兄抱拳行禮，說道：「正是。多謝小兄留信，我才知道要去建康尋洪掌櫃，請他指點迷津，去探究那『深不可測的養蠶取絲之祕』。」說著不禁露出微笑。

沈綾聽妹妹一見了信便明白自己的深意，也露出微笑，問道：「小妹且說說，妳這幾年潛心學武，可辛苦麼？」

沈雒簡單說了自己上少室山隨菩提達摩大師學武的經過，以及在建康城外棲霞山腳的莊園中，與侄兒侄女一起參研北山老人所傳祕笈等情。

沈雁這時才得知大兄竟已祕密成婚，並已有一對雙生子女！她不禁驚訝萬分，說道：「我們該盡快將這兩位侄兒侄女接回洛陽才是啊！」

沈雒點頭道：「正是。等此間諸事解決後，我便南下建康，盡快接兩個孩子回家。」

沈雁在胡家苦熬多年，這時忽然重得自由，回到家中，身心鬆弛之下，難抵疲倦，晚宴後沒多久便自回飛雁居歇息。

沈綾和沈雒則留在萬福堂之中敘舊，沈雒望向沈綾，說道：「小兄，建康的王十七娘，囑託我向你問好。」

沈綾聽見十七娘之名，不禁一怔，說道：「十七娘？妳見到她了？」

沈雒微笑道：「是啊！」仔細告知自己曾護送王十五郎一家和其妹十七娘至棲霞山腳的莊園避難等情。

沈綾聽完，鬆了口氣，喜道：「侯景在建康和三吳燒殺擄掠，十五郎未雨稠繆，躲過一劫，實為大幸。」忍不住問道：「十七娘……她可好麼？」

沈雒點了點頭，笑道：「她啊，可比你在信中形容的更加清秀端雅！我聽說她尚未出嫁，或許仍在癡癡等候小兄也說不定？小兄，此事我不好多問她，待此間事了，你該南下一趟，親自去見她一見。」

沈綾臉上一熱，想像自己與十七娘重會的情景，不禁怦然心動；此時物換星移，自己已在洛陽立穩腳跟，而南方金陵城毀殘敗、王氏一族流離衰敗，或許自己等待的時機竟終於到來了？

但他立刻想起靈人諸事遠未了結，於是收回心思，轉開話題，說道：「小妹，妳被賀大囚禁起來時，他對妳說了些甚麼？」

沈雒面色一沉，說了自己當時如何在地牢中被鐵鍊吊起來，以及賀大對自己說的所有言語，最後道：「我不信阿爺當真殺了賀大的兒子。他不斷說阿爺如何對不起他，如何殘暴，但我相信一定是他先對不起阿爺的。又或是他被關在牢獄中太久，胡思亂想，腦子壞了，才編造出這些故事來。」

沈綾聽了，並未答話；關於北山老人、北山子和阿嫂容幼娘之間的種種過往淵源，他所知原本有限，許多還是從賀秋口中聽來的，如今不知有多少可信；至於父親和賀大之間的恩仇，他也不清楚所有真相，無法評判究竟誰是誰非。他不確定自己該對妹妹說出多少，於是沉吟不語。

沈雒忽然從身旁取出一柄匕首，放在几上，說道：「小兄，這是阿爺當年使過的匕首。」

沈綾一怔，問道：「妳從何處取得？」

沈雒神色沉靜，續道：「小兄，不瞞你說，當年大姊收起來的那四件兵器，其實是被我取走的。奪走阿爺和大兄性命的，是一柄短刀和一柄彎刀；而我和賀大交手時看得清楚，賀大使的兵器就是彎刀。如今事情已經很明朗了：從胡三處打聽到阿爺南下行蹤，並在穎水橫波渡口旁埋伏偷襲阿爺車隊、親手殺死阿爺和大兄的，正是賀大！唆使胡三強娶大姊為妾的，也是賀大！倘若大姊不曾來地牢中找我，你不曾來胡宅救我出去，我就要被賀大挑斷手腳筋脈、廢去武功，賣到北地柔然去做一輩子的娼奴了。小兄，我曾發誓要親手替阿爺大兄報仇，然而我也明白，賀大口口聲聲是阿爺先對不住他，內情究竟如何，已經再難查明；而我師從菩提達摩，立誓不能傷人性命。如今我只想挑戰賀大，將他打敗，把他押到阿爺墳前謝罪，如此而已。你不會阻止我的，是麼？」

沈綾望向小妹沈雒，心中思潮起伏。他難以忘卻父兄之死帶給沈家的巨大打擊，也無法不痛恨害死父親和大兄的仇人；更甚者，他無法忽視大巫恪的言語，自己倘若真是所謂的靈人，必須離世隱遁，那世間還有誰能保護他最在乎的大姊和小妹呢？只要賀大和其家人活著一日，他們便一日不會放棄傷害大姊和小妹，而自己也一日不能放心。他暗暗咬牙，下定決心：「小妹信佛心軟，不願動手殺人，犯下殺業。然而不論小妹如何想，或者阿爺是否曾對不起賀大，我都必須除去賀大一家，如此才能保護大姊和小妹，再也不受其害。」

他吸了口氣，說道：「我知道妳潛心練武，就是為了要找出仇人，為阿爺和大兄報仇。我想報仇的心思和妳一般一致，當然不會阻止妳，更將盡力幫助妳。」又問道：「小妹，憑妳此刻的武功，可有把握打敗他麼？」

沈雒堅定地點點頭，說道：「我之前是因遭了那廝埋伏，才會被擒。若是單打獨鬥，我自信絕不會輸給他！」

沈綾微微皺眉，說道：「他若不肯單打獨鬥，再次設下陷阱，那又如何？」

沈雒沉吟道：「胡三被小兄收伏，那廝應是不會再留在胡家了。我相信賀家三人很快便會追來此地，設法刺殺我們姊弟。我只擔心他們會傷害大姊和小兄。」

沈綾道：「他們是傷不了我的。」

沈雒睜大了眼，問道：「卻是為何？」

沈綾淡淡一笑，笑容中頗有苦澀之意，只說道：「我回家之前，曾求教於一位大巫，請他以巫術助我，因此我有巫者相幫，不會有事。」

沈雒皺起眉頭，說道：「就算你所言為真，那麼大姊呢？我們如何才能保證大姊平安？」

沈綾微微皺眉，說道：「我已有所安排，但並無萬全之策。」凝望著妹妹，說道：「小妹，我不懂得武術，也不知道妳的功夫究竟練到何等地步，但我知道妳必須擁有親手報仇的機會。不論勝敗，妳都將盡力一搏。而我，則必須徹底確保妳和大姊的平安。妳明白麼？」

沈雒點點頭，說道：「我明白。多謝小兄！」忽然坐直身子，吸了口氣，說道：「有人來了。」

兄妹二人一齊抬頭，果見三個人影站在庭院的牆頭之上，正是賀大、賀嫂和賀秋。

第六十九章　復仇

賀大冷然望著兄妹二人，喝道：「沈二郎，你能買下胡大、嚇倒胡大，卻買不了我、嚇不倒我！」

沈綾冷哼了一聲，說道：「賀大，你害死我父兄，我原也無心買下你，更不會輕易放過你。」

賀大拔出腰間彎刀，一躍落地，來到廳前，神色猙獰，說道：「我發誓殺盡你沈氏一門，你等未曾逃走，竟留在此地等我，那是最好！」

沈綾神色自若，意態閑適，說道：「我們何須逃走？我知道你們無法傷害我，因此我有恃無恐。而我小妹多年來苦練武功，就是意在找出家門仇人，為父兄報仇，你不會是她的對手。」說著望向沈雒。

沈雒這時已抓起父親的匕首，一躍起身，來到萬福堂外的空地上，直盯著賀大，說道：「賀大，你害死我阿爺大兄，令我沈家家破人亡。我苦練武功，便是為了找你報仇。你若有膽量，就出手跟我單打獨鬥，一較高下！」

賀大「嘿」了一聲，冷笑道：「沈小娃子，妳已是我手下敗將，還敢出來找死？」手一揮，牆頭出現五個黑衣人，皆以黑布遮面，只露出不同顏色的眼睛，在夜色中閃閃發光。沈綾見了，頓時想起：「是巫者！莫非阿爺大兄設靈那時來過家中的七巫？」又想：「當時有七人，現在只剩五人；少了的兩個，想是死去的江淼，和轉來相助我等的上商里巫者？」

五個巫者悄無聲息地躍落地面，雙手攏在寬大的袍袖之中，眼光望向沈綾，露出狂喜而敬畏之色。賀大伸手指著沈雒，喝道：「收拾下這女娃兒！」

五個巫者似乎鬆了口氣，一齊出手，手掌從袖中翻出，從指間射出各色火點，直往沈雒飛去。沈雒大驚，側身閃過，不知該如何擋架這詭異的巫火攻勢。

沈綾也好生驚詫，脫口叫道：「金巫，請出手相助！」

就在這時，一個瘦小的人影陡然出現在沈雒面前，一身白衣，寬袖揮處，將五個火點都收入袖中，令火點消失無蹤。

沈雒這才看清，那是個盲眼青年，臉上毫無表情，正是大巫恪的孫兒、上商里巫者子尨。他雙目雖不見物，巫術卻顯然在這五人之上；他展開雙臂，面對著五名黑衣巫者，冷然道：「誰敢在沈宅內施展巫術傷人，我就殺誰！」此言陰氣森森，雖出自一個青年巫者之口，卻充滿威脅震懾之氣。

五名巫者都不敢妄動，彼此望望，忽然一起飛身上牆，消失在牆頭。子尨見一眾巫者退卻離去，輕哼一聲，也倏然消失在夜色中，不見影蹤。

賀大見此情勢，眼中精光閃動，冷笑道：「好個沈二郎，不料你竟藏了這一手！上商里的巫者麼？哼！」望向沈雒，喝道：「我賀大豈會怕妳這小娃子？今日我便打得妳跪地認輸，當著妳小兄的面取妳性命，再去殺死妳大姊，將妳一門殺盡，以洩心頭之恨！」話聲才落，猱身而上，彎刀直往沈雒劈去。沈綾看得親切，那柄彎刀果然和大姊從大兄屍身上取出的一模一樣，心中不禁一震。

沈雒從袖中亮出父親的匕首，喝道：「來得好！」持匕迎戰，一刀一匕，在庭院中激鬥起來。二人武功同出北山一門，以快打快，招數精巧狠辣，身形變幻莫測。賀大經驗老到，沈雒初出江湖，資歷尚淺，好在她深得菩提達摩的禪門內功精髓，博大精深，又得北山老人祕笈，對北山武功的體悟比賀大更深一層，揮灑開來，漸漸得心應手；一時之間，二人打得不分上下。

賀大見自己竟收拾不下這個女娘，暗生忌憚，咬牙道：「妳在地牢中那時，我沒斬斷妳的手腳筋脈，沒讓妳渴死餓死，實在失算！」

沈雒想起自己被賀大關在地牢中時的毒打虐待，不禁滿腹怨怒；又想起父兄的大仇，心中憤恨愈盛，出手略顯急進，露出了幾個破綻。賀大立時發覺，一心激怒她，冷笑道：「秋兒與妳朝夕相處，輕易便能在妳睡夢中取妳性命。妳如今還活著，難道不該感激我們父女手下留情麼？」

沈雒聽他提起賀秋，果然心思一亂，搶攻時腿下不小心一躓。賀大覷著破綻，彎刀橫削沈雒肩頭，幸而沈雒及時矮身往旁一讓，這一刀雖斬下了她半幅衣袖，人卻未受傷。

沈雒趕緊後退，警覺自己氣息粗疏，心神不寧，連忙專注於呼吸，暗想：「我如此心浮氣躁，只想著打敗敵人，為父報仇，如何能取勝？菩提達摩師父或北山老人的祕笈都曾告誡，比武時必須專注於當下，集中於每一招每一式，不能讓任何喜怒哀樂等情緒佔據心思，否則必敗無疑。」她禪功已深，這時立即讓自己心神回復空明，忘記了眼前對手乃是殺父殺兄的仇人，甚至忘記眼前這人乃是正與自己拚命相鬥的對手，眼中只看到一個人形和其所使招式，以及自己應使出的應對之法，此外更無他物，更無他念。

賀大見她的眼神自充滿仇恨的火花，轉為泉水一般清澈，微微一怔，心想：「她眼神突然如此平靜，這又是哪一門的功夫？」

沈雒此時已入禪定境界，出招時了無執著，全憑一念專注清明，不出十招，匕首便在賀大的手臂上劃出了一道長長的口子，鮮血四濺。

賀嫂見丈夫居於劣勢，受傷濺血，驚呼一聲，叫道：「秋兒，我們一起上！」

沈綾高聲道：「賀嫂、賀秋，單打獨鬥乃是江湖規矩！妳們竟如此不顧臉面麼？」

賀嫂怒道：「你們害我一家還不夠慘麼？我們這是血仇血報，說甚麼單打獨鬥，江湖規矩！」母女二人一齊拔出兵刃，上前夾攻沈雒。

沈雒留意到身前多出兩個人影，原本也不在意，但忽然認出其中之一竟是和自己朝夕相處、情若姊妹的賀秋，心頭不禁一震，陡然脫出禪定之境，略感慌亂，手中匕首勉強抵禦三人的圍攻，但不出幾招，便左支右絀，落於下風，連連後退，背脊靠上了院牆。

沈綾心中焦急，叫道：「小妹！」

沈雒暗想：「我怎能如此容易便分心？秋姊姊也好，賀嫂也好，都只是人罷了；一人也好，三人也好，又有何分別？」她定下神來，再次入定，眼中不再是仇人賀大、曾教過她武功的賀嫂，以及與她親若姊妹的賀秋，而是三個人形和無數的招式。沈雛見招拆招，匕首雖短小，在她手上卻足以抵得過賀大的彎刀與賀嫂母女的柳葉刀，不出二十招，便斬傷了賀嫂的左腿，刺上賀秋的肩頭，並在賀大的脅下又劃出一道長長的口子。

賀家三人一齊後退，沈雛緩步逼近，手中匕首猶自滴血。她的眼光在他們身上游移，而她和對手們彼此都清楚，憑著沈雛此時的武功，隨時能出手重傷對手其中任何一人。

就在賀家三口陷入危境時，東首忽然響起一個女子的聲音尖叫道：「二娘，快住手！不然我便殺了大娘！」

此言一出，眾人都是一驚，一齊轉頭望去。但見月洞門中立著兩人，當先的正是大娘沈雁，後面一人伸手持刀橫在沈雁的咽喉之前，竟是主母羅氏昔年的侍女陸婇兒！

沈家三姊弟並不知道，當年建議羅氏求助於巫者江淼施咒、逼走沈綾、安排孫氏兄弟迷昏沈雁的，正是此女。這時陸婇兒以小刀抵在沈雁的咽喉，尖聲叫道：「阿雛，快快投降，不然我一刀割斷阿雁的咽喉！」

沈雛關心情切，連忙叫道：「住手！」

沈雁受制於人，啞聲道：「婇兒！妳為何……為何背叛我沈家？」

陸婇兒冷笑道：「背叛？妳們姊妹自幼錦衣玉食，享盡榮華富貴，而我呢？我雖是妳們的親表姊妹，卻甚麼也沒有，一輩子只能當人奴婢，供人使喚。這世界可有多麼不公！一切好處都被妳們佔盡了，美貌、家世、財富、聰明、才幹、婚姻，一樣不缺。但妳們根本就不配擁有這些！而我，只不過想嫁給維郎為妾，竟遭到姨母和妳們姊妹的一致反對、萬般阻撓！我早早便發誓要讓妳們從雲間跌落到爛泥裡，讓妳們渾身髒臭，永遠無法洗淨，被人冷眼嘲笑，才遂了我的心願！」

沈雁聽了震驚無己，不知能說甚麼，低聲道：「婇兒，我阿娘當年對妳不好麼？」

陸婇兒咬牙道：「她雖是我姨母，卻只將我當成婢女使喚，更力阻我與維郎相好。我恨她入骨！正因為她萬般寵愛疼惜妳們，又萬般冷落輕賤於我，因此我才立誓報復，要讓妳們姊妹從千金小娘子墮入泥沼，遭人蹂躪汙辱，受盡苦楚，這世道才算公平！」

沈雁臉色大變，猛然想起自己遭孫氏兄弟之辱，顫聲道：「是妳……孫家……是妳！」

陸婇兒大笑道：「不錯，安排孫家那兩隻禽獸迷倒侵犯妳的，正是我！甚至他們所用的迷藥，也是我給的！」

沈雁再也說不出話來；她從未想過，自己身為堂堂沈家大娘，竟毀在這個她從小便沒放在眼裡的表姊兼婢女手中！

陸婇兒對沈雒喝道：「阿雒，扔下兵器，束手就擒！」

沈雒知道自己離陸婇兒和大姊太遠，不及出手解救，只能聽話扔下了匕首。賀嫂衝上前來，橫持柳葉刀，架在沈雒的頸上。賀秋也奔了上來，以匕首抵在沈雒的背心。

沈雒眼見自己多年信任敬愛的秋姊姊，如今處心積慮要置自己一家於死地，內心痛苦糾結，緊咬嘴唇，臉色蒼白如紙。

陸婇兒對沈雒冷笑道：「阿雒，我聽賀大說他捉住了妳，才特意又回到洛陽，琢磨該如何摧殘妳最好。嘿！沈拓夫妻，你們三姊弟妹，我一個都不會放過！」

沈綾望向陸婇兒，忽然醒悟過來，脫口道：「是妳！當時向賀大通報阿爺和大兄南下路徑的，是妳，不是胡三！」

陸婇兒「哼」了一聲，並不回答。

沈綾續道：「胡三雖得知阿爺和大兄打算南下，卻不會知道他們決定取道橫波渡口，因此出賣他們的只能是妳。但……但妳怎能對大兄下手？」

陸婇兒眼中閃著精光，冷酷地道：「我得不到的人，誰也別想得到！」

沈家三姊弟都感到全身一寒。他們一直以為出賣父兄的是胡三，從未懷疑過陸婇兒；豈知陸婇兒妒火之盛，竟連意中人都能下手害死！

賀大極為得意，哈哈笑道：「不錯，當時來向我報訊的，正是婇兒。我想殺你一家，她也想害你一家，我們自是一拍即合。之後找孫家引狼入室、使計趕走二郎、唆使孫家向胡三借款、慫恿胡三逼娶大娘，都是她的主意。有她相助，我的仇才算報得徹底了！」轉對沈綾獰笑道：「沈綾，巫者們不讓我殺了你，但要讓你痛苦懊悔一世，我卻能輕易做到。你看著吧！我已殺死你父兄，今日你的姊妹也將死在你眼前！」

沈綾萬分懊悔自責，他算準了該如何對付胡三，卻未能料到殺死父兄的真兇乃是賀大，也完全沒料到陸婇兒在其中扮演的角色。

下一刻，他從眼角望見了子彪的身影。原來子彪正靜悄悄地掩竄到陸婇兒和沈雁身後，準備出手相救。

賀大也猛然留意到了子彪的到來，對賀嫂喝道：「先殺了小的！」賀嫂眼中露出凶光，手上用勁，柳葉刀就將劃過沈雒的咽喉。

子彪雖能出手阻止陸婇兒傷害沈雁，但與沈雒相隔太遠，勢必無法同時解救。沈綾看得親切，脫口驚呼：「小妹！」

就在此時，一團黑影忽地從天而降，直撲向賀嫂，「啪」的一聲，將她手中柳葉刀打飛了去。

賀家眾人定睛一看，才發現那是一頭渾身黑毛的巨犬，雙耳豎起，金黃雙眸在黑夜中閃閃發光；牠伏在賀嫂身前，齜牙咧嘴，發出低吼之聲，充滿警告之意。

眾人驚詫之際，一個身著胡人服飾、濃眉大眼的男子出現在庭園之中，手一舉，賀秋手中的匕首脫手飛出，人也遠遠跌出。

賀大不料有此變故，驚怒道：「來者何人？」

那男子尚未回答，子彪已現身陸婇兒身旁；陸婇兒一轉頭，發現一個盲眼巫者就在自己身旁不到半尺之處，驚呼出聲。子彪一伸手，便奪走了她手中的小刀，陸婇兒一下子感到全身僵硬，仰天倒下，雙眼翻白，昏厥了過去。

沈綾立即搶到大姊身邊，問道：「大姊，妳沒事麼？」沈雁臉色蒼白地搖了搖頭，說道：「我沒事。」沈綾扶她起身回到廳中坐下，對子彪道：「請保護大姊。」子彪點頭答應，留在沈雁身旁守護。

沈雒見姊姊不再受制於人，自己便閃身脫離了賀嫂的挾持範圍。她望向賀大，大步上前，撿起匕首持在身前，喝道：「賀大，你可服輸？」

賀大狂吼一聲，舉起彎刀再次向沈雒攻上。然而此時他沒有妻女相助，也沒有大娘沈雁做為人質，氣勢衰頹，竟很快便落了下風。沈雒在十招之內，便再次刺中他的右肩；她不肯手下留情，這一匕首使上了內勁，「啪」的一聲，斬斷了賀大的琵琶骨，就此毀了他的一身武功。

賀大怒吼一聲，左手握刀，準備使出垂死一擊；沈雒早已有備，轉到他的身後，點了他背心五大穴道，令賀大定在當地，動彈不得。

賀嫂臉色雪白，撿起柳葉刀準備攻上，但她知道自己武功遠遜丈夫，賀大若不是沈雒的敵手，自己更加遠非其敵。但她怎能就此放棄？對已從地上爬起站穩的女兒一使眼色，母女一齊舉刀搶上，竟不攻向沈雒，卻攻向沈綾。

沈雒大驚失色，立即飛身搶救小兄，但見怪事陡生：賀嫂和賀秋的身形被定在半空之中，接著便摔落在地，全身如癱瘓一般，倒在地上不斷抽搐，雙眼翻白，口中吐出白沫。

原來是羅欽在旁見了，即時施展護身咒術，將所有對沈綾的惡意攻擊都反彈回去，令出手者自受其害。

沈綾安坐廳中，毫不移動，低頭望向賀嫂和賀秋，眼神冰冷，說道：「我早說過妳們無法傷害我，又何須以身試法？」對站在一旁的奴僕道：「來人！將這三人綁了起來。」

沈宅此刻奴僕已少了許多，沈綾安排在萬福堂外等候差遣的只有阿寬、冉管事、喬五、多寶閣的劉叟、車夫于叟、李叟和小婁等七人。他們聽見沈綾呼喚，戰戰兢兢地衝上前，手忙腳亂地用繩索綁起了賀家三人。

沈綾道：「先關到地窖裡。賀大關在酒窖，母女關在米糧窖裡。」奴僕們答應了，將三人押了下去。沈雒不放心奴僕押解賀家三人，持著匕首，隨後跟上。

這時沈雁忽然想到一事，問道：「陸婇兒呢？」

沈綾說道：「她應當還昏倒在地吧？」望向方才陸婇兒劫持大姊沈雁之處，卻已不見她的人影，驚道：「人呢？」忙命沈宅奴僕分散在庭院中尋找，卻如何也找不到陸婇兒的蹤跡。方才她不知是假裝昏倒，還是很快便清醒過來，竟趁眾人不注意時逃逸而去，不知所蹤。

沈雁死裡逃生，心有餘悸，這時她略略鎮定下來，望向那盲眼巫者和陌生男子，問道：「綾弟，請問這兩位恩公如何稱呼？」

沈綾道：「這位白衣巫者名叫子彣，他是來自上商里的巫者；那位則是我的朋友羅欽，他是來自柔然的薩滿。」

沈雁向兩位巫者恭敬跪拜為禮，說道：「兩位出手解救我姊妹性命，沈雁感激不盡！」

子彣並不回禮，只點了點頭，隨即閃身消失在黑暗中。羅欽則躬身向沈雁回禮，舉止顯得有些慌張失措。

沈綾也向羅欽恭敬行禮，說道：「多謝羅欽兄危急中出手相救！」

羅欽滿面惶恐之色，連忙搖手，說道：「沒甚麼，沒甚麼，這是我應當做的！」

沈綾向沈雁道：「大姊，這位羅欽薩滿，就是我跟妳提到過，我在晉陽結識的巫者。這是他的神獸，名叫六子。」

沈雁再次拜謝他出手相救之恩，又對六子恭敬道謝。她低頭見自己身上還穿著就寢的衣衫，說道：「綾弟，你先招待客人，我入內梳洗一下，再出來招呼貴客。」沈綾答應了。

而沈雒跟在押解賀大的一行人之後，忽然說道：「且慢！我等須先搜他們的身。」說著自行搜索了賀嫂和賀秋身上，搜出兩柄小刀，數把鋼針暗器；小婁則從賀大身上搜出數支飛鏢，又從他的靴子中搜出一柄匕首，遞去給沈雒。

沈雒接過了，往柄底一望，見到「絕學」二字，正是沈朝和沈暮交給自己之物；想起自己那夜在胡府遭擒，這柄匕首被賀大奪了去，所幸此刻能夠取回，便將匕首收入袖中。

賀大忽然抬起頭，直視著沈雒，冷笑道：「沈雒啊沈雒！果如北山子門主所料，妳已從慕容絕學的子女手中學得了北山老人的祕笈！」

沈雒微微一怔，脫口道：「北山子？你怎知……」

賀大冷笑道：「妳手中這柄匕首，柄底刻著『絕學』二字，難道不是慕容絕學之物？」

沈雒心頭一跳，賀大哈哈大笑，說道：「我等早就猜知，妳找到了慕容絕學的子女，並從他們手中得到了這柄匕首，更得到了北山老人的祕笈，是吧？今日我與妳過招後，更加證實了這一點。至於慕容絕學的子女人在何處，秋兒告訴過我，妳曾獨自在建康城外居住了半年，想必是躲在某處研習祕笈了？門主只需抓住建康『沈綴』洪掌櫃的手下伙計，略加逼問，便一清二楚了。」

沈雛聽了，頓時驚出一身冷汗，心道：「不好！我得趕緊回去棲霞山莊，保護阿朝和阿暮！」當下假作鎮定，更不答話，對奴僕們道：「將他們關起之後，緊緊鎖上門，不可讓任何人接近，知道麼？」

眾人齊聲答應了。

沈雛眼望著賀家三人分別被關入地窖之後，便想奔回萬福堂告知小兄沈綾，北山子可能已發現了沈朝和沈暮之事，但又改變了主意：「這是武林中事，小兄不懂武術，也非江湖中人，無法出手相助。此事該由我獨自去解決才是。」一想到此處，她立即回到自己的崇武居，更衣修整，快手收拾了一個包袱，帶上了大嫂慕容絕學和父親遺留下的兩柄匕首，留了封短信給大姊和小兄，不等天明，便騎上快馬，匆匆出城南下建康，直往棲霞山趕去。

沈綾並不知道小妹已離家獨自南下、準備面對大敵北山子，只道她入內更衣歇息了，也未曾再過問，吩咐冉管事道：「沐恩堂待客。」

冉管事立即命令家僕點燃沐恩堂中久已不用的油燈蠟燭，擺好主客席位，又吩咐喬廚娘準備待客的筵席飲食。

沈綾對羅欽道：「羅欽兄，感謝高義相助，請入沐恩堂就座用膳。」

這時羅欽身後忽然轉出一人，那是個看來只有七、八歲的小女娃兒，身形極為瘦小，衣著甚是古怪，一雙眼睛黑黑亮亮的，額頭上綁著一條布巾；她懷中抱著一個嬰兒，嬰兒睜眼望著沈綾，神情十分精靈。

沈綾見了，微微一怔，問道：「請問這兩位是？」

羅欽回頭望向巫女非非，說道：「喔，我回返柔然魂磊村的途中，在涿邪古城的廢墟裡找到了她。她叫非非，是媿村僅存的巫女；她懷裡抱著的，是我魂磊村唯一倖存的巫嬰。」

沈綾想起大巫恪曾說過，女巫所在的媿村近期遭人屠滅，不知有否倖存者，心想：「原來媿村有女巫存活下來。」恭敬地道：「各位請入堂就坐。」對僕婦道：「快奉上熱酪漿和甜點。」

羅欽見他如此客氣，甚覺不好意思，慌忙道：「沈二郎別客氣！」

沈綾領眾人步入沐恩堂，羅欽抬頭環望堂上金碧輝煌的擺設，忍不住驚嘆道：「果然與我夢中所見一模一樣！」

巫女非非抱著石生巫嬰滿堂亂走，東摸摸，西瞧瞧，嘖嘖稱奇。羅欽坐定後，六子乖乖坐在他身旁。羅欽呼喚道：「非非，快來坐下了。」她才不情願地抱著巫嬰走近，在他身旁坐下。僕婦奉上酪漿和甜點，六子和非非兩個毫不客氣，大喝大嚼起來，不斷咂舌稱讚好吃，非非也餵巫嬰喝了一些酪漿。

沈綾微笑問道：「吃得慣麼？」六子連連搖尾，非非抬頭讚道：「好吃得緊。」想了想，又道：「多謝你。你叫沈二郎，是麼？羅欽時常提起你，說他做夢也總夢到你。」

沈綾微微一笑，說道：「此事確實甚奇。羅欽兄此番及時趕到，高義出手相助，救我姊妹性命，沈二感激不盡。」

羅欽搖搖頭，說道：「你的姊妹，就如同我自己的姊妹一般，你又何必謝我？」

沈綾問道：「你當時不是說，須得留在晉陽保護蠕蠕公主麼？」

羅欽長嘆一聲，說道：「北方又出事了。你離開不久，繼任的大丞相高澄就被一個俘虜刺殺而死，他的弟弟高洋繼位，號稱京畿大都督。公主這時已平安生下一個女嬰，她知道高洋為人殘暴，不願改嫁給他，便求我帶她和孩子離開。我只好施展巫術，假裝她與嬰兒皆已死去，再偷偷將她和嬰兒帶出丞相府，藏了起來。我在夢中預見沈宅將遇大敵，安頓好蠕蠕公主後，就立即趕來洛陽了。」

沈綾吁了口長氣，向羅欽拜倒為禮，說道：「多虧羅欽兄即時趕到，不然後果當真不堪設想！沈二在此拜謝救命之恩。」羅欽趕緊扶他起來。

不多時，沈雁梳洗穿戴整齊，來到沐恩堂中，再次行大禮向羅欽拜謝救命之恩，也向那頭黑色的狗兒六子拜謝。羅欽和六子都甚感羞赧，一齊拜倒回禮。

沈雁見到那巫嬰，忍不住上前逗弄，笑道：「這孩子真可愛，讓我抱抱，可以麼？」

巫女非非將巫嬰遞過去給沈雁，沈雁抱著嬰兒輕輕搖晃，滿面愛憐之色。就在這時，巫嬰忽然從自己的袍子中掏出一樣物事，交給沈雁；沈雁接過了，但見那是一塊五色石頭，表面似乎灰暗無光，石中卻彷彿隱隱透出五色光彩，不禁讚嘆道：「這石頭好美！」

羅欽見了，說道：「這是五彩天石，大長老跟我說過，這是我們魄磊村的祖傳寶物。」

沈綾也上前觀看，奇道：「五彩天石？」

羅欽道：「是啊！大長老說，幾千年前，共工和顓頊為了爭奪帝位而打架，共工輸了，一氣之下撞倒了不周山，導致天塌地傾，海水倒灌。女媧見人們死傷慘重，活不下去，就煉製了許多五色石，趕緊補好天空，這就是其中剩下的一塊。」

沈綾望著那塊石頭，心中湧起一股異樣，伸手接過了，感到石頭傳出一股獨特的溫熱，不禁大奇，說道：「這石頭是熱的！」

巫童指著他，咿咿哇哇地說了幾句。羅欽聽他說的是柔然語，便翻譯道：「他說，這塊石頭送給你。」

沈綾奇道：「送給我？卻是為何？」

巫童又說了幾句，羅欽道：「他說是大長老死前交代他的。」

沈綾更是奇怪，說道：「魄磊村的大長老，為何會識得我？」

巫童又說了一串言語，羅欽聽完後，解釋道：「他說，不是大長老識得你，而是石頭識得你。大長老死前將五彩天石交給他，要他跳進山上的瀑布躲避敵人，又說如果他活了下來，那麼就應努力去尋找石頭的新主人。大長老和他都不知道新主人是誰，但是石頭知道；當石頭遇上新主人時，便會發熱。他剛才感到石頭發熱，就知道新主人出現了。他將石頭交給沈大娘時，石頭不熱了；而你接過之後，石頭繼續發熱，那麼你就是石頭的新主人了。」

沈綾對巫術之事所知甚少，聽完只能向巫童道謝，持著五彩天石反覆觀看。

沈雁留意到巫女非非一直眼睜睜地望著自己的衣裙，便拉起非非的手，笑道：「我身上這衣裙是絲綢所致，十分滑軟，妳想摸摸看麼？」

非非點點頭，伸手去摸，果然感到軟滑得緊，不禁露出讚嘆之色。

沈雁笑了，說道：「這絲綢料子是我們家養的蠶吐絲織成的。妳見過蠶兒麼？我明日帶妳去蠶舍看看，好不好？」

非非甚是好奇，興奮地點了點頭。

羅欽見非非和沈雁相談甚歡，不禁露出笑容；他望向沈雁的臉容，腦中閃過自己看到的無數關於她的夢境，心中不禁一酸，說道：「沈大娘，這些年來，妳真是……真是吃了不少苦。」

沈雁一怔，她雖曾聽沈綾說過羅欽不斷做著關於沈家的夢，但此時聽一個陌生人對自己說出這番話，也不由得甚感古怪，咳嗽一聲，開口問道：「不知閣下為何會夢到關於敝門之事？」

羅欽搔搔頭，說道：「我也不知道。我往年一直以為那只是夢，直到在晉陽見到沈二郎，我才知道那些夢境都是真的。」

沈綾道：「正是因為我在晉陽城中巧遇羅欽兄，得知了大姊的遭遇，才立即趕回洛陽，設法解救。」

沈雁臉色一黯，想起自己嫁入胡家那段屈辱悲苦的日子，眼眶一熱，幾乎掉下淚來。她一咬牙，忍住眼淚，對羅欽懇切地說道：「多謝閣下！若非閣下及早通知綾弟趕回洛陽，我和小妹的下場當真不堪設想。」

羅欽趕緊說道：「都要怪那黑衣術士逼迫沈二郎離家遠行！沈二郎一離開，妳們姊妹就失去保護了。」

沈綾已從大巫恪口中聽說過主母請江淼對自己施法之事，沈雁卻是第一次聽聞，甚是吃驚，奇道：「黑衣術士？他做了甚麼？」

羅欽說出自己在夢中見到羅氏和江淼的對話，沈雁聽說母親為了不讓沈綾繼承家產，竟聘請術士施咒，逼迫沈綾永遠離開洛陽，心中震驚：「阿娘竟走到了求助巫者、驅逐綾弟這一步！」

羅欽又道：「那術士無法傷害沈二郎，但可以施計逼他離開。他要求沈家主母付出的代價非常高：要她付出自己的性命。」

沈雁聽了，全身冰涼，脫口道：「阿娘病勢纏綿，最後不治，竟是因為她情願將性命給了巫者，只為了……只為了趕走小弟，讓我和妹妹繼承沈家財產？」

羅欽搖頭嘆息道：「是啊！我也不明白，不懂得她為何一心趕走沈二郎？」微微皺眉，說道：「其實二郎之所以離開，也並非因為江淼的咒術，而是因為受到了威脅。」

沈雁聽了，更覺古怪，問道：「甚麼威脅？」

羅欽搞不清楚度牒是甚麼，對沈綾道：「我也不明白，你能解釋給大娘聽麼？」

沈綾嘆了口氣，說道：「江淼當時來找我，說他來替主母傳話。他給我看兩張瑤光寺的度牒和主母親筆書信，並說我若不放棄爭產、永遠離開洛陽，主母就將逼迫大姊和小妹赴瑤光寺出家為尼。」

沈雁聞言大驚，望向弟弟，問道：「此事當真？」

沈綾想起往事，不禁好生難受，點了點頭。

沈雁細細回想，悲嘆不已，歉疚地對沈綾道：「綾弟，阿娘這麼做，真是……真是太過分了，姊姊真對不住你。」

沈綾安慰道：「主母所做一切，全是出於對大姊和小妹的疼愛，她是為了保護妳們。」

沈雁搖頭道：「莫非阿娘久病之下，腦子糊塗了？我實在難以想像，阿娘竟會請巫者來將你趕走！」

羅欽道：「事實上，我感覺得出，沈二郎對兩位小娘子有著很大的保護作用。你在家中時，巫者和武人都不敢侵犯，是以那個賀大也無法對沈家下手。你一離開洛陽，你的姊妹便如狂風中的花兒一般，再無半點防護了。那個江淼清楚知道這一點。」

沈雁心中又是悲痛，又是沉重，嘆息道：「阿娘的這番計畫，可是完全往錯處去了。她千方百計趕走綾弟，換來的不只是自己的枉死，更讓我和妹妹相繼陷入危難。」

羅欽道：「正是。」

沈雁對羅欽拜下，說道：「多謝閣下告知往事，並及時通知二郎，趕回洛陽解救我和舍妹。」

羅欽見她再次對自己下拜，甚感惶恐，連忙搖手道：「不必謝我！我……我也不知道為甚麼會夢到關於你們的事情。在晉陽那時，我也只是恰好遇見沈二郎，心想他一定急著知道大娘的事，因此趕緊跟他說了。他趕回來救了妳，我自然高興得緊，但我自己可是甚麼也沒做。」

沈綾道：「怎能說甚麼也沒做？你當時便一口答應會趕來洛陽相助我等，而你當真及時趕到，並在關鍵時刻出手救了大姊和小妹的性命。羅欽兄高義大恩，沈家上下不敢或忘。」

羅欽萬般辭謝，但沈雁和沈綾姊弟衷心感激，對羅欽一行人萬分客氣，熱誠招待。

當夜，沈綾吩咐劉叟和小奴在多寶閣清出兩間客房，讓羅欽、六子、非非和石生巫童住下；喬廚娘膝下無子，特別喜愛嬰兒，喜孜孜地抱了石生巫童去餵奶照料，羅欽等人便在沈宅暫居下來。

次日早晨，用膳之後，沈綾領著羅欽在沈宅中走走；羅欽前一夜於深夜時分趕到沈宅，這是第一次在白日下參觀沈宅。他來到大門前時，忍不住道：「是了！這兒是大門，我記得很清楚，進門之後，便是庭園；再進去便是大廳，廳前有上馬臺，馬廄在右邊，從那條小徑走下去便是了，左邊是花圃！」

他一邊說，一邊興奮地快步上前；眾奴僕婢女見這古怪的男子在宅中隨意亂走，大呼小叫，都不禁瞠目結舌，議論紛紛。

沈綾跟在羅欽身旁，聽他一路指點所見，笑道：「你對這宅子瞭若指掌，只怕比我還要熟悉哩。」

羅欽一路往大宅深處走去，口中說道：「過了這道牆，後面便是你大兄住的地方，後來成了你住的地方。右邊轉過去是你大姊的住處，旁邊是你小妹的住處……再旁邊便是桑園。廚房，是了，廚房就在大廳之後。你小時候就住在廚房旁的一處隔間裡。是不是？」

沈綾望著他興奮的模樣，不禁微笑，說道：「你說得都不錯。」心中卻不由得更加疑惑：「這來自柔然的巫者，真真對我家一清二楚！但他為何會在夢中見到沈宅，並持續見到發生在我等身上的諸多事情呢？」

直到午時，沈綾才得知小妹沈雛已於當日清晨離家；她給兄姊留下了短信，說自己想盡快接回兩位侄兒侄女回家，因此已啟程趕往建康了。沈雁和沈綾不知小妹沈雛即將面對大敵北山子，因此並不擔憂，只笑她未免太過心急。

洛陽沈宅之中，沈綾將賀大一家分別囚禁在地窖裡，命人只給飲水，不給食物。過了兩日，他才親自來到地窖，面對著被繩索緊緊綁縛的賀大，凝望著他，卻不言語。

賀大抬起頭，望向沈綾，說道：「你要殺我，何不早早動手，給我個痛快便是！」

沈綾這才開口，緩緩說道：「因為我想聽聽，你究竟有甚麼話可說。」

賀大咬牙切齒，恨恨地說道：「沈拓殺我二子，冤我入獄，我下手滅他全家，血債血還，有何不對？」

沈綾冷然望著他，說道：「先父往年與你有何冤仇，我並不知曉。不錯，血債血還，你已害死先父和先兄，還不足夠麼？我阿爺雖將你關入牢中，對你的妻女卻照顧有加，從未加以一指之力。你卻將仇恨延至下一代，逼我大姊下嫁仇人，囚禁虐打我小妹，我怎能饒你！」

賀大「哼」了一聲，說道：「只恨我沒將她們賣入娼家，受苦一世！早知我便該及早殺死你，不讓你有機會救出她們！」

沈綾看著他，說道：「賀嫂和賀秋長年居於沈家，隨時能致我死命。你卻為何未曾命她們動手？」

賀大瞪著他，眼神中藏有恐懼憤怒。他說道：「有巫者告訴我，天下巫者武人，都傷害不了你。」

沈綾點頭道：「她們無法對我下手，因此你等須得設計將我驅離洛陽。」

賀大「嘿」了一聲，說道：「不錯。然而縱使她們能夠傷害你，冤有頭，債有主，我也不主張無端取你性命。」

沈綾不明白他的意思，疑惑道：「你殺我父兄，害我姊妹，毫不手軟，為何獨獨對我手下留情？」

賀大直盯著沈綾，冷然道：「當然是因為……你並非沈家之人！」

沈綾臉色一沉，說道：「我雖為庶子，地位低下，但血脈相連，仍是沈家之人。」

賀大搖搖頭，一字一字地道：「不，並非因為你是庶子，地位低下。我的意思是，你根本就不是沈拓之子！」

沈綾心頭一震，失聲問道：「你說甚麼？」

賀大眼神中透露著狡詐之色，緩緩說道：「我落入你手中，總之是沒命的了。你若答應不傷害我妻女，我便告訴你這個塵封多年的祕密。不然我將這個祕密帶到地下，世上便再也無人知曉了。」

沈綾見賀大滿面得色，心生警戒，隨即鎮定下來，說道：「我怎知你是不是滿口胡言，只想興風作浪我沈家？」

賀大冷笑一聲：「我一家三口皆受制於你，隨時可能喪命，你愛聽不聽，隨便你！」

沈綾從未想過自己可能不是阿爺之子，但想到種種迷津未明，賀大之言也許便是線索，便心跳加快，說道：「好！我承諾不傷害你妻女。你說來我聽聽！」

賀大喘了口氣，勉強坐起身，說道：「這要從沈拓去西域沙州那回說起。」

沈綾微微一怔，心想：「我一直以為我阿娘來自南洋，難道她竟來自西域？」說道：「你不是曾通過賀嫂告訴二娘，我阿娘來自南洋麼？」

賀大冷笑道：「我透過她們對你說的謊言，沒有一千，也有八百，用意不過是誤導你而已。」

沈綾輕哼一聲，說道：「你說下去。」

賀大道：「二十多年前，沈拓帶著沈維去西域做買賣，我也跟著去了。回途走上絲路，經過沙州時，我們在落腳的客店中遇到了十多人，個個形貌古怪，衣著各異，似乎是從不同地方聚集在一起的巫者。他們之中領頭的有三人，分別是一個老人、一個婦女和一個孩童。這些巫者簇擁著一個全身白衣的女子，那女子的身分似是十分尊貴，但又似乎對這群巫者頗為忌憚。」

沈綾心中一凜：「那白衣女子，莫非便是我阿娘？」點了點頭。

賀大續道：「我們不想惹事，便蓄意避開那群人，只待在自己的客房中。那天夜裡，我和沈拓在房中練武，忽然有人在外敲門。我去開門，見到門口站著的，正是那白衣女子。」

賀大頓了頓，眼前似乎浮起二十多年前的那夜，沙州客店門外，夜色中那白衣女子縹渺的身影。不知為何，他無法記清她的臉容，只記得她的一雙眼睛。那雙眼睛深邃幽遠，眼中滿是平靜、悲憫，卻又帶著幾分無辜和無助，讓人一見之後，便再也無法移開視線。

沈綾見他停口不語，催促道：「你繼續說。」

賀大續道：「她對我說了一些話，我也記不清楚了，總之意思是要見沈拓。她的聲音非常輕柔，說的是漢語，但我聽不出是甚麼地方的口音。我讓她進來，沈拓見到她時，也十分驚訝，請她坐下。我讓店伴送上酪漿和小菜，三人席榻而坐，談起話來。」

沈綾問道：「你們談了些甚麼？」

賀大努力回憶，最後搖了搖頭，說道：「我雖在一旁傾聽，但沈拓和她談了甚麼，我卻完全不記得了。我只記得沈拓和那女子的神態皆十分嚴肅莊重，好似在談一筆……一筆非常重大的生意。」

沈綾大感奇怪，阿爺顯然不認識這女子，她怎會在半夜時分來到他房中，並且跟他談起生意？為甚麼賀大明明跟他們一起坐在屋中，卻半點也記不得談話的內容？他想起小妹沈雒曾向賀嫂和喬廚娘詢問自己阿娘的事情，並說她們的反應都十分古怪，雖都記得阿爺確曾帶了這麼一個妾回家，卻完全記不得她的長相，也回想不起其他發生在她身上的事情，連她如何生下自己，何時離開沈家，都全無印象。沈綾心中籌思：「據大巫恪所言，我母親是靈人，能夠讓身周的人看不清她的長相、記不得她的言語，平時若無人問起，便沒有人會想起關於她的事情。」問道：「後來呢？」

賀大道：「他們反覆談了許久，最後似乎達成了協議。那女子站起身，向沈拓行禮，又望了我一眼，似是微微一笑，便離去了。第二日，她身邊那些巫者都不見了，只剩下她一人；沈拓甚麼也沒說，當我們離開客店時，那女子竟坐上了沈拓的馬車，跟著我們一同上路。沈維那時只有九歲，甚感奇怪，問我那女子是誰，我也說不上來，要他去問他阿爺。他去問了，沈拓支支吾吾地回答不出，那白衣女子坐在一旁，笑著代他答道：『你阿爺未曾告訴你麼？我是你阿爺新娶的妾。我們前日在沙州辦了好大一場婚宴，請了十多席客人，你都不記得了麼？』

「經她這麼一說，我和沈維腦中都出現了沙州客店中，廳上張燈結彩，喜氣洋洋，賀客滿堂的情景；沈拓身穿紫色綢袍，一名女子則一身紅衣紅裙，兩人相對敬酒，女子臉上紅撲撲的，笑靨如花。我們兩人一時都呆了，這場婚宴確實發生過，我們記得清清楚楚。

但我二人為何會同時糊塗了，見到那白衣女子跟著我們上路，竟然不識得她，還要問她是誰，從何而來？」

賀大又道：「沈拓聽了她的話，連連點頭，笑了起來，說道：『你們可真是糊塗了。維兒年紀小，搞不清楚，那還可以原諒。賀大，你這麼大個人了，明明喝了我的喜酒，卻半點也記不起來，可羞不羞人？』」

沈綾想起自己亦曾在阿爺、孫姑和主母心中，埋下自己祭祖時跪在祠堂柱子之旁的情景，令他們相信自己當時確實在場。

賀大續道：「於是她便跟著我們上路，回到了洛陽。然而途中我便留意到，她並不跟沈拓同房，而且似乎已有了身孕，肚子微微凸起。我當時只是懷疑，但是回到洛陽後，沈拓便告訴所有家人，這是他在南方娶的妾，已有了三個月身孕。我們從沙州回到洛陽，不過一個月的路程；這女子懷的孩子，當然不是沈拓的了。而且那場婚宴甚麼的，我回頭想想，總覺得不大對頭。我雖記得有這麼場婚宴，但是細節卻完全記不清楚；而且我很確定，是在那女子說起之後，我才想起有這麼回事。我猜想她定是對我和沈維使了甚麼幻術，讓我們相信曾辦過婚宴。事實上，她從未與沈拓成婚，也從未跟他同房，因此她生下的孩子，絕對不是沈拓的種。」

沈綾越聽越驚，心中疑惑更甚：「我當真不是阿爺之子麼？那我阿娘又為何找上阿爺……我真正的父親又是誰？阿娘身邊圍繞的那些形貌古怪的巫者，莫非便是大巫恪所說的，會對靈人造成威脅的鬼族巫者？」

賀大抬頭望向他，說道：「回到洛陽後不久，我便向沈拓問起那女子的來歷，並懷疑她腹中的孩子不是他的。沈拓聽了，忽然大發雷霆，我從未見過他如此震怒。他對我說了不少狠話，要我不可胡言亂語，造謠生事，令我更覺疑惑，再次逼問於他，他卻拒絕回答，並威脅我不准再提起此事。

「後來沈拓派我出門辦事，我回到洛陽時，竟發現自己的兩個兒子都已被人殺死，妻女則遭挾持。我原本以為下手的是仇家或強盜，但當我檢視二子身上的傷痕時，才發現下手的竟是跟我一起長大的沈拓！我當時又驚又怒，不但難以置信，更大惑不解。我自幼跟隨你阿翁學武，可算是沈拓的師兄弟，我們更是從小一起長大的交情；沈拓成年後，你阿翁為了保護他，將許多骯髒的事都交給我去辦。那些年為了你沈家，我手上可染了不少鮮血！而且我那兩個兒子是和沈維一起學武的師兄弟，自幼一起玩耍的友伴，沈拓可是看著他們長大的，他怎麼忍心對我的兒子們下此毒手？莫非……莫非是受了那女子的指使？」

沈綾聽到此處，心中更驚疑不定，暗想：「莫非阿爺下手對付賀大，不只是為了保護大嫂容幼娘不被發現，也是為了守住我阿娘的祕密？」忍不住問道：「我阿爺……他對你的二子下手時，我阿娘還在沈家麼？」聲音微微顫抖。

賀大側頭思索，眼神轉為迷茫，說道：「我不記得了。那段時光過得忽快忽慢，事情的前後順序，我都記不清了。我只記得那白衣女子來到沈家後，羅氏當然大發雷霆，但那女子有孕在身，她無法趕那女子出門。總之，我去質問沈拓時，沈拓竟然毫不隱瞞推諉，當下便承認了，說兩個孩子都是他殺的。他對我說道，我這輩子不可再提起任何關於那個妾的事，也不可質疑你不是他的兒子，否則他將立即便殺死我僅剩的妻女。」

沈綾大感古怪，阿爺在他心中是個重視友情、和氣熱絡的人，他實在難以想像阿爺會下手殺死師兄的二子；而阿爺下此毒手，究竟是為了守住容幼娘藏身沈宅的祕密，還是為了守住自己不是他親子的祕密，抑或兩者兼是？

但聽賀大續道：「我完全不明白沈拓所作所為。他若要防止我說不該說的話，直接殺我滅口便是，何必殺死我的兒子？又何必以我妻女要脅？我如此質問他，他並不回答，數日後他命我帶大郎出門辦事，竟然在城外設下陷阱，讓大郎失手殺人，並推我頂罪，將我關入牢中，受盡凌虐。我就這麼在牢中度過了十餘年，後來沈拓讓我妻女來牢中探訪，她們才知道我是被冤枉的，但又無能為力，只能裝作甚麼都不知道，繼續留在沈家，忍辱負重，伺機報仇。但是古怪的是，我的妻子似乎完全忘了自己有過兩個兒子，當我提起二子被沈拓殺死時，她竟一臉茫然，完全不知道我在說甚麼！我只得反覆提醒她，直到十年之後，她才好似忽然從夢中醒過來一般，想起自己有過兩個兒子，也才記起兒子遭人殺死的仇恨。」

沈綾心中一跳，不禁懷疑：「莫非這出自我阿娘的手筆？她能令沈宅中人記不得她，或許也能讓賀嫂完全忘記自己曾有兩個兒子，如此賀嫂便不會一心想為兒子報仇，甚至願意忠心耿耿地繼續為沈宅護衛守夜。事情當真是如此麼？」他感到毛骨悚然，問道：「你可記得，我母親離開沈家，是在你入獄之前，還是之後？」

賀大想了想，說道：「我依稀記得，我回到洛陽發現二子遭難時，你已經出生了。但我再也未曾見過你阿娘，也不知她當時是否已離去。」

沈綾追問道：「你可知我阿娘離開沈家後，去了何處？」

賀大哼道：「那時我已入獄，連你阿娘是何時離開沈家的都不知道，更加不會知道她去了何處。」

沈綾問道：「你說你們第一次見到她，是在絲路上的沙州城？」

賀大道：「不錯。然而我們是在一家客店中見到她的，看來她也正在行旅途中，剛好經過沙州，並非住在當地。」

沈綾反覆盤問賀大數遍，賀大卻再也說不出其他的細節了。沈綾只能放棄，說道：「我既已答應過你，便當實踐我的諾言。我不會傷害你妻女，但是為了保護我的姊妹，你的命卻不能留下。」

賀大早已料知下場，神色平靜地說道：「你讓我自己了斷吧。」

沈綾點點頭，說道：「好。」又道：「你死去後，妻女定然一心替你報仇，我也不能讓她們留在洛陽。」

賀大道：「記住你的承諾，讓她們毫髮無傷離去便是。」

沈綾道：「這我理會得。」

當夜，沈綾讓賀嫂和賀秋來到地窖之中，與賀大訣別。夜半時分，賀大自刎而死，賀嫂母女泣不成聲，在沈綾的同意下，二女替賀大收屍，焚燒成灰，裝入骨灰罈。

沈綾不確定自己該如何處置賀嫂母女，此時小妹沈雒尚未歸來，於是他去找了大姊沈雁商量。

沈雁聽說他已逼迫賀大自殺，不禁咬牙切齒，垂淚道：「阿爺和大兄死得那麼慘，他得與妻女告別後自盡，也算是便宜他了。」

沈綾問道：「然而賀嫂與賀秋，卻該如何處置？」

沈雁皺眉沉吟，說道：「賀大既已身死償命，你又承諾不傷害他的妻女，那就只能將她們逐出城去、遠離洛陽了。但如何才能讓她們心甘情願地離開，不思報仇呢？」心中一動，說道：「當年阿娘試圖對你施展巫術，讓你離開洛陽；我們能請羅欽薩滿施展同樣的巫術麼？」

沈綾也皺起眉頭，說道：「我對巫術一無所知，須得得向他請教。只不知他會否介意？」

沈雁道：「他既已知曉這麼多關於我沈家之事，問問他的意見，也是應該的。」

於是姊弟找了羅欽來商量。羅欽聽完沈綾的敘述後，嘆息道：「你阿爺往年下手殺死賀大的兩個兒子，對不起賀家；而賀大為了報仇，殺死了你父兄又害了你大姊，如今他也自殺償命了。冤冤相報，難以了結；賀嫂和賀秋二人手上並無血腥，確實不該傷害她們。」

沈雁問道：「請問羅欽薩滿，你可能在她們身上施咒，讓她們忘記此事，永遠離開洛陽麼？」

羅欽想了想，點頭道：「也只有這個辦法了。我可以在她們身上下個遺忘之咒，讓她們放下這段仇恨，遠離洛陽。沈二郎，你以為如何？」

沈綾並不贊成對人施以巫咒，但知道賀氏母女倘若不遠離洛陽，這輩子都將盡力向沈氏尋仇，於是點頭道：「如此麻煩羅欽兄了。不如請你讓她們去往嶺南，一生不得回歸中土吧。」羅欽答應了。

至於胡三，沈綾此時已知當時透露阿爺行跡的是陸婇兒，並非是他；但胡三不但侵吞沈家的錢財，更落井下石，在沈家遇難時與孫家合謀假稱借款，強娶沈雁，自是可惡至極。沈綾知道大姊此生再也不想見到此人，於是派冉管事去胡府，告知自己命令胡三舉家遷出洛陽，此生再也不可踏入城中一步。

胡三此時只能任由沈綾擺布，聽他饒了自己一命，不過放逐自己一家，直是感恩涕零，拜謝不絕。第二日他便攜家帶眷，匆匆離城而去。這時他已失去所有財產，六個妻妾都離他而去，家中管事、奴婢、僕婦等也全都散去了。更慘的是，他心愛的獨孫胡金寶日前忽然失蹤，百尋不得；他只得帶了一個小奴上路，孤單淒涼，前途茫茫。行到洛水，上船南渡時，那小奴貪圖他僅剩的錢財，竟將他推入水中溺斃，奪走他的包袱，揚長去了。

至於孫家四人，沈綾並不在意孫家兄弟往年對自己的種種欺凌蔑視，但無法原諒他們對大姊所做的卑鄙之行；而孫姑私自以沈家財產做為抵押，向胡三借下巨款，導致大姊被逼下嫁，在胡三手中飽受折磨侮辱，他更是絕不能饒恕。於是他暗中許下重金，懸賞孫氏一家。當四人從藏身處被找到之後，沈綾便將他們押送官府，狀告爾等侵吞沈家財產，偽造借據，欺詐騙財；繼而疏通官府，快速審案，讓四人被判以重罪，遭判終身監禁，在獄中做一輩子的苦工，以度餘生。

第七十章 北山

卻說沈雒趕到了建康後，直奔城外棲霞山腳的莊園。她生怕北山子已找到了沈朝和沈暮，痛下殺手，隨即又想：「孩子們懷有祕笈，他一心得到，不會立即下手殺害。但他若折磨兩個孩子……」想到此處，心中憂急如焚，用力一夾馬肚，催促道：「快些，再快些！」

當日將近子時，沈雒才終於趕到莊園之外。她不想驚動莊中人，遠遠便下馬，將馬繫在樹上，施展輕功奔近莊園。她來到爬滿藤蔓的高牆之外，但見莊中透出燈光，兩個孩子竟然尚未就寢。她心中疑惑，見莊門大開，便閃身而入，來到磚瓦屋外，忽聽身後一人冷笑道：「我苦等了整整七日，妳可終於來了！」

沈雒聽那聲音好熟，不禁一怔，一顆心怦怦而跳，忍不住探頭往屋內望去。只見一個身形高大的男子站在屋中，滿面不屑之色，正是慕容無憂！

但見他一手捏著一個孩子的後頸，英俊而落拓的臉上露出猙獰的笑容，說道：「沈二娘，這兩個孩子，既是妳的侄兒，也是我小師妹之子，算來咱們可都是自己人哪！還不快進來坐坐，我們同門中人，該好生聊聊才是。」

沈雒見兩個孩子眼睛雖睜著，但身子手腳卻軟軟下垂，全無掙扎，顯然被點了穴道，令她滿心驚恐；往年她曾偷聽到賀秋和小兄間的對話，得知北山子當年屠殺本門師兄毫不手軟，更曾長年箝制自己父兄、逼他們到處幫他搶奪武林祕笈、除去仇人；而眼前這慕容無憂正是那狂傲偏執、心狠手辣的北山子！她知道這人隨手便能殺死兩個孩童，眼睛都不會眨一下。

沈雒倒吸了一口氣，勉強鎮定下來，腦中急速動念：「我該如何說服他放過兩個孩子？讓他取我性命麼？將祕笈交給他麼？」隨即否定：「萬萬不可！他若得到祕笈，必將無敵於天下，造惡更多！我即使死了，也不能將祕笈交給他！不然阿嫂可就白死了！」

沈雒快速從腰間拔出慕容絕學的遺物匕首，左手手指間夾了三枚疾風針，才走進門去，眼光直盯著慕容無憂，心中籌思：「我若發射疾風針，只怕他以孩子的身子來擋；我若突然搶攻，匕首攻他臉面，或可逼他放下孩子。」

慕容無憂神態悠閒，說道：「在妳來到之前，我正跟這兩個小娃子述說我是如何殺死他們阿娘的。那小賤人將我引到北山老人隱居之處，設下陷阱，試圖暗算我，卻被我識破，未能成功。我一匕首刺死了她，在她死後，我發現她肚腹上有不少紋路，後來向人探問，才得知那是懷胎之後留下的胎紋，因而猜知她曾生過孩子。」說著晃了晃手中沈朝和沈暮兩個孩子，露出得意之色。

兩個孩子見到沈雒，一齊叫了一聲：「雒姑！」

沈雒神經緊繃，握緊了匕首，緊盯著慕容無憂，生怕他忽然下手殺害孩子。

慕容無憂皺起眉頭，做出懷疑深思之狀，續道：「當時我便想，孩子去哪兒了？孩子的父親又是誰？想來想去，始終沒想到你們沈家頭上去。後來我在丹陽溪旁扔下她的屍體，想觀察誰來收屍，竟也無人來收，屍體被送去了義塚胡亂埋葬了，令我好生失望。」

沈雒想起洪掌櫃的敘述，心想：「洪掌櫃行事仔細，雖認出了阿嫂，卻忍著不去收屍，直等到好心的仵作將屍體送去義塚埋葬，才趁夜挖出了阿嫂的遺體，運來此地安葬，成功避過了北山子的耳目。」

慕容無憂又道：「我失去了線索，只好留在附近晃蕩許久，南北戰亂頻仍，我便去鄰近的義陽郡落腳，剛好遇到了兩位小娘子來城中避難。」說著對沈雒咧嘴一笑，續道：「那時我早知賀秋是賀大之女，而妳的武功是從賀嫂處學得，粗淺得很，因此並未懷疑我那小師妹和你們沈家有何關連。直到後來，妳闖入胡三家中行刺，賀大與妳交手，發現妳武功大進，似乎從何處學得了我北山派更深奧的武功。他立即派人通知我，我這才想通了，原來我那小師妹的丈夫，便是妳的大兄沈維！妳定是找到了妳的侄兒，從他口中得到了祕笈，武功才會在短短半年之間突飛猛進。沈二娘，妳想必十分佩服我，我猜得一點兒也沒錯，是不是？」

沈雒閉嘴不答。

慕容無憂哈哈大笑起來，說道：「我既然猜對了，那要找到這些小崽子就容易得很。我去了你們『沈緞』在建康的絲舖，跟著洪大掌櫃的行蹤，一下子便獲知了這個祕密藏身地；一闖進來，果然找著了兩個小崽子。」

沈雒勉強鎮定下來，說道：「你雖捉住了他們，但他們並不知道祕笈藏在何處，那也是白饒。」

慕容無憂瞇起眼睛，微笑道：「我當然知道祕笈藏在何處。不就在這兩顆小腦袋瓜子裡麼？然而要他們說出來，不如在這兒等妳來到，聽妳親口背出來給我聽，豈不容易得多？」

沈雒怒道：「你別做夢了！我死也不會告訴你。你好歹也是個武林高手，快放下兩個孩子，我倆單獨一決高下！」舉起匕首，跨上一步。

慕容無憂忽然舉腿一踢，快捷無倫，正正踢中沈雒的手腕，匕首脫手向旁飛出，接著一腳踢向沈雒小腹，逼得沈雒急忙後退，勉強才避開。

慕容無憂哈哈笑道：「這匕首可真眼熟啊！想必是我那小師妹的遺物吧？沈二娘！憑妳的功夫，遠遠不是我的對手。不如我們再做一筆交易，妳把祕笈說出來，我便不殺他們，如何？」

沈雒還未回答，沈朝已開口叫道：「不可！」

慕容無憂低頭喝道：「渾小子，閉嘴！」但他兩手都抓著孩子，分不出手打沈朝耳光，氣憤之下，右手一揮，將沈暮往牆壁甩出，左手仍提著沈朝，揮掌重重地打了他一個耳光。

沈朝鼻子口角頓時流出血來，被打得幾乎暈了過去；沈暮被甩飛出去，她身在空中，又被點了穴道，原本該重重撞到磚牆之上，但她畢竟練過多年武功，勉強微微轉身，接近牆時以雙腳對著牆壁，彎膝卸去力道，雖仍撞得甚重，但並未受重傷。她摔落在地，卻感到穴道漸漸鬆弛，猜想方才這一撞之下，氣血衝擊，將自己被慕容無憂封住的穴道解開了一些。她不想讓對頭注意到此事，仍舊躺在地上，假裝無法動彈。

沈雒怎會錯過這機會，從腰間抽出另一柄匕首，正是她阿爺生前所使的兵器，再次衝上，攻向慕容無憂的左臂。慕容無憂側身避開，舉起沈朝擋在自己身前，沈雒只能收回匕首，左掌打向慕容無憂面門。

慕容無憂輕功果然出神入化，腳下一溜，早已避開，笑道：「妳的武功只不過如此而已麼？妳騙那兩個孩子將祕笈說給妳聽，我還道妳早已練成我阿翁的武功，無敵於天下了呢！」

沈雒沉住氣，不受他挑釁，繼續使出攻招，一招比一招淩厲，漸漸得心應手，將北山老人的武功使得淋漓盡致。這時慕容無憂才逐漸感到一些壓力，退後了幾步，左手卻仍不肯放下沈朝，右手從腰間拔出一把匕首應敵。

沈雒見他始終不肯放下沈朝，十分托大，想起祕笈中所說：「敵之輕忽，吾之先機」，心想：「北山老人對敵的祕訣，想來並不曾傳給這個不肖孫兒。」又想起祕笈中所說：「示敵以弱，誘敵失誤」「知己知彼，制敵先機」，心想：「他和他小師妹一般，武功乃北山老人親傳；我與阿朝阿暮同練武功，他們的武功學自其母，我見識過他們的功夫，又學了北山老人的祕笈，對北山派的武功自是爛熟於胸。他對我出招時，會使出甚麼樣的招數？他天性高傲，容易輕敵，我又該如何利用他的傲慢？」

自從她知道慕容無憂便是北山子後，心中已思慮了無數遍自己與他對敵時，應如何使出何等計策，才能取勝？

然而每當她想起慕容無憂，便會同時想起他爽朗的笑容，瀟灑而不羈的神情，甚至想起他在汝水之中被水蛇咬住小腿，幾乎淹死、被自己解救的情狀；還有三人在汝水中漂流整夜，終於上岸後，渾身濕淋淋、打顫發抖卻團抱歡呼的模樣。她始終難以想像要與他面對面過招，喋血相殺。當此刻真正面對他時，她腦中才清醒過來，認清此人不是自己的患難之交，而是生死大敵，一個不留心，便會死在他的手中，連帶送上侄兒侄女的性命。

但聽慕容無憂高喝一聲：「我要出手了！」腳下奇快，倏忽便衝到沈雒身前，匕首快速搶攻，一招快過一招；他左手仍挾持著沈朝，右手匕首招式迭出，變化萬端，不斷往沈雒的要害攻去。

沈雒一驚，她從未見過這般如鬼如魅的身法，凌厲奇巧的攻勢，雖與賀嫂、賀秋、沈朝和沈暮的武功同出一轍，其精巧快捷卻是不可同日而語。沈雒的北山派武功畢竟只是初學，怎敵得過慕容無憂數十年的功力？此時只能勉強招架，使出的不只是新學的北山派武功，還包括了童年時家中武師所教的粗淺拳腳，和菩提達摩傳授的樸實外功。

北山子慕容無憂原是個武學天才，少年時便學成了祖父兼師父北山老人的所有武功，下山闖蕩，打敗過無數武林高手；他此時正當壯年，其招數收發之精準，對敵經驗之深厚，遠非年輕識淺的沈雒所能相比。然而沈雒仗著自己所學的《易筋經》渾厚的內力，總能將對方的攻招借力卸去或帶偏，不致打到自己身上。

慕容無憂得知她已學成了北山老人的祕笈，原本對她有些忌憚，但見在自己的匕首快攻之下，對手只能閃避抵擋，毫無反攻之能，信心漸增：「這二娘少不更事，尚未練到家，我已立於不敗之地；等慢慢將她收拾了，將這大小三個全都捉住，囚禁起來，逼他們說出祕笈，那就萬事俱備了！」

慕容無憂越想越得意，出手更加迅捷狠辣；然而他連續攻了數十招，匕首卻始終無法擊中對手，心中開始感到焦躁，暗想：「她明明處於劣勢，卻為何始終能夠撐住？我的招數為何始終遞不到她身上？奇怪的是，她的拳腳功夫雖淺，內息卻渾厚得很，竟能抵擋我的掌風，甚至將我的掌風帶偏！」就在這時，慕容無憂腳下忽然踩到沈雒方才脫手落地的慕容絕學的匕首，微微一躓。

沈雒趁他微一分心之際，迅疾揮手射出兩枚疾風針，直往他眼睛射去。這招極為狠辣，兩人相距不過數尺，雙針倘若入眼，慕容無憂立即便要失明；即使他轉頭躲避，雙針去勢淩厲，射在頭臉之上，也非是重傷不可。

慕容無憂咒罵一聲：「好狠毒！」左手立即舉起沈朝，擋在自己臉前。

然而沈雒早已料到他會以沈朝的身子擋架，擲出兩針時使了巧勁，還未觸及沈朝的身子，便已轉變方向，分向左右飛去，而自己早已直搶上前，匕首往對手臉面刺去；然而，這匕首仍只是虛招，她左掌無聲無息地從旁擊出，逕取對手耳側。這招極為巧妙，正是北山老人祕笈中的「孤雁迴翔」，首先吸引對手的注意力，左掌再從難以意料的方位攻上，打向敵人的耳際，攻其不備。

慕容無憂一驚，感覺這一掌蘊含著強大的內力，倘若打中自己的頭，非昏死過去不可。此時他覷見了對手一個破綻，知道倘若揮匕首由下而上，便能刺上沈雒的咽喉，令其立即斃命；但他略一猶豫，並未使出殺招，也不擋架沈雒的手掌，右手持著匕首，便往沈朝的頭頂刺落。

沈雒大驚失色，不料他竟卑鄙如此，料準了自己在乎沈朝的死活，不會見死不救，只能立即收回左掌，右手匕首急出，擋住了慕容無憂刺向沈朝的匕首。

慕容無憂早就看透了她的心思，猜知她一定會不顧自身，相救這童子，只嘿嘿一笑，匕首立即轉向，刺向沈雒的左肩。他並未用全力，只入肉半寸，但沈雒左肩登時鮮血淋漓。

沈雒悶哼一聲，急忙往後退出數步，穩住身形。

慕容無憂見她輕易便上了自己的當，搖頭笑道：「妳學成了北山老人的祕笈，卻也不過如此！」

沈雒被激發出了狠勁，不肯退縮，直衝而上，這回右手持匕首，左手成掌，同時向慕容無憂的左側攻去。她盯緊了慕容無憂的動態，攻勢不停歇聚焦於他的左手和左臂，慕容無憂眼見再不鬆手，自己左臂定將受重傷，於是取捨之下，左手一鬆，終於放脫了沈朝的後頸，任其跌落。沈朝因穴道受制，無法動彈，跌到地上後便滾到一旁，無法起身。

這時沈雒和慕容無憂再次激戰起來，慕容無憂手中少了沈朝，戰況又自不同。二人再無顧忌，彼此以鋒銳匕首相攻，不時發出暗器。沈雒雖受了傷，但不必分心保護沈朝，出招時揮灑自如，大開大闔，甚感快意奔放；慕容無憂武功畢竟高過沈雒，對招時游刃有餘，靈動敏捷，穩佔上風。他看出沈雒經驗不足，不時露出破綻，自己有多次機會能殺傷敵手，卻總是手下留情，並未狠下殺手。沈雒隱約感受到對手似乎有心相讓，卻不明白其中緣由，激鬥中不及細思，只能盡量減少破綻，不給對方有可乘之機。

又過了十餘招，慕容無憂為了避開沈雒的掌擊，向右讓去，但身形略顯沉重，左肩受到掌風波及，不得不連退兩步。

沈雒見了，心中一動：「他往旁避讓時，左腳似乎不大靈便。是了，他方才一直用左手抓著沈朝，莫非只是為了掩飾腿傷？他左腿若有傷，輕功定然大打折扣，我若專攻其弱處，或許便不必畏懼他鬼魅般的身法了。」又想起在樹林中奔跑時，自己也曾注意到他左足略跛，心想或許這是舊傷，於是沉住氣，有機會便攻向他的左側，試探他左腿是否當真較為遲緩。

沈雒當然不知，容幼娘為了斬斷北山子的左腳踝筋腱，廢了他引以為傲的絕世輕功，已付出了她的性命做為代價。如今沈雒與慕容無憂對敵時能夠不立即落敗，有守有攻，除了她本身內功深厚，又修習了北山老人的祕笈之外，慕容無憂的腿傷也是重大原因之一。

又過了二十來招，沈雒感覺肩頭傷口不再疼痛，流血已止，想來傷口不深，心中愈發篤定：「公平決鬥，我不見得會輸給他。」

慕容無憂則愈發心急，暗想：「我曾打敗天下無數高手，為何偏偏收拾不下這小女娘？她內功怎能練得如此深厚？可恨我這左腳，筋腱斷後就是少了分力，輕功簡直退了十萬八千里。嘿，我若拿不下這小女娘，別說奪取阿翁的祕笈了，今日只怕出不了這莊園！」

慕容無憂少年得意，生平從未有過他得不到的事物，何況是他覬覦超過十年的北山祕笈？這時他心一橫，忽然矮身抓起倒在地上的沈朝，揮動匕首。再向沈朝胸口刺落。

沈雒驚呼一聲：「不可！」立即衝上，揮匕首格開慕容無憂的匕首。慕容無憂接著又持匕首往沈朝的小腹、額頭、咽喉等處刺去，都是致命要害；沈雒只能忙著一一格架，轉成慕容無憂招招攻擊抓在手中的沈朝，而沈雒招招拆解的局勢。

如此攻擋了二十餘招，沈雒忍不住怒斥道：「打不贏對手便攻擊孩子，好不要臉！」

慕容無憂哈哈大笑，說道：「這就是『兵不厭詐』啊！『敵之弱處，吾之勝機』。『攻敵之必救，捨己之不必防』。這些道理，妳不曾在北山老人的祕笈裡讀到過麼？哈哈哈！」說著手中匕首攻勢愈發凶狠，招招能取沈朝性命。

沈朝被慕容無憂制住了頸後的大椎穴，全身僵硬，無法動彈，只見到鋒銳無比的匕首在身周游移揮舞，似乎隨時能刺到自己身上，性命只在呼吸之間，只嚇得臉色蒼白，又不願閉上眼睛，就此受死。他見雒姑屢屢犯險，試圖搶救自己，心想：「這麼下去，雒姑關心情切，定會露出破綻，被這惡人打倒。」想張口要她別理會自己性命，只要殺了惡人，替阿娘和自己報仇便是，但又不敢在激鬥中出聲喊叫，生怕打擾了雒姑的心神，令她分心落敗。

這場激鬥又持續了半盞茶時分，慕容無憂忽然匕首一翻，直往沈朝的臉面刺去。沈雒雖料知這是虛招，但不能不救，只能匕首直進，攻向慕容無憂的咽喉。這招倘若中了，慕容無憂立即便斃命；沈雒料想他定會自救，不料他竟然毫不停手，只略略側過頭，讓沈雒的匕首劃上他的肩頸之際，自己手中匕首轉變方向，續向沈雒胸口刺去。沈雒趕緊收回匕首擋架，慕容無憂覷見破綻，心中一喜，匕首陡然改向斜揮，在沈雒右大腿劃出一道甚深的傷口。

沈雒驚呼一聲，右腿一軟，跌坐在地，咬牙心想：「我可忘了，這人是個瘋子，完全不把人命當回事！甚至不顧自身受傷，也要傷敵！但他為何只斬傷我腿，卻不直截了當用匕首刺穿我的心口？」

慕容無憂持著匕首走上幾步，來到沈雒身前，饒有趣味地望著她，忽然又哈哈大笑起來，說道：「我想明白了！我根本不需要甚麼祕笈。北山老人算甚麼？他不過是個黔驢技窮，沒啥屁用的糟老頭子罷了。生前他敗在我手下，死後留下的祕笈，又能藏著甚麼了不起的武功？慕容絕學這賤人，讓兩個孩子背下祕笈，想藉此保住他們的性命，那可是打錯算盤啦！她又怎料想得到，我慕容無憂根本看不上這祕笈，隨手便能殺了這兩個小崽子！讓我先砍下這男崽的腦袋再說！」說著舉起匕首，橫在沈朝的頸邊。

沈雒腿上劇痛，一時難以爬起身，她惶急之下，高聲叫道：「你不能殺他！他可是你小師妹的親子啊！」

慕容無憂聽了她的言語，低頭望向沈朝的臉，但見他容貌與慕容絕學有幾分相似，腦中再次翻起了自己對小師妹長年以來的憤怨，以及她設計斬斷自己左踝筋腱的仇恨，胸中怒火燃燒，雙眼發紅，大喝一聲，手掌運勁，準備落下，就此結束了沈朝的性命。

就在這時，慕容無憂忽然一聲慘叫。

沈雒看得親切，一個小小的身形搶上前來，使出北山老人的「滾地藏刀」，一匕首刺入了慕容的背心，正是沈暮。

原來沈暮方才被慕容無憂扔往牆上，使巧勁落地，並未受傷，但一直假裝穴道未解，無法動彈；她縮在角落，眼望著同胞兄長隨時能夠喪命，雛姑的情勢也極為凶險，心中又急又怒：「北山子這無賴，竟以此下流手段對付阿兄和雛姑！師祖怎能有這樣的孫子，阿娘怎能有這樣的師兄！」她趁兩人纏鬥分神之際，悄悄往旁爬去，摸到了沈雛早先被慕容無憂打脫手的匕首，正是她母親慕容絕學的遺物。沈暮將匕首緊緊握在手中，在旁窺伺，等待機會；此時眼見情況危急，不容她遲疑，只能冒險進擊，竟然一舉得手。

慕容無憂大叫一聲，立即回身，匕首揮出，直向沈暮刺下。

沈雛看得清楚，這匕首若刺到沈暮身上，沈暮定然沒命。她尖叫一聲，不知從何處冒出一股力量，跳起身來，拚命撲上前，伸臂抱住了沈暮。慕容無憂一呆，趕緊收力，然而手已揮下，收勢不住，匕首仍刺入了沈雛的背心，幸而他早已帶開了力道，並未深入，也未刺中心臟。

沈雛感到背心劇痛，眼前一黑，喉頭一股腥味湧上，忍不住嘔出一大口血來。

慕容無憂背心仍插著慕容絕學的匕首，他立即拔出刺中沈雛的匕首，高喝道：「放手！」

沈雛腦中一片昏沉，痛得處於半昏迷狀態，一時不明白他要自己放手甚麼，微微低頭，才發現自己仍緊緊地抱著沈暮。

但聽慕容無憂叫道：「放開她！小賤娃和她阿娘一樣膽大包天，竟敢傷我，我要宰了她！」

即使身受重傷，命在旦夕，沈雒雙臂仍緊緊抱著沈暮不放，嘶聲道：「你要殺她，就先殺了我！」

慕容無憂微微一怔，脫口道：「殺妳？我為甚麼要殺妳？」他忽然「哇」的一聲，嘔出一口鮮血，卻是方才沈暮在他背心刺的一匕首甚深，使他內臟受創甚重，鮮血從創口湧出，再也支撐不住，雙膝一軟，跪倒在地。

沈雒仍舊緊緊地抱著沈暮，奮力不讓自己昏厥過去，睜大眼直望著慕容無憂，生怕他會再衝上來傷害沈暮。

但慕容無憂只跪在當地，並未繼續攻擊。他雙眼圓睜，炯炯望著沈雒，眼中露出一股奇異的依戀疼惜之色，低聲道：「但是……我不想殺妳啊！我……我希望妳留在我身邊，不要回家去。二娘，妳不要走，不要離開我，好麼？我一直在找妳，希望妳回心轉意……我不知道他們是妳的父兄，我沒有殺他們。我不是妳的仇人，妳不必恨我，也不必殺我。祕笈我也不要了，我只求妳陪在我身邊，跟我一起浪跡江湖，妳說……妳說……好不好？」

他說到這兒，人已倒在了地上，臉面正對著躺在地上的沈雒，口中不斷流出血來，雙眼卻直盯著沈雒的臉，眼中充滿了溫柔眷戀。

沈雒半昏半醒，大腿和背心劇痛，也不斷嘔血，說不出話來；她一直不願去細想的是，自從在汝水南岸分別之後，自己心中一直掛念著那個舉止瀟灑、放蕩不羈的慕容無憂，也不止一次想過：「待我處置好家中諸事，替阿爺大兄報仇後，便去找他，和他朝夕相處，可比甚麼都快活自在。」

然而在她再次見到慕容無憂之前，卻已發現一切都非自己所想。慕容無憂並不是個流浪江湖的俠客，而是沈家的大敵——北山子。他氣死祖父北山老人，濫殺同門，包括沈雒自己的祖父沈譽，並箝制其他北山弟子替他奪取祕笈、刺殺仇人，包括沈雒自己的父兄；他更狠心殺死了小師妹，也就是大兄之妻，自己之嫂。

慕容無憂凝望著沈雒，眼神轉為溫柔迷濛，聲音卻越來越低，說道：「沈雒，二娘……我對妳……對妳毫無惡意，只有一片……真心。」說完吐出最後一口氣，竟就此死去。

沈雒心中一痛，感到背心仍舊疼痛難忍，輕輕鬆開了手臂。

沈暮從她懷中鑽出，上前確認慕容無憂已然死去，這才鬆了口氣，回頭來探望沈雒。見她口邊都是血，臉色蒼白如紙，大驚失色，驚慌地問道：「雒姑，妳傷得如何？」

沈雒哽咽道：「我……我沒事。」再也忍耐不住，眼淚撲簌簌而下。

沈暮不知道她和慕容無憂之間的往事，也不曉得她是為了慕容無憂之死流淚，只道她受傷極重，就將死去，只嚇得臉色發白，慌忙道：「雒姑，妳一定要撐著，我立即去找人設法救妳。小兄！你快來！」見兄長仍躺在地上不動，想起他穴道未解，連忙奔上前，手忙腳亂地幫他解了穴道。

沈朝動了動手腳，爬起身，奔到沈雒身旁，滿面慌急之色；他方才被慕容無憂捉住，狠狠打了一個耳光，半張臉都腫了起來，但身體手腳並未受傷，這時他俯身檢視沈雒背後的傷勢，說道：「傷口還在流血，快，取布條和傷藥！」沈暮應了，兄妹倆曾隨母親學過一些治療外傷的方法，這時趕緊在屋中翻找，找出了傷藥和布條，匆匆忙忙地幫沈雒包紮背後和腿上的傷口。

沈雒勉強收斂情緒，說道：「你們扶我坐起，我試著……試著調勻氣息。」但她受傷甚重，聲音微弱，沈暮將耳朵湊在她耳邊，才終於聽清了，忙和兄長一起扶她坐起身。

沈雒緩緩盤膝坐好，試著將氣息集於丹田，但背心傷口疼痛難忍，有如一塊烙鐵貼背，不斷燃燒一般，令她心煩意亂，更無法專心集氣，氣息愈發急促。

兩兄妹見她臉色越來越白，呼吸粗重，都又驚又憂；沈暮忍不住哭了出來，啜泣道：「雒姑，妳不能死！妳不能死啊！」

沈雒聽見了，眼睜一線，喘息說道：「阿暮，別擔心，為了你們，我會……盡力……活下去的。」她吸了口氣，努力沉穩氣息，讓內息在體內運了幾個大周天，整個人才從絕望混亂中鎮定下來，轉為清明安平。

過了一段香時分，沈雒睜開眼，見到兩個孩子仍在身前，關注地望著自己，於是說道：「我沒事的。只是受了外傷罷了。你們都沒事麼？」

兩個孩子低頭望望身上，又彼此望望，才回答道：「我們受的只是輕傷，都不嚴重。」

沈雒放下了心，說道：「你們沒事就好。讓我靜坐一會兒，你們也歇歇。別讓任何人進來。」

沈暮忍不住問道：「那惡人怎麼辦？」

沈雒吸了口氣，勉力壓下心頭隱痛，說道：「他已死了。你們阿娘的仇已經報了。你們去找塊布將他蓋起。明日天亮後，我們將他埋了便是。」

兄妹倆答應了，沈朝關上了門窗，沈暮取過一張被子，蓋住了死人。兄妹倆點起油燈，縮在角落，望著沈雒盤膝而坐，心中皆恐懼擔憂，驚慌失措未平；但他們年紀尚幼，這一日受驚過度，體力用盡，彼此依偎著，不多時便昏沉沉地睡著了。

沈雒獨坐運功，想起師父菩提達摩傳授的心法，也想起了自己在少室山上，冰天雪地之中，從清晨至夜晚，不斷隨著師父打坐練氣的情景。那時氣候嚴寒，冬風凜冽，食物又不足夠，可說是飢寒交迫；然而她在師父的帶領下，卻能夠專心一致，在風雪嚴寒中靜坐一整日，安然無恙；此刻即使背心和腿上匕首創口甚深，但比起當時經歷的酷寒飢餓，並不見得更為痛苦嚴峻。

她記得師父曾說過：「肉體的疼痛，主要來自心識的造作。思悔過去，憂心未來，困惑當下，正是苦之生處。神聚當下，觀身無常，觀受是苦，觀心是空，觀法無我；妳若能住於無常、苦、空、無我之中，便能遠離顛倒夢想，遠離痛苦煩惱。」

沈雒想著師父的教授，專心凝神，不多時便進入了當下無我的狀態，傷口雖痛，內息雖亂，這些苦楚卻似乎與她隔了一層般，離她十分遙遠，再也無法擾亂她的心神。

當夜她在禪坐中緩緩調息，耐心地將混雜分散的氣息一點點聚集起來，重歸丹田，在身周各大經脈緩緩運行。有時好幾個時辰都毫無進展，如在原地踏步，但她一點也不心急，心想慢就讓它慢吧！好得快一點和慢一點，又有甚麼差別？只要她能夠安住於當下，那麼所有的外傷之苦，情逝之痛，都可以推到意識的邊緣，即使不曾消失，卻已不能擾亂她的心神。

第二日清晨，沈雒睜開眼時，感到神清氣爽不少。她知道自己背後的外傷還須一段時日，方能慢慢癒合，於是吸了口氣，運氣在經脈間行走，環繞了一個大周天，覺得精神大振。她也不著急，心想：「外傷總會慢慢好的。我能做的，只是繼續練氣，調勻氣脈，外傷假以時日，自能痊癒。」

因慕容無憂即時收手並帶偏力道，她背後這一匕首刺得並不很深，然而匕首鋒利，傷口又鄰近心脈，導致心脈輕微受損。沈雒自菩提達摩那裡學得了禪功，能夠將自己與傷痛分隔開來，因此自行運氣療癒心脈，而不致就此送命。她雖學過內功外功，卻未學過醫術，只知道需將經脈打通，氣息才能順利運行，便專注於打通經脈，而無巧不巧，這恰好是治療外傷最直接，也是最快速的方法。

沈雒靜坐了大半日，才試著站起身，感到背心仍疼痛難忍，頭也有些昏沉，但至少人是清醒的。她見兩個孩子還依偎在一起，睡得甚沉，便也不去吵他們。又過了一陣，陽光從窗櫺中照入，兩個孩子先後清醒過來。沈暮揉揉眼睛，想起昨夜的驚險，臉色一變，趕忙望向雒姑，見她仍盤膝坐在屋中，忙低聲問道：「雒姑，妳還好麼？」

沈雒微微一笑，說道：「我沒事。」

沈朝和沈暮解開她背後的布條，見傷口已止血，略略放心，清洗過後，重新敷藥包紮起來，並將她腿上的創口也重新清洗上藥包紮。

沈雒謝過了，讓兩個孩子去廚下取些餅兒充飢，又吩咐他們去後山荒地上挖個坑，將慕容無憂埋葬了。

兄妹都有些不情願，沈朝道：「這惡人曾迫害我們的阿爺、殺死我們的阿娘，不如將他扔去山裡，讓野狼吃掉罷了！」

沈雒知道兩個孩子對北山子仇恨深重，無法原諒，只能嘆了口氣，說道：「人都已經死了，你們爺娘的仇也已報了。人死為大，入土為安。不然他若變成了厲鬼，總纏著咱們，那可不好。」

兄妹倆互相望望，只能答應了。

沈雒傷勢不輕，但仍抱傷隨兄妹來到後山，看著兩個孩子挖了個數尺深的坑，將慕容無憂的屍身推入，再用鍤子將土填上。

沈雒望著他的身子一寸寸掩入土中，心中難受已極，低聲說道：「這人雖作惡多端，卻也曾是一代武功高手。我們習武之人，即使不齒他為人，也應敬重他一身功夫。」說著走上前，捧起一抔土，灑在慕容無憂的臉面之上。

兩個孩子將土坑填好後，沈雒低下頭，心中默默祝禱：「願你遠離惡道，早日投胎為人，但下輩子不要再作惡了。倘若有緣……來世再見吧！」

三人回到莊園中，沈雒自行在屋中運氣調息，兩個孩子忙著清理屋中的雜物和血跡。到得次日，平日照顧他們的老僕夫婦歸來之時，一切皆已恢復原狀，誰也看不出此地曾經過一番生死慘鬥。

後來，沈雒直花了三個月的工夫，日夜運氣調理，外傷才慢慢恢復了。這日她感到傷勢大半痊癒，精神一振，對兩個孩子說道：「阿朝、阿暮，雒姑該帶你們回家了。」

兩個孩子對望一眼，都露出疑惑之色。沈暮道：「回家？我們早就沒有家了。」

沈雒輕輕一笑，說道：「我知道。你們在丹陽城外的家，已被你們的阿娘燒毀了。我要帶你們回洛陽的沈家大宅，那是我自幼生長之處；若非大兄須得隱藏你們的形跡，你們也該在那兒長大才是。」

沈朝和沈暮都顯得有些躊躇徬徨。他們父母雙亡，眼前的雒姑便是他們僅剩的親人了。沈朝問道：「二叔也在那兒麼？」

沈雒點頭道：「是啊。他幾年前去南洋做買賣，此刻已回到家了。」

沈暮問道：「洛陽沈家大宅裡，還有甚麼人？」

沈雒聞言，不禁甚感苦澀，父母兄長皆亡，家中實在不剩甚麼人了。她答道：「還有我大姊，也就是你們的大姑母，你們可以稱她雁姑。她最能幹了，家中一切事務，絲舖一切生意，都由她一手打點照料。還有掌管沈宅的冉管事、我阿娘往年的侍女嵇嫂、家裡的廚婦喬廚娘，她人最好了，她的烹飪之術可稱全洛陽第一呢！還有跟隨小兄同去南洋的喬五叔，車夫李叟、于叟，于叟的兩個女兒于洛和于沱，她們從小服侍我和大姊。還有車夫小妻……」

沈雒說到此處，聲音漸漸低了下來。她心裡清楚，她在世間的親人寥寥可數，往後這些家傭僕婦，便是她的家人了。

第七十一章　遠行

沈綾從賀大口中得知沈拓在西北沙州邂逅自己的母親、自己並不是沈拓之子等情，決定不等小妹帶著侄兒侄女北歸，便出發去尋找母親的蹤跡、發掘真相。

就在他動身之前，羅欽忽然來敲他的房門，直率地道：「沈二郎，我無意煩擾你，但我知道你打算去西北尋找你的母親。我感覺此事跟我有莫大的干係，因此想跟著你一起去，盼你不要拒絕。」

沈綾一怔，隨即想起羅欽隨時能從夢境中知道發生在自己身上的種種事情，自己從未告訴任何人尋訪母親的計畫，羅欽卻能輕易得知。他點點頭，說道：「羅欽兄願意同行，我自然再歡迎不過。我擔心此行甚為凶險，若有一位薩滿隨行，自是多一分保護。」

羅欽聽了，甚是歡喜，挺起胸膛，說道：「我當然會盡力保護你！」

沈綾望望他腳邊的六子和一旁的巫女非非，問道：「他們也一同去麼？」

羅欽回頭望望六子，六子說道：「我當然跟你同去。」羅欽又望向非非，非非嘛嘴道：「你想撇下我，門都沒有！」

羅欽聳聳肩，說道：「你若不介意，便讓他們一道去吧！」

沈綾卻道：「六子自然應該跟隨著你，但是這位巫女年紀幼小，石生巫嬰更加稚弱，或許應留在沈宅，較為穩妥。」

非非爭辯道：「我年紀怎麼幼小了？我跟你們去，絕不會給你們添麻煩的。」

沈綾笑道：「是我說錯了，妳年紀並不小，但是這位巫嬰卻年幼得緊。事實上，我擔心的是我留在洛陽的姊妹。我離開後，只怕其他武人和巫者會來家中找她們的麻煩，因此我想，或許能請妳留在我家，幫忙照顧保護我的姊妹家人。不知妳能否勝任？」

沈綾身為靈人，世間所有巫者都得聽他指令，巫女非非自也不例外。沈綾要是直接下令，巫女非非只能服從聽命；但沈綾故意問她能否勝任，激起了她好強之心，她挺直了瘦小的身子，昂然道：「我當然能夠！」

沈綾笑了，就在這時，忽聽阿寬在外說道：「大娘來了。」

沈綾和羅欽都是一怔，沈綾趕忙收起旅行的包袱，藏在幕門之後，才對僕人道：「快請大娘進來。」

沈雁走入多寶閣的大廳，在案旁坐下了，抬頭望向沈綾，正色問道：「小弟，你要出遠門，是麼？你準備去往何處？」

沈綾知道瞞不過去，也不應該瞞大姊，於是老實說道：「賀大死去之前，跟我說了一些事情。他說……我可能不是阿爺的孩子。」當下簡單複述了賀大的言語。

沈雁聽了，搖頭斥道：「賀大的話，如何能信？」

沈綾道：「人之將死，其言也善。賀大那時已落入我手中，自知必死，沒有理由騙我。」

沈雁皺眉沉思，問道：「因此你打算去往沙州，尋找你阿娘？」

沈綾點點頭，說道：「我想去探訪她的下落，查明真相。」

沈雁伸出手，按在沈綾的手背上，說道：「小弟，無論如何，你永遠都是沈家的人，千萬不可懷疑自己，知道麼？」

沈綾點頭道：「我明白的，多謝大姊！」

羅欽坐在一旁，望著這對姊弟之間的真情流露，不禁感動說道：「沈大娘，我打算陪沈二郎一起去，一路上我將盡力保護他的安全。」

沈雁向羅欽低首為禮，說道：「如此有勞閣下了，沈雁感激不盡。」

沈綾對沈雁道：「小妹尚未從南方歸來，我預備去往何處，大姊不必告訴小妹。若她問起，就說我伴隨羅欽兄回柔然魄磊村一趟，處置一些事情就好。」

羅欽神色黯然，說道：「沈二郎願意對二娘說甚麼都不要緊，然而我是再也不能回去魄磊村了。」

沈綾驚道：「卻是為何？」

羅欽於是說了魄磊村被毀，全村薩滿和巫童死盡，只有一個巫嬰倖存等情。

沈綾此前並未聽聞此事，好生驚詫，問道：「你可知是誰下的手？」

羅欽低下頭，說道：「我不知道。我當年離開魄磊村時，大長老似乎已然預料村中會出事，為此匆匆將我趕走，讓我跟著阿柔昆結去了晉陽。我離開之前，並未聽說我們魄磊村跟誰有仇，也想不到世間有巫者能夠毀滅魄磊村。然而我和非非都懷疑，下手的乃是土系大巫，赫連壘。」

非非在旁說道：「是啊，我的媿村，就是被大巫赫連壘毀滅的！」

沈綾沉吟道：「上商里的大巫恪曾告訴我，遠古的巫者今日剩下八支，分別是金巫、木巫、水巫、火巫、土巫、石巫、女巫和風巫；他自己乃是金巫，我識得的一位巫醫高槐，乃是世間僅存的木巫，江淼則是水巫，他已死去，你們磈磊村想必便是石巫了。」

羅欽道：「不錯。如今磈磊村遭人屠滅，火巫、水巫都已無人，風巫從未出現，木巫只剩一人，媿村也遭大巫赫連壘毀滅，只剩下巫女非非一個。因此能對磈磊村下手的，便只有金巫和土巫了，而我相信出手的是土巫；據非非聽聞媿村女巫所言，土系大巫赫連壘仇恨土巫以外的所有巫者，因此才不斷出手毀滅其他的巫村，殺死巫者。」

沈綾道：「商代巫王遺留下來的殷商巫者，便是金巫。他們居於洛陽城的上商里，我可以引你去見殷商大巫，或許能從他口中問得一些消息。」

羅欽點頭道：「我也想見見這位殷商大巫，向他請教一番。」

沈綾又道：「洛陽城中還有其他的巫者。在我父兄的喪禮上，便有七個白衣巫者來到家中；那夜賀大闖入家中時，也有五個黑衣巫者前來，被大巫恪的孫兒子彪趕走了。」

羅欽點頭道：「我知道，當年那七個巫者巫術都不高，絕對無能毀壞磈磊村。」

沈綾沉吟一陣，問道：「你提起的大巫赫連壘，他究竟是個甚麼樣的巫者？」

羅欽側頭而思，說道：「我除了在夢中見過他外，也曾實際見到過他。許多年前，柔然可汗的女兒阿郁昆結嫁給西魏皇帝，我隨侍在隊，赫連壘當時擔任西魏皇帝的國師。那時我年紀還小，也尚未具備巫術，後來他下手害死了我們村子的碧環薩滿，還害死了阿郁昆結。」想起阿郁之死，心中不禁一痛，神色黯然。

沈綾問道：「你說這位巫者赫連壘效命於西魏宮廷？那麼他人在長安？」

羅欽道：「當時在的，如今可就不知道了。」

沈綾道：「我們去往絲路，必將經過長安。不如我們在長安城中待上一陣子，試試尋找這位土巫。」

羅欽點頭道：「甚好。我也很想確知，下手毀滅魂磊村的是否就是他。」

非非忿忿地道：「除了他，還會是誰？羅欽，總有一天，我們要找赫連壘報仇的！」

沈綾對大姊沈雁道：「大姊，這位巫女非非年紀雖小，卻是媿村巫者的唯一傳人，巫術不低。我和羅欽此番出遠門，非非已答應留在家中，保護沈家一門不受其他巫者侵擾，請大姊善加招待於她。」

沈雁道：「非非巫女願意留在沈宅保護我等，沈雁感激不盡。」說著對非非恭敬拜倒為禮。

非非甚感受寵若驚，手足無措，結結巴巴地道：「我……我不……」

沈雁握住她的手，微笑道：「有妹妹陪在身邊，我不但安全無虞，而且不致寂寞，真是太好了。我也正好可以帶妳看看養蠶取絲的過程。」

非非看著沈雁甜美又和善的容顏，心中生起一股保護欲，這才心甘情願地留下，說道：「多謝大娘！非非很高興能留下陪伴妳。」她望向羅欽，又露出不捨之色，忽然從懷中取出一個小小的雕像，材質似是金剛石，雕的是個雙手合掌的跪坐女子，交給羅欽說道：「你去找大巫赫連壘，此行難免凶險。這就是我在涿邪古城廢墟中尋找的物事；這尊雕像是我們女巫歷代相傳的寶物，你收下吧，它一定能夠保佑你的。」

羅欽見她對自己如此關懷，甚是感動，道謝收下了。

當日沈綾便帶著羅欽來到上商里，想求見大巫恪。奇怪的是，上商里竟一片空虛，一個人也沒有，不久前曾來沈宅保護的青年子彪也不見蹤影。里中房舍並未遭到毀壞，只是全無人跡，連沈綾和于叟、喬廚娘造訪過的瓦戶也空無一人，只有堆積如山的瓦罐、瓦盆、瓦片等。

沈綾向鄰里探問，居民都不知道上商里發生了何事，只道：「那兒的人古怪得很，誰也不知道他們在弄些甚麼玄虛。」

沈綾和羅欽都大感古怪，無奈之下，只能放棄離去。

回到家後，沈綾對羅欽敘述了大巫恪跟自己說的一番話，說自己的母親是靈人，自己也是靈人，天下巫者和武人皆不可侵犯等情，卻未提起天藥。

羅欽聽了，抱著手臂，沉吟說道：「我從未聽過『靈人』，大長老和村中薩滿也從未說起世間有『靈人』。一般巫者，除了受到你吸引之外，應當並不知道為何如此，更加不知道靈人是甚麼。」又道：「我認為大巫恪說得對。天下巫者都不能傷害你，這是你與生俱來的本能。然而，那赫連壘為甚麼可以設計傷害你？」

沈綾微微一呆，說道：「他不過是使計策騙我離開洛陽，並不算傷害我吧？」

羅欽搖頭道：「不，不只如此。嚴格來說，他應該連騙你都不行。天下巫者都不能對你說謊，而且必須遵從你的指令。他不只是出計策騙你離開洛陽，還在洛水邊埋伏了一群巫者和武人，想要取你性命。」

沈綾從不知此事，忙問究竟；羅欽說了自己夢中所見，最後道：「那個站在洛水上，出手保護你的白衣女子，我猜想或許就是你的母親。她殺死那些巫者和武人後，便離去了。我在夢中感覺得到，她渾身上下散發出一股吸引力，比你身上的更加強大、更加懾人。但她似乎並不是巫者，就像你也不是巫者一樣。大巫恪說你們是靈人，或許確實不錯。」

沈綾點點頭，說道：「有太多事情我無法想透，看來唯有找到我阿娘，方能探明真相了。」

三日之後，沈綾帶上遠行的輕便衣物和足夠的銀錢，與羅欽和六子一起離開了洛陽。沈綾和羅欽騎了兩匹駿馬，直往長安行去；羅欽對一切關於沈綾的事情充滿好奇，途中不斷詢問關於沈家諸多奴僕、婢女、廚婦、管事、馬夫之事，對於養蠶取絲也大感有趣，追問不止。

沈綾盡量詳細回答，但他對養蠶並非十分熟悉，笑道：「關於養蠶取絲的事兒，你問我小妹最適合了。」

羅欽也笑道：「是啊！她從小就喜歡蠶兒，我夢到她時，十次有八次是在蠶舍裡。」

沈綾心中一動，問道：「你做夢時，有多少時候是夢到我，多少時候是夢到我的姊妹？」

羅欽搔搔頭，說道：「最開始時，我只夢到你，你的姊妹出現，都是因為你在夢裡，我從你的眼中見到她們。後來我漸漸可以夢到只有她們的夢，尤其是你離開沈家之後。你妹妹偷偷離家出走，去一座山上找一位老僧求教學武，過程我都一清二楚。你姊姊被那兩個表兄灌醉欺負，他們又騙走了你們家的錢，這些我在夢中雖不是很明白，但能感受到她心中的憤怒、痛苦和焦慮。當時我就猜想，你和你的兩位姊妹很可能都是真實的人，因此擔心難受得緊，卻不知道自己能做甚麼。」

沈綾疑惑地道：「你為何猜想我們是真實存在的人？」

羅欽側頭道：「起初我並不知道，只以為我天生喜歡做怪夢，或許因為我年幼時不具巫術，其他巫童總嘲笑我，說我是『偽巫童』，我在魄磊村很不開心，因此藉由做夢來讓自己脫離現實，在夢裡觀望其他人的生活，當作是種逃脫吧！後來我漸漸覺得有點不對勁，如果你們只是我想像中或夢境中的人物，為甚麼你們的故事一天天延續下去，不像做夢那般變來變去，毫無道理？」

沈綾亦甚感古怪，卻也想不清其中道理，沉思不語。

羅欽腦中忽然閃過一景，說道：「是了，我記得，我第一回單獨夢見你的小妹，是在你阿爺和大兄死去之後，我在蠶舍中見到她。她一個人待在黑暗而溫熱的蠶舍裡，聽著蠶兒咬囓桑葉的細微聲音，忽然就掉下眼淚來。那時你不在家裡，去了南方，主母病倒了，你大姊處理父兄的喪事，忙得不可開交，更沒空閒來理會她。她一個人躲在蠶舍裡哭泣，輕輕說道：『小兄，你人在哪裡？你為何還不回家？』」

沈綾聽了，心中又酸又痛，眼眶不禁一熱。

羅欽又道：「後來你回家了，忙著辦喪事，加上家裡和鋪裡的事情，也沒工夫去安慰她。她一個人從早到晚待在蠶舍裡，哭了又哭，最後她終於認定，誰都幫不上她，她須得靠自己。就是那時候，她決定開始學武功，替父兄報仇。那份心意非常堅決，我幾乎能感受到她身上散發出來的氣勢。我在那時就知道，她一定是個真實的人，她的愛恨情仇，全都是真的。因為夢裡的人，不可能有這麼強烈的情感。」

沈綾聽了，心中好生慚愧自責，說道：「我從建康回到家中奔喪那時，忙著防範孫姑，協助大姊撐起家業，確實不曾多加關注小妹。她年紀小，性情又執拗，那段日子可真苦了她！」

羅欽道：「也不能怪你。你那時心境混亂得緊，不知道自己究竟該做甚麼，也不知道是否該和主母撕破臉。我當時很想跟你說，你主母找了巫者詛咒你，要你當心，但是我根本不知道你在哪裡，在夢中對你說話，你也聽不見。」

沈綾心想：「我長到這麼大，竟不知我的一舉一動，一言一行，都有人在時時觀望！我若做了甚麼對不起人，或是對不起自己的事情，可都被他看得一清二楚了。」想到此處，不禁好生惶恐，忍不住問道：「羅欽，我這些年還做錯了些甚麼事，請你都一五一十地告訴我。」

羅欽搔搔頭，說道：「做錯？你做的所有事情，我從來不曾去想是對還是錯。我只想幫你，讓你過得好一些，也想幫助你的姊妹、減輕她們的苦楚，讓她們開開心心地過日子。」

沈綾沉吟道：「你從小就能見到我們家三姊弟的事情，其中必有原因。你說你阿娘是位巫女，在你出生時就死去了，是麼？」

羅欽點頭道：「是的。我從未見過她，關於我母親的事情，都是大長老告訴我的。」

沈綾問道：「你既不是從石頭裡生出來的，而是你母親生的，那麼你的父親是誰？」

羅欽眨了眨眼，他曾和六子談起此事，想到自己既然是母親生的，那便一定有個父親，聽沈綾這麼問，搖頭道：「我的父親？我不知道他是誰，大長老也不知道。」

沈綾道：「那你是否知道，你母親生於何地，來到魄磊村之前，又居於何地？」

羅欽努力回憶，說道：「我記得大長老說過，我母親是一位女薩滿，出身於柔然的某個遊牧之族，那群牧民偶爾會駐紮在魄磊村附近，所以大長老從她童年時起便識得她了。我年幼時，大長老不准我離開魄磊村，以致我連村外有甚麼都不知道，以為整個天地就是魄磊村，外面就是空空的一片，沒有人，也沒有其他事物。因此我也從沒想過要問大長老，我母親在生下我之前去過甚麼地方，或曾遇到甚麼人。」

沈綾聽了，不禁甚感同情，說道：「因此你小的時候，以為世間就只有魄磊村，世上所有的人都是巫者，只有你不具巫術，委實可憐得緊。」

羅欽苦苦一笑，說道：「回想起來，我小時候確實過得滿悲慘的，所以也特別感同身受你的遭遇。但那時我有小獸在我身邊，陪伴我，安慰我，保護我，因此也並不那麼孤單。」

六子跟在馬旁，聽見了這話，抬頭望向羅欽，抗議道：「你現在有我啊！」

羅欽彎腰摸摸牠的頭，笑道：「我當時有小獸，現在又有六子，實在是太幸運了！」

沈綾望著他，說道：「你身為巫者，擁有巫術，這不奇怪；然而天下有這麼多的城市，這麼多的家族，這麼多的人，你偏偏只不斷夢到洛陽沈家，夢到我姊弟三人，其中必有因由。」

羅欽點頭道：「你說得不錯。然而其中因由究竟為何，我可一點兒也不知道。」

沈綾道：「總之，我們去到絲路的沙州城，或許也能找到線索。」

兩人一路閒談，不一日抵達晉陽，羅欽去了他隱藏阿柔昆結之處。阿柔和女嬰在侍女的照顧陪伴之下，十分安穩滿足。羅欽陪伴了她數日，見她全心照顧女兒，更無他憂，便放下了心。他告訴阿柔自己要陪朋友去一趟西北，阿柔毫不介意，摟著懷中的女嬰，溫和地道：「我在這兒很好，你儘管去吧。」

於是羅欽和沈綾離開了晉陽，往西進入西魏首都長安城。這時掌政西魏的仍是宇文泰，羅欽獨自去找了之前熟識的宮中小吏，問起宮中諸事，得知當年曾迎娶阿郁昆結的皇帝元寶炬已駕崩，太子元欽即位。元欽便是當年乙弗皇后之子，年幼時經歷父皇迎娶柔然公主、母后被廢賜死的慘事，心中對宇文泰大有怨懟，認為這一切都是宇文泰主張和親柔然造成的。宇文泰為了尊崇新皇帝，主動辭去大丞相之位，但仍不放手朝政，與皇帝的關係鬧得很僵。元欽一心除去宇文泰，竟聯合宇文泰的三個女婿，圖謀誅殺宇文泰；這三個女婿當然不敢謀殺丈人，便暗中去向宇文泰閵後告密，宇文泰聞後大怒，當即廢了元欽，立其弟元廓為帝，不久後便將元欽毒死了。

羅欽聽了，不勝唏噓，回到客店後，便將所見所聞跟沈綾說了，嘆息道：「這位皇帝做太子的遭遇就很悲慘了，母親皇后之位被廢除，又被逼自盡，想必對阿郁昆結仇恨甚深。如今雖做了皇帝，卻毫無權力，趕不走宇文泰，自己不但被廢，還被毒死！我以前聽人說，很羨慕別人生而為噠哈你蒙和昆結，但我看不管是阿郁還是阿柔，或是這位皇帝元欽，命運都悲慘得很，比一般平民可憐得多了。」

沈綾道：「世上誰也不能選擇自己的出身。你母親把你生下，你便生下了，這一輩子起頭的身分地位、貧富貴賤、聰明愚癡，都早已定下。」

羅欽嘆息道：「人的一切，太多事全由命運決定；自己所能改變的，實在是太少太少了啊！」

沈綾甚有同感，卻不完全同意，說道：「人一生的命運，確實很大部分取決於你的出身。就像我，因是庶出，在沈家地位低下，受盡白眼，雖出身富商之家，卻從未享受過富家子弟的生活。但是你想想看，若我沒有這樣的出身，又怎會主動離開家園，遠赴南洋，進而闖出自己的一片天地？我若從小養尊處優，豐衣足食，遇到父兄過世的危機時，定然慌了手腳，不知該如何處置，也不可能替沈家掙到大筆錢財，用以解救我的大姊。」

羅欽點頭道：「你說得也是。一個人出身富裕之家，才智具足，也並不見得就是好事。你幼年時吃過那麼多苦，才讓你培養出堅韌的性情，鍛鍊出過人的能耐。我幼年時又何嘗不是？因為我沒有巫術，總受到其他巫童的嘲笑排擠，那日子真是苦極了。但我熬過來了，童年的經歷讓我不怕孤獨，能夠一個人在天地間遊走，自得其樂而不感到寂寞。」

沈綾道：「古代有個聖人曾說過：『天將降大任於斯人也，必先苦其心志，勞其筋骨，行弗亂其所為，所以動心忍性，曾益其所不能。』這話真是說得對極了。」

羅欽不明白這些深奧的古文，於是沈綾便解釋給他聽；羅欽聽完後，拍手笑道：「這幾句話說得真是太好了！漢人古時候真有許多了不起的人，想清楚了很多事情，說了很多有意思的話。二郎，你讀過這麼多書，懂得這些道理，真正令人欽佩。」

沈綾搖頭道：「我也不曾讀過多少書。只因那時主母嫌棄我，我阿爺只好將我送去南方建康，寄居在我二叔家中。建康的沈氏從兄弟們一心出仕作官，人人努力讀書；我跟著他們讀了幾年的書，也就記得幾句我覺得有用的話，其他的學問，說實話也沒學到多少。羅欽，你年紀輕，記性尚好，花點工夫將漢文學好了，許多漢人的古書，你便都可以讀懂了。」

羅欽甚感嚮往，說道：「我一定要學好漢文，未來多讀一些漢人的書。」

六子在旁「哼」了一聲，說道：「從沒聽過巫者讀書的。」

羅欽拍拍牠的頭，笑道：「不只我要讀書，你也要讀。你說沒見過巫者讀書，世間誰又見過神獸讀書呢？」

六子撇開頭去，說道：「我才不讀呢！而且我是半神獸，又不是神獸。你見過貓兒狗兒讀書麼?肯定不曾。」

沈綾不知道羅欽和六子在說些甚麼，只猜想他們在鬥嘴，微笑道：「你身邊總有六子跟著，永遠也不孤單。」

羅欽笑了。只不過沈綾認為，身邊有一頭神獸，畢竟還是和身邊有人陪伴不同；他想起自己和姊妹們在家時的情景，心中一暖，暗想：「我有大姊和小妹，實在幸運得緊。她們跟我無比親近，彼此信任，互相關照，一輩子都將如此緊密。羅欽在這世上連一個親人也沒有，著實可憐得緊。」

兩人來到長安，其中一個目的便是尋找大巫赫連壘。然而羅欽在城中詢問探訪了數日，都未能找到他的蹤跡；他施展巫術探索城中其他巫者，卻一個也未能找到，看來赫連壘早已遠離此城，不知去向，兩人只好作罷。

第七十二章　絲路

羅欽和沈綾離開長安後，便帶著六子往西北去，經會州、涼州、甘州、肅州，來到玉門關。沈綾知道阿爺和大兄曾走過這條路許多回，想像他們風塵僕僕的身影，不禁心生感慨，對羅欽道：「這玉門關乃是去往西域的必經之關，我阿爺和大兄每隔幾年便要走一趟這條路。」

羅欽甚感好奇，說道：「他們去西域做甚麼？」

沈綾笑了，說道：「當然是去做絲綢生意啊！我們在洛陽城外有這許多桑園、蠶園、絲坊、染坊、織坊，每年製造數十萬疋的絲綢，大部分在洛陽左近販賣，但仍會剩下許多，我阿爺和大兄便將這些絲綢賣去南洋和西域，價錢更好。」

羅欽恍然道：「原來如此。你那回坐船去海上，就是去賣絲綢，是麼？」

沈綾點點頭說道：「是啊！我阿爺和大兄去過南洋許多回，開設了不少『沈緞』鋪頭。我這回去，只稍稍拓展了生意，就賺得了數百萬兩銀子，可見遠地的生意更好做。」

羅欽笑道：「我對於買賣甚麼的，一點兒也不懂。往年在夢中見到，完全不明白你們在忙些甚麼。我們在磈磊村，甚至在柔然境內，都沒有銀錢這種物事。」

沈綾問道：「那你們缺了甚麼物資時，如何取得？」

羅欽道：「魄磊村接受柔然可汗的供奉，吃的喝的穿的，甚麼都不缺，物資充裕，從不需用銀子買。至於柔然，我聽昆結她們說過，也是不用銀錢的，大家需要甚麼時，就彼此交換，毛皮、羊肉、首飾等等，都是換來的。」

沈綾道：「原來如此。」

羅欽開口問道：「你們沈家賺到這麼多銀錢，幾十萬幾百萬的，到底有何用途？我始終想不明白。」

沈綾笑了，說道：「做生意的人家，賺錢自然是越多越好。但你說得也是，累積這許多錢，本身並不是目的。」

羅欽問道：「那為甚麼要賺那麼多錢呢？」

沈綾想了想，說道：「我賺錢，是想在這世間保護我的家人、不受惡人傷害。倘若我未曾在南洋賺得那麼多錢，就無能買下南北最大的萬利糧莊、逼迫胡三乖乖聽我的話、維護我大姊了。」

羅欽恍然道：「你的意思是，銀錢就是種能力，跟你妹妹的武功和我的巫術一樣，是麼？」

沈綾笑了，說道：「你說得沒錯。有些事情，必須用武功解決；有些事情，只能用巫術對付；然而許多的事情，都可以用錢簡單解決。我不懂得武功或巫術，因此我只能設法賺錢，用錢來解決一些難題。」

羅欽想了想，點頭道：「沈大娘的事情，確實用錢便簡單解決了。若是武功和巫術，可都要花一番力氣呢。」

六子在旁聽得一頭霧水，忽然抬頭問道：「錢是甚麼？」

羅欽笑了，摸摸牠的頭，說道：「我自己也才剛剛明白它的用處，等我更加弄清楚了，再慢慢教你吧！」

六子撇開頭表示不悅，雖繼續跟在馬旁，卻不再說話了。

沈綾這回出門，無心做買賣，因此並未帶上絲綢貨物。他和羅欽兩人輕裝簡行，騎著兩匹駿馬，出玉門關後，途經瓜州，往西南進入一片沙漠；在沙漠中跋涉三百餘里，才抵達了沙州。

沈綾道：「根據賀大所說，我阿爺就是在這兒遇見我阿娘的。」

二人縱馬入城，但見那沙州城並不大，整個就六條大街，三條南北向，三條東西向。兩人在城中走了一圈，只見到一家客店，門戶破舊，門旁一塊木板上寫著「福來客棧」四個漢字，顯是漢人所經營。

沈綾見店門半掩，便推門走了進去，羅欽也跟了進來。那「客棧」不過是間破爛的平房，直通後進；他往後進一望，見後院中有一排七、八間客房，都已殘破不堪。店中昏暗，透出刺鼻的霉味，空無一人。

沈綾喚道：「店家，店家！」

過了許久，才有個人影慢慢地從廂房中躦出，那是個老者，彎腰駝背，頭髮稀疏花白，看來總有七、八十歲年紀了。沈綾定睛一看，發現他身上所著衣衫雖陳舊，卻是上好的絲綢，細看花色質地，竟然正是「沈緞」！沈綾大感驚訝，而那老者緩緩踅來到櫃檯前，望了沈綾和羅欽一眼，「嘿」了一聲，甚麼都沒說，便轉身離去。

羅欽想追上叫住他，六子已奔上前，試圖攔住那老者，對著老者吠了幾聲，但老者卻有若不聞，繼續往前走。六子只好追上幾步，輕輕咬住老者的腳跟。

老者倏然回身，睜大眼瞪著六子，似乎大吃一驚，顫聲道：「狗兒，狗兒！你這是在對我吠麼？」

六子繞到他身前，又對他叫了幾聲，在他面前坐下，不讓老者離去。

沈綾和羅欽怕六子嚇到老者，雙雙奔上前，羅欽叫住了六子，連聲對老者道歉：「對不住，對不住！」

沈綾則向老者拱手為禮，說道：「請問老丈，貴客棧還做生意麼？」

那老者抬頭直瞪著沈綾，口中說出一句古怪至極的話：「你……你見得到我？」

沈綾一怔，只能重複道：「我見得到你？」

老者顯得又是興奮，又是激動，快步上前，伸手緊緊握住沈綾的手，大叫道：「二十年了！二十年來，你是第一個見得到我的人！」

沈綾手足無措，回頭望向羅欽，羅欽也甚感驚奇，來到沈綾身旁，對老者道：「我也見得到你啊！那我是第二個見得到你的人了。」

六子在旁吠了一聲，說道：「那我是第一頭見得到你的狗了！」

老者激動得跪倒在地，掩面哭了起來。沈綾連忙將他扶起，讓他坐好，等老者恢復平靜，才開始探問內情。

老者勉強收淚，壓抑心頭激動，靜了半晌，才慢慢說起自己的身世。他道：「我姓曾，從父祖那代便遷來絲路上的這座沙州城，開了這間客棧，至今已有八十多年了。我便是在這城裡出生的，街坊都叫我小曾。唉！如今該叫我老曾了！」

沈綾問道：「你說我是二十年來第一個見得到你的人，那是怎麼回事？」

老曾呆呆地回想著往事，喃喃說道：「詛咒，一定是詛咒！二十年前，我定是中了詛咒。從不知何時開始，便再也沒人能看得見我，不但客人看不見我的客店，連伙計們也看不見我，甚至連我的妻子孩子都見不到我！我一個活生生的人，在他們面前揮手踢腳，大吼大叫，他們竟全都視而不見，聽而不聞！」他低頭望向六子，伸手摸摸牠的頭，滿面憐愛之色，說道：「連狗兒都見不到我。是了，你是二十年來第一條見到我的狗兒！」

六子甚是高興，舔了舔老曾的手，猛搖尾巴。

沈綾望向羅欽，問道：「你聽說過這等巫術麼？」

羅欽皺眉道：「許多巫者懂得隱身術，像是六子也知道如何隱藏身形，但那是巫者施展在自己身上的，我倒沒聽過能將隱身術施在他人身上、讓別人見不到那人的巫術。」

老曾連連搖頭，激動地道：「不只是見不到我，而是根本忘記了我這個人！我的妻子孩子彷彿完全不知道世上有我這個人，更未四處尋我，而是繼續這麼過日子，也不曾懷疑我是死了或是離家出走了，說話中竟然完全不曾提起我。不多久，我家人感到在這城裡生活艱難，便都遷走了。我沒有跟去，害怕即使跟去了，他們也見不到我，即使見到我，也不記得我。於是我便一個人留在這兒，留在這祖傳的客棧裡，獨自活了二十年！」

羅欽和沈綾對望一眼，都不禁為老曾的境遇感到驚異而可悲。沈綾立即想起自己的阿娘，家人對她的長相毫無記憶，平日甚至不記得家中曾有過這麼一個人；若非自己住在家中，又不是主母羅氏所生，沈家眾人可能根本不記得父親曾娶過一個妾。他問道：「此事發生之前，貴客店可來過甚麼特別的客人？」

老曾眉頭緊皺，遲疑一陣，才道：「我記不清楚了。那時旅客很多，來來去去的商旅多不勝數，我這客棧夜夜客滿，還有人在我這兒辦酒席請客呢，熱鬧得很！但是忽然之間，就再也沒有客人來了，路過的商旅都去別了的客舍下榻，經過我門口時，彷彿根本見不到我的客棧一般！真是中了邪了！」忽然抬頭望向二人，盯著他們瞧，問道：「你們怎地又能看得到我？你們是巫者麼？」

羅欽道：「我是巫者，但我這位朋友並不是。」

老曾望了望沈綾，又轉去凝望羅欽，瞇起眼睛，忽然道：「我見過你！我見過你！二十年前，你曾來過這兒，是麼？」

羅欽一呆，說道：「我從未來過這兒，而且二十年前我只怕尚未出生，就算出生了，也還是個嬰兒吧？」

老曾「哦」的一聲，頹然道：「那不是你。」又抬頭問道：「你們為何來這沙州城？」

沈綾道：「我聽人說起，許多年前，先父曾在此城迎娶我阿娘。先父已去世數年，而我阿娘不知所蹤，因此我決定來此一趟，探聽消息。」

老曾道：「迎娶？我記得我記得，我這件怪事情發生之前，確實有人在我這兒辦過一場婚宴，新郎是個來自中土的漢人。」

沈綾眼睛一亮，忙問道：「他姓甚麼？」

老曾側過頭，努力回想，沈綾見到他的神情，心中一涼，想起小妹告知她詢問喬廚娘和賀嫂關於自己母親的事情時，她們也曾緊皺眉頭，露出同樣的表情努力回想，卻一無所得的情狀；沈綾猜想老曾當時的記憶定然已受巫術抹滅，因此異常模糊難記，十分中多半只能想起一分。他試探著問道：「那人姓張麼？姓王麼？姓李麼？」

老曾不斷搖頭，口中說道：「不是，不是。」忽然睜大眼，說道：「我記得了，那人姓沈！」

沈綾和羅欽對望一眼，都大感振奮。沈綾問道：「你身上這件絲綢衫子，是不是那位沈郎君給你的？」

老曾低頭望望身上的衣衫，連連點頭，說道：「是的、是的，這是他送我的禮物。這位沈郎君，他很有錢。是了，他好像是做絲綢生意的。」

沈綾心中大喜：「果然是阿爺！阿爺和阿娘成婚之處，正是這間客棧！」問道：「這位沈郎君，他在你這兒娶了一位妾，是麼？那妾是甚麼樣的人？」

老曾試圖回想當時的情景，良久後頹然搖頭，說道：「我甚麼都不記得了。」

羅欽拍拍他的肩膀，指向客堂，問道：「老曾，當時婚宴就是在這堂上辦的麼？」

老曾點了點頭。

羅欽道：「你眼睛望向那兒，見到甚麼，就說出來。」說著口中喃喃念咒，對老曾施展「喚憶術」。

老曾眼前陡然出現了二十年前的情景：

他感到自己正處於極端的忙碌和興奮之中，滿頭大汗，口中不斷催促著妻子：「快些，快些！菜炒好了麼？」

他聽見妻子在廚下叫道：「就快好啦！你別催我，越催越慢！」語音又是急躁，又是不耐。老曾見到自己踢了身旁八歲的兒子一腳，催促道：「快些，上酒、上酒！」兒子匆匆將一壺酒放在托盤上，放上三個杯子，抬頭問道：「先上哪一席？」

他叫道：「當然是新郎新娘那一席！快去！」眼望著兒子快步奔進客堂，一手持著托盤，另一手將酒壺和酒杯一一放在席上。

老曾凝目望去，見到席旁坐著三人，面對自己的是新郎，正是那姓沈的漢人；打橫坐的是個漢子，一張方臉，一臉鬍鬚；一個身形纖瘦的女子背對而坐，想來便是新娘了。

老曾一邊望著，耳邊聽見羅欽輕聲說道：「你見到甚麼了？請說出來。」

老曾頓時醒悟：「這巫者正施展巫術，讓我能夠看到過去的情景。」當即說了催老婆炒菜、命兒子送酒等情，又說見到新郎和新娘和一個方臉鬍鬚漢子同坐一席，接著道：「但那新娘背對著我，我看不到她的面容。」

沈綾低聲道：「那方臉鬍鬚漢子，想必便是賀大了。」

羅欽問老曾道：「客堂上，你還見到甚麼人？」

老曾眼望著客堂，說道：「很多人，總有五十多個吧！我的伙計在席間穿梭，忙著招呼客人。客人分坐十多席，有的坐了三人，有的坐了五人，都是漢人裝束，說的都是漢語，他們身上穿的都是絲綢。」

沈綾和羅欽對望一眼，兩人望向空曠的客堂，冷清寂寥已極，試圖想像老曾眼前見到的，二十年前的熱鬧情景。

羅欽對老曾道：「你走上前去，跟那位沈郎君打個招呼，也向那位新娘道個喜吧。」

老曾猶豫了一下，眼前的情境便如同真的一般。

他吸了一口氣，隨手抓起一杯酒，舉步上前，來到新郎新娘的席旁，笑著道：「沈郎君！新娘子！小人敬兩位新人一杯。」

他一邊在幻境中做著這些事，說著這些話，口中一邊對羅欽敘述自己所見：「沈郎君轉頭對我笑，起身跟我乾了一杯酒，伸手拍拍我的肩頭，向我道謝。那鬍鬚漢子神色有些不自在，似乎擔憂著甚麼，但也跟我喝了一杯。我要敬那新娘時，才留意到她一身白衣。奇怪了，大喜日子，她怎地身穿白衣？我望向她的臉，她也望向我，但我甚麼也看不見，只見到她的一雙眼睛，那雙眼睛非常深邃……」

羅欽和沈綾對望一眼，羅欽問道：「她生得甚麼模樣？」

老曾望著那白衣新娘，極想看清她的臉面，卻怎麼也看不清楚，心中甚感驚慌，只覺那新娘對著自己一笑。老曾全身一震，口中喃喃說道：「我想看清楚她的臉，但不知如何，就是看不清楚……她對我笑了，我看到她的嘴巴對我笑，眼睛對我笑，但我卻仍看不清楚她的臉面。啊，她在對我說話了……她對我說，她說：曾掌櫃的，辛苦你了。她又說，未來二十年可辛苦你了。我不明白她的意思，我問她為何這麼說……喔，我明白了，是她！就是她對我施了詛咒，讓別人忘記我，足足二十年！為甚麼？妳為甚麼要這樣對我？她說、她說：對不住，我須得保護我的孩子。二十年後，他會來這兒找你，解除你身上的詛咒。到時……到時你就告訴他，我在山之底，水之巔，讓他來找我。」

羅欽和沈綾聽了老曾的言語，都是又驚又喜。沈綾連忙問道：「甚麼是山之底，水之巔？哪座山，哪條水？」

老曾身處巫術之中，只聽得到羅欽的聲音，於是羅欽對老曾重複了沈綾的問題。老曾眼光仍舊盯著空虛破敗的堂上，說道：「妳的兒子？今兒來我客棧的那個年輕漢人，就是妳的兒子麼？他在這兒呢，他要我問妳，妳方才說的話是甚麼意思？哪座山？哪條水？妳又怎能在山之下，水之上？嗯，嗯，妳說他聽了就會明白？」

沈綾長這麼大，從未聽過「山之底，水之巔」這六個字，更加想不起曾聽聞任何跟這六字有關的線索。他望向羅欽，露出疑惑不解之色，搖頭道：「我不明白。」

羅欽只好說道：「老曾，你跟她說，她的兒子不明白啊！」

老曾望向那個白衣新娘，重複了羅欽的言語。那白衣新娘又是微微一笑，老曾雖看不清她的臉面，卻感覺她的面容非常、非常的美麗。她輕聲說道：「他若不知道，他的朋友一定知道。」

老曾問道：「妳說他的朋友一定知道，是麼？」

羅欽和沈綾聽了，彼此望望，沈綾滿臉希望之色，問羅欽道：「你知道麼？」

羅欽趕緊搖頭，說道：「我也不知道啊！她……你的阿娘又怎知道我會跟你一起來此？」問老曾道：「你問她，她怎麼知道我會跟她的兒子一起來此？」

老曾說道：「她說：不只二十年後的事情，幾百年前和幾百年後的事情，她都能全數見到，清清楚楚，歷歷在目。她說：她不能多說了，婚宴還沒完呢，她揮揮手，讓我離去。她還說：她對不起我，這二十年苦了我了，但是我的痛苦就要結束了。」說完全身猛然一震，眼前歡鬧的婚宴霎時消失，客店大堂回復到空曠破敗，冷清荒涼。

老曾一屁股坐倒在地，喃喃說道：「我真的見到了……見到了她。我的苦難，二十年，這二十年，當真結束了？」

沈綾已然猜知，定是阿娘在老曾身上下了某種咒術，才讓他在這二十年間令所有人都看不見他，也記不得世間曾有他這個人。他不確定阿娘為何要這麼做，難道只為了讓老曾在此枯等二十年，等到自己來此尋訪，告知阿娘留下的信息？他心中甚感歉疚，從懷中掏出一錠數兩重的金子，遞給老曾，說道：「曾掌櫃，你二十年前見過的新娘，應當便是家母。我從未見過她，也不知道當時究竟發生了甚麼事。但是，這二十年當真難為你了。這銀子你且收下，將店面重整翻修一下，希望還能繼續做生意。要不，將客棧關了，拿這當旅費，去尋找你的家人，和他們團聚吧。他們此刻想必已記得你了。」

老曾一時不知該如何反應，伸手接過了金子，呆在當地，口中喃喃說道：「二十年！

二十年！」

沈綾又道：「曾掌櫃，你這兒能住人麼？後面那幾間房舍若是空著，便讓我們在此住一晚，算是你第一個客人，你說可好？」

老曾對他的問話似乎並未聽見，眼睛不斷望向門外，以及經過門口的路人商旅。沈綾又問了一遍，老曾才擺手道：「我這些房舍空置久了，骯髒得很。你們要不介意，就隨意找間房舍住下，一切自便吧！」說著不顧羅欽和沈綾還在堂上，猛然跳起身，瘋了似地直奔出門外，伸手抓著一個路人，高聲問道：「你看得到我麼？你看得到我麼？」那路人滿面驚疑，側頭望著老曾，說道：「這位老丈，我又不是瞎子，當然看得到你。有話好說，你快放手吧！」

老曾欣喜若狂，又在路上抓了幾個路人，直到所有人都說看得到他，他才放下心，來到鎮上的酒館，叫了一壺酒，狂飲起來。

羅欽和沈綾逕自來到後進的客舍，但見裡面果然骯髒得緊，灰塵堆積了數寸。兩人找了間較為乾淨的，自己動手清理，擺好臥鋪，準備在此過夜。他們見天色將黑，自行去櫃檯後翻出了一盞油燈，回屋中點上；兩人又去城中街道上走了一圈，買了烤羊肉串和烙餅回來，當作晚膳。

天黑之後，老曾仍未回來，羅欽和沈綾坐在客舍之中，談論起老曾的言語。沈綾道：「老曾說，我阿娘所說的那六個字，我的朋友會明白……她預知我會來此尋她，這可以理解，但她竟然知道你會跟我一道來，那便匪夷所思了。」

羅欽道：「是啊！她怎會知道世上有我這個人？不，我年紀跟你相差不多，你那時尚未出生，我只怕也尚未出生。她怎能預知我會出生，並會在晉陽跟你偶遇結識，還決定跟你一起來這兒尋她？她就算是靈人，能夠卜知未來，也不可能準確到這個地步吧？」

沈綾沉吟道：「我們又如何能確知老曾所說是真？他在你的巫術下，神識回到了二十年前的那場婚宴上，但或許這一切並未發生，只是出於他的想像？」

羅欽搖頭道：「在我的巫術之下，他是無法說謊造假的。我要他說出所見，他只能如實說出，不可能編造故事，欺騙我們。」

沈綾道：「我明白，但他或許並非故意編造欺騙，而是看到了不真實的幻象？比如他說無法看清我阿娘的面貌，而我阿娘明明就坐在席上，跟他相距不過數尺，他怎麼可能看不清楚她的面貌？他還說見到我阿娘對他微笑，跟他說話。羅欽，好似我們二人面對面坐著說話，怎麼可能看不清楚彼此？」

羅欽道：「那也不難，許多巫術都能做到，你看著。」坐直身子，口中念起咒語，沈綾感到眼前一花，羅欽便忽然消失了；前一瞬間，他明明坐在自己身前，此刻卻無影無蹤，屋中只剩下自己一個人。沈綾伸手去摸方才羅欽坐著的地方，卻甚麼也沒摸著，心中好生驚異，攤手說道：「你消失了！我看不見你了，也摸不著你了！」

一轉眼間，羅欽又出現在他面前，面露微笑，說道：「這是隱身術，六子也會。」六子坐在一旁，忽然也消失了，一眨眼間，便又出現了。

沈綾笑著摸摸六子，說道：「你真有本事。」又對羅欽道：「但是我阿娘的情況並不一樣。老曾明明知道她在那兒，見得到她的身形，聽得見她的聲音，然而就是看不清她的臉面。世間有這種巫術麼？」

羅欽側頭想了想，說道：「我試試。」口中念咒，沈綾又感到眼前一花，羅欽仍舊坐在自己身前，但彷彿一團迷霧一般，看不真切。

羅欽說道：「你聽得見我的聲音麼？」

沈綾道：「聽得見。」

羅欽道：「你看得見我的身形麼？」

沈綾凝目望去，羅欽就在自己身前不遠處，但確實看不清楚他的身形，說道：「看不清楚。」

羅欽停止巫術，身形倏然出現，說道：「你阿娘若是大巫恪口中的靈人，那身為靈人，想必懂得類似的巫術，才能讓老曾明明見得到她，卻看不清她的臉面。老曾早先看見的，應當是他的真實記憶，而不是幻想。」

沈綾點點頭，不得不信，說道：「就算如此，我阿娘要我去『山之底，水之巔』找她，那究竟是甚麼意思？這一切若當真發生過，我阿娘的預言倘若如此靈驗，那你不是應該明白她的意思麼？」羅欽抱著雙臂，低頭沉思，說道：「我應當知道，卻不知道，這其中定然有甚麼我還未想通的地方。」

兩人想之不透，眼見夜已深，便吹熄油燈，躺下睡了。

第七十三章　夢境

這夜，羅欽再次做夢，夢到的自然不是沈綾，因為沈綾就在他身邊；他夢到的是沈綾的妹妹沈雒。他見到沈雒獨自走在一條彎彎曲曲的鄉間小路上，路旁是一片一望無際的碧綠青草和鵝黃色花朵。沈雒神態輕鬆自在，口中哼著歌兒，不時蹲下身，採下一束花兒，插在髮間。

羅欽立即感到不對：「沈雒絕不是個天真無憂的採花女孩兒，她此時人應當在洛陽，忙著照顧姊姊和兩個侄兒侄女，怎會獨自一人去鄉間採花？」忍不住走上前去，喚道：「沈二娘！」

沈雒抬起頭來，手中捧著許多黃色鮮花，對他微微一笑，說道：「你是誰啊？」

羅欽一呆，說道：「我是妳小兄沈綾的朋友，我叫羅欽。我去過妳家裡，妳見過我的，怎地不記得我了？」

沈雒搖搖頭，說道：「我沒見過你。你說你叫羅欽？」

羅欽滿心懷疑，問道：「二娘，妳當真不認得我？」

沈雒一臉茫然，睜著大眼睛望向他。羅欽忽然醒悟，暗使巫術護身，說道：「妳不是二娘，不是沈綾的妹妹。妳是誰？為何來我夢中？」

沈雒神情一變，站起身，扔下手中花朵，凝視著羅欽，說道：「不錯。我是金山的鎮山神女。年輕巫者！你闖入我的地盤，有何意圖？」神色嚴肅，語音冷冽。就在羅欽的眼前，沈雒的面容開始變化，轉變成一個二十來歲的妙齡女子，身形修長，容色艷麗，一身青白色的衣衫，全身散發出淡淡白光。

羅欽忙行禮道：「這位神女，我是磈磊村巫者羅欽，擅闖貴地，在此謝罪。」

金山神女道：「本神千年來駐守金山。汝等來此，有何意圖？」

羅欽心中一動：「她在此千年，想必熟悉附近的山河地勢，我可以問她沈綾的母親究竟在何處。」於是老實說道：「我跟我的朋友沈二郎來此尋找他的阿娘。二十年前，他的阿娘在此嫁給他的阿爺，生下他後，便不知所蹤。」

金山神女問道：「你們想問甚麼？」

羅欽述說了今日早些在客棧中，自己以巫術令老曾回到過往，與沈綾的母親對話的經過，最後問道：「神女可知道『山之底，水之巔』是甚麼意思？我們該去哪裡找她？」

金山神女側過頭，說道：「我所居的金山，山頂凹陷，形成一個深谷。所謂的山之底，或許就是金山頂的那個深谷？」

羅欽大喜，又問道：「那麼『水之巔』又是甚麼意思？」

金山神女搖頭道：「這我就不知道了。聽來你朋友之母應當是位巫者，二十年前她若來過此地，我不可能不知道；她此刻若藏身左近，我也不可能不察覺，因此她絕不在這金山的方圓百里之內。」

羅欽也甚感懷疑，說道：「神女說得是。我來到這兒不過一日，妳便知道了；而我朋友的母親應當是個巫術比我高明百倍的巫者，她若在附近，神女自當知曉。」心想：「二郎母親並非巫者，而是靈人，也許金山神女並無法察覺她的去留？」想了想，又道：「況且她擅長隱身術，能夠讓人看不見她的臉面，或許神女因此未能發現她？」

金山神女搖頭道：「任何隱身巫術都逃不過我的神眼。你們去吧！二十年前，並未有任何巫女來到金山左近。」

羅欽急道：「但我朋友千里來此尋母，不管如何，我們還是得盡力找上一找，盼神女高抬貴手。」

金山神女神色嚴肅，說道：「巫者羅欽！你和令友來此尋人，本神無意阻擾，但汝等勿要在此待上太久。我這金山平靜了數千年，從未發生戰爭衝突。你身邊帶著的那條神獸是天犬吧？天犬所到處，定將帶來戰亂禍事，汝等還是快快離去得好。」

羅欽忙道：「我的六子不是天犬，牠是頭半神獸。」

金山神女凝望著六子，說道：「牠雖不是天犬，但想必和天犬有些淵源。」

羅欽只能老實道：「不錯，牠是天犬之子。」

金山神女點點頭，說道：「無論如何，汝等必須在三日內離去，以免騷擾本地的和平寧靜。」

羅欽無奈，只能說道：「好吧，我答應神女。三天之內，我們若找不到我朋友的母親，我也會帶著六子離開，不令貴地受到侵擾。」

金山神女點點頭，回身走去，消失在淡黃色的花海之中。

羅欽睜開眼，但見天色已亮。他滿心興奮，連忙搖醒沈綾，告訴他夢中所見。沈綾聽了，也大為振奮，說道：「我們這就去金山上，看看能不能找到甚麼。」

兩人聽見門外傳來聲響，沈綾探頭出去一看，見老曾已回到客棧，正忙著打掃客堂，準備重新開張。

沈綾甚是為他歡喜，兩人收拾了行囊，吃了些早膳，向老曾問明了路徑，便往金山行去。

羅欽往年曾獨自前往西方，登上眾多神山尋找神獸，此時攀登這金山，自是駕輕就熟；六子身輕體健，直往山道上搶去，遠遠奔在前面。沈綾雖長年在外奔波，但畢竟甚少攀山，體力不足，氣喘吁吁地落在後頭，羅欽和六子只得不時停下等候他。

直到日中，兩人一犬才來到山頂。但見山頂果然有個深深低陷的山谷，谷口雲霧繚繞，深不見底。

沈綾道：「這山谷垂直而下，看來並無道路，卻該如何下去？」

羅欽道：「我可以施展『飛身術』落下，看看谷底有甚麼。請你在這兒等我。」想了想，又道：「這山上靈氣甚濃，不知是否有巫者或神獸盤桓。我讓六子留在這兒保護你吧。」

沈綾心急，極想知道阿娘是否就在谷底，但他自己既無巫術，手腳又不敏捷，倘若硬要攀下這山谷，確實十分危險，便同意了羅欽之議。

羅欽對六子道：「你留在這兒，保護二郎。」

六子點點頭，說道：「但是他聽不懂我說話，我若有緊急事兒得跟他說，該怎麼辦？」

羅欽道：「那也不要緊。你別讓他到處走，如果有甚麼人、獸或巫者想傷害他，你就把他們趕走。」

六子問道：「他若想攀下山谷呢？」

羅欽道：「那你就咬住他的衣袖，不讓他下去。我很快就會回來的。」

六子帶著懷疑之色望了沈綾一眼，才點頭答應了。

羅欽又想了想，解下腰間多它送給他的短刀，連鞘遞給沈綾，說道：「這柄刀，你帶著防身吧。」

沈綾從不曾動武，連如何拔刀出鞘都不知道，但他不想讓羅欽擔憂，便道謝接過了，將短刀掛在腰間。

羅欽於是使出飛身術，懸浮在半空，慢慢落入山谷之中。沈綾蹲在谷口，低頭觀望，不多時，羅欽的身影便消失在雲霧裡，再也看不見了。

沈綾找了塊乾淨的石頭坐下，耐心等候。六子在他身周走來走去，聞聞嗅嗅，不時伸爪刨刨地上的泥巴和石頭。

沈綾望著遠方，想著心事，陷入沉默。不多時，他感到六子來到自己身旁，用鼻子來碰自己的手肘。沈綾伸手摸摸牠的頭，說道：「六子，乖。」

六子將他的手甩開，又用鼻子去頂他的肩膀，發出嗚嗚聲響，似乎有甚麼話要說，神情顯得十分焦急。
沈綾心生警戒，問道：「六子，有甚麼要緊事麼？是羅欽有危險麼？」
六子在當地轉了一圈，又對著沈綾叫了幾聲，搖了搖頭。
沈綾心中一動，笑道：「你知道點頭搖頭，那就好辦了。我問你問題，是就點頭，不是就搖頭，好麼？」
六子點了點頭，又在當地繞了一圈，顯得更加焦躁不安。
沈綾問道：「羅欽遇上危險了麼？」
六子搖頭。
沈綾問道：「這山上有危險的事物？」
六子點頭。
沈綾心中一驚，又問：「離此很近麼？」
六子繼續點頭。
沈綾連忙爬起身，問道：「是衝著我們來的？」
六子再次點頭。
沈綾又問：「你能打退那事物，保護我麼？」
六子搖頭。
沈綾慌了手腳，問道：「那我們該逃走麼？」
六子連連點頭，上前咬住他的衣袖，示意他跟著自己。沈綾趕緊跟著牠往山下奔去，一犬一人慌不擇路，沿著下山方向狂奔。就在這時，身後傳來一陣如雷的吼聲。六子知道那獸物追上來了，趕緊加快腳步，沈綾卻忍不住回頭望了一眼，這一望，幾乎沒嚇破了膽！但見那是一頭如山一般巨大的獸物，身形臃腫，全身疙瘩般的青色鱗片閃閃發光，張著血盆大口，口中滿是尖利的牙齒；四條腿粗壯如柱，每踏出一步，整座山似乎都震動了起來，而那四條柱子般的腿移動飛快，交替前進，直向自己追來。

沈綾驚呼起來，趕緊跟著六子奔去。

六子見那獸物身形巨大，心想：「得往深林裡鑽去，讓牠無法追入。」立即改變方向，往最近的樹林奔去。然而那獸物追得極快，不久便離沈綾的背後不過數丈，眼看便能一口將沈綾吞了下去。危急之中，六子只能立即回頭，猛然向那獸物撲去；獸物微微停頓，隨即怒吼一聲，張口便向六子咬下。

沈綾見了，大驚失色，叫道：「六子！」

幸而六子那一撲只是虛晃一招，並未真正撲向獸物，牠立即轉身，繼續往森林奔去，沈綾趕緊追上。經這麼一阻，一犬一人被逼上了最陡峭的斜坡，沈綾勉強跟在六子身後，奔出數丈，腳下一絆，失足滑倒，因地勢傾斜，不由自主便往山坡下滑去，越滑越快，竟無法停止，筆直從六子的身邊滑過。

六子見了，驚得狂吠起來；牠知道自己雖然體型不小，又是半神獸，具有法力，但也極難追上並阻住沈綾往坡下急滑的勢頭，只能加快四足急追，心中打定主意：「這人是羅欽的好友，我可不能讓他受傷！他若要撞上大石甚麼的，我得趕在他身前擋住！」

眼見沈綾一路往斜坡下滑去，六子加快腳步，忽然聽見前面傳來一連聲古怪的巨響，遠處一片白茫茫的，六子一呆：「那白茫茫的是甚麼？為何發出巨響？」仔細一瞧，才發現沈綾身旁有條溪流，溪水越來越寬，到了山崖盡頭，便是直直往下的瀑布，牠聽見的巨響正是瀑布轟然的水聲。六子心中一驚：「沈二郎若滾到山崖邊緣，勢必將隨著瀑布之水跌下山崖！」

六子趕緊加快腳步，往前一衝，奮力咬住了沈綾的衣袖，緊緊扯住，但仍止不住沈綾滑落的勢頭，一人一狗繼續往山坡下滑行，各自手腳並用，盡力減速，直來到山崖邊緣不到半尺處，才險險停下。

沈綾心跳奇快，伏在坡上不敢動彈，生怕稍稍一動，便會滑下瀑布；六子則小心翼翼地張口鬆開沈綾的衣袖，退開幾步，離山崖邊緣遠些，對著沈綾輕輕叫了幾聲，示意他慢慢攀上坡來。

沈綾喘著氣，感到手腳痠軟，勉強吸了幾口氣，才一點一點往山坡上爬去，終於來到較高之地，對六子道：「多謝你……多謝你救我性命。」

六子望望他，只點了點頭，探頭往瀑布下望去；沈綾順著牠的眼神往下看，但見那瀑布直沖而下，深不見底，總有數千丈，方才若跌了下去，那可絕對沒命了。沈綾想到此處，心有餘悸，伸手摸摸六子的頭，感激地道：「你真是我的救命恩人！」

六子又望望他，望望瀑布，說道：「水之巔！這不就是水之巔麼？」

沈綾聽不懂，疑惑地望著牠。六子叫了幾聲，見他不明白，急得在當地轉了幾圈，又叫了幾聲，奔到溪水邊，低頭去踩溪水。沈綾以為牠要跨入溪中，忙阻止道：「水急，別進去！」

六子又回頭望向他，不耐煩地道：「水之巔！這是溪水，那邊是瀑布。瀑布最高的地方，不就是水之巔麼？你明明是個挺聰明的人，怎地我一條狗都想到了，你卻想不到？」

沈綾見六子十分努力地對自己吠叫，然而自己就是聽不懂，也甚感著急，說道：「六子，我不是巫者，聽不懂你的言語，不明白你的意思啊！」

六子再次低頭望向流水，伸出爪子指向水面，又用鼻子指向瀑布，又抬頭往上望望。

沈綾忽然腦中靈光一閃，說道：「水之巔！你想告訴我，這兒就是水之巔，是麼？」

六子大喜，連連點頭。沈綾往瀑布下望了幾眼，疑惑地道：「就算這兒真的就是我阿娘所說的水之巔，但她人顯然並不在此，我又該如何找到她？而且羅欽還在山谷之下，我們該等他上來，與他會合，再做打算。」

六子點點頭，轉頭望向山頂，沈綾順著牠的目光望去，說道：「我們方才從山頂滾下，滾出了好長一段，若要攀爬回去，可得花上不少工夫。況且那頭獸物不知是否還在山頂上？羅欽若出了山谷，豈不會遇到那頭獸物？我們得回去警告他才是。」

六子搖搖頭，說道：「憑羅欽的巫術，那怪獸是傷不了他的。我們不必回去警告他，我只要在心裡跟他說一聲，他就知道了。」坐在當地不走。

沈綾聽不懂六子的話，兀自煩惱，一人一犬坐在瀑布上的小溪之旁，大眼瞪小眼，都陷入沉默。

六子專心一致，在心中呼喚：「羅欽！羅欽！你在哪兒？」

過了一會兒，羅欽的聲音在牠耳邊響起，可能因為相隔太遠，聲音甚是細微，回答道：「我還在山谷中。怎麼了？」

六子道：「我們被一頭巨大的獸物追逐，滾下了山坡，來到一個瀑布的盡頭。我們想這兒應當就是沈綾阿娘所說的『水之巔』。你快來找我們吧！」

羅欽道：「是麼？我在山谷底下，找到了一個可能是『山之底』的地方。不如你帶沈二郎落入山谷，來這兒跟我會合吧！」

六子甚感不耐煩，說道：「你的話太複雜了，他聽不懂我說話，我不知道該怎麼跟他解釋。」

羅欽道：「那請你帶他回到山頂的谷口邊緣，我剛剛落谷之處。我在那兒與你們會合。」

六子無奈答應了，望向沈綾，吠了幾聲，往山谷行去，回頭示意他跟上。

沈綾舉步跟上，問道：「我們要回去山頂，是麼？」六子點了點頭。

沈綾道：「甚好。我們去找羅欽，再做打算。」於是跟在六子後面，往斜坡上攀去。

這斜坡甚是陡峭，六子不斷抬頭觀望，往前小跑探路，盼能找到一條較為平坦易攀的坡路，但是尋了許久，仍舊尋之不得。沈綾體力不繼，在後喘氣不已地跟著，最後忍不住叫道：「六子，你走慢點兒，我跟不上了。我得歇息一會兒。」

往日六子跟隨羅欽四處流浪，向來都是牠先感到疲累，羅欽須得停下等牠，或是抱著牠繼續行走；這回沈綾卻比牠先累倒，六子不禁暗覺驕傲：「我的體力雖不如羅欽，比起一般人來，倒還是不差的。」於是就地趴下，等候沈綾緩過氣來。

沈綾在斜坡上坐倒，因地勢傾斜，一不小心便會往下滑去，只得伸手捉著身旁的矮樹叢，藉以穩住身形。他望向六子，喘息道：「你怎地都不會累？」

六子正要回答，忽然全身的毛都豎了起來，感受到一股巨大的危險就在身邊：許多年前，當五色鳥飛來牠和牠兄弟躲藏的洞穴時，牠就曾有過這樣的感受。牠心中大驚，立即豎起耳朵，睜大雙眼，卻見不到任何威脅；山坡上一片平靜，自己和沈綾的身周甚麼也沒有，只有徐徐清風和淡淡花香。

沈綾自不期待六子會回答自己，也未曾留心牠神色有異。

六子滿懷不安，站起身走了一圈，四處觀看，忽然想起：「花香！這山上一朵花也沒有，怎麼會有花香？」

沈綾終於留意到牠不安的神情，也心生警戒，但他沒有狗的靈敏嗅覺，無法察覺到細微的氣味之變，問道：「怎麼了？」

六子的恐懼越來越強烈，忍不住低咆起來。沈綾擔憂地四處張望，不知道六子究竟在害怕甚麼。就在這時，山坡上颳來一陣大風，來勢猛烈，只捲得飛沙走石，漫天塵沙。

沈綾驚呼一聲，趕緊伸手臂遮住頭臉，耳中聽見六子狂吠起來，直向著那股狂風撲去。沈綾大驚叫道：「六子！」伸手想去捉住六子，但差了數寸，沒能捉住六子的後腿。但見六子衝入風中之後，便消失不見了，只聽得風沙團中傳出嘶吼打鬥之聲。

沈綾生怕六子被那團狂風怪物所傷，勉強爬近前，卻不知該如何相助，心中大急：「六子是羅欽的神獸，剛剛又救了我性命，我不能讓牠出事！」大叫一聲，湧身撲入風團之中。剛進入風團，耳中只聽得便轟轟巨響，甚麼別的也聽不見；眼前一片灰暗，甚麼形狀事物都看不清楚。沈綾勉強凝神，睜大雙眼，漸漸能聽見六子正與不知甚麼獸物打鬥的聲響，聽來就在自己身前兩丈之處，眼睛也慢慢能辨別形狀。他看到六子矯健的身形在狂風中跳躍穿梭，對手是一頭圓圓胖胖的獸物，身形巨大，足比六子大上三倍。那獸物四足甚短，身子貼著地面，滿身鱗甲，偶爾張開大口，伸出細長的舌頭，噴出一團紫色腥氣。

沈綾心中怦怦亂跳：「這是甚麼怪物？我既不會巫術，又不會武術，卻該如何擊退牠？」急切間，猛然想起羅欽給自己用以防身的短刀，連忙抓住掛在腰上的刀柄，將短刀拔了出來，持在身前，緩步上前，接近六子和那怪獸。

來到近前，沈綾看得親切，那獸物盤地不動，只等六子一靠近，便張口噴霧；趁六子跳躍躲避時，獸物便伸出繩索般的舌頭，試圖纏繞住六子的脖子和四肢。六子數次衝上攻擊，都被獸物的紫霧逼退。

沈綾心想：「如此纏鬥，六子並無勝算，不如跟我一起逃走。」他想對六子叫出這幾句話，但風勢巨大，他一張口，便有許多泥土砂石飛入口中，更無法發聲，心中焦急萬分。就在這時，那獸物再次張口噴霧，六子縱躍迴避，不料獸物忽然甩過粗重的尾巴，重重地打在六子的身側。六子悶哼一聲，身子飛出數丈，跌倒在地，掙扎著爬不起身。

沈綾見那獸物緩緩舉步逼近六子，伸出了長長的舌頭，心中大驚，連忙衝上前去，舉起短刀，猛力刺上獸物的背後。獸物似乎毫不疼痛，立即回頭，尾巴一甩，打上沈綾的手臂，沈綾握不住短刀，短刀遠遠飛了出去。

沈綾大驚，但見獸物青色的眼睛直望著自己，轉身向自己跨步而來，只嚇得他全身僵硬，勉強逼迫自己回身奔逃。六子乘機撲上前，咬住了獸物的後頸。那獸物皮厚肉粗，即使被刺了一刀，又被六子咬住了後頸，卻彷若無事，不痛不癢，張開大口，對著沈綾便噴出一團紫色腥氣。沈綾聞到一股濃郁的花香撲面而來，感到頭腦一昏，幾乎閉氣暈去。他危急中不顧香氣，奮力衝上前，雙手伸出，捉住了怪獸的舌頭。那舌頭足有數寸粗細，入手濕黏滑溜，幾乎握之不住。但覺那怪獸渾身一震，猛力回扯舌頭，沈綾雙手更加用力，將舌頭扯過來挾在腋下，不讓怪獸收回。但怪獸力大無窮，舌頭仍慢慢地收回，沈綾也被牠一寸寸地拉近，越來越接近怪獸的血盆大口。

六子眼見自己咬不透獸物的後頸，趁牠的舌頭被沈綾夾住，當即鬆口，從獸物的背上滑下，狠狠咬住了怪獸的咽喉，但六子雖已咬出血來，卻仍無法咬穿怪獸厚厚的盔甲。六子在心中叫道：「沈二郎，快放手，快逃！」

沈綾不肯放手，大叫道：「我不放手！六子，快鬆口，快逃！」

六子生怕這是自己制怪獸死命的唯一機會，不敢鬆口，眼望著沈綾一寸一寸被拉進怪獸的口中，心中大急，忽然想起：「我咬著沒鬆過口，更沒開口說話，他怎能聽見我的心思？」當即在心中道：「你聽得見我麼？」

沈綾立即回答：「聽得見，當然聽得見，你快逃啊！」

六子心中大喜：「你終於聽得見我說話了！我數到三，我們一起鬆口放手，你往後逃，我往前逃，衝出這團狂風，往山頂奔去，牠多半追不上我們的！」

沈綾這才想起：「怪了，我竟然能夠聽見六子說話！」立即道：「好！」

六子於是在心中數了起來：「一，二，三！」

數到三時，一人一犬同時鬆手鬆口，各自往相反的方向奔去。那怪獸呆了呆，巨大的頭望向奔向自己身後的沈綾，又轉回望向奔向自己前方的六子，一陣猶豫，不知應該去追哪一個。就趁牠這一猶豫，沈綾和六子已奔出了狂風，回到了山坡之上。沈綾忘了自己方才身處陡峭的斜坡，又險些滾下山去，連忙俯身撲在山坡上，伸手抓住土石，藉以穩住身形。他一回頭，見六子就在數丈之外，那團狂風繼續往山下捲去，離自己越來越遠，他才鬆了口氣，對六子道：「我們繼續上山！」

六子答應了，當即舉步往山上奔去，沈綾跟隨其後。經過與怪獸這場生死搏鬥，沈綾竟然開始能夠聽見六子的心思，一人一犬都甚是高興，一邊快奔，一邊在心中交談。六子道：「你瞧，能聽見我的心思，並不是甚麼難事。你雖不是巫者，但羅欽說你和你阿娘都是靈人，那你體內也有巫術之能，怎麼可能一直聽不到我的心思呢？」

沈綾道：「我也不知道啊！可能因為我從未學過如何使用巫術吧？」

六子道：「那麼剛才在那狂風之中，你怎麼忽然就能聽見了？」

沈綾道：「我見那頭怪獸用尾巴打你，擔心得很，彷彿能感受到你的痛楚。就是那時，我便能夠聽得見你的聲音了。」

六子忽然停止腳步，豎起耳朵，說道：「羅欽在呼喚我。」

沈綾停下腳步，專心傾聽，果然也聽見了羅欽的呼喚：「六子！六子！」開口道：

「我聽見了，他應當就在不遠處吧？」抬頭望去，山坡上卻空無人影。沈綾心想：「聽他的聲音，應當就在十丈以內，怎地我卻見不到他的影蹤？莫非他施了隱身術？」

但聽羅欽喚道：「六子，我在山頂了，你在哪兒？二郎跟你在一塊兒麼？」

沈綾一呆，心想：「他若在山頂，離這兒可遠得很，我怎能聽得見他的聲音？莫非他能施展巫術，令聲音遠遠傳來？」但聽六子回答道：「我和二郎在一塊兒，還在山腰上。我們被一頭會興起狂風、圓圓胖胖的怪獸追趕，幸而逃了出來，此刻正往山頂攀去。」

羅欽急道：「怪獸？你們沒事麼？」

六子道：「我被怪獸的尾巴給打了一下，傷得不重。二郎也沒事。是了，不知為何，他忽然能聽見我說話了。」

羅欽喜道：「你們都沒事，那就好了。別上來，我下山去找你們。」

六子道：「那好，我們都走不動啦，留在這兒等你最好了。」

羅欽問道：「你們在哪兒？」

六子左右望望，說道：「我能見到太陽，我們該是在西邊的山坡上。左近有一片松樹林，我們在一棵老松樹下。」

羅欽答應了，說道：「好，我就來。」

六子對沈綾道：「他說……」

沈綾接口道：「我知道，他說要我們在這兒等，他下山來找我們。我都聽見了。」

六子驚喜道：「你可真神奇，連羅欽對我說話也能聽見了！我得告訴羅欽，往後要小心些，有甚麼祕密要說時，可別讓你聽去了。」

沈綾也大感古怪，說道：「是啊！怎麼忽然之間，我就能聽見你們心裡的聲音了？」

六子感到方才被怪獸尾巴撞傷處好不疼痛，渾身疲累，就地趴了下來，說道：「你體內應該本來就有巫術之泉，如今只不過是被開啟了，那也沒有甚麼。你還會甚麼巫術？能變出一些水給我喝麼？」

沈綾一怔，說道：「水？我不知道怎麼變出水來。但羅欽讓我帶了一袋水上山，來，你喝一些吧。」從腰間解下牛皮水袋，打開繩結。六子高興地小跑上前，低頭從水袋中喝水；喝完之後，又趴倒在地，抬眼望向沈綾，認真地道：「二郎，你既是巫者，那我建議你該去找一頭神獸。神獸能夠保護你，也能跟你作伴。你跟羅欽一樣，都會是很好的主人。」

沈綾笑了，說道：「我連神獸是甚麼都不知道。我第一次見到你的時候，以為你只是一條普通的狗兒哩。後來聽羅欽說你是半神獸、天犬之子，仍是一知半解。老實說，我到現在還不知道神獸是做甚麼的。」

六子笑道：「如今你該知道了吧？我是羅欽的守護獸，也是他的友伴。我的壽命很長，至少能和羅欽一樣長。我們一輩子都不會離開彼此。」

沈綾甚是感嘆，說道：「萬事無常，人世孤寂。羅欽有你這麼一位長壽而忠誠的神獸伴隨，真是大幸啊！」

第七十四章　靈會

沈綾和六子正聊得起勁時，但聽腳步聲響，一個人影出現在山坡頂端，正是羅欽。他快步奔下，六子衝前迎上，一人一狗撲抱在一起。羅欽匆匆檢查六子身上傷勢，問道：「疼麼？」

六子道：「我沒事。」飛快地將剛才發生的事情告訴了羅欽。羅欽一邊聽，一邊從懷中取出草藥，替六子敷在身上，包紮起來。等六子說完之後，羅欽望向沈綾，喜道：「你能聽見六子說話，那可太好了。我方才落入谷底，發現這座山很不簡單，顯然是一座神山。我只有在魂磊山上時有過這樣的感受。這山上瀰漫著濃厚的巫術，似乎……似乎有個源頭，巫術就如雨水一般，源源不絕地從天上落下。」

沈綾不知該如何回答，問道：「你在谷底見到了甚麼？」

羅欽道：「谷底是一塊平地，幽暗靜謐，長著許多樹木爬藤，每株植物上的巫術都非常濃厚。你阿娘所說的『山之底』，應該就是那兒了。但是她並不在那裡。」

沈綾和六子對望一眼，說道：「我們剛才見到之處，是一道瀑布的頂端，或許正是我阿娘所說的『水之巔』？」

六子道：「這『山之底』和『水之巔』是兩個不同的地方，但兩個地方都沒見到二郎的母親啊！」

羅欽側頭沉吟道：「你們帶我去瀑布那兒看看。」

於是六子在前領路，二人一犬沿著山坡而下，六子憑著嗅覺記憶，找到了他們方才險些跌下的瀑布之頂。

羅欽來到瀑布邊緣，忽然縱身跳入溪水之中，落在一塊大石頭上。他低頭望著激流從腳下飛快地奔過，落入前面千丈深的瀑布之下，沉吟良久，才抬起頭，對沈綾說道：「二郎，這地方，和我方才去過的谷底，應是同一個地方。」

沈綾不明白他的言語，問道：「這兒是山腰的瀑布之頂，並不是谷底，怎麼說是同一個地方？」

羅欽左右望望，忽然伸直右手臂，在面前畫出一個大圓圈，回頭說道：「你看這圓圈裡面。」

沈綾凝目望去，但見那圓圈裡竟顯現出一個不同的世界，不是水氣瀰漫的瀑布之頂，而是一個幽暗平靜的山谷，草木爬藤叢生。

羅欽道：「這就是我剛才去過的谷底。這兩個地方是……怎麼說？嗯，是連在一起的；而將它們連接在一起的，是這個。」說著手指一彈，方才他畫出的圓圈處忽然冒出一棵大樹，樹幹總有三人抱那麼粗，苔蘚斑斑，顯得極為古老。那樹原本該有樹根的地方甚麼也沒有，整株樹就這麼懸浮在半空之中。

沈綾和六子都大感驚訝，一齊仰頭望去，只見那株樹高不見頂，筆直入雲，枝幹盤曲糾結，一片片金色、銀色的樹葉懸掛在樹枝上，隨風搖曳，發出叮叮噹噹的輕響。

沈綾忍不住問道：「這是……這是甚麼？」

羅欽道：「依我猜想，這可能是一株通天樹。」

沈綾又問道：「甚麼是通天樹？」

羅欽道：「我聽薩滿們說過，遠古時代，地和天是相通的。不論人或巫，只需攀爬上通天樹，就可以從人間登上天界。古時候世間很多地方都有通天樹，後來在絕地天通時，據說天帝和天巫將這些樹全都砍倒了。」

沈綾問道：「登上天界？天界有甚麼？」

羅欽道：「薩滿們說，天界是個永遠平和的世界。所有的神獸和天神，原本都是住在天上的，壽命極長，那裡沒有戰事，也沒有紛爭，天神和神獸都和平相處。巫者可以住在天上，也可以住在地上；但只有法力高強的巫者能夠永居天界。至於人和獸，就只能住在地上了。」

沈綾抬頭望著樹巔，沉吟道：「那我阿娘，她會在樹頂上的天界中麼？」

羅欽道：「有此可能。你阿娘是一位法力高強的靈人，或許有辦法找到通天樹，進入天界，並且長期留在天界。她告訴老曾的那六個字，指的應該就是這兒，而通天樹正長在這兒。」

沈綾抬頭望向樹梢，說道：「羅欽，我們一起攀上去？」

羅欽搖頭道：「你阿娘要你去找她，可沒說讓我一起去，你自己攀上去吧！我和六子留在這兒守護便是。再說，我只是個法力一般的巫者，可能一上天界，就被那兒的天人趕下來了。」

沈綾遲疑道：「我連巫者都不是，只怕更加上不了天界。」

羅欽笑道：「你雖不是巫者，卻是靈人，可比一般巫者強多了！而且是你阿娘要你去的，你自然能夠進入天界。」

沈綾對自己毫無信心，頗感驚慌，暗暗動念：「六子說得對，我若有一頭神獸跟在身旁，便不必獨自冒險了。」但他孤身一人，身邊並無神獸，只能鼓起勇氣，點頭道：「好，我便試著攀上去。」

羅欽伸出手，說道：「你能跳到我站立的大石頭上麼？」

沈綾吸了口氣，奮力一躍，落在羅欽站立的激流中的大石頭上，羅欽抓住了他的手臂，讓他穩住身形。

沈綾抬起頭，見樹幹高懸，離自己的頭頂約有三尺遠近，於是伸手抓住懸掛而下的樹根，開始往上攀去。

羅欽等他攀上通天樹的樹幹，已穩住了身子，才跳上岸去，和六子一起抬頭，望著沈綾慢慢往上攀升的身影。

這通天樹雖長得猶如一般樹木，但枝幹整齊，每隔一尺便有枝幹突出，彷彿人造；最初的數十丈並不難攀，但如此不斷往上攀去，也令沈綾感到手腳痲軟，筋疲力盡。然而攀了數十丈高後，他忽然一下子感到身子似乎變輕了，手腳也變得敏捷了，攀爬愈發不費力氣。如此攀了不知多久，沈綾抬頭望去，眼見天樹的頂部已穿入了一片濃密的雲層。他繼續攀上，終於鑽入了雲層，感到身處一片迷茫的雲霧之中；再次探出頭來時，身周一片光明，除了光明之外，別無他物。

沈綾小心翼翼地跨上雲層，感覺腳下結實，心想：「我這是在雲上麼？怎地踏上去就如土地一般堅實？」

他走出幾丈，見到前方有座草屋，便來到草屋之前。草屋有扇門，門虛掩著。沈綾輕聲輕喚道：「請問屋中有人麼？」

草屋中傳出一個輕柔的聲音，說道：「進來吧。」

沈綾推門而入，但見屋中空蕩無物，顯得十分整潔素淨，當中坐著一個清靈絕美的婦人；她容色端麗，氣度高華，讓人肅然起敬，卻又帶著幾分憔悴，令人心生憐惜。然而沈綾感覺得出，她絕非一位纖質弱女。

她是世間力量最強大的人：不但具有深廣無比的靈能，更能夠號令掌控天下所有巫者。她正是一位靈人。

沈綾立即知道，這婦人便是自己的阿娘。

婦人望向他，露出淺淺的微笑，說道：「孩子，你來了。我是你的母親，名叫若幻。」

沈綾點了點頭，心中不知是何滋味。他曾想像過自己見到阿娘時的情景：是衝上前抱住阿娘，大哭一場？還是怒氣沖沖地質問她，為何在自己幼年時便自離去，將自己遺棄在沈家，忍受主母羅氏長年的冷眼相待？抑或努力展現成熟穩重，心平氣和地請問她究竟是何方神聖，為何蓄意將自己留在沈家，並向她請教自己的命運？

然而這一切都沒有發生。若幻神色自若，既沒有母親見到久違的兒子的喜悅激動，也沒有任何自責或悔恨，只聲音輕柔卻直截了當地道：「你來遲了，但幸好仍不算太遲。綾兒，如同殷商大巫對你所言，我本是世間唯一的靈人，直到你出生的那一刻；我死去後，你便將是世間唯一的靈人了。身為靈人，你將負起兩個重大的責任：其一，你必須守護天藥；其二，你必須將天藥傳給下一位靈人。此間詳情，你暫且不必多問，我會詳細跟你說明。」

沈綾聽得愣愣的，只點了點頭。

若幻問道：「你的朋友呢？他為何沒有和你一起攀上通天樹？」

沈綾道：「羅欽說他巫力淺薄，不敢擅自進入天界，因此在樹下等候，讓我自己攀上來。」

若幻搖頭道：「他不必妄自菲薄，我須得見他。」輕輕揮手，口中念咒，不過一瞬之間，羅欽的身形便忽然出現在沈綾身邊，滿臉驚訝，六子也跟在他的腳邊。

羅欽見到若幻，愣了一下，隨即雙手交叉胸前，恭敬行禮，說道：「小巫羅欽拜見靈人。請問是您召我來此麼？」

若幻點了點頭，說道：「你與此事大有關連，因此我須得召喚你來此見我。你們兩個快坐下了，時候不多，我有要緊的話對你們說。」

兩個青年並肩站在若幻之前，彼此望望，又一齊望向若幻，依言坐下了。六子對若幻十分好奇，又不敢擅自靠近，只乖巧伏在羅欽的身旁。

若幻望向羅欽，神色間露出沉重的歉疚之色，說道：「孩子，我對不起你。其實，你才是沈拓的孩子，沈家的二郎。」

這話一說，沈綾和羅欽都是呆了。

若幻續道：「我在沙州遇到沈拓時，他和你的母親巫女子嵐正要成婚，那時她已懷了你。在那之前，沈拓與某個武人對敵，受了重傷，虧得子嵐以巫術相救，才撿回一條命，二人因而互生情愫。我遇見他們時，也正懷著身孕；當時我被一群邪惡巫者圍繞，身處險境，極需設法逃脫，保護腹中胎兒，並趕緊為這孩子找到一個安穩的藏身之地。因此我出此下策，竄改了沈拓的記憶，讓他以為自己深深愛戀、要與之成婚的女子是我，而不是你母親，我甚至令他將你母親完全忘記，並且以靈人之力，命令你的母親立即離去。」

這番話聽得羅欽張大了口，說不出話來。

若幻又道：「你母親身為巫者，自然知道我是靈人，猜知一切轉變皆起因於我；但她仍舊無法接受前一日還對她滿懷感恩、矢言迎娶她的男子，後一日竟然對另一個陌生女子魂牽夢縈、海誓山盟，對她則如陌生人一般，棄若敝屣。她痛不欲生，只能傷心地懷著身孕回到草原上，被魄磊村巫者收留，卻不幸在生你時難產而死。羅欽，你乃是沈家的二郎，原本應當過著優渥富裕的生活，但我卻害你成了無父無母的孤兒，在偏僻荒涼的魄磊村中長大。羅欽，是我對不起你。」說著對羅欽拜倒在地。

這一番話讓羅欽完全傻在當場，原來真相竟是這樣！他開始想像母親當時的絕望悲傷，終於明白她為何羞於回到自己的族人之間，也未曾向磈磊村之人提起任何關於自己父親之事：原來她無法向人說出靈人奪夫之事，而族人若得知她的遭遇，必將認定沈拓是個始亂終棄的負心人，在臨婚之際狠心捨棄了她和她腹中的孩子，不但裝作不認識她，還立即娶了另一個女子，任由她悲傷痛苦，懷著身孕獨自離去，在陌生之地難產而亡。

羅欽十分難受，心中五味雜陳，不知如何是好。他沉默了半晌，才說道：「妳是對不起我的母親，讓她那麼傷心痛苦！但是……妳並沒有對不起我。我在磈磊村長大，大長老和其他薩滿都對我很好，教了我很多事情，日子過得無憂無慮，也沒有甚麼不好。」

六子在旁插口道：「無憂無慮？你整日被其他的巫童欺負，譏笑你是『偽巫童』，日子哪裡過得好了？」

羅欽搖頭道：「我當時沒有巫術，那是因為大長老將我的巫術封鎖了，這並不是二郎阿娘的錯。」忽然醒悟過來，叫道：「原來如此！那麼，我從小就夢到關於二郎和他姊妹的事情，便是因為他在沈家過的人生，原本應當是我的人生？是了，定是我阿娘死去之前，在我身上施了某種巫術，讓我和沈家聯繫在一起，特別是跟二郎聯繫在一起，是麼？我猜她是想讓我知道，那才是我應當有的生活。」

若幻微微搖頭，說道：「不錯，確實有人在你身上施了巫術，因此你才會在夢境中持續觀望發生在沈綾和沈家諸人身上的種種事情。然而這巫術並非出自你母親，而是出自於我。我知道未來總有一日，沈綾必須承擔起靈人的職責，離開沈家；而你則必須回歸沈家，重拾沈家二郎的身分。因此我蓄意將你與沈家聯繫在一起，好讓你熟知自己原本應當有的生活，回歸沈家時，也更加容易一些。」

羅欽恍然，說道：「原來如此！」望向沈綾，說道：「但我可一點兒也不羨慕你。你在沈家做個庶子，整日受主母排斥，身邊又沒有一頭小獸陪伴，還得學書學算、學做絲綢生意，辛苦得很，日子過得可遠不如我自由自在呢！」

沈綾雖早已從賀大口中聽聞自己可能並非沈拓之子，然而此時由自己阿娘親口證實，心中又是震驚，又是失落；童年和成長經歷在腦中匆匆閃過，令他完全無法接受自己並非沈家之子，只覺得整個人都懸浮在半空中一般，沒有著落，一時說不出話來。

若幻再次對羅欽拜倒，說道：「羅欽，你心胸寬廣，竟然毫不憤怨，也不怪責於我，若幻衷心感激。我知道你一直以來都在遠方默默關心我兒，若幻更是滿懷感恩，不敢或忘。」又轉頭對沈綾道：「如今我終於將真相告知於你，往後你便不再是沈家之子了。沈家之子這個身分，應該還給羅欽了。」

沈綾雖懷疑自己並非沈家之子，但當時只想過自己可能是阿娘婚前便已懷上的孩子，只是父親並非沈拓，卻絕對想像不到自己竟然取代了羅欽！他實在難以相信，母親當年竟以靈能驅逐了羅欽母子，並將沈家庶子的身分奪過來給了自己。他從小便認定自己是沈家庶子，甚至在父兄死後，亦竭盡全力以沈家之子身分幫助大姊撐持沈家、爭取「沈緞」、拓展生意，此時此刻，前塵往事洶湧，一時之間，要他如何接受自己其實與沈家毫無血緣關係？此事非關他能否繼承沈家財產、能否掌理「沈緞」這等世俗瑣事，而是關乎親情，真相、責任，以及承擔。他陷入沉默，咬著嘴唇不答。

若幻凝望著兒子，說道：「我兒！我當時因緣際會，得以讓你在沈宅出生長大，我相信對你而言，這乃是最好的決定。我不想你如我一般，自幼便知道自己靈人的身分，必須接受離群索居、一世孤獨的命運，而是能夠過上一段平凡人的日子，經歷人世間的喜怒哀樂。然而身為靈人，你負有靈人必須承擔的重任。你不能繼續假扮沈家庶子，必得離開沈家、遠離世間，遠離所有你認識和認識你的人。你須得獨自一人過活，活在一個沒有人見得到你，沒有人記得你的地方，承繼守護天藥之責。」

沈綾雖曾聽大巫佫說起過靈人和天藥等情，卻始終並不如何相信。這時聽阿娘親口述說，才體認到其中關係重大，不禁全身微微顫抖，喃喃說道：「就像福來客棧的老曾一樣？」

若幻輕嘆道：「不錯。就像老曾一樣。然而老曾是中了我的術法，身不由己，只能默默忍受無法被人看見的孤獨痛苦；你卻能自己選擇。你原本便擁有靈人之能，自幼便懂得隱藏自己，也能庇護你真心愛護之人；等我教授過你之後，你將學會如何指使巫者，以及如何更嚴密地隱藏自己。」

沈綾心中思潮翻騰：他明白母親是靈人，自己也是靈人；母親逝去之後，自己便是世間唯一的靈人了；而他往後餘生將只有兩個任務：守護天藥，並將之傳給下一代的靈人。他十分清楚這並非他的選擇，也並非母親的選擇；只是如大巫佫所說，生而為靈人，一輩子便注定要活在重擔之下、活在孤獨之中。他陷入長長的靜默，內心極度抗拒，不願意接受這個命運，仍希望能有甚麼轉機，讓他逃離靈人這個角色，掙脫一切靈人血脈帶給自己的束縛。

羅欽望著沈綾變換不定的神色，完全能明白他內心的掙扎，便對若幻說道：「二郎之母，這樣的話，二郎豈不是太可憐了？我並不想做沈家二郎。我回去管陽陪伴阿柔昆結，或是自己到處流浪，或是找個村落住下，做他們的薩滿，也可以過得很好啊！我並不一定要回去沈家、奪走二郎的身分啊！」

若幻搖頭道：「羅欽，每個人都有自己的命運。綾兒有他必須承擔的靈人命運，而你確實是沈拓之子，對沈家以及你的親姊妹都負有責任，這是你的命運。然而你的命運在你出生之前便被我竄改了，因此讓你成為一個在磈磊村長大的巫童，如今也是世間僅剩的一位風巫。你可以選擇繼續做巫者，也可以選擇做沈家二郎，全在於你想要過如何你的一生。」

羅欽一怔，說道：「我是風巫？」

若幻道：「古代巫者的後代，除了金巫、木巫、水巫、火巫、土巫之外，還有三個較小的分支：石巫、女巫和風巫。羅欽，你的母親名叫子嵐，她出生於狂風之中，乃是世間最後一位風巫。你是她的獨子，因此擁有風巫的血脈。」

羅欽恍然道：「原來我體內的巫術屬於風巫一系！難怪我在磈磊村中時與其他巫者格格不入，石巫和風巫原本便是互相牴觸的兩種巫術啊！」又道：「因此我也能選擇不做沈二郎，而是回到北地，做一位風巫薩滿，是麼？」

沈綾聽了，心中一驚，脫口道：「不！羅欽，你必須回去沈家，否則在我離開之後，誰來保護大姊和小妹呢？你若不回沈家，我如何放心得下？」

羅欽好生難以委決。他對沈家優渥富裕的生活並無半分嚮往，因為他清楚知道其中的掙扎和辛苦；他親眼見到沈綾經歷過的冷眼和孤獨，也知道做生意賺錢的風險與不易，洛陽城的兵劫陷落，世事的無常，以及戰亂的可怖。若是獨居山中，不論做個薩滿，或是做個尋常的牧人，即使生活貧窮，至少能單純平安地度過一生。但他又想起自幼便夢到的大娘沈雁和二娘沈雒，知道自己對她們早已懷藏著深厚的情感，真誠地關心她們的歡喜悲憂；倘若沈綾必須離去，那麼自己便是她們世間唯一的兄弟了。自己若選擇不回沈家，捨棄了她們，那麼誰來保護她們呢？倘若又有個甚麼天災人禍、征伐戰亂，或是有別的惡人想欺凌她們姊妹，又有誰來幫助解救她們呢？

這麼一想，羅欽的心頓時軟了，說道：「二郎，你已決定了麼？即使你要把身分還給我，但是也不需要離去啊！你可以隱藏在沈宅裡，由我來保護你，其他巫者不會知道你在那兒，也不會找上門來為難你的。」

沈綾凝望著羅欽不語，沉痛地搖了搖頭，眼中盈滿痛苦。

若幻道：「如今世間巫者都已知道靈人沈綾身在洛陽沈家，他是不可能藏得起來的。綾兒是靈人之事，很快就會傳遍世間。」

沈綾緩緩開口道：「無論如何……我絕不能將靈人的危險帶入沈家。」

母子二人一齊深深地望著羅欽，羅欽手足無措，心慌意亂，卻又沒有更好的辦法，只能說道：「好吧！我答應你，我會去沈家，照顧保護你的姊妹。」

沈綾搖搖頭，輕聲道：「不，你錯了。她們是你的姊妹，不是我的姊妹。」

羅欽一呆，一時不知該如何回答，想了想，說道：「但是，就算我願意去沈家，她們會……會相信我是她們的兄弟麼？」

若幻道：「我將教綾兒如何施展術法，消除她們心中所有關於他的記憶，並將這些記憶都改換成關於你的。你也不必改名，就叫作沈羅欽吧。不只是沈家眾人，所有認得沈綾的人，都將不再認得他，甚至看不見他。他們印象中的沈家二郎從來都不是別人，就是你。綾兒往年做過的所有事情，他們都會認為是你做的。」

羅欽聽了，大感不安，說道：「但是……但是我根本沒有二郎的經營才能啊！我連銀錢是甚麼都不懂，更加不懂得養蠶取絲、寫字算帳甚麼的。」

沈綾道：「那有甚麼打緊？經商之道，原本全憑後天經驗的累積。你大可請一位先生來家中教你讀書，將漢文學好了；我也會把一切生意往來要訣盡量跟你說明，幾年之後，你的才能將和我的毫無分別，沈家和『沈緞』眾人不會對你生起任何懷疑。」

羅欽仍舊惶恐不已，見沈綾已如此堅定不移，只好硬著頭皮道：「好吧……我將盡力一試便是。」

若幻點點頭，說道：「多謝你，沈二郎羅欽。我還有話對綾兒說，可以請你先離去麼？」

羅欽連忙答應了，站起身，向若幻行禮告退，帶著六子出了草屋。屋中只剩下若幻和沈綾兩個世間僅剩的靈人。

沈綾望著母親，問出一個盤桓在他心頭的疑問：「阿娘，我若確實不是沈家庶子，那我的阿爺又是誰？」

若幻答道：「綾兒，你的父親，乃是西方雪山上一個隱密王國的國王。」

沈綾心中一動，想起大巫恪的言語，說道：「阿娘所說的西方王國，可是由大商巫王的子孫所建？」

若幻點頭道：「正是。巫王曜曾與世間最後一位龍女結褵，生下了一個半龍人，即為世間第一個靈人，因此我們都是半龍人的子孫。靈人的後代在雪山上建立了一個與世隔絕的王朝，其中擁有靈能者，負責離群索居，一代代傳下天藥；不具有靈能者，則繼續居住在雪山的隱密王國之中。你的父親便是現任國王。」

沈綾難以想像自己的父親乃是雪山上的國王，忍不住問道：「阿娘，那雪山王國，便是妳的故鄉麼？」

若幻苦苦一笑，說道：「不，我出生於南洋，離雪山有十萬八千里之遙。你或許不能相信，但在你之前，我已生了三十七個孩子，然而他們都不是靈人。我無奈之下，終於造訪雪山中的王國，懇求國王相助。國王同意了，我因而懷上了你，非常幸運地，你確實是個靈人。」

沈綾點了點頭，千言萬語在心頭，卻不知能說甚麼。

若幻凝望著兒子，忽然長嘆一聲，說道：「我方才告訴你了靈人的兩個責任，然而這並非全部。靈人還另有兩個極為祕密的責任，由巫王親自傳下，天下只有靈人知曉。你聽好了。」

沈綾感到一陣不祥，說道：「阿娘請說。」

若幻神色嚴肅，緩緩說道：「第一，消除世間巫術，除盡天下巫者。」

沈綾震驚無已，脫口道：「除盡巫者？」

若幻點了點頭，說道：「不錯。你可想過，靈人為何是『巫磁』，能夠吸引巫者親近？」

沈綾茫然搖頭。

若幻道：「那正是因為我們負有除盡天下巫術的任務。巫者受巫磁吸引而接近靈人，好方便靈人下手除巫，不必天涯海角去搜尋他們，也不怕他們藏匿起來。」

沈綾感到難以言喻的恐懼，顫聲道：「因此大巫恪、羅欽、高槐等人，我……我都得殺死他們？」

若幻神色悲哀而堅決，微微搖頭，說道：「不，並非要殺死他們，而是要除去他們身上的巫術。這個祕密，連巫王的子孫大巫恪都不知曉。」又道：「然而何時下手，如何下手，仍取決於靈人。你明白麼？」

沈綾不知該如何是好，陷入一片迷惘，搖了搖頭。

若幻道：「這就要說到第二個祕密任務了。靈人的第二個祕密任務，是必須維護天下太平。」

沈綾更是驚詫，說道：「憑我一己之力，又如何能維護天下和平？如今南北分裂，各自稱雄，爭戰頻仍，殺戮不斷，血流成河。我又怎能令天下太平？」

若幻搖了搖頭，說道：「你有此想法，那也很自然，因為你還不了解天藥是甚麼。綾兒，你須明白，只要天要藥在世間一日，世間便不會有真正的太平。」

沈綾聽到此處，完全糊塗了，搖頭道：「阿娘，我不明白。天藥與天下太平有何關係？」

若幻解釋道：「當初天巫從天帝處求得天藥，是為了讓天巫之子，即大商巫王曜服下，令他成為長生不死的人間聖王，永久統治天下。然而王曜卻認為自己不配擔任人間聖王，拒絕服用天藥，並與其弟子載合力將天藥藏了起來。」

沈綾點了點頭。

若幻又道：「巫王心知，由於天下巫者都知道天藥的存在，此後必將彼此爭奪不休，因此巫王將天藥傳給了自己半龍人的子孫，也就是靈人。此後靈人便負責保護及傳遞天藥，等待人間聖王出現。然而矛盾的是，天藥的存在，便注定引起世間的混亂動蕩。近世的爭戰傾軋、民不聊生，正是因為臨近天藥傳遞的時刻，引起諸魔出世，群起爭奪。」

沈綾聽了，仍舊滿心疑惑，問道：「阿娘，天藥究竟是甚麼？它藏在何處？」

若幻吸了口氣，說道：「這便是天下最大的祕密。你聽好了——天藥存在於我的體內。我將之傳遞給你後，天藥就存在於你的體內了。」

沈綾大驚，脫口道：「天藥在您的……您的體內？」

若幻道：「不錯。準確地說，因為天藥在我體中，因此我就是天藥；待我將天藥傳給你後，此後你就是天藥了。」

沈綾又驚又疑，說道：「那麼想吃天藥的人，就是要將我吃了？」

若幻笑了，搖頭道：「不是的。我是天藥，並不表示我的血肉就是天藥。殺了我，吃下我的血肉，並不能讓人長生不死。」

沈綾問道：「那要如何才能服下天藥？」

若幻凝望著他，說道：「你想服下天藥？」

沈綾搖頭道：「不，我並無此心。」忽然想起上商里殷商大巫的言語，說道：「阿娘，洛陽城上商里的殷商大巫恪曾對我說，在巫王隱藏天藥的一千八百年後，便該由當代的靈人找出天藥、並將之服下，不讓天藥繼續留存於世間。這是真的麼？」

若幻微微點頭，沉吟道：「在我年輕的時候，大巫恪也曾找上我，跟我說過同樣的話。大巫恪乃是巫王的直系子孫，背負著傳遞巫王遺命的責任，但我卻認為不應由我服下天藥，我也不想長生不死。我始終相信，世間將出現一位人間聖王，而我應當履行靈人的職責，將天藥交給這位人間聖王。」

沈綾點點頭，說道：「我明白。我和阿娘一般，完全無心服下天藥，更不想長生不死。阿娘，大巫恪之後還曾去找過妳麼？」

若幻搖頭道：「大巫恪後來是否曾找過我，我就不得而知了。」頓了頓，又道：「在那之後，我一心生出下一代的靈人，以完成靈人的職責。如我之前所說，我連續生了三十七個孩子，但他們都不是靈人，心中愈發焦急。後來我終於鼓起勇氣，來到西方，找到了隱藏於雪山中的王國，向國王求助，才終於懷上了你。我當時得知你出生後將是靈人，真是喜慰極了。但是當我離開雪山後，便被三個鬼族大巫盯上，他們不知為何，並不聽從我的指令，並且能夠威脅我，逼迫我說出天藥的祕密。我想盡辦法逃脫，以靈人之力召來所有左近的巫者，為我掩護；又與羅欽之母對調身分，假作嫁給沈拓為妾，混淆鬼族大巫的視聽，勉強躲過了他們的追蹤。我在沈家將你生下之後，便來到此地，找到通天樹，躲在天界的這個角落，一心等待你長大成人，能來此尋我；待我將天藥傳遞給你後，我便能安心地死去了。」

沈綾一驚，說道：「阿娘，您為何多次說自己就將死去？您看來好端端的，並不像生病或是年老了啊！」

若幻微微一笑，說道：「我兒，你還不知道靈人是怎麼回事。靈人的壽命為兩百歲，一天不多，一天不少。兩百歲之前，我們不會生病，也不會老去，始終維持在青壯年時的模樣；到了兩百歲，我們便一定會死去。如今我離兩百歲那日，只剩下二十天了。因此你若遲來一些，就見不到我了。我原本打算，這兩日我若等不到你，便得趕緊去找你，將天藥傳給你。幸好你終於來了，我還有這些日子，能在死亡之前，跟你聚聚。」

沈綾大驚失色，說道：「您只剩二十天的性命？不能……不能延長的麼？」

若幻搖頭道：「常人若能有百年之命，便已算極為難得了。我們生為靈人，能夠不老不病，活上兩百年，這是因為我們身負重任；這兩百年的光陰，我們一日也不能虛度。我們得想辦法生下下一代的靈人，傳遞天藥的祕密。我這一輩子都在努力生下靈人。你是個男子，比我幸運，不必一次又一次地懷孕，只需多娶妻妾，多生子女便是。你手中有的是錢財，多娶妻妾應當不是難事。難的是當你的妻妾生下的若不是靈人，你就必須立即捨棄他們，趕緊再去找下一個女子。」

沈綾雖已成年，但因多遭憂患，並未想過娶妻成家，而母親所說的情況，對他來說委實古怪至極，不合常情；自己怎能過著娶一個、棄一個的生活？還必須這麼做上一生，直到生出下一代的靈人為止？他不禁想起十七娘，心想：「我若有幸得到十七娘的青睞，與她相守，又怎能如此待她？」忍不住問道：「阿娘，是否有辦法預先看出，甚麼樣的女子能夠生出靈人？」

若幻搖搖頭，苦笑道：「沒有辦法的。我自己都得懷胎十月生下子女，若我知道如何才能生下靈人，就不必吃那麼多的苦，連生三十八個孩子了。」

沈綾心中一動，問道：「阿娘，您在我之前已生了三十七個孩子，那他們便是我的兄姊了。請問他們人在何處？」

若幻搖頭道：「他們都是凡人，年紀比你大上許多，最老的已然死去，最小的也已六十多歲了。你不必去找他們，他們是不會認得你的。我早早便將他們送到合適的人家，過了平凡安樂的一生。」

沈綾點點頭，心想：「我若能像他們一般，是個平凡人，過著平凡安樂的一生，豈不甚好？那我就不必離開沈家，不必離開大姊和小妹了。」他想到此處，滿懷遺憾。然而他想到母親做出的犧牲，更是比自己多上許多。他問道：「阿娘，您離開沈家後，便來此藏身，再也沒有回過世間麼？」

若幻微微搖頭，說道：「我感知你有危機，曾去過洛陽一次，保護你不受傷害。除此之外，我並不曾離開此地。」

沈綾忍不住問道：「您獨自在這兒，身邊一個親人朋友也沒有，難道不寂寞麼？」

若幻笑了，說道：「我當然寂寞。但寂寞其實是件好事。對我來說，活著的這一百多年來，時時刻刻都擔心無法生出下一代的靈人，擔心洩漏天藥的祕密，擔心天藥被惡人奪走，也擔心自己無法將天藥傳遞下去。自從我知道你是靈人後，第一個擔憂沒有了；藏身此地，誰都找我不著，第二個和第三個擔憂也沒有了，只剩下最後一個憂慮。世間哪有任何人活著時，只懷著一個憂慮？那實在是奢侈至極了。」

沈綾見她臉上帶笑，語音輕快，不禁說道：「阿娘說得是。人生之中，只懷著一個憂慮，也算是極少有的了。」

若幻臉上笑容益盛，說道：「如今你來此尋我，我能將天藥傳給你，因此連這最後的憂慮也沒有了。我能夠無憂無慮地死去，實是世間最最幸運之事，又怎會在意身邊有沒有人相伴呢？再說，如我們這般的靈人，壽命長久，又不會老去，原本便沒有能夠長久相聚的親人朋友啊。」

沈綾聽了，心中不禁一酸，低頭不語。

若幻明白他的心思，安慰道：「你年紀還輕，不理解世事無常，萬事萬物皆無可眷戀。你如今雖有家園、有親人、有朋友，但這些轉眼就會消逝。你的家園會消失，故鄉洛陽城會傾毀，姊妹會出嫁，她們將各有各的生活，逐漸老死。而那位你心中念茲在茲的佳人王十七娘，即使你能與她廝守數十年，她也終將老去死去。你在此刻放下你的家人親友，或是數十年之後放下，並沒有任何差別。」

沈綾想著摯愛的姊妹，暗戀多年的王十七娘，想起過去和未來，不禁有種恍如隔世之感。他沉思了許久，終究勉強壓下心頭的傷痛悲哀，深深地吸了一口氣，說道：「我雖不願接受，但能夠……能夠明白。」

若幻點頭道：「你明白就好。綾兒，你準備好了麼？」

沈綾看著若幻深邃的眼睛，點了點頭。若幻閉上眼睛，雙手撫在自己的心口，口中念起咒語，緩緩從胸中取出了一團銀白色光亮的物事，捧在雙手手心裡，說道：「這就是天藥。」

沈綾望著那團銀白色的光，驚訝已極，說道：「天藥是……是一團光？」

若幻伸出雙手，將那團光送到他的面前，說道：「你仔細看。」

沈綾低頭望去，只見那團光不斷閃耀流轉，似乎是活的一般，令人目不轉睛。

若幻說道：「你伸出手，摸摸看。」

沈綾小心地伸出手，靠近若幻手中的光，感到一股難言的溫暖祥和，問道：「阿娘，天藥是活的，是麼？」

若幻微微一笑，不置可否，說道：「天藥既不是活的，也不是死的。當時巫王將天藥隱藏在半龍人的身上，那是因為半龍人的血液十分特殊，能夠含藏天藥。」她將那團白色的光放在沈綾胸前，光團便緩緩融入了他的胸口。

沈綾睜大了眼，低頭望著自己的胸口，只覺胸口一陣暖洋洋的，通體舒暢。

若幻又道：「我們都是龍的子孫，體內都懷藏著龍性。我兒，你照我的話去做，試試探視自己的內心。」

沈綾在母親的引導下專注心神，往自己的內心看去，竟真見到了一條猙獰凶惡的龍！他不禁一驚，忍不住道：「我從來不知道……不知道牠在這兒！」

若幻點頭道：「我們半龍人的子孫，不管體內的龍人之血多麼稀薄，身體裡都住著一條龍。這條龍就是保護我們的防護罩，世間巫者不能傷害我們，正是因為我們體內的龍。未來你若遇上緊急危難之時，亦可召喚出體內之龍，以求自保。」

沈綾想起一事，問道：「阿娘，您說您曾離開此地，到洛陽去保護我。請問那是甚麼時候的事？是誰打算傷害我？」

若幻微微皺眉，說道：「那是在你離開洛陽，去往南洋之前，土系大巫赫連壘召集了一群巫者和武人埋伏在洛水邊，打算取你性命。」

沈綾一怔，說道：「此事我曾聽羅欽說起過。但我想不明白的是，赫連壘是個巫者，他為何可以傷害我，甚至計畫殺死我？」

若幻搖頭道：「天下巫者，應當皆不能傷害靈人才是。然而那土系大巫赫連壘竟敢對你出手，確實令人好生費解。我猜想唯一的可能，就是他已被鬼族巫者控制，因此他能夠傷害你。」

沈綾不禁一驚，說道：「竟與鬼族巫者有關？我還聽羅欽和巫女非非說過，這赫連壘到處毀滅巫村，殺死巫者。他究竟為甚麼要這麼做？」

若幻沉吟道：「鬼族巫者知道，一般巫者皆聽從靈人之命，會拚命保護靈人，就如上回我能召集巫者，掩護我躲藏潛逃；或許他們因此設法假借赫連壘之手，屠殺巫者，以減少靈人的護衛。」

她頓了頓，又道：「我在此地感受到赫連壘對你的惡意，深受震動，因此才決意離開天界，去洛水邊保護你不受其傷害。我與赫連壘交手之下，察覺他雖懷藏傷你之意，但巫術並非極為強大，我足以對付；不似那三個鬼族大巫，我被他們圍繞時，幾乎無法自保。」

沈綾聽了，心中好生擔憂，說道：「大巫恪曾跟我說過，有三個鬼族大巫得知了天藥的祕密，一心找到天藥，好讓自己永生不死；他們因出身鬼族，得以不聽靈人的指令，甚至能逼迫靈人說出天藥的所在。您在絲路上遇到的，想必是那三個鬼族大巫了？」

若幻點點頭，臉上閃過一絲陰影，說道：「正是。你所見過的巫者，不論是出身殷商王族金巫的大巫恪和子彪、木巫高槐、水巫江淼，或是羅欽曾說過的火巫地萬、土巫赫連壘、石巫大長老和磈磊村薩滿、女巫非非，以及羅欽自己的風巫一族，他們都是敬重巫王、崇拜龍血的巫者之後代。而我在沙州遇到的那三個巫者，正是鬼族的後代，他們對巫王和龍血不屑一顧，也不聽從我的指令。我不能再遭他們挾持，危害天藥的存續，因此不敢輕易出現在人間，長年躲藏在此。」

沈綾擔憂道：「那我又該如何防止這些鬼族巫者找到我，逼我交出天藥？」

若幻手指草屋，說道：「此地極為隱密，你若願意，也可藏身於此，他們是找不到你的。但你不能任意離開，一旦攀落通天樹，那些鬼族巫者便能夠聞嗅到你的氣味，藉以追尋你的行蹤。」

沈綾抿嘴不語；要他一個二十出頭的年輕人，自願在這空無一物的通天樹之巔住上一輩子，此地不但杳無人煙，連蟲魚禽獸、花草樹木都無，只有這間似真若假、似有若無的草屋，他能受得了麼？

然而他知道自己此刻無暇去想這麼多，阿娘只剩下二十天的壽命，他必須在這短短的二十天中，從她身上學到一切關於靈人的祕密、術法和職責。

若幻又從懷中取出一顆巴掌大的水晶球，沈綾見那球體清澈，其中蘊含著青赤二色的煙霧，旋繞不止。若幻將水晶球交給沈綾，說道：「這是紫霞龍目水晶，是我從江淼處取得的水巫之寶。江淼乃是世間最後一位水巫，他死去之後，這水巫之寶便沒有主人了。我將它交給你，此後便由你守護它吧。」

沈綾接過了，心中有無數疑問，不知該從何問起。若幻看著他，微微一笑，說道：「你儘管問。我定將竭盡所能，回答你所有的問題。」

於是沈綾在通天樹之巔與母親若幻相處了二十天，日夜陪伴著她，向她請教一切關於靈人、天藥和巫者之事。

二十日後，沈綾親眼見到母親若幻死去。

靈人之死，和一般人臨終完全不同。只見若幻盤膝而坐，神色安詳鎮定，充滿了愉悅滿足。臨去之際，她睜開眼，神情平靜柔和，凝望著沈綾，輕輕地道：「時候到了。兩百年轉眼即過。我這一生之中，真正無憂無慮的日子並不多，大多時候都在忙碌恐懼之中度過。如今有你在我身邊，不但接過了我的重擔，更願意陪伴我走完最後的一程，我兒！我心中對你懷有無限感謝。」

沈綾眼中含淚，哽咽說道：「阿娘，我們在一起的時光，實在太少了！」

若幻微笑道：「愉快地相處二十日，遠勝過不愉快地相處一世。我兒，辛苦你了。往後的日子，不管有多麼孤單寂寞，你都要記得，我們彼此相伴過的時光。」說完後，便閉上了眼睛。

沈綾知道時候到了。但見母親的身子忽然朦朧起來，接著便如彩虹一般，緩緩消失在他的眼前，只剩下一條她用以綁縛長髮的白色髮帶，從空中輕輕飄落在地。

沈綾從未見過人的身體就這麼消失無蹤，呆了好一陣子，才伸手拾起地上的白色髮帶，放在心口，似乎仍能感受到母親的餘溫。他默默將那段髮帶收入懷中，心頭感到一股難言的傷感沉鬱。

第七十五章 三鬼

半日後，沈綾步出了草屋，攀下通天樹，低頭見羅欽和六子正在懸崖瀑布邊等候，一齊抬頭望向自己。

沈綾還未告知若幻已逝去，羅欽和六子卻都已知道了。羅欽神色哀傷，走上前來，說道：「二郎，請節哀！」

沈綾忍不住問道：「你們是怎麼知道的？」

羅欽和六子同聲說道：「靈人之逝，天下震動。普天之下的巫者和神獸，在她離去的那一剎那，都能感受得到。」

沈綾甚奇，問道：「你們感受到了甚麼？」

羅欽和六子對望一眼，羅欽說道：「平靜。寬廣無邊的平靜。」六子則道：「喜悅，非常非常多的喜悅。」

沈綾吐出一口氣，說道：「正是。她離去之時，確實非常平靜，非常喜悅。」

羅欽望著他，說道：「二郎，你此後……打算如何？」

沈綾靜默不語，說道：「我不知道。我須得仔細想想。」

羅欽點頭道：「你慢慢想吧。我不打擾你。」

二人一默啟程離開金山，啟程回返中原。這一路上，沈綾陷入沉默長考，不斷思索自己的下一步。

旅途之中，他時常凝望羅欽，終於明白自己對羅欽那份親切之感來自於他與阿爺依稀相似的爽朗笑顏；而不知是有意還是無意，沈綾將行程拖得甚慢，每到一個城鎮，便說想觀賞當地景物，四出探幽訪勝，每個地方都要流連數日方罷。羅欽和六子便陪著他到處遊覽，並不催促。

這一日，兩人來到了當時絲路上最大的城鎮之一——敦煌。

沈綾和羅欽在敦煌的一間客店住下了。晚膳時，但見客店中食客眾多，羅欽向店主詢問為何遊人如此之多，此地有何名勝古蹟？店主答道：「兩位貴客不知道麼？過去二十多年，大魏皇室和洛陽富商們施捨了數十萬兩銀子，在城外開鑿多座石窟，號稱『莫高窟』，聘高明師匠在窟中雕刻佛像，彩繪石壁，藉以祈福積德。遊人來此，都是來觀賞石窟的。」

羅欽聽了，大感興味，說道：「既然如此，我們也該去開開眼界啊！」沈綾自然同意了。

次日清晨，沈綾和羅欽一早便雇了馬車來到莫高窟外，但見當地的山壁有數百丈高，山壁中已開鑿了數十座大大小小的石窟，有的已然完成，有的仍有石匠、畫師在其中雕刻佛像、彩繪石壁。

沈綾和羅欽沒想到此地的石窟竟如此壯觀，都甚感驚艷。兩人信步走入一個已完成巨大石窟，仰頭觀望洞中一尊五丈高的佛像，沈綾認出那是釋迦牟尼佛，雙手分別結布施印和無畏印，雙目低垂，寶相莊嚴。

羅欽問道：「這是甚麼人？」他生長在柔然的磈磊村中，身邊都是薩滿和巫童，因此從未見過佛像。

沈綾解釋道：「這是釋迦牟尼佛，他通過修行，悟得了無上智慧，乃是佛教的創始者。」於是對羅欽略略說了一些釋迦牟尼佛的事蹟。

羅欽聽了，驚嘆不已，又道：「我想在這洞裡坐坐，好麼？」

沈綾同意了，二人於是來到洞中深處，找了個安靜的角落，盤膝坐下，閉上眼睛，不一會兒，渾身籠罩於一股氛圍之下，都感受到極為深沉的寧靜平和。

羅欽低聲道：「我覺得這位釋迦牟尼佛，比大巫更有力量！」

沈綾微微一笑，說道：「我相信祂的力量也勝過靈人。祂已超脫三世，而我們靈人和巫者，都仍受限於三世之中。」兩人再次閉上眼睛，安坐於石窟之中，直至日暮，方才起身離去。

回到客店後，沈綾便請客店掌櫃找了一位出名的當地石匠來見，對石匠道：「本人願施捨三萬兩銀，以洛陽『沈緞』之名，在莫高山開鑿一座石窟。」

石匠見他年紀輕輕，一出手便是三萬兩，頗感驚訝，恭敬地回答道：「謹遵功德主之命。請問郎君願供奉何尊主佛？」

沈綾想了想，說道：「我願供奉彌勒佛。」

石匠躬身道：「是，不少石窟的功德主都願供奉彌勒佛。」

羅欽問道：「彌勒佛是甚麼？」

沈綾微微一笑，說道：「彌勒佛乃是未來佛。《阿含經》說：『未來久遠人壽八萬歲時，當有佛，名彌勒如來。』這是說，在久遠的未來，當人的壽命為八萬歲時，彌勒佛將降生成佛，成為繼釋迦牟尼佛後，下一尊誕生於娑婆世界誕生的佛。」

羅欽道：「原來如此。」

於是沈綾向石匠交代了石窟的雕像和刻字細節，付了三千銀訂金，石匠十分歡喜，說道：「明日我陪沈郎君去往莫高窟，待郎君選定一處合適的穴窟，便可開工了。」沈綾點頭說好。

次日，沈綾和羅欽隨工匠來到莫高窟，挑選了山坳處一個十分隱蔽的穴窟，決定就在此地開鑿洛陽「沈緞」供奉的彌勒佛窟。工匠向沈綾解說了自己的設計：洞窟中將供奉兜率三聖，彌勒佛居中，左脅侍為法音輪菩薩，右脅侍為大妙相菩薩，四方則立四大天王，做為守護；窟壁上將彩繪四方諸佛，壁頂則繪飛天和天女。沈綾一一同意了。

交代完後，沈綾和羅欽便信步在莫高窟其他洞窟觀賞遊走。沈綾對羅欽道：「我離去後，須請兄弟不時來此監工，完工之後，還須煩請你安排付清餘款。」

羅欽睜大了眼睛，說道：「我來這兒監工是沒問題，但付銀子甚麼的，我可不知道該怎麼做。我也沒有錢。」

沈綾笑道：「不要緊。這些世間的事務，你很快就能學會的。沈家多的是銀錢，綽綽有餘。」說著忽然嘆了口氣，說道：「此前我一直相信，銀錢能解決世間大多數的問題。如今，還是遇上了不能解決的難題。」說著不禁嘆了口氣。

沈綾之前已與羅欽談論過鬼族大巫對靈人的威脅，羅欽知道他心心念念都在擔憂此事，說道：「你是說那三個鬼族大巫麼？他們不聽靈人指令，巫術又強大無比。如今火巫和水巫都已滅絕，僅剩的巫者，就只有你提起過的上商里八位殷商金巫，木巫高槐，巫女非非，魄磊村巫童，土巫赫連壘，以及我了。老木巫赫連壘一心只想延長自己的壽命，又曾屠殺其他巫者，一定不會幫我們的；非非和魄磊巫童又都年幼，巫術有限。只靠大巫恪等八位金巫、我和高槐，不知能否對付那三個鬼族大巫？」

沈綾這一路上不斷盤算，自己究竟該如何面對鬼族大巫的威脅？他心中好生難以委決：自己是該跟母親一樣，永遠隱遁起來，還是該與他們正面應戰、永除後患？此時聽羅欽幫自己設想該如何對付鬼族大巫，不禁輕嘆一聲，說道：「就算我方人數較多，但能否對付那三個鬼族大巫，畢竟是未知之數。」

羅欽道：「倘若如你阿娘所想，赫連壘是在三個鬼族大巫的控制下，才下手屠殺其他巫者，那麼就算我等不聯手對付三鬼，他們也會對我們逐一下手，與其坐著等死，不如主動聯手出擊，方有勝算。」

沈綾微微點頭，但仍遲疑不決。

這時二人置身於一座已完成的釋迦牟尼佛洞窟中，羅欽抬頭望向石窟中的佛像，心中一動，忽然拍手說道：「二郎！我想到了！如果佛的能耐遠勝於巫者和靈人，那麼祂或許可以收伏那些鬼族大巫啊！」

沈綾一怔，想了想，沉吟道：「你說得有理。我們若設法將鬼族大巫引來窟中，這兒有佛菩薩和諸龍天護法保佑，就算我無法制伏他們，但或許能將他們困在此地？」

兩人細談之下，都認為十分可行，大感興奮，於是再次細細數起世間僅存的巫者，沈綾道：「我與我阿娘相處的那段時日中，她告訴我，自從天巫絕地天通後，各系巫者只能依靠本系的巫者之寶以施展巫術；巫者之寶中貯存了各系巫者的巫術之源，即使一系巫者已然斷絕，但若能取得巫者之寶，便可以靈人之力喚醒寶物中的巫力，用來對付三鬼。水巫江淼已死，但水巫的寶物紫霞龍目水晶被我阿娘收去了，並轉交給了我。」說著取出一個渾圓的水晶球，球中彷彿有青赤二色的氤氳盤旋浮動。

羅欽一聽，大為興奮，說道：「火巫地萬被岩瑪薩滿殺死，岩瑪薩滿從她身上取走一塊紅色寶石，後來交了給我，或許那就是火巫之寶？」說著從懷中掏出那枚鵝卵大的紅色寶石，遞給沈綾。

沈綾接過了，隱約能感受到紅寶石中散發出猛火一般的熾熱，沉吟道：「世間留存的諸系巫者，在金、木、水、火四支之外，還有土巫以及三個較小的支派：女巫、石巫和風巫。」

羅欽道：「非非乃是女巫中唯一倖存者，但她年紀太小，巫術尚未學全。是了，我們離開前，她給了我一樣物事，說是歷代女巫相傳的寶物，或許那便是女巫之寶？」說著從懷中取出那尊金剛神女雕像，遞去給沈綾。

沈綾接過了，感受到雕像中傳出的陰柔之氣，喜道：「是了！這想必便是女巫之寶。」

羅欽跳起身，又道：「石巫之中，也只有石生巫童倖存，他的年紀更小，連一點兒巫術也未曾學得。但是大長老讓他帶出了石巫之寶，五彩天石！他早先已交給你了！」

沈綾頓時想起，當時石生巫童交給他那塊五彩石頭，他一直感到十分特異，因此隨身帶著，這時從包袱中取了出來，放在紫霞龍目水晶、鵝卵紅寶石、金剛神女之旁，說道：「如此一來，我們一共有四件寶物了。」

羅欽好生歡喜，搓手道：「想不到我們手中竟已有四件巫者之寶了！」

沈綾也十分興奮，說道：「如此，我方這邊有一個靈人，三位大巫：大巫恪、高槐和你，以及四件寶物。以一靈、三巫、四寶鎮壓那三個鬼族大巫，應當足夠了吧！」

羅欽點頭道：「世間巫者逐漸凋零殆盡，這可能是我們最後的，也是最好的機會了。」

羅欽知道此役凶險，他曾立誓要保護六子，不讓牠受到傷害，於是去對六子道：「靈人和我們巫者將共同對抗鬼族大巫，這場大戰和神獸並無關係，我希望你能遠離莫高窟，不要接近。」

六子搖頭道：「你和沈二郎都要參與戰役，我怎能不出力相助？」

羅欽嘆了口氣，說道：「我答應過天犬要保護你平安長大，絕不能讓你陷入危險。這場戰役我們都沒有把握能勝，只能盡力一搏。你若不聽話，我就用巫術將你禁錮起來。」

六子滿面不服氣，卻不再爭辯了。牠身為半神獸，法力不如一般神獸強大，如今又絕對不是羅欽的對手；羅欽既然放下狠話要禁錮自己，自己若不聽從，硬要參與這場大戰，只會增加他的後顧之憂，對這場戰役毫無幫助。牠低下頭，只能默然接受，同意遠離莫高窟，在鄰近的敦煌鎮上等候。

當夜午時，沈綾便使動母親傳授給自己的靈人之力，召喚世間僅剩的各支巫者，要他們聚集於敦煌莫高窟。

次日清晨，天剛亮時，羅欽和沈綾皆感受到有巫者前來，一齊起身。但見最先到來的是個青年巫者，一身白衣，衣袖綴著五彩鳥羽，雙目無神，正是上商里的子尨。

沈綾一怔，上前行禮道：「巫者子尨！請問大巫恪呢？」

子尨臉色灰敗地說道：「大巫恪已升天了！」

羅欽和沈綾都是大吃一驚，忙問究竟。

子尨垂首道：「大巫恪早已料知敵人即將來襲，因此讓我們都隱藏起來。你們當時曾來上商里尋找大巫恪，我們都見到了，卻不敢現身。」

沈綾點頭道：「我們離開洛陽前，的確曾去過上商里求見大巫恪，只見里中空無一人，原來你們蓄意隱藏了起來。後來發生了何事？」

子尨黯然道：「豈知就在三日之前，敵人突然襲擊上商里，破了我們的隱身術，大肆殺戮。包括大巫恪在內的七位巫者都遭屠戮，只剩下我一人了。」

羅欽又驚又怒，問道：「是誰下的手？」

子彪咬牙道：「是土巫一系的大巫，叫作赫連壘的。」

沈綾心中一涼，問道：「你確定是他？」

子彪點頭道：「我雖目盲，但能清楚感受到他的巫術，確然是土巫一系。」

沈綾心頭沉重，和羅欽對望一眼，心中都想：「失去了大巫恪和六位金系巫者，我方勝算大減。這該如何是好？」

子彪對沈綾道：「沈二郎，你召喚我等來此，不知有何指示？」

沈綾只能老實說道：「我打算借用諸位巫者之力，加上此地佛菩薩和諸護法的法力，對付三個鬼族大巫。然而……我卻未曾料到大巫恪和上商里的其他巫者都已不幸喪命，而土巫赫連壘連續滅絕媿村、魂磊村和上商里，顯是諸巫之敵，絕不會與我等聯手對付鬼族大巫。」

子彪微微點頭，說道：「子彪雖年輕淺薄，仍願為二郎效力。」

正說話間，一個皮膚黑黝、身形矮瘦的巫者出現在莫高窟外，正是木巫高槐。他望望沈綾，又望望羅欽，微微點頭，躬身對沈綾道：「沈二郎，你召喚我？」

沈綾迎上前，說道：「正是。多謝高巫醫來此。」於是向他說出自己召集諸巫一同對付鬼族大巫的意圖。

高槐聽了，苦苦一笑，說道：「沈二郎，真正對不住，但本巫已無能為力了。當年在毗騫國時，我曾挺身對抗長頭王，以解救你的性命。那時我便知道長頭王絕不會放過我，後來他果然找上我，施法大大消滅了我的巫術。」

沈綾大驚，忙問道：「你沒事麼？」

高槐搖頭道：「性命無礙。你還記得嗎？我與你道別時，便將木巫之寶血翠杉交給了你。木巫一族所有的法力，都貯存於那塊血翠杉中了。你可取之一用。」

沈綾一呆，這才記起高槐確實曾給過自己一塊叫作血翠杉的木頭，說那是木巫之寶；當時自己因喜歡血翠杉的溫潤，將之戴在頸中，這時趕緊取了下來，說道：「在這兒。原來這就是木巫之寶！」

高槐點點頭，說道：「正是。可嘆我此刻巫術微弱已極，已幫不上多少忙了。」

沈綾不禁深深皺起眉頭。他從母親身上接收了靈人之能後，能夠探測每個巫者的巫術深淺；他知道羅欽年紀雖輕，體內的巫術卻十分充沛，擁有風巫狂暴而細微的巫術特徵；大巫咎則巫術幽深、神祕而久遠，擁有遠古大商巫王流傳下的巫王血脈；木巫高槐的巫術幽靜沉著，充滿活力和韌性；他雖未曾見過土巫赫連壘，卻能隱約感知他擁有渾厚巨大的土巫之力，能令大地震動，引發山崩地裂。而火巫、水巫、石巫、女巫之寶之中各自蘊著深厚的巫術，他可憑藉靈人之能加以利用。但如今大巫咎死去，木巫高槐失去高強巫術，土巫赫連壘顯是己方之敵，身邊只有羅欽和子彪二位年輕巫者，委實勢孤力弱得緊。就算加上木巫之寶，只怕也仍不足以抗敵。

羅欽也已看清局勢，神色凝重，望向沈綾，說道：「一靈，二巫，五寶。夠麼？」

沈綾微微搖頭，說道：「想來並不足夠。除非……」

高槐、羅欽和子彣一齊問道：「除非甚麼？」

沈綾抬頭望向洞窟中的釋迦牟尼佛像，吸了口氣，說道：「除非諸佛菩薩和龍天護法願意出手相助。」

三巫對望一眼，他們對諸佛護法等並不熟悉，亦不知彼此有何能耐，也不知該如何祈請神佛出手幫助。沈綾卻是從小在洛陽城閒逛長大的，獨自造訪了城中數百間寺廟，拜謁了無數尊佛祖菩薩、羅漢護法，對佛教諸尊再熟悉不過。這時他擁有靈人之能，更能清楚體會到諸佛菩薩以及羅漢護法的力量；當洛陽城最盛之時，天空中遍布著護法的身形，飛天、天女圍繞盤旋，而永寧寺塔則是整個洛陽城的心臟，整座城市隨著梵唱、禱祝和念經之聲緩緩律動。

沈綾望著釋迦牟尼佛的面龐，閉上眼睛，暗暗祈請：「諸佛菩薩、諸天護法，小人沈綾恭敬祝禱：請問諸位可願意助我消滅三個危害世間的鬼族巫者，將他們趕回冥界麼？」

一片沉寂過後，沈綾忽然「聽見」了許多疑問：「你是誰？」「甚麼是鬼族？」「甚麼是冥界？」

沈綾心中一喜，於是記起母親傳授給自己的一切知識，一一解釋：「我名叫沈綾，來自洛陽，是天下唯一的靈人。冥界是人死後進入的境地，也叫作鬼界。冥界中住著鬼族，他們不甘永遠居於幽暗的死亡之地，一心回到生界。」

諸佛菩薩、諸天護法靜靜聆聽，又接著問道：「甚麼是靈人？」

沈綾答道：「靈人乃是遠古大商巫王和龍族的後代，職責便是守護傳遞天藥。」

「甚麼是巫王？」「甚麼是天藥？」

沈綾答道：「巫王，就是以大巫之身兼任商王者，古代一共曾有過兩位巫王，王曜和王載。天藥乃是天帝傳給天巫的靈藥，能讓人永生不死，並且不老。」

「甚麼是天巫？」

沈綾回答：「天巫名叫大巫嗀，他便是曾與黃帝大戰失敗的蚩尤，藏身於大商王朝中擔任大巫。千餘年前，龍王與天巫大巫嗀相鬥之下，兩敗俱傷；在天帝的旨意下，天巫絕地天通，也關閉了通往冥界的生死之門。」

「甚麼是龍王？」「生死之門若已關閉，世間又怎會有鬼族大巫？」

沈綾回答：「龍王乃是龍族最後一位王，也就是華夏之祖黃帝。生死之門封閉之前，有三個鬼族大巫逃了出來，留在了人間。他們得知巫王留下了天帝賜予的天藥，一心想奪取服用，好讓自己永駐生界、人間作亂，因此不斷追蹤靈人，意圖奪取天藥。」

如此對答良久，問題漸漸減少。過了一炷香時分，沈綾終於睜開眼睛，吁出一口長氣，說道：「祂們同意了。然而即使是諸佛菩薩和龍天護法，也無法重開生死之門，將三鬼趕回冥界。祂們能做的，只有將三鬼困在此山深處，由護法永遠監視看守，不令逃脫。」

子彪露出懷疑之色，說道：「祂們困得住三鬼麼？」

沈綾伸手指著莫高窟的深處，說道：「祂們告訴我，在這座山的深處，有個巨大的洞窟，黑暗深邃，自遠古以來便不曾透入半絲光明。那裡有著著億萬年積累貯存的黑暗之力，輔以諸佛菩薩及諸天護法布置在洞穴周圍的結界，應能將他們牢牢困住。」他望向三位巫者，說道：「加上諸位和巫者之寶的力量，我等應能鎮壓住三鬼，將他們逼入洞窟之中，並在結界形成之前，鎮壓住三鬼，令其無法反抗或逃脫。」

羅欽點點頭，爽快地道：「好！我們一定盡力。」

子彪站在他身邊，吸了口氣，也點了點頭。

高槐縮坐在角落，顯得十分喪氣，啞著聲音道：「請沈二郎恕罪！我此刻巫術微弱，只有旁觀的份兒，在此誠心祝禱各位此役順利成功。」

沈綾點點頭，心底卻忽然生起一股強烈的恐懼和猶豫，只想就此放棄，永遠離開此地，永遠不要面對那三個能夠震懾威脅靈人的鬼族大巫。他勉強壓抑心中的焦慮驚慌，吸了口氣，不讓自己患得患失，不讓自己找到拖延或退縮的藉口，當下點頭道：「好！我們開始布陣吧。」

於是他取過血翠杉、紫霞龍目水晶、鵝卵紅寶、金剛神女、五彩天石五件巫者之寶，分五個方位，放置在佛像前的空地上；他讓羅欽和子彪坐在自己的左右，說道：「當三鬼到來時，我們三人和五件巫者之寶，分八個方位圍繞著他們，不讓他們有機會逃出洞去；屆時諸佛菩薩和護法將會現身，逼迫他們往山洞深處逃竄。」

羅欽和子彪都點頭答應。高槐悄然坐在釋迦牟尼佛的腳旁，默然旁觀，有如枯木。

安排妥當後，沈綾坐在洞窟的中央，吸了口氣，停止掩藏自己的行跡。自從他離開天界、攀下天樹後，便始終維持著母親傳授的隱身之術，不讓鬼族大巫探知自己的蹤跡；這時他陡然放下這層防護，等於向鬼族大巫宣告自己乃是靈人，而此時正身處於敦煌莫高窟的某個洞穴之中。

很快地，靈人的現身便驚動了天下巫者，尤其是那三個苦苦追尋靈人的鬼族大巫。剎那之間，沈綾、羅欽、子彪、高槐都感受到一股驚濤駭浪般的震動，沿著地面傳來，震得他們幾乎跌倒在地。接著便見石窟的地面彷彿融化了一般，變成了一潭混濁的泥沼。泥沼之中慢慢浮出了三團泥巴，泥巴漸漸成形，隱約能看出一個彎腰駝背，一個身形豐腴，一個渾圓矮胖，四人心中都清楚知道：這就是那三個鬼族大巫了。

當四人看清了三個鬼族大巫的樣貌後，都不禁倒抽一口涼氣！但見那是一老、一婦、一童，老者正是土巫赫連壘，那女子卻是陸媃兒，童子圓滾肥胖，竟是胡三心愛的獨孫胡金寶！

羅欽低聲道：「他們並不是鬼族大巫，而是有鬼族大巫藏在……藏在他們的身體。」沈綾點了點頭，明白鬼族大巫可能早已沒有形體，只能附身於與其相應合的人體之中。赫連壘乃是土巫大巫，已活了幾百歲，但異常貪生怕死，到處收羅童男童女，以恐怖巫術奪取其精魄，為自己延年益壽、返老回春；陸媃兒則自幼便對沈氏姊妹滿懷艷羨嫉妒，由妒生恨，以致內心被怨念激憤所填滿；那個童子則是胡三最寵愛的獨孫胡金寶，自幼癡頑魯鈍，因受寵過度而驕恣蠻橫，無法無天。這三人不知在多久之前便已被鬼族大巫早早看中了，奪舍隱藏。

羅欽和高槐、子彪三巫互相望望，心頭都是一沉。他們原本便不指望赫連壘出力相助對付鬼族大巫，但見他竟已遭鬼族大巫附身，高槐又失去巫術，那麼己方的巫者就確實只剩下二人了；就算加上木巫、水巫、火巫、女巫和石巫之寶等五樣寶物，只怕仍遠不足以對抗這三個鬼族大巫。

沈綾想起母親生前不斷逃避這三個鬼族大巫，可見此三巫的力量有多麼強大可怕。他吸了一口氣，心中惴惴，不確定阿娘傳授給自己的種種靈人祕術，自己究竟學得了多少，又能使出多少？諸佛菩薩和諸天護法又有多大的能耐，是否真能困住這三個鬼族大巫？

就在這時，羅欽和子彪兩個青年巫者已一同出手，向著三鬼使動風巫和金巫的巫術。羅欽心存善念，不欲致其死地，因此使出的巫術旨在圍繞困堵三鬼；子彪卻鋒芒畢露，使出的巫術充滿殺伐之氣，空中陡然化出三枝吉金長矛，直直刺向三鬼的心臟。

高槐縮在一旁，口中輕輕念咒，以微弱的巫術催動木巫之寶血翠杉；只見血翠杉中緩緩長出無數條樹根，盤旋伸展，往三鬼的腳上糾纏而去。

三鬼立於洞窟之中，毫無反應，身上的泥土漸漸退去，露出臉面和身上穿著的衣衫。他們任由羅欽的風牆環繞在身周，任由血翠杉的樹根纏繞在腿上，甚至任由子彪的三枝吉金長矛射入自己的心臟，毫不抵抗，甚至未曾移動半分；三對眼睛只直直地盯著沈綾，目不稍瞬。

沈綾等四人都感到毛骨悚然，靜默不語。

沉寂之中，赫連壘、陸媃兒和胡金寶一齊開口，三張嘴巴一起開闔，發聲道：「靈人！沈綾！天藥！」一老、一女、一童的聲音重疊在一起，顯得極為詭異，令人不寒而慄。

沈綾勉強沉住氣，說道：「不錯，我是靈人沈綾，天藥在我手中。你們想要，是麼？」

三鬼同時開口，發聲道：「拿來！」

沈綾假裝伸手入懷，卻遲遲不取出事物，凝望著三鬼，說道：「你們若想要，須得以物交換。」

三鬼的六隻眼睛凝視著他，發聲道：「我等既可強奪，何必物換？」說著伸出三隻手，赫連壘枯瘦的老人手，陸媃兒豐腴的女子之手，胡金寶稚嫩的孩童之手，一齊向沈綾逼近而來。

高槐提高念咒之聲，試圖以血翠杉延伸出的樹根纏繞阻止三鬼。三鬼這才留意到腳下樹根羈絆，一齊轉頭往高槐望去，張口喝道：「木巫，死！」

這「死」字一出口，高槐更來不及抵禦，甚至未及喊叫出聲，他的身體便如朽木枯枝一般，散落成數百個碎片，四散飛去。

沈綾大驚失色，叫道：「高槐！」眼望著他的魂魄從四散的軀體碎片中飄出，消失在虛無之中。

子彪和羅欽見狀也臉色刷白。即使高槐已巫術大減，但他仍能以血翠杉護身，應當不致如此輕易便被鬼族大巫殺害；豈知鬼族大巫的法力遠遠超過他們的想像，竟令高槐於一瞬之間便魂飛魄散。二人不禁慄慄自危，子彪高呼一聲，插在三鬼胸口的吉金長矛快速轉動起來，試圖刺穿他們的心臟。

羅欽驚呼道：「不可！」

然而卻已晚了一步。三鬼同時轉頭望向子彪，目光如電，開口喝道：「金巫，死！」

子彪感到一股濃烈的殺氣直向自己撲來，更來不及躲避，死亡之氣便已籠罩全身。幸而羅欽指使風牆快速繞將過來，隔在三巫和子彪之間，稍稍緩衝了一下，子彪並未如高槐般立即骨肉四散，魂飛魄滅，只是身子往後騰空飛去，重重跌落在眾多泥塑的護法神像之間，口吐鮮血，暈死了過去。

三鬼的眼光隨即轉向羅欽，開口叫道：「風巫，死！」

羅欽自從巫術有成之後，從未與任何巫者對敵，這時只驚得呆了，除了讓狂風圍繞在自己身周充作保護之外，甚麼別的術法都想不起來。他感到三巫的臉龐直逼到自己身前，不得不連連後退，退到一尊羅漢塑像的腳邊，接著眼前一黑，全身僵硬，無法動彈。他只能勉強憑藉風之巫術勉強護身，只覺全身肌膚無比緊繃，似乎隨時會如風中落葉般四散飄揚，死於無形。

不過轉瞬之間，洞窟中的三巫一死二傷，沈綾驚駭無已，手足無措，危急中想起母親的吩咐：「未來你若遇上緊急危難之時，可召喚體內之龍自保。」於是只能向內心高聲呼喚：「龍！龍！請現身！」

羅欽身子雖不能動彈，眼睛卻看得清楚；但見沈綾全身忽然發出耀眼的白光，就如自己第一次在天樹之巔見到若幻時一般，白光照射之處，洞窟中釋迦牟尼佛塑像的眼中似乎閃爍出慈悲的光芒，而佛像兩側諸多菩薩的衣衫綵帶更緩緩飄動起來；在其旁的諸多奇形怪狀、面目猙獰的羅漢護法則蠢蠢欲動，各自握緊刀槍棍戟等兵器，目露凶光，搶步上前，立在三鬼的周圍。

三鬼見到光龍自沈綾體內鑽出，似乎頗出意料之外，微微一愣，又見洞窟中的塑像竟然全數活轉過來，臉色都是一變。

沈綾喘了口氣，心思恢復清明，以靈人之能召喚五件巫者之寶中的巫術之源，讓它們的巫術織成一片光網，擋住了洞口；又指使光龍在洞窟中盤旋，從三鬼的頭上壓下；諸羅漢護法則齊步上前，逼近三鬼。

三鬼見此景況，忽然嘎嘎大笑起來，齊聲道：「靈人！當真奸巧！你此番召集我等前來，不是為了禁錮我等，而是為了消滅世間一切巫者和巫術！這些寶物，這些巫者，都是被你騙來的犧牲品。是麼？是麼？是麼？」

三鬼的質問在洞窟中反覆迴響，震耳欲聾；然而能聽得見的人，只剩下羅欽了。他躺在羅漢腳邊，望向沈綾，心中豁然明白：「三鬼說的是真的！原來如此，靈人的存在，就是為了消滅世間巫術。二郎此時正在執行靈人的任務！他確實必須對付三鬼，消滅巫術乃是靈人最深沉的祕密，他自然不能對我說出。」

不論羅欽心中有何領悟，都已無濟於事。相較於巫術的消失、自己的死亡，他更擔心的是三鬼逃逸流竄，危害世間，甚至殺死靈人，奪得不死天藥，永遠禍患人世。他慌亂無主之下，只能暗暗禱祝：「佛祖！菩薩！你們一定要幫助二郎，鎮住這三鬼！」

此時在羅欽眼前上演的，是一場龍族血脈、諸佛菩薩、龍天護法協力對抗三鬼的大戰。然而這場大戰絲毫沒有半分殺伐血腥之氣：只見三鬼身上不斷冒出一團團的陰影，令洞窟中充斥著質疑、貪婪、憤怒、憎恨、嫉妒、愚昧和恐懼；光龍和佛教諸尊卻絲毫不受影響，即使被三鬼的種種陰影遮蓋，仍舊維持著一派平和安穩，以無瑕的覺性持續地清楚觀照，令這些黑暗汙濁的情緒和念頭緩緩融解，消失於無常和空性之中。

不多時，從三鬼身上散發出的種種陰影暗物逐漸減少，過了一會兒，便再也沒有新的陰影浮現了。

此時洞窟中只剩下光龍身上散發出的淡淡聖輝，以及諸佛菩薩、羅漢護法身上的覺悟之光。

最先崩潰的是赫連壘。他老邁的臉龐忽然急速老化，接著忽然癱倒在地，面容扭曲，肌血消融，很快便化成了一堆白骨，一縷黑影從白骨中冒出。再來是胡金寶，他的眼神原本便混濁不清，這時變得更加迷亂而焦躁，彷彿不知自己身在何地，也不知自己是誰；他緩緩地縮成一團，如嬰兒一般，將大頭埋在肥胖短小的雙臂之中，逐漸萎縮，變成胚胎一般，越來越小，最後便消失了，也只剩下一縷黑影。陸婇兒是最後一個，她雙眼血紅，對著沈綾戳指罵道：「你這庶出的孽子！你以為你很了不得麼？你以為你能繼承沈家家業麼？自你出生以來，就注定是受人輕賤的庶子，永世無法改變！」

沈綾和光龍安穩地看著她，眼中只有同情和憐憫。這時佛祖身旁的一位菩薩開口道：

「妳出生低微，因此嫉妒沈氏姊妹，一心想摧毀她們，讓她們吃盡世間之苦。妳見不得他人好，只希望所有人都跟妳一般窮困低賤，受人輕視。妳可知道，沈氏姊妹今生的富貴美貌，是由過去多世布施修行、累積福德而來；妳的貧瘠位卑，是由妳累世貪婪吝嗇、欺騙害人而來。各人有各人的因果業力，各人生死，須由各人自己修行了結。妳嫉妒他人，自怨自艾，只不過是造作更多的惡業罷了。」

陸娐兒尖聲大叫，一團黑影忽然從她口中冒出，與赫連壘、胡金寶身上冒出的黑影糾纏成一團，奮力往洞口闖去，頓時撞上了由五件巫者之寶織成的光網。三鬼狂聲吼叫，往外硬闖，竟然穿破了光網，闖到了洞口。此時已是深夜，離黎明尚有數個時辰，正是三鬼躲入黑暗的大好時機。三鬼一齊歡呼，迅速竄入洞窟外的夜色之中。

沈綾和羅欽眼見困住三鬼的計畫就將失敗，都是大驚失色。羅欽危急中慌不擇言，高聲祈求：「騰格里！天地神明！快幫助我們，立即天亮，阻止三鬼逃脫啊！」

就在這時，洞外忽然透出一片刺眼的光明，一輪紅日從山邊快速升起，幾瞬間便躍入了半空之中。三鬼從未見過太陽東升如此之快速，驚駭無已，嚇得縮回洞中，不敢動彈。

但聽天際傳來一陣雷鳴般的笑聲，一個響亮的聲音說道：「小巫童，你幫我洗臉，幫我做了大梳子梳頭，我說過我遲早要報答你的。你瞧，我這可不是來了麼？」

羅欽又驚又喜，叫道：「神人噓！是你！」

噓再次哈哈大笑，說道：「我聽你祈求立即天亮，於是從日月神山趕來這兒，命令太陽立即升起。怎麼樣，你可滿意麼？」

羅欽感激得幾乎掉下眼淚，連忙說道：「太好了，我太感激了！我很滿意，多謝你，神人噓！」頓了頓，又問道：「你還要我幫你梳理頭髮麼？」

神人噓並未現身，只有聲音遠遠傳來，笑道：「不用了！我有你做的大梳子，每日梳頭，外加每年洗一次頭，現在再清爽不過啦！好了，小巫童，我去了！」聲音倏忽消失，再不可聞。

洞外天色大亮，三鬼眼見無法出洞，只能拚命退回洞窟黑暗處，避免光照。此時龍天護法一齊圍上，口中齊聲念咒，羅欽隱約聽出祂們念的是懺罪消業的咒語，三鬼無法承受，伸手掩耳，尖聲大叫：「不懺悔！不認錯！」

就在光龍和羅漢護法的交相逼迫之下，三鬼爬著滾著，往洞穴深處逃竄而去，越逃越深，終於進入了山洞深處，永不見光明之地；此地蓄積貯存了億萬年來的黑暗之力，連三鬼都難以抵擋，驚駭得靜默下來。這時諸佛菩薩、羅漢護法已在洞口以咒語設下了結界，除非三鬼深切懺悔己罪，捨棄貪瞋癡三毒，方能越過咒語之界，脫離黑暗，重歸光明。

沈綾吐出一口長氣，向釋迦牟尼佛拜倒，說道：「多謝佛祖出手，助我鎮壓三鬼！」佛像臉上展現著一貫的慈悲智慧，嘴角露出微笑，並未回答；洞窟中的菩薩、羅漢、護法、飛天等也都各歸己位，回復成泥塑木雕，靜止不動，彷彿方才甚麼都不曾發生過。

沈綾抬起頭，低聲呼喚道：「龍！龍！請歸來。」盤旋在他頭頂的光龍光芒逐漸減弱，回到了他的體內。

沈綾喘了幾口氣，定下神，走到子彪的身旁，緩緩跪倒；眼見子彪臉色雪白，失明的雙目和嘴角流出鮮血，入氣多出氣少，顯已瀕臨死亡。沈綾在他耳邊低聲說了幾句話，子彪微微點頭，顫抖的手伸入懷中，取出一隻以吉金鍛鑄的神鳥，遞給沈綾。

沈綾低聲道：「多謝你，巫者子彪。金巫之寶吉金神鳥，我收回了。」

子彪無神的雙眸愈發黯淡，微微眨眼，吐出了最後一口氣。

沈綾來到赫連壘的枯骨之旁，伸手從一堆花花綠綠的衣衫中取出一塊黝黑的土壤，說道：「土巫之寶息壤，我收回了。」

羅欽這時終於可以移動了，他喘著氣，勉強站起身，一跛一拐地來到沈綾身旁，說道：「我應當將風巫之寶也交給你。但我不知道風巫之寶是甚麼，而我額赫早早死去，也並未將甚麼巫者之寶傳給我。」

沈綾回頭望向羅欽，眼神清澈平靜，說道：「風巫之寶，就是你的氣息。你不必交給我，我也不會向你討要。」

羅欽甚是驚訝，吸了口氣，喃喃地道：「我的氣息？」

沈綾沒有回答，只默默地將七件巫者之寶收入包袱，站起身，對著羅欽微微一笑，說道：「羅欽，我們回家吧！」

第七十六章　遠遁

莫高窟一場激戰，木巫高槐、土巫赫連壘和金巫子彪相繼喪命，天下大巫便只剩羅欽一人；而遠古多系巫者中，也只餘年幼的巫女非非和石生巫童二人。沈綾心中清楚明白：自己身為靈人，責任不僅止於守護傳承天藥，同時也須執行千餘年前天帝交付給大巫翳的重任——絕地天通，令巫術從世間徹底消失。如今各系大巫凋零殆盡，而沈綾也成功收回了八件巫者之寶中的七件，除了風巫羅欽之外，世間再也沒有強大的巫術和巫者了。

沈綾和羅欽、六子離開了敦煌，啟程回往洛陽。這一路上，沈綾心中愈發糾結掙扎，反覆籌思：「我等已困住那三個一心奪取天藥的鬼族大巫，但不知能困上多少時日？我若選擇繼續懷藏傳遞天藥，就必須嚴密守衛三鬼，不讓他們逃脫。阿娘離世後，我必須肩負起靈人的任務，遁入隱境，徹底離開世間，離開所有我認識的人、熟悉的地方，並努力生出下一代的靈人；直到待靈人出生後，我便當效法阿娘，長年隱居於通天樹之顛，過著與世隔絕的生活。此外，我還得設法除盡天下巫術，並且促使天下太平。」

轉念又想：「然而，我又怎能對羅欽下手、剝奪他身上的巫術？況且，天藥每二百年便須傳遞至下一個靈人，阿娘說過，每當天藥傳遞出世，便將造成天下動蕩，戰亂紛擾不已，我若繼續懷藏傳遞天藥，又如何令天下太平？」

想到此處，他只能逼迫自己去想像他最不願面對的情況：「我確實有另一個選擇，那就是服下天藥，得到永生。大巫恪曾勸阿娘這麼做，也曾勸我這麼做；阿娘拒絕了，因為她仍盼望世間能出現一位人間聖王，她應當履行靈人的職責，將天藥交給這位人間聖王。然而一千多年過去了，人間始終未曾出現一位聖王。若觀今日天下之勢，南北長期分裂，彼此爭戰不休，在位皇帝倒行逆施，昏庸殘暴；掌政權臣，爭鬥不休，荼毒百姓。我怎能企盼在未來數千年中，人間將出現一位聖王呢？大巫恪曾力勸我服下天藥，我有何理由不聽從大巫恪的指示？」

他吸了一口氣，又想：「我若決意服下天藥，此後便不必再守護天藥，更不必千方百計地生下下一代的靈人來傳遞天藥了，如此一了百了，豈不痛快？更且能免去每二百年一度的動亂劫難，對天下生民自是莫大的福祉，我也不必一輩子做那三個鬼族大巫的獄卒。我甚至能回到沈家，過上一段平凡的日子，直到……直到大姊和小妹年老離世，而我，卻得繼續活下去，永生永世。是了，服下天藥之後，我的壽命將不只是兩百歲，而是無窮無盡了！」

一想及此，沈綾心頭便不禁無比沉重，「至於那盡除天下巫術的祕密職責，在鬼族大巫和赫連壘的屠殺之下，世間巫者原已所剩不多了；加上莫高窟一役，天下大巫死亡殆盡。羅欽、非非和石生巫童就算壽命長過尋常人，也不會比我更長。我不必對他們下手，只需等候他們離世便是，並不算怠忽了靈人的職責。」

他心想巫女非非和石生巫童年紀幼小，又無大巫加以訓練啟發，即使擁有巫者之寶，也不可能練成高深巫術；而自己已收回了七件巫者之寶，往後若還有這七系巫者現身，也將再無法憑藉巫者之寶使動巫術了。他知道自己理當收回最後一寶：風巫之寶，但那將危及羅欽的性命，而他對羅欽懷著深深的感恩和歉疚，又盼望他能回到沈家，代替自己照顧姊妹，因此不想傷害於他。

他正想像著只要一切如他所想，他便能回到沈宅，與姊妹團聚的種種美好情景，忽然心中一跳，猛然想起：「不，我不能回去沈宅。沈家二郎乃是羅欽，我必須將這個身分還給他。我若不肯離去，他又怎能平順安穩地做回沈家二郎呢？是了，我或可自稱是羅欽的好友，如此便能繼續見到大姊和小妹了。我甚至可以去棲霞山腳的莊園，尋訪王十七娘……」

沈綾沉浸於美好的想像之中，心頭激動無已，只想就此做出決定、服下天藥！但他隨即醒悟，這所有愉悅的憧憬都是建立自己在服下天藥、永生不死之上；然而與親人團聚、與心上人結褵的種種歡樂快活，畢竟是極為短暫無常的，在這一切都結束之後，他仍有無窮無盡的壽命要活。幾千幾萬年的日子，又該如何打發？莫非真要躲在莫高窟的洛陽沈緞佛窟之中，等待見證彌勒佛降生？

沈綾心中重新掙扎起來：「不，我身為靈人，怎能因貪圖世間親情和一己歡樂，擅自決定服下天藥？我怎能確知未來數千年中，不會有一位聖王出現於人間？我怎能為了自身的短暫享樂，輕易地推卸靈人的職責？我這麼做，又如何對得起阿娘和歷代靈人，如何對得起身邊摯愛之人？」

他吁出一口長氣，下定了決心：「無論我是否服下天藥，都不能以一己之享樂為考量。我必得先恪盡靈人之職，離世隱遁，務須令自己超脫世間種種羈絆，無欲無求，澄心淨慮，反覆思量，方能做出是否服下天藥的決定。」想清楚了之後，他心中雖甚覺痛惜難捨，卻感到一股難言的平靜；他知道自己以無私之心去思維，無論做出甚麼決定，都將是正確的決定。

到達武威郡時，這夜沈綾找了羅欽來，將自己身負天藥傳承、大巫恪勸他服下天藥等情都對他說了，最後說道：「那三個鬼族大巫受困於莫高窟，但我無法確知能將他們困上多久，因此我必須嚴密守衛三鬼，不讓他們逃脫，免得他們再次試圖奪取天藥。」

羅欽聽得心頭難受無比，搖頭道：「你也不必如此自苦。三鬼已被困住，你該放下心來，過上一段逍遙自在的日子才是。」

沈綾苦苦一笑，說道：「我生為靈人，就必須負擔起靈人的責任。是否服下天藥的抉擇太過重大，我不能輕率決定。無論如何，孤獨都是難免的，差別只在於兩百年或是無數年。待我送你回沈宅之後，我便將遁入隱境，好讓自己慢慢思考此事，做出抉擇。」

羅欽悲哀地望著他，說道：「二郎，與你相比，我很幸運，從小就有小獸陪在我身邊，如今還有六子陪伴。然而你若遁入隱境，就將被世人完全遺忘，再也沒有人陪伴了；倘若服下天藥，雖能與親友短暫相處，但你將永遠存活在世間，幾百年後，也沒有人能再陪伴在你身邊。」

沈綾長嘆一聲，說道：「我知道。如果只需活兩百歲，那也罷了。然而若要永遠活著，即使身邊有神獸，神獸壽命亦有限，也不可能永遠陪著我。」

羅欽伸手握住他的手，說道：「巫者壽命較一般人長，我不知道我可以活多久，但我一定會盡力陪伴你，記得關於你的一切。我從小就夢到你和你的事情，即使你遁入隱境，或許我仍然能繼續夢見你，你也可以在夢中跟我說話解悶。」

沈綾笑了，緊緊握住羅欽的手，說道：「多謝你，羅欽！」他勉強一笑，轉開話題，說道：「走吧，我帶你回洛陽沈家，我會告訴我的姊妹……不，是你的姊妹，我會告訴她們，你才是阿爺的親生兒子，是她們真正的兄弟。」

羅欽甚感惶恐，說道：「她們要是不信，那怎麼辦？」

沈綾拍拍他的肩頭，說道：「羅欽，你是巫者，我是靈人；要讓人相信我們說的話，只怕不難吧？更何況我們說的是實話。」

羅欽不禁吐吐舌頭，說道：「我可不敢對大姊和小妹施展巫術！」

沈綾說道：「總之你不必擔心家中諸事，我自會預先幫你安排妥當。待你在沈家安頓下來後，我便打算回到莫高窟，在『沈緞』供奉的那個洞穴之中，遁入隱境。」

羅欽點點頭，說道：「倘若你決定服下天藥，那麼在很久很久以後，當那位彌勒佛降生時，你便能見到祂了！到時你就可以跟祂說，你在這石窟裡替祂修了像，期待祂的到來！」

沈綾笑了，說道：「那時人壽將有八萬歲，我結識的人能夠活久一些，便不會那麼寂寞了。」

但羅欽自然清楚，待沈綾遁入隱境後，世人便再也見不到他，他也不可能「結識」任何人了。即使那時仍有巫者在世，也無法探知他的存在；屆時不管人壽是三十歲、八十歲或是八萬歲，對他來說都毫無差別。

沈綾顯然也知道這一點，卻不願深想：「待沈緞石窟修好了，而我若決定服下天藥，未來這無止境的光陰，我便待在那石窟中等候彌勒佛降世吧！」他自也知道，自己若隱遁於石窟之中，那石窟想必也將隱遁起來，再也沒有人能夠進去。他只能暗暗安慰自己：「至少我能有個平靜的歸宿，卻又不至於離塵世太遠。」

次日，沈綾和羅欽、六子繼續往洛陽城行去。來到城外數里的驛站時，已有沈家的馬車在此等候，車夫正是于叟。于叟見到沈綾，大為高興，望向羅欽時，卻滿面懷疑。

沈綾笑道：「于叟，這位是沈家二郎，名叫羅欽。快來見禮吧。」

于叟皺起眉頭，說道：「主人說笑啦。」

沈綾笑了笑，心道：「不久之後，你便會將我當成陌生人，將他當成主人了。」

于叟駕著馬車經過張方橋，進入洛陽城。這是羅欽第二次來到洛陽，第一次來時匆匆趕到沈宅解救沈氏姊妹，這回才得以仔細觀察這座古城。他讚嘆道：「洛陽城的繁榮壯觀，與長安城不相上下。而且……」

沈綾笑問道：「而且甚麼？」

羅欽道：「跟我夢中見到的一模一樣！」

沈綾笑了，說道：「你從小就在夢中隨我一起長大，自然十分熟悉洛陽城了。」

羅欽東張西望了一陣子，問道：「那座很高很高的房子呢？怎麼看不見了？」

沈綾微微一怔，隨即明白他說的是永寧寺塔，嘆息道：「那是永寧寺塔，聽說幾年前塔頂遭天雷打中，燃燒數日，整座塔都崩倒毀壞了。」

二人來到阜財里沈家大宅，進入大門；沈綾並未讓僕人事先通報，逕自領羅欽來到沈雒所居的崇武居。才跨入大門，便見沈雒正帶著兩個侄兒侄女在院中練功。

三人見到沈綾，都是好生驚喜，立即停下練武。沈雒衝上前一把抱住了沈綾，笑著叫道：「小兄！你終於回家了！」又對羅欽抱拳行禮，說道：「上巫一路護衛我兄，多有辛苦，小妹衷心感謝。」

羅欽連忙搖手還禮，說道：「我沒做甚麼，二娘不必謝我。」

沈朝和沈暮也奔上前來，沈暮笑著道：「二叔，你回來了！你去了哪裡？怎地這麼久才回家？」

沈朝則注意到站在沈綾身後的羅欽，好奇地望向他，問道：「這位是二叔的朋友麼？請問如何稱呼？」

沈綾道：「這是我的好兄弟，好朋友，他叫羅欽，是位來自柔然的薩滿。你們快來見過了。」

沈朝和沈暮都睜大了眼，直盯著羅欽瞧，見他衣著奇特，黝黑的臉龐露出一派純樸天真，都不敢相信這人竟是個來自北方異族的巫者。

沈綾問道：「大姊呢？她在家麼？」

沈雒翻眼道：「大姊？她想必還在總舖裡忙著呢。她每日早出晚歸，忙得沒日沒夜，不到掌燈時分絕不回家。」

沈綾皺眉道：「怎麼？生意上有困難麼？」

沈雒笑道：「哪有甚麼困難？生意好得很！今年蠶園生產的蠶絲極好，又白又細，我們『沈緞』在洛陽城搶手得很，絲坊、染坊、織坊日夜加緊趕工，都來不及產出足夠的貨。不只是洛陽城和長安等大城，南方的建康，還有西域及南洋的訂單如雪片般飛來，大姊應接不暇，只好臨時多購入了十多間染坊，織坊，錢越賺越多，是以她才忙成這樣啊！」

沈綾聽了，鬆了口氣，笑道：「那就好了。」

沈雒又轉對羅欽道：「非非妹妹和石生娃娃都好，他們都很想念你呢！」

羅欽也正掛念他們，說道：「多謝二娘代我照顧他們。」

沈雒笑道：「都是自己人，幹麼謝來謝去的？可太見外了。來來來，你們風塵僕僕的，快回多寶閣梳洗一下，晚上我們一塊兒用膳！」

沈雁聽說小弟沈綾回到了洛陽，極為欣喜，立即從總舖趕回家。

沈綾不願再拖延下去，聽聞大姊已回到家，便讓阿寬去請大姊沈雁和小妹沈雒來多寶閣相見。他請姊妹來到大兄往年的居處就座，關上房門，以最直接坦白的言語，告知她們自己的身世，以及羅欽的真實身分。

姊妹們都聽得呆在現場，一時不敢置信，說不出話來。然而沈綾使出自己的靈能，讓姊妹見到了真相，令她們不得不在震驚之中，讓事實慢慢沉入內心深處。

沈雒忽然伸手捉住了沈綾的手，急切地問道：「小兄，那你打算如何？」

沈綾撒謊道：「我不知道。我打算在洛陽留一陣子，然後去建康看看，再做打算。」

沈雁凝望著他，說道：「綾弟，你雖不是沈家之子，但你永遠都是我們的兄弟。你千萬不可逕自離去。這兒就是你的家，『沈緞』就是你的事業。你答應我，千萬不要再次離開我們，好麼？」

沈雒則更握緊了他的手，說道：「小兄，你不能再次毀棄諾言了。你一定要留下，不可以捨棄我們，你答應我！」

沈綾低下頭，緊閉著嘴，過了一會，才避重就輕地道：「即使我離去，也只會離開一陣子罷了。我會時時回來探望妳們的。」

沈雁和沈雒姊妹知道無法改變他的決定，都忍不住掉下眼淚。

當夜，眾人在沈宅的萬福堂舉辦團圓宴，沈家三姊弟、沈朝、沈暮、羅欽、非非、石生巫童八人，外加六子，好不熱鬧。沈雁身為沈家的女主人，熱情地招呼眾人享用沈家聞名全城的佳餚美味；沈雒興沖沖地拍開了一罈「鶺鴒」，取出白玉酒杯，親自斟酒，端給眾人品嘗；兩個年輕的孩子沈朝和沈暮好奇地圍繞著羅欽，拉著他的手問長問短：「羅欽叔叔，你真的是個巫者麼？」「你懂得甚麼巫術？」「可以展示給我們看麼？」「你的巫術，可比武術更強麼？」

羅欽笑著道：「也沒有甚麼，你們瞧。」隨即施展風之巫術，讓一只白玉酒杯懸空浮在空中，並在萬福堂高處飛旋一周，才回到他手掌中，一滴酒水也未曾濺出，只把兩個孩子看得目瞪口呆，驚嘆不已。

團圓宴酒酣耳熱，沈家眾人都醉意盎然，深感溫馨，歡樂難言。

沈綾望著姊妹和侄兒侄女們的笑靨，尤其是與自己親近無比的小妹沈雒，心中如錐刺般疼痛起來。他清楚知道，要讓姊妹們過上尋常而美好的日子，自己就必須無聲無息地離去，好讓羅欽順暢而自然地接替自己在家中的地位。他極想與她們珍重話別，又知道自己不能當面讓她們相送，以免心志動搖。臨別之哀，依依之情，都只能深埋心底。

於是他深深地吸了一口氣，向大姊沈雁和小妹沈雒展露出最溫馨、最關懷、最眷戀的微笑，緩緩站起身來。

當沈綾獨自走出萬福堂時，沈家眾人除了羅欽之外，都只道他想出去透透氣，並未留心。

沈綾若無其事地，揮手輕輕施展靈能，接著筆直走出了沈家大宅的大門。

一直關注著他的羅欽，則感受到沈綾強烈的悲傷和孤獨，再也忍耐不住，起身追了出去，來到大門口，正見到沈綾離去的背影。羅欽知道自己不應再追上，勉強站定腳步，在門口望著沈綾緩步離去，眼中含滿了淚水，卻又不敢讓姊妹發現。直到沈綾消失在街角，羅欽才趕緊擦去眼淚，回入萬福堂。

沈家眾人自都不知，這是他們此生最後一次見到沈綾了。此後他們不但再也見不到他的人，也將逐漸將他淡忘，甚至不記得這個人曾經生活在他們的身邊，給予他們深厚的親情關照。不出幾日，不只姊妹倆，沈朝、沈暮和沈家所有的僕從，都將忘記家中曾有一位庶出的二郎沈綾，生於陰暗卑微的角落，長於嫌棄冷眼之中，卻曾在沈家面臨空前的危機時挺身而出，拯救了沈家，翻轉了瀕臨破產的「沈緞」，讓「沈緞」的生意愈發興隆，比往年增長了十倍不止，更從虎穴般的胡家中救出了被迫下嫁的姊妹。

沈雁和沈雒很自然地接受了羅欽是自己遠在他鄉歸來的兄弟，對他極為關懷照顧，帶他參觀洛陽城，造訪戰火下碩果僅存的佛寺，教他漢人和鮮卑人的種種習俗，並帶他學習關於絲綢生意的一切事務。

之後數年中，羅欽與姊妹三人合力經營「沈緞」，生意越做越大；沈家不只恢復了當年的光景，甚至比沈拓在世時更加顯赫富裕。

姊妹倆雖然遺忘了自己曾有過沈綾這個兄弟，卻都不禁時常感到生命中彷彿少了點兒甚麼。

建康城外，棲霞山腳莊園之中。夜色早臨，王十七娘獨自坐在油燈之旁，怔怔地望向窗外，手中持著一封短短的書信。書信由建康「沈緞」的洪掌櫃親自送來，出自沈二郎之手，寥寥數行，告知他已遠赴異域，此生將不會返還中土，請她善自珍重云云。十七娘從字裡行間中讀出了沈綾的癡情和依戀，傷痛和無奈；她只能苦苦一笑，小心地收好了書信，以那方杏色芙蓉手絹包好，珍藏起來。情深緣淺，此生無緣，只能等候來世。

只是她卻不知，沈綾倘若做出服下天藥的抉擇，那麼連來生也無可想望了。

敦煌莫高窟中。這一夜，沈綾終於下定了決心。他依照母親傳授的方法，召喚體內的龍，讓牠吞噬自己含有天藥的血液，成為永生之人。天下巫者零落殆盡，能夠感知此刻者已不多了；只有風系大巫沈羅欽感受到大地震動，空中充斥著悠揚的天樂。他知道自己的好友沈綾，世間唯一的靈人，已服下天藥，成為天地中永遠不老、壽命永恆的存在了。他心中湧起一股深切的孤獨悲哀，忍不住抱著六子，痛哭起來。

身為天地間僅剩的靈人和大巫，沈綾和羅欽都能隱約感受到，天下局勢自此緩慢而堅定地邁向安定和平。數十年後，隋朝統一天下，結束了將近三百七十年的分裂戰亂；又過數十年，大唐興起，開創了將近三百年的太平盛世。沈綾將親眼目睹這一切發生，也將欣慰於自己做出了正確的抉擇，完成了靈人的使命。

許多年過後，一個旅者步入了洛陽城，來到阜財里東的沈氏大宅之外。

這時的沈家大宅不但金玉滿堂、榮華富貴至極，更充滿了生氣；門前車馬來去，僕從吆喝聲、馬嘶聲混成一片。

一個身形微胖、頭髮灰白的管事走出大門，高聲喚道：「主母要出門啦！給大郎、大娘備馬！」

旅人站在街角，望著從大門中駛出的兩輛華麗馬車，車上以五彩纓絡裝飾；第一輛馬車上坐著一個絕美婦人，身著繡花綢緞百摺裙，懷中抱著一個襁褓，身旁坐著一個三、四歲的女娃兒；第二輛馬車上坐著一對青年夫婦，各自抱著一個男娃，另有一個女童攀著馬車窗口往外張外，滿面好奇之色。

門中接著馳出了三乘馬，前兩匹各乘著一個青年，一個少女，身著短打裝束；最後一乘則是個女子，約莫三十來歲，一身素色衣裙。

在大宅的僕人和馬夫招呼下，兩輛馬車和三乘馬出門而去，馳在大道之上。里中路人見到了，都紛紛道：「『沈緞』的郎君和女郎們要出門啦！」「不知他們要上哪兒？」「大約要去平等寺禮佛吧！」

街角的旅人凝目而望，然而他的身形卻頗為模糊，路人似乎都見不到他，更無法察覺他站在當地。

這旅人正是沈綾。

自從他離開之後，便偶爾偷偷回家探望，得知大姊沈雁再嫁，婚姻幸福，生了一女一子。羅欽也成婚了，他將害羞寡言的柔然昆結阿柔和女兒從晉陽藏身處接來洛陽，娶她為妻，又生了兩個兒子；他也跟隨大姊沈雁學習絲綢生意，很快便上了手，做得十分起勁，成績斐然。小妹沈雛雖已放下對北山子慕容無憂的情傷，但心中卻一直若有所念。

他眼見第一輛馬車上坐的正是大姊沈雁，懷中抱著剛剛出生不久的男嬰，旁邊坐著年紀較長的愛女；第二輛馬車上乘坐的是羅欽和阿柔，以及他們兩個年幼兒子和阿柔之女；馬上的兩個青年男女則是大兄沈維的子女沈朝和沈暮；最後一乘馬上的女子，則是小妹沈雒。

沈雒這時已有三十多歲了，與沈綾的記憶中一般英氣十足，嘴角露出幾分堅韌倔強之色。但見她騎馬出了大門，左右張望了一陣，似乎在尋找甚麼，臉上露出一絲困惑；她皺起眉頭，吸了一口氣，一夾馬肚，跟在侄兒侄女的馬後，往前馳去。

沈綾心中一暖。他知道，小妹雖已再也無法認出她的小兄，心中卻並未完全忘記自己。

確實，沈雒不時感到，自己彷彿總在混濁模糊的記憶中搜尋某個人的身影。她當然知道，沈家的處境比之十多年前，洛陽城連遭兵禍、父兄猝死、瀕臨破產那時，已好上不知多少倍：她回到了自幼生長、再熟悉不過的沈家大宅；仇人賀大自盡，賀家母女遠離；大姊沈雁擺脫了恐怖的婚姻，回歸家中，再嫁後生活幸福；自幼離散的兄長羅欽也回到了家中，還有大兄遺下的一對雙生侄兒侄女——沈朝和沈暮兩個北山派傳人，也回到了沈宅，能不時與她切磋武術。她練成了高深武術，替父兄報了仇；而「沈緞」的浴火重生，重振家業，則須歸功於大姊沈雁和二兄沈羅欽的不辭勞苦，用心經營，以及諸位大掌櫃的盡心盡力，不離不棄。

然而，她心頭似乎總有著一塊奇異的空虛；在沈家大宅中，在桑園中，在洛陽城中，在「沈緞」總舖之中，她似乎往往能瞥見一個修長的身影，似乎有段隱藏在腦海深處的記憶，讓她感到一股難言的溫暖親厚，深切關愛。她也依稀覺得，「沈緞」的振興，似乎另有一個功臣，一個與她非常熟悉、非常親近的人。

但她就是想不起那是誰。

沈綾目送著家人的車馬在塵土飛揚之中，消失在大街的另一頭。

天下最高的永寧寺燒毀倒塌了，繁華熙攘洛陽城衰退沒落了；這片土地數百年來經歷了無數鐵血兵戈、征戰屠戮，無數朝代更迭、皇室興衰，如河水般奔流不息。然而沈綾哀傷而平靜地知道，自己還有無盡的壽命要活，仍須目睹無數的世事變遷，滄海桑田。

他也清楚知道，在他熟悉的家人老去死亡之後，這世間將再沒有任何人知道他的存在，也將再沒有任何一個他認識或關心的人。孤獨將永遠伴隨著他，無從擺脫，無從逃避。

然而，他卻感到萬分滿足。他選擇並承擔了永恆孤獨的生命，即使必須捨棄自己關懷眷戀的諸多人事物，但他的心中沒有悔恨，沒有遺憾，沒有怨尤，只有一片光明坦然。他忠於自己心之所向，明白世間沒有完美之事，就如世間沒有永存之物一般。他這一輩子做出了許許多多的決定，而遁入隱境、服下天藥，乃是他最正確的兩個決定；即使未能圓滿他的人生，卻圓滿了千年的靈人傳承。

這就是世間最後一個靈人的命運。

（全書完）

後記

二〇一八年寫完《巫王志》時，我已經連續寫了超過十年的小說，以每兩年一套的速度出版了六套長篇外加一部短篇集，感覺非常疲乏，因而決定要休息一下。那時曾動過念：或許我的寫作生涯就到此為止了吧！二〇一八年中至二〇一九年中休息了一整年，每天沒有寫作壓力，完全放空，感受到前所未有的輕鬆愉快！到了二〇一九年中期，不知為何忽然覺得閒不住，就又開始籌劃下一本書了。或許，我和寫作的緣分尚未了結吧？

《綾羅歌》的時代背景是魏晉南北朝，大約在北魏盛世以至東西魏分裂的前後。我對魏晉南北朝一直懷有濃厚的興趣；那時期的政治局勢和社會面貌都非常特殊，如五胡亂華、南北分裂、朝代更迭、清談盛行、世家壟斷等。魏晉南北朝是名副其實的亂世，從曹丕篡漢以至隋朝統一天下，將近三百七十年中戰亂不斷，多個政權同時並存，互相攻伐；不同外族佔領華北，胡風興盛；漢人政權退居江左，而由鮮卑族建立的北魏政權極度崇佛，到了孝文帝更大力推動漢化，社會風潮轉變極快。那段時期中的瘋狂事蹟多不勝數，柏楊版《通鑑紀事本末》關於這段歷史所用的書名包括：《華亂五胡》、《鮮卑羨慕中華》（北魏孝武帝漢化）、《南北亂成一團》、《最美麗的蠢女人》（指本書中的胡太后）、《人渣家族》（形容北齊皇室），在此期間的種種巨大殺伐，如「河陰之變」及「侯景之亂」，簡直是血流成河，屍骨成堆，恐怖至極。

活在那個時代的人，前一日見到的是盛世，後一日見到的是末日。北魏人楊衒之的《洛陽伽藍記》，讓我們窺見了北魏帝都洛陽極盛時期的景況：全世界最高的永寧寺塔矗立城中，傲視四方；全城佛寺林立，香煙裊裊。書中如此形容：「招提櫛比，寶塔駢羅，爭寫天上之姿，競摹山中之影；金剎與靈臺比高，講殿共阿房等壯。豈直木衣綈繡，土被朱紫而已哉！」而當楊衒之寫下這本書時，洛陽已經沒落了：「暨永熙多難，皇輿遷鄴，諸寺僧尼，亦與時徙。」作者於武定五年（東魏孝靜帝的年號，西元五四七年）重覽洛陽，見到的是：「城郭崩毀，宮室傾覆，寺觀灰燼，廟塔丘墟。墻被蒿艾，巷羅荊棘，野獸穴於荒階，山鳥巢於庭樹。遊兒牧豎，躑躅於九逵；農夫耕老，藝黍於雙闕。」想像目睹一個城市最繁華的顛峰，又目睹它的傾頹衰落、成為一片廢墟，那是甚麼樣的感受！楊衒之在寫《洛陽伽藍記》時是靠回憶寫的，一切的繁華美好都僅存於他的記憶之中，而我們有幸得以透過作者的筆墨，見證了北魏洛陽最燦爛的時刻。

另一本非常有意思的書，是《顏氏家訓》。作者顏之推生於江陵的書香世家，二十歲時遇侯景之亂，不久後西魏攻陷江陵，他被俘至長安，後出逃北齊，於北齊、北周、隋三朝任官。他原是南人，成年後卻長期居於北方，並在北方出仕，因此他親身經歷過南北兩地的生活。《顏氏家訓》一書中除了關於家教、修身、處世、為學、實學、技能等論述之外，也闡述了不少當時南北方文化和風俗上的差異，如南北之人對嫡庶的不同看法、女性的地位等，在本書中都有所反映。

書中「沈緞」沈氏一族，發跡於洛陽最亮麗的一刻，他們在南北朝動蕩的歷史中掙扎求存，努力維持著他們的絲綢生意和生命尊嚴；巫童羅欽則生長於柔然巫村魄磊村，所有的村人都是巫者，巫術乃是眾人以為理所當然、稀鬆平常之物，那是個巫者充斥、神獸出沒、不少巫者額頭上都長著第三隻眼的世界。即使北魏高度崇佛，鮮卑族的原始信仰仍是薩滿教，那段時期的史書中巫者出現頻繁，可見當時確實是佛巫並存。羅欽和沈綾好似活在兩個平行的時空中，二人的宿命僅以虛幻的夢境相連結。兩個主角都成長於壓抑和排擠的環境下，但都能堅毅地面對逆境，奮發向上；他們致力於改變自身的處境和命運，但卻始終無法擺脫身不由己的無奈。這反映出大時代洪流下個人的渺小，以及命運的難以掌握。兩位主角都在他們力所能及處，做出了最誠摯的努力和最艱難的決定。人生鮮少會沿著完美的軌跡前進，身處歷史洪流中的我們，或許只能盡力做好一、兩件自己深信重要的事情，那就已經足夠了。

處於逆境時，可以像羅欽那樣樂觀豁達、包容原諒，也可以像沈綾那樣埋頭苦幹、逆流而上。最不好的就是如陸媃兒那般怨天尤人，只因自己命運困蹇，就見不得別人好，對美貌富貴、聰明慧巧的沈氏姊妹充滿嫉妒憤恨，一輩子只想把命運比自己好的人拉下來，以詆毀陰謀陷害他人，認為人人都該變得跟她一樣低微不幸，世界才算公平。瞋和嫉，都是非常負面的情緒。而羅氏對庶子沈綾的偏執怨恨，也值得借鑑；她大可寬容地對待這個庶子，而事實證明沈綾對「沈緞」和沈氏姊妹絕對是助力，而不是禍害。沈綾年幼時，也曾對羅氏心懷怨恨，卻因受怒火灼燒而即時遏止了自己；自那之後，羅氏和庶子沈綾之間的憤恨一直是單向的，沈綾再也不曾恨她怨她，因此最終遭怒火焚身的只有羅氏，沈綾則完全避開了恨怨的陷阱。

靈人的設想，連接到上一部小說《巫王志》中的天藥，藉《綾羅歌》交代了天藥的下落，以及絕地天通、巫術逐漸消逝後的世界；此外北山派的招數，也隱約連接到《奇峰異石傳》中終南山寶光寺的武功傳承；而兩件巫者之寶——血翠杉和紫霞龍目水晶，則出現在《神偷天下》中。或許有一日，我的小說會形成一個完整的武俠體系也說不定！

附帶說一句：寫《綾羅歌》時，即使我非常努力地跟隨歷史事件，也做出了詳細的年代表，但故事的跨度不過十三年（約西元五二六至五三九年），而時代背景卻一直跨到了五四九年的侯景之亂以及五五〇年高洋滅魏建齊。由於沈綾和羅欽同年出生，大部分的情節跟著北魏和南梁的歷史走，兩位柔然公主下嫁東西魏的時間點就兜不攏了。為了故事需要，小說在歷史事件上做出了不少調整，還請讀者寬容看待，不必深究。

二〇二〇年疫情開始，整個世界天翻地覆，小孩長期待在家裡上網課，大人則長期活在搶購儲糧、擔心染疫、恐懼隔離的情緒中，一點點小確幸（餐廳重開！學生恢復面對面授課！戶外運動不必戴口罩！家裡可以有超過兩個家庭聚會！）就讓人感到無比的歡欣慶幸。承平日子過久了，才知道歲月靜好能帶給人心靈上的安寧及平和，才知道失去常態能帶給人們的不安與動蕩。疫情讓我們見識到全球性瘟疫能帶給人們的災難，而橫亙在我們面前的，會否是一場場更加嚴峻的天災人禍？一切皆未可知，只能在緬懷一去不返的前疫情時光中，努力適應新的「常態」，面對新的挑戰。

在充滿動蕩的時空中，生出了這本充滿動蕩的《綾羅歌》。衷心感謝奇幻基地的編輯雪莉不斷給予我的鼓勵和支持，讓我有繼續寫下去的動力；更感謝她仔細校稿，提出草稿中無數的問題和矛盾，讓我得以一一修正。這次並請到董陽孜老師再次為拙作親筆題寫書名，董老師的字蒼勁豪放，魄力十足，我內心感激萬分，難以言表！

另外在起書名時，我和編輯反覆討論了好幾週，都想不出合適的書名；於是我向同為金庸迷的老友懶蛇（Eddie Lo）求助，他給了我很多非常好的建議。我從中擷取了「綾羅歌」三字，結果懶蛇和雪莉都覺得好，於是書名就此定下了。但是主角原來的名字中並沒有「綾」和「羅」兩字，我和雪莉絞盡腦汁，終於做出了修改，將主角的名字改成了「沈綾」和「羅欽」，也算是對以主角命名的第一部作品《天觀雙俠》致敬吧！至於主角們原來的名字是甚麼，就當作是個祕密吧！

過去兩、三年間發生了很多事情，除了疫情之外，大兒子大學畢業了，二兒子在疫情期間高中畢業並升讀大學，女兒也於今年高中畢業，準備負笈出國讀書了。二〇二一年五月，陪伴我十年的老貓緬因貓 Pocus 病逝，令我傷痛不已。由於不能忍受沒有貓的日子，不久後就又養了兩隻布偶貓，不負其名，兄弟倆又漂亮又溫順，尤其非常黏人，像小狗一樣整天跟在我腳邊兜兜轉轉，唯一的問題是腸胃不好以及易傷多病。今年暑假過後，家裡就只剩下兩個小兒子、兩隻貓、一隻狗、四隻鳥和一隻烏龜了（啊對，還有即將一同慶祝銀婚的老公）。我的人生可說十分幸運順遂，要提醒自己必須常懷感恩之心。

生活還在繼續流轉著。我不知道自己在心智上是否更加成熟，寫作上是否仍有創意。

根據一些作家所言，我也偶爾動過的念頭，就是或許寫作的並不是我，而只是某種力量通過我，寫出曾經在另一個宇宙中發生過的故事？這種說法似乎有點不負責任，但是誰知道呢？創意和靈感這些東西本來就是虛無縹渺、難以捉摸的。身為作者，只能盡力去創作鋪述，投注大量的時間、情感和精力，期盼書中人物能擁有自己的靈魂，能與讀者交流並產生共鳴。

再次感謝讀者們長期以來的批評指教和支持鼓勵，希望我能繼續創作下去，也祝願大家的武俠之夢永不止歇！

鄭丰

二〇二二年五月三十日於香港

國家圖書館出版品預行編目資料

綾羅歌．卷四/鄭丰著. -- 初版. -- 臺北市：奇幻基地出版，城邦文化事業股份有限公司出版：英屬蓋曼群島商家庭傳媒股份有限公司城邦分公司發行, 民111.06
冊；公分

ISBN 978-626-7094-53-2 (卷4：平裝).

863.57　　111006503

ISBN　978-626-7094-53-2
Printed in Taiwan.

鄭丰臉書專頁
http://www.facebook.com/zhengfengwuxia
奇幻基地臉書粉絲團
http://www.facebook.com/ffoundation

城邦讀書花園
www.cite.com.tw

綾羅歌．卷四（完結篇）

作　　者／鄭丰
企畫選書人／王雪莉
責任編輯／王雪莉
發 行 人／何飛鵬
總 編 輯／王雪莉
業務經理／李振東
行銷企劃／陳姿億
資深版權專員／許儀盈
版權行政暨數位業務專員／陳玉鈴
法律顧問／元禾法律事務所　王子文律師
出版／奇幻基地出版
　城邦文化事業股份有限公司
　台北市 104 民生東路二段 141 號 8 樓
　電話：(02)25007008　傳真：(02)25027676
　網址：www.ffoundation.com.tw
　e-mail：ffoundation@cite.com.tw
發行／英屬蓋曼群島商家庭傳媒股份有限公司城邦分公司
　台北市 104 民生東路二段 141 號 11 樓
　書虫客服服務專線：(02)25007718．(02)25007719
　24 小時傳真服務：(02)25170999．(02)25001991
　服務時間：週一至週五 09:30-12:00．13:30-17:00
　郵撥帳號：19863813　戶名：書虫股份有限公司
　讀者服務信箱 E-mail：service@readingclub.com.tw
　歡迎光臨城邦讀書花園 網址：www.cite.com.tw
香港發行所／城邦（香港）出版集團有限公司
　香港灣仔駱克道 193 號東超商業中心 1 樓
　電話：(852) 2508-6231 傳真：(852) 2578-9337
馬新發行所／城邦（馬新）出版集團
　【Cite(M)Sdn. Bhd.(458372U)】
　11, Jalan 30D/146, Desa Tasik,
　Sungai Besi, 57000 Kuala Lumpur, Malaysia.
　電話：(603) 90578822　傳真：(603) 90576622

書名題字／董陽孜
封面設計／陳文德
排　　版／邵麗如
印　　刷／高典印刷有限公司
■ 2022 年（民 111）6 月 30 日初版一刷
■ 2023 年（民 112）1 月 31 日初版 5 刷
售價／ 380 元

廣	告	回	函

北區郵政管理登記證

台北廣字第000791號

郵資已付，免貼郵票

104 台北市民生東路二段141號11樓

英屬蓋曼群島商家庭傳媒股份有限公司城邦分公司 收

請沿虛線對摺，謝謝

奇幻基地

每個人都有一本奇幻文學的啓蒙書

奇幻基地粉絲團：http://www.facebook.com/ffoundation

書號：1HO140　　書名：綾羅歌・卷四（完結篇）

奇幻基地

讀者回函卡

謝謝您購買我們出版的書籍！請費心填寫此回函卡，我們將不定期寄上城邦集團最新的出版訊息。

姓名：________________________　性別：☐男　☐女

生日：西元__________年__________月__________日

地址：____

聯絡電話：__________________傳真：__________________

E-mail：____

學歷：☐1.小學　☐2.國中　☐3.高中　☐4.大專　☐5.研究所以上

職業：☐1.學生　☐2.軍公教　☐3.服務　☐4.金融　☐5.製造　☐6.資訊

☐7.傳播　☐8.自由業　☐9.農漁牧　☐10.家管　☐11.退休

☐12.其他________________________________

您從何種方式得知本書消息？

☐1.書店　☐2.網路　☐3.報紙　☐4.雜誌　☐5.廣播　☐6.電視

☐7.親友推薦　☐8.其他________________________

您通常以何種方式購書？

☐1.書店　☐2.網路　☐3.傳真訂購　☐4.郵局劃撥　☐5.其他

您購買本書的原因是（單選）

☐1.封面吸引人　☐2.內容豐富　☐3.價格合理

您喜歡以下哪一種類型的書籍？（可複選）

☐1.科幻　☐2.魔法奇幻　☐3.恐怖　☐4.偵探推理

☐5.實用類型工具書籍

有更多想要分享給
我們的建議或心得嗎？
立即填寫電子回函卡

您是否為奇幻基地網站會員？

☐1.是☐2.否（若您非奇幻基地會員，歡迎您上網免費加入，可享有奇幻基地網站線上購書75 折，以及不定時優惠活動：http://www.ffoundation.com.tw/）

對我們的建議：________________________________

____

____

請於此處用膠水黏貼